Libby Page

Inselheimat

Roman

Aus dem Englischen von
Silke Jellinghaus

Ullstein

Besuchen Sie uns im Internet:
www.ullstein.de

Wir verpflichten uns zu Nachhaltigkeit
- Klimaneutrales Produkt
- Papiere aus nachhaltiger Waldwirtschaft und anderen kontrollierten Quellen
- ullstein.de/nachhaltigkeit

Die Originalausgabe erschien 2021
unter dem Titel *The Island Home*
bei Orion Publishing Group, London

ISBN: 978-3-86493-143-7

© 2021 by Elisabeth Page, London
© der deutschsprachigen Ausgabe
2022 by Ullstein Buchverlage GmbH, Berlin
Alle Rechte vorbehalten
Gesetzt aus der Minion Pro
Satz: Pinkuin Satz und Datentechnik, Berlin
Druck und Bindearbeiten: CPI books GmbH, Leck

Lorna

Euston Station, 20.30 Uhr. Es ist Hochsommer, und ganz London schwitzt und dampft in den Fängen einer Hitzewelle. Die feierabendlichen Menschenmengen haben sich ausgedünnt, aber in der Bahnhofshalle geht es noch immer geschäftig zu, Gestalten in zerknitterter Kleidung starren auf die Anzeigetafeln, auf denen Abfahrtszeiten und Zielorte prangen. Familien scharen sich in Gruppen zusammen, Mütter fächeln ihren kleinen Kindern Luft zu und teilen Wasserflaschen aus, während sie wartend auf ihrem Gepäck ausharren. Ein überraschender Schwall Kokosnussduft wabert aus der hell erleuchteten Eingangstür von The Body Shop und mischt sich mit den säuerlicheren menschlichen Gerüchen Hunderter schwitzender Fahrgäste, die ankommen und abreisen, beladen mit Taschen und ihrem privaten, geheimen Ballast. Ein paar weggeworfene Abendzeitungen liegen auf dem Boden, vorübereilende Pendler und Urlauber trampeln darüber hinweg. Ein Polizist patrouilliert auf dem Bahnhofsgelände und hält dabei einen aufgeregten Schäferhund an der Leine. Gelegentlich bleibt der Beamte auf seinem Rundgang stehen, um sich Schweißperlen von der Stirn zu wischen.

Wir sind früh dran. Der Zug nach Fort William um 21.20 Uhr steht schon an der Anzeigetafel, aber ihm ist noch kein Bahngleis zugeteilt. Meine Tochter Ella zieht neben mir ihren rosa Koffer hinter sich her, als wäre er leer, ihre Schritte sind leicht. Mein eigener Koffer fühlt sich viel schwerer an. Wohl auch, weil diese Reise Ellas Idee war, nicht meine.

Ich blicke zu ihr hinüber, meinem Teenagermädchen, das in wenigen Wochen vierzehn wird, beobachte, wie sie stehen bleibt und erwartungsvoll zu der Uhr aufblickt. Ihre blassen Wangen sind vor Aufregung und von der Hitze an diesem Sommerabend gerötet, und ihr kastanienbraunes Haar fällt ihr ausnahmsweise in offenen Naturlocken auf die Schultern, anstatt wie sonst in geglätteten Strähnen, für die sie jeden Morgen eine Stunde früher aufsteht. Als Ella sich zu Weihnachten ein Glätteisen gewünscht hat, habe ich mich zuerst geweigert. Ich habe ihre Locken immer geliebt, schon seit sie ein Baby war und die ersten weichen Ringellöckchen sprossen. Ich werde mich immer an den süßen Talkumpudergeruch ihres Babykopfes erinnern und an das Gefühl, wie ihre Haare mich im Gesicht kitzelten, wenn sie früher nicht einschlafen konnte und zu mir ins Bett kam. Damals bin ich oft mit Ellas Gesicht an meiner Wange aufgewacht. Ihre rotbraunen Locken waren das Erste, was ich sah, wenn ich die Augen öffnete. Der Gedanke, dass Ella sie versengen könnte, ließ mich schaudern. Und dennoch blieb sie hartnäckig, was dieses Glätteisen anging, und bettelte zum ersten Mal in ihrem Leben um etwas. Also habe ich eines gekauft. Als sie das Geschenk aufmachte, warf sie beim Aufspringen beinahe den kleinen Weihnachtsbaum in unserer Wohnung um, bevor sie zu mir kam und sich mit einer innigen Umarmung bei mir bedankte. Das ist einer der Gründe, warum ich mich auf diese Reise eingelassen habe: Es ist erst das zweite Mal, dass sie mich wirklich um etwas gebeten hat.

Mein Haar hat denselben Farbton wie Ellas, aber es ist noch wilder – ich habe schon vor Langem den Versuch aufgegeben, meine Locken zu zähmen, und heute habe ich sie mir in einem unordentlichen Dutt aus dem Gesicht gebunden. Mein Nacken ist feucht von der Hitze und dem Rucksack auf meinem Rücken. Wie kann es sein, dass es so heiß ist? Um diese Uhrzeit sollte es eigentlich kühler sein, aber die Hitze klebt an mir.

»Sollen wir was zu essen kaufen, solange wir warten?«

Auf meine Frage hin blickt Ella mich an. Da ist Vorsicht in ihren Augen. Wir sind uns immer so nah gewesen: Wir beide gegen den Rest der Welt. Aber die vergangenen Tage haben uns auf die Probe gestellt wie nichts zuvor. Ich spüre, wie meine Gefühle unter der Oberfläche vor sich hin köcheln – Wut, Furcht, Trauer –, aber ich drücke sie nach unten wie Kleider in einem überfüllten Koffer. Auch wenn ich Zweifel an unserem Vorhaben habe, hier stehen wir nun. Letztlich habe ich dieser Reise meiner Tochter zuliebe zugestimmt. Aber vielleicht ist es für mich nach all den Jahren an der Zeit, an den Ort zurückzukehren, von dem ich einst geflohen bin, und mich all dem zu stellen, was ich zurückgelassen habe.

»Leon?«, frage ich und weiß natürlich, dass es ihr Lieblingsrestaurant ist. Ihre Lippen teilen sich zu einem breiten Lächeln, und da ist sie, eine dieser Liebesaufwallungen, die mich so oft unvorbereitet treffen, eine Liebe, die jede Zelle meines Körpers erfüllt und mir das Gefühl gibt, frei schweben zu können. Für eine Sekunde vergesse ich, warum wir hier sind und was uns am Ende unserer langen Reise erwartet, und hake mich bei meiner Tochter unter.

Ella wartet bei den Koffern, während ich mich in der Schlange anstelle. Vor mir steht eine Familie – zwei Großeltern, eine erwachsene Tochter und drei Kinder, eins im

Buggy, eins auf der Hüfte der Mutter und eins an der Hand des Großvaters. Als ich sie beobachte, werde ich traurig.

»Bestellt euch, was ihr haben wollt«, sagt der Großvater und greift nach seinem Portemonnaie.

»Danke, Dad«, antwortet die Tochter mit einem müden, aber dankbaren Lächeln.

Ich sehe weg und blinzele schnell.

»Nächster bitte!«, ruft die Frau hinter dem Tresen, und ich richte meine Aufmerksamkeit wieder auf die Speisekarte. Ich entscheide mich für zwei Wraps mit Halloumi und die Waffle Fries, die Ella so liebt. Kurz darauf kehre ich mit einem gefüllten Tablett nach draußen zurück. Ella wischt gerade mit einem Papiertaschentuch Essensreste und Müll vom Tisch. Von hier oben können wir die Bahnhofshalle sowie die Gleisanzeigen unter uns sehen. Ich höre das Rauschen der Straße draußen, wo die Busse vor dem Bahnhof halten und der Freitagabendverkehr die Euston Road entlangkriecht. Selbst hier drin hat man das Gefühl, die Luft sei von Abgasen und Staub erfüllt: von dem heißen, schweren Mief der Stadt, an den ich mich in den letzten zweiundzwanzig Jahren gewöhnt habe.

Ich bin als Teenager hierhergezogen, mit einem gestohlenen Koffer und einem Kopf voller Träume. Doch dann habe ich schnell erfahren, wie brutal die Stadt sein kann, besonders wenn man allein ist und bloß ein paar Hundert Pfund in Münzen und aufgerollten Scheinen im Rucksack hat. Ich nahm jeden Job an, den ich finden konnte, Aushilfsjobs, jahrelang habe ich in Bars gearbeitet. Erst als ich mit sechsundzwanzig mit Ella schwanger wurde, habe ich entschieden, dass ich einen ernsthaften Beruf brauche, und ein Lehramtsstudium begonnen. Dabei halfen mir ein saftiger Studienkredit und die Sozialwohnung, die ich in einem Wohnblock aus den Sechzigern für uns ergattern konnte, auf der Isle of

Dogs, der von der schlammigen Themse umspülten Halbinsel, von der aus man die glänzenden Hochhäuser des Canary Wharf protzig am Horizont schimmern sieht. Über die Jahre konnte ich gerade genug Geld sparen, um der Stadt die Wohnung abzukaufen, obwohl mich immer noch jeden Monat die Panik überkommt, dass ich meine Hypothekenrate nicht bezahlen kann. Ich schaffe es jedes Mal, aber die Furcht ist da, inzwischen so vertraut wie das Geräusch meines eigenen Atems. Ich habe mir immer Sorgen um Geld gemacht. Wenn nämlich etwas passiert – wenn ich krank werde oder der Boiler kaputtgeht oder ich plötzlich etwas Wichtiges für Ella kaufen muss –, gibt es niemanden, der uns über die Runden hilft. All das und vieles andere ist im Laufe der Jahre vorgekommen, und jedes Mal musste ich allein eine Lösung finden.

Ellas Telefon summt, und sie blickt nach unten, wobei ihr das Haar ins Gesicht fällt. Sie lächelt und tippt eine Antwort, ihre Daumen fliegen mit unglaublicher Geschwindigkeit über das Display.

»Ruby und Farah?«, frage ich. Die beiden Mädchen sind seit der Grundschule Ellas beste Freundinnen. Für mich gehört es zur Normalität, sie in unserer Wohnung dabei anzutreffen, wie sie sich Snacks zubereiten, ihr Gelächter aus Ellas Zimmer zu hören. Ich weiß, es wirft ein schlechtes Licht auf mich als Mutter, aber in all den Jahren haben mir diese Geräusche immer wieder eifersüchtige Stiche versetzt. Ich beneide Ella tatsächlich um ihre engen Freundschaften. Ich habe den Kontakt zu meinen Freunden verloren und mich seitdem schwer damit getan, neue Freundschaften zu schließen. Das hätte nämlich bedeutet, zu viele Fragen zu beantworten und zu viel über mich und meine Vergangenheit preiszugeben. Es ist einfacher, für mich zu bleiben und mein Leben Ella und der Arbeit zu widmen. Im Großen und Ganzen habe ich mich über die Jahre daran gewöhnt, aber manchmal spüre ich die Einsamkeit wie einen Splitter im Fleisch.

»Nein«, antwortet Ella und blickt auf. »Molly.«

Bei dem Namen krampft sich mein Magen zusammen, meine Brust wird eng. Der Grund dieser Reise kommt mir wieder in den Sinn und wirft mich aus der Bahn. Ist es zu spät, umzukehren und nach Hause zu fahren? Wir könnten die Tube nehmen und in weniger als einer Stunde wieder in unserer Wohnung sein. Und dann könnten wir den Sommer so verbringen, wie wir es ursprünglich geplant hatten – in Galerien und Eiscafés gehen und in Parks Zeitschriften lesen. Nur Ella und ich, so wie es immer gewesen ist.

Mein eigenes Telefon gibt ein Pling von sich, ich ziehe es aus der Tasche, das vertraute Geräusch hat mich abgelenkt. Es ist Cheryl.

Gute Reise, lautet die Nachricht. Lass mich wissen, wenn ihr angekommen seid.

Die Nachricht beruhigt mich ein wenig. Wenn ich sage, dass Cheryl meine engste Freundin ist, dann ist das nur die halbe Wahrheit. Die volle Wahrheit lautet, sie ist meine einzige Freundin. Wir sind uns vor fünf Jahren begegnet, sie hat als Lehrassistentin an der Schule angefangen, wo ich zu der Zeit Jahrgangsleitung war und wo ich jetzt stellvertretende Schulleiterin bin. Ich weiß noch, wie sie mir an diesem ersten Tag bei der Pausenaufsicht aufgefallen ist. Sie spielte mit den Kindern Fußball, ihre riesigen goldenen Kreolen baumelten beim Rennen hin und her, die Kinder jagten sie, und ihr lächelnder Mund war leuchtend rot geschminkt. Ihr Lachen übertönte hoch und laut die Hintergrundgeräusche vom Spielplatz, und ich weiß noch, wie ich augenblicklich das Bedürfnis verspürte, sie kennenzulernen – diese Frau, die sich über einen Haufen Kinder hinweg Gehör verschaffen konnte. Sie fing meinen Blick auf und winkte, unterbrach das Spiel für einen Moment und kam zu mir, um sich vorzustellen. Ich bin mir jedoch nicht sicher, ob wir Freundinnen geworden wären, wenn sie nicht so hartnäckig geblieben wäre. Jeden einzelnen Schultag plauderte sie mit mir und lud mich ein, nach der Arbeit mit ihr noch etwas zu trinken. Zuerst redete hauptsächlich sie, aber mit der Zeit lernten wir uns besser kennen, und sanft entlockte sie mir Einzelheiten meiner Vergangenheit. Sie ist der einzige Mensch, der wenigstens Teile meiner Geschichte kennt, Teile, die ich vor anderen Kollegen oder den Müttern von Ellas Freundinnen immer verschwiegen habe, wenn sie versucht haben, mich in ihre Grüppchen aufzunehmen.

Cheryl ist zehn Jahre jünger als ich, und manchmal merkt man das auch – wenn sie sich zum Beispiel mit mir über irgendwelche Promis unterhalten will oder darüber, welche Songs gerade in den Charts sind. Aber meistens spielt der Altersunterschied zwischen uns keine Rolle. Wir sind uns über die Jahre nähergekommen und wissen beide genug darüber, wie es ist, an einer von einem Chauvinisten geleiteten Schule in der Innenstadt zu arbeiten, um einander zu verstehen.

Danke, tippe ich. Schuljahresende, hurra! Sechs Wochen lang kein Widerling Dave!

Dave, für die Kinder Mr Phillips, ist unser Schulleiter und Vorgesetzter. Er hat mir immer Unbehagen eingeflößt, aber seit er mich vor sechs Monaten zu seiner Stellvertreterin gemacht hat, sind seine Anzüglichkeiten noch schlimmer geworden. Erst gestern hat er sich von hinten an mich gepresst, während ich im Lehrerzimmer Tee gemacht habe, um nach einer Tasse auf dem Regal über meinem Kopf zu greifen. Wenn ich gewusst hätte, dass es so werden würde, hätte ich die Beförderung vermutlich abgelehnt. Aber ich brauchte das zusätzliche Geld. Und es fühlte sich nach zehn Jahren an derselben Schule an wie die Anerkennung, nach der ich mich so lange gesehnt hatte. Die Anerkennung, die ich verdiente. Inzwischen bin ich mir nicht mehr so sicher, ob ich mir die Stelle wirklich verdient habe oder ob ich sie aus einem ganz anderen Grund bekommen habe. Es ist ein niederschmetternder Gedanke.

»Bin schon bei meinem dritten Glas Wein«, schreibt Cheryl. Ich stelle mir meine Freundin in ihrer Wohnung vor, die ich inzwischen so gut kenne. Meinen vierzigsten Geburtstag letztes Jahr haben Ella und ich mit Cheryl, ihrem Mann Mike und ihrem zweijährigen Sohn Frankie dort gefeiert. Cheryl hat für uns gekocht, Mike schenkte uns immer wieder Wein nach und gab auch Ella ein Schlückchen zum Probieren. Es war ein schöner Abend, und ich hätte ihn nicht anders verbringen mögen. Aber es gab einen Teil von mir, der sich etwas Größeres und Lauteres hätte vorstellen können, wenn ich nur ein größeres und lauteres Leben geführt hätte. Es ist ein Gedanke, der in den letzten Jahren immer wieder aufgetaucht ist – an Geburtstagen, an Weihnachten und an Silvester, wenn Ella und ich zu zweit in unserer Wohnung feierten. Wir haben so unsere Traditionen: passende Schlafanzüge an Weihnachten, und an Silvester betrachten wir das Feuerwerk von unserem Fenster aus, mit zwei Bechern heißer Schokolade, auf denen sich Marshmallows türmen. Aber wenn wir uns Gute Nacht gesagt haben, liege ich wach und frage mich, ob ich Ella enttäusche, weil ich ihr nicht mehr bieten kann als das – nicht mehr als mich.

Von Cheryl trifft eine neue Nachricht ein, und ich weiß, dass sie meinen scherzhaften Ton durchschaut hat. Natürlich hat sie das, sie kennt mich gut.

»Ich hoffe, du kommst klar. Es muss so schwierig für dich sein. Ich wette, du bist nervös. Wenn du mich brauchst, bin ich da. Schreib mir oder ruf einfach an. Alles Liebe«.

Ein Klumpen bildet sich in meiner Kehle. Ich denke an das schwarze Kleid, das gefaltet ganz unten in meinem Koffer liegt, und all die Meilen und all die Jahre, die zwischen diesem Bahnhof und unserem Zielort liegen.

»Gleis eins!«, sagt Ella plötzlich mit vor Aufregung ganz schriller Stimme. Ich blicke zur Anzeigetafel hinüber – ist es wirklich schon so spät? Mein Puls beschleunigt sich. Das war's. Jetzt ist es zu spät umzukehren, und außerdem habe ich meiner Tochter etwas versprochen. Ich kann sie nicht enttäuschen.

Wir nehmen unsere Sachen und laufen durch den Bahnhof, vorbei an einem Kiosk, in dem Baguettes hinter Glas schwitzen, und einem anderen, in dem ein Florist um seine bunten Sträuße kämpft, die in der Hitze zu welken drohen. Hinweisschilder ermahnen uns, auf Verdächtiges zu achten, und Werbetafeln blinken und prangen in leuchtenden Farben. Und meine Tochter und ich ziehen unsere Koffer hinter uns her und schlängeln uns durch die Menge der Fahrgäste.

Der Caledonian Sleeper wartet am Gleis, waldgrün, mit dem Emblem eines Hirsches auf jedem Waggon.

»Ist es das erste Mal, dass Sie mit uns reisen?«, fragt ein rotgesichtiger Mann in grüner Tweeduniform mit schwerem Glasgower Dialekt. Er hält ein Klemmbrett und zerrt kurz an seinem Hemdkragen.

»Ja!«, sagt Ella.

»Nein«, sage ich.

Dieser Zug sieht vielleicht eine Spur moderner aus als derjenige, den ich mit achtzehn in Richtung London genommen habe, aber ich erinnere mich trotzdem gut. Der Mann in Uniform sieht uns beide an und runzelt eine Sekunde die

Stirn, bevor er sich wieder seines kundenfreundlichen Lächelns entsinnt.

»Also, hier ist jedenfalls eine Broschüre für Ihre Reise«, sagt er und reicht sie Ella. »Sie finden in Ihrem Abteil eine Karte vor, wenn Sie bitte Ihr bevorzugtes Frühstück darauf vermerken würden. Sie sind in Wagen G, genau am anderen Ende. Gehen Sie einfach nach hinten weiter.«

»Vielleicht müssen wir bis Schottland laufen«, scherzt Ella, als wir weiter und immer weiter das Gleis hinuntergehen. Ich jedoch lache nicht. Plötzlich kann ich nicht einmal mehr lächeln.

Endlich haben wir Wagen G gefundewwn, und ein weiterer Bahnmitarbeiter hakt unsere Namen auf einer Liste ab und hilft uns, das Gepäck in den Wagen zu heben. Die Waggons sind so schmal, dass wir im Gänsemarsch zu unserem Abteil gehen müssen.

Ella öffnet die Tür zum Abteil, das nicht viel größer ist als ein Trockenschrank.

»Das ist so cool!«

Meine Tochter war schon immer Optimistin. Das Abteil besteht aus einem Waschbecken, einem schmalen Doppelstockbett und einem kleinen Fenster. Ella lässt ihren Koffer auf den Boden fallen und klettert direkt die Leiter hinauf ins obere Bett. Es gibt gerade noch genug Platz, dass ich eintreten und die Tür schließen kann. Während Ella ihr Bett ausprobiert, verstaue ich meinen Koffer unter dem unteren Bett und hieve den von Ella auf die Gepäckablage über dem Waschbecken.

Der Zug sieht im Wesentlichen so aus, wie ich ihn in Erinnerung habe mit seinen engen Gängen und langen Fenstern. Aber ich bin zum ersten Mal in einer der Kabinen. Als ich vor all den Jahren den Nachtzug nahm, habe ich im Sitzwagen übernachtet. Das ganze gesparte Trinkgeld vom

Kellnern im Pub hatte nicht ausgereicht, um ein Schlafabteil zu bezahlen, zumal ich wusste, dass ich auch nach meiner Ankunft in London Geld brauchen würde. Ich schlief die ganze Nacht nicht. Stattdessen saß ich hellwach da, fuhr mit den Fingern über den Kieselstein in meiner Jackentasche und starrte aus dem Fenster in die Dunkelheit.

Um 21.25 Uhr, als der Zug aus dem Bahnhof rollt, durchfährt es mich heiß.

»Wir fahren!«, sagt Ella aus dem oberen Bett. Sie hat bereits ihren Schlafanzug angezogen und sich ausgestreckt. Ihre Stimme ist voller Vorfreude.

Am Fenster stehend verfolge ich, wie der Zug aus dem Bahnhof fährt und durch die Stadt rollt. Der Himmel ist lavendelblau mit pfirsichrosa Wolken, im anbrechenden Abend gehen in der Stadt die Lichter an. Endlose Bürogebäude und Reihenhäuser schmiegen sich an die Gleise, Ziegel, die von der Luftverschmutzung schwarz geworden sind. Einzelne Angestellte sind noch in dem einen oder anderen Büro zu sehen, in einem entdecke ich eine Putzfrau, die gleichmäßig ihren Staubsauger zwischen den leeren Schreibtischen hindurchschiebt. Ich blicke zu den Hochhäusern auf, voll mit übereinandergestapelten und nebeneinandergezwängten Leben.

Ich kann nicht anders, als an unsere Wohnung zu denken, die jetzt dunkel und leer ist. Die Sammlung von Steinen und glatt gespülten Glasscherben auf dem Fensterbrett in der Küche, die ich auf meinen täglichen Läufen am Fluss entlang gefunden habe. Das kleine Wohnzimmer mit Fotos von Ella und ein paar von uns beiden und mit dem wachsenden feuchten Fleck in der Ecke, um den ich mich dringend kümmern muss. Und Ellas Zimmer mit dem ordentlich gemachten Bett und einem Papageitaucher-Plüschtier namens Dora auf dem Kopfkissen. Jedes Mal wenn ich das Zimmer meiner Tochter betrete, fürchte ich, dass Dora vom Bett verbannt worden sein könnte. Es wird eines Tages geschehen, wie so vieles andere, was mir am Älterwerden meiner Tochter Angst macht. Aber jedes Mal sehe ich den weichen, ausgebleichten Papageitaucher dort liegen und danke dem Herrgott dafür, dass heute noch nicht dieser Tag ist.

Vor dem Zugfenster fliegt weiterhin die Stadt vorbei. Diese Stadt ist seit über zwanzig Jahren mein Zuhause, aber als der Zug sich in Richtung Vororte schiebt und dann hinaus aufs offene Land, kommt es mir so vor, als würde sich der Faden, der mich mit London verbindet, straffen und dann reißen. Stattdessen verspüre ich das Ziehen einer viel älteren Bindung, die ich seit Jahren zu ignorieren versucht habe. Es ist eine Bindung, die mich nach Norden zieht. Ich sehe Berge und schwarze Lochs vor mir, Schafe und sonnenverbranntes Gestrüpp. Weite, dramatische Himmel und dunkles blaugrünes Meer. Eine Mischung aus Grauen und Aufregung steigt in mir auf. Ich habe alles gegeben, um den Ort zu verlassen, an dem ich aufgewachsen bin. Und ich habe seither der Versuchung widerstanden, dorthin zurückzukehren. Ich habe dagegen angekämpft, bin davor weggelaufen, habe mich davor versteckt. Doch trotz alledem gibt es einen Teil in mir, der sich danach sehnt, die Berge wiederzusehen.

Alice

Staubwolken steigen auf, als ich die Kissen ein letztes Mal fest knuffe. Ich weiß nicht, warum, aber dieses Haus scheint Staub anzuziehen. Ich habe den ganzen Morgen damit verbracht, sauber zu machen: gesaugt, Staub gewischt und Fenster geputzt, bis sie blitzten. Man kann den Strand und das Meer durch das Glas jetzt ungehindert sehen. Obwohl ich hier seit Jahren wohne, bekomme ich von dem Ausblick einfach nicht genug. Um das Haus herum erstreckt sich das zum Hof gehörende Land in hügeligen grünen Wiesen und Steinmauern, auf der Rückseite des Hofs, im Schutz der Klippen, stehen Jacks Gewächshäuser – der ganze Stolz und die ganze Freude meines Ehemanns. Vom Wohnzimmer aus haben wir einen perfekten Blick den Hügel hinunter, der der Hilly Farm ihren Namen gibt, zum Strand.

Ich habe ihn immer als unseren Strand betrachtet. Albern im Grunde, weil ihn alle anderen Inselbewohner ebenfalls nutzen, sie gehen dort mit ihren Hunden spazieren, feiern Strandpartys mit den Kindern und grillen dort im Sommer. Aber für mich wird er immer unser Strand sein. Hier haben Jack und ich uns vor all den Jahren kennengelernt, hier sind wir nebeneinander über den Sand gegangen. Er war zu schüchtern, um mir in die Augen zu sehen, und ich habe ohne Unterlass geredet, wie ich es immer mache, wenn ich nervös bin, und mir dabei den Kopf zermartert, ob ich ihn wohl langweile. Damals war ich nur zu Besuch auf der Insel, ich habe hier als Farmhelferin ein Freiwilligenjahr verbracht. Der Hof ist heute allerdings nicht mit dem von damals zu vergleichen, man erkennt ihn kaum wieder. Er war seit Jahren vernachlässigt worden, die Felder lagen damals brach, die Steinmauern verfielen, überall herrschte eine Stimmung der Verlassenheit. Jack und die anderen Inselbewohner haben alles wieder zurück ins Leben geholt. Ich habe dabei ebenfalls eine Rolle gespielt, nehme ich an, wenn auch eine kleine. Und jetzt ist der Hof unser Zuhause, und was ich daran am meisten liebe, ist der Strand direkt vor unserer Haustür. Der Strand ist immer Mollys Spielplatz gewesen, und obwohl sie inzwischen zu alt dafür ist, Sandburgen zu bauen und Meerjungfrauen aus Treibholz zu basteln, werde ich nie vergessen, wie sie dort ihre ersten schwankenden Schritte tat, wie sie als Kleinkind vor Freude kreischte, wenn Jack und ich mit ihr »Engelchen flieg« gespielt und ihre Zehen dabei die kalte Meeresoberfläche berührt haben.

Als wüsste sie, dass ich an sie denke, platzt meine Tochter ins Wohnzimmer. Ihr kurzes hellbraunes Haar steht ihr in allen Richtungen vom Kopf ab, und sie hat ein breites Lächeln im Gesicht. Vierzehn Jahre liebe ich sie schon, und noch immer überrascht mich manchmal die Heftigkeit dieses Gefühls.

»Hast du dein Zimmer aufgeräumt?«, frage ich. Sie nickt.

»Ja, Mum. Und ich habe das Klappbett bezogen und in meinem Schrank Platz gemacht.«

»Du bist eine Heldin.«

Sie grinst. »Kann ich mich jetzt mit Olive treffen?«

»Natürlich, viel Spaß.«

Als sie sich zum Gehen wendet, brummt ihr Handy, und sie zieht es schnell aus der Tasche ihrer Jeansshorts. Als sie darauf blickt, wird das Lächeln in ihrem Gesicht sogar noch breiter.

»Olive?«, frage ich. Aber sie schüttelt den Kopf.

»Ella.«

Ich kann die Aufregung in ihrem Gesicht sehen, die Ungeduld und Vorfreude. Seit Jack und ich dem Plan zugestimmt haben, den die Mädchen so umsichtig ausgeheckt haben, war diese Vorfreude da. Ich empfinde ebenfalls eine Art von Vorfreude, aber als Zugabe mischen sich Nervosität und Furcht hinein. Wie werden die nächsten Tage wohl ablaufen? Werden wir es durchstehen? Wie wird Jack zurechtkommen? Und was werden unsere Gäste von dem Haus halten, von dem Hof, von mir?

»Okay, ich gehe jetzt los«, sagt Molly und lässt ihr Telefon wieder in die Tasche gleiten. Ich winke ihr von meinem Platz auf dem Sofa aus zu, und dann verschwindet sie in einer Wolke aus Energie und Bewegung. Ich sehe, wie sie den holprigen Feldweg halb hinuntergeht, halb läuft, und entdecke ihre beste Freundin Olive, die in einiger Entfernung auf sie wartet. Dann wende ich mich wieder dem Zimmer zu und versetze den Kissen einen weiteren Knuff.

»Ich glaube, du hast diese Kissen oft genug aufgeschüttelt«, ertönt eine Stimme von der Tür.

Jack lehnt am Türrahmen, seine grauen Augen beobachten mich, seine Miene ist ernst. Er trägt seine abgeschabte, dreckverspritzte Jeans und ein graues T-Shirt. Seine schlammigen Stiefel und den grünen Overall, den er für die gröberen Arbeiten auf dem Hof anzieht, hat er draußen vor der Tür gelassen. Vermutlich ist er zu einer Teepause hereingekommen. Ich sehe ihn an und rufe mir in Erinnerung, wie er aussah, als wir uns zum ersten Mal begegnet sind, er war neunzehn, ich gerade achtzehn geworden. Damals war sein Haar länger und frei von grauen Strähnen, seine Locken wild, die Miene ernst, so wie jetzt. Er war so ernsthaft bei der Farmarbeit, er ging so sacht vor, legte die Samen mit Behutsamkeit und Sorgfalt in die Erde. Das war nur einer der Gründe, warum ich mich in ihn verliebt habe.

»Da hast du vermutlich recht«, sage ich und zupfe den Überwurf auf der Sofalehne zurecht. »Wenn ich so weitermache, ist von den Kissen bald nichts mehr übrig.«

Ich rechne mit seinem Lächeln, warte darauf, dass die Haut um seine Augen sich in Fältchen legt und sein Blick aufleuchtet, wie er es für mich und Molly tut. Sein Lächeln ist wie ein Durchlass zu dem Teil von ihm, der bei unserer Hochzeit und bei Mollys Geburt geweint hat, der schöne Kieselsteine und Muscheln am Strand sammelt, als wären sie Schätze. Aber sein Gesicht bleibt versteinert.

»Ich weiß nicht, warum du dir die Mühe machst.«

Es sollte mir egal sein, aber seine Worte treffen mich. Den ganzen Tag habe ich damit verbracht, das Haus so einladend wie möglich zu machen.

»Wir haben nicht oft Gäste.«

Als ich das ausspreche, denke ich an meine Schwestern, und in meinem Hals bildet sich ein Klumpen. Sie besuchen uns ein- oder zweimal pro Jahr, und ich versuche ebenfalls, immer wieder aufs Festland zu fahren und sie zu sehen, aber es ist schwierig. Die Reise dauert einen ganzen Tag, und wenn Sturm herrscht und die Fähre gestrichen wird, sogar länger. Das war immer das Schwerste daran, hier draußen auf dieser Hebrideninsel zu leben, schwerer als die langen Winter, in denen es sich manchmal so anfühlt, als würde die Sonne nie wieder aufgehen. Meine älteren Schwestern sind schwer beschäftigt, Caitlin als niedergelassene Ärztin in der Nähe von

Edinburgh, Shona unterrichtet an der Universität von Aberdeen Mathematik. Sie haben beide Familien, Caitlin einen Jungen und ein Mädchen, Shona drei Jungen: meine prächtigen Nichten und Neffen. Wenn ich an sie denke, zieht sich mein Herz noch einmal zusammen. Es ist lange her, dass wir alle zusammen waren – letzten Herbst sind meine Schwestern mit ihren Familien hergekommen, und unsere Eltern sind ebenfalls ein Wochenende lang dabei gewesen. Ich weiß noch, wie traurig ich war, als alle wieder abgereist waren. Ich wanderte durch unser beinahe leeres Haus, zog die Betten ab und lüftete die Zimmer. Shonas Jüngster, Finlay, hatte einen Plüschaffen vergessen, und als ich ihn neben seinem Bett fand, drückte ich ihn an die Brust, bevor ich Shona anrief, um ihr mitzuteilen, dass das geliebte Kuscheltier nicht verloren sei.

Jack legt die Hand auf den Kaminsims, sein Gesicht ist hart. »Wir wissen ja nicht einmal, wie lange sie bleiben. Es kommt mir bloß vor wie Zeitverschwendung.«

Ich fahre zum letzten Mal glättend mit der Hand über das Sofa, wende mich zur Tür, dränge mich an meinem Mann vorbei und gebe mir Mühe, meiner Stimme meine Verletztheit nicht anmerken zu lassen. »Ich muss los, einen Kurs geben. Bis später.«

Ich ziehe meine Yogaklamotten an, steige in den Land Rover und versuche, beim Fahren die Unterhaltung mit Jack abzuschütteln. Ich weiß, dass er aufgewühlt ist. Es ist alles so schwer für ihn. Ich konzentriere mich bei meiner Fahrt über die Insel auf die Landschaft. Kip zeigt sich heute von seiner besten Seite, die Sonne steht hoch an einem grenzenlosen blauen Himmel, und das Meer erstreckt sich in alle Richtungen. Der Berg in der Mitte der Insel leuchtet golden im Sonnenlicht, der Kiefernwald an seinem Fuß ist von einem tiefen Dunkelgrün, als wären seine Zweige in smaragdgrüne Tinte getaucht worden. Ich weiß noch, wie es war, hier zum ersten Mal anzukommen. Es war ein regnerischer Tag, wie sie hier oben so oft vorkommen. Damals hätte ich mir nicht träumen lassen, dass diese Insel mein Leben verändern würde. Ich hätte nie gedacht, dass ich hierbleiben würde.

Es ist nicht weit bis zu dem Gemeindezentrum, wo ich meine Yogakurse gebe. Die Frauen warten vor dem Gebäude auf mich und plaudern in der Sonne. Sie sind meine Schülerinnen, aber was wichtiger ist: Sie sind auch meine Freundinnen. Ich steige aus dem Wagen und begrüße sie mit einem Lächeln.

»Herrlicher Tag«, sagt Emma. Sie ist ein paar Jahre älter als ich, hat einen kurzen Pixie-Haarschnitt und Tattoos an den Oberarmen. Sie ist mit Jack zur Schule gegangen, ist wie er auf der Insel geblieben und hat einen anderen Insulaner geheiratet, Duncan McLeod. Zusammen mit Duncans jüngerem Bruder George betreiben sie die winzige Inselbrauerei.

»Heute ohne Joy?«, frage ich an Tess gewandt, eine Frau Ende zwanzig mit gebatikter Haremshose und weitem orangefarbenem T-Shirt.

»Ja«, antwortet sie. »Sie passt auf Harry auf.«

Tess und Joy vermieten eine Ferienwohnung auf der Insel und veranstalten geführte Wanderungen und Fotoworkshops für Touristen. Ihr Baby Harry ist sechs Monate alt und kommt manchmal in meine Kurse mit, dann schiebt er sich auf dem Bauch über den Hallenboden. Es stört niemanden, wenn er glucksend unter unseren Herabschauenden Hunden hindurchkrabbelt. Aber im Augenblick zahnt er und ist launisch.

»Wollen wir den Kurs draußen abhalten? In der Halle ist es so verdammt stickig«, schlägt Morag vor, die mit achtzig meine älteste Kursteilnehmerin und für ihr Alter erstaunlich beweglich ist. Sie hat mir erzählt, sie sei früher Balletttänzerin gewesen, aber ich bin mir nicht sicher, ob ich ihr glauben soll, denn im Laufe der Jahre hat sie ebenfalls behauptet, Schiffskapitänin, Bombenentschärferin, Stuntfrau, Pferdetrainerin und die erste Feuerwehrfrau Schottlands gewesen zu sein. Heute trägt sie leuchtend gelbe Leggings und ein schlabberiges weißes T-Shirt, auf dem »Choose Love« steht.

»Gute Idee. Lasst uns das gute Wetter nutzen.«

»Solange es anhält«, fügt Kerstin hinzu, die hochgewachsene Frau Mitte fünfzig, die vor ungefähr fünf Jahren einen stressigen Job bei der Bank (und ihren Ehemann) hinter sich gelassen hat, um mit ihren Katzen hierherzuziehen, und seitdem meine Kurse besucht.

»Sind wir vollzählig?«, frage ich in die Runde.

»Ja«, antwortet Tess. »Sarah und Brenda sind noch auf dem Festland, und Jean fühlt sich heute nicht so wohl.«

Brenda ist in den Sechzigern und hat leuchtend pinke Haare, die mich immer zum Lächeln bringen und die es einem erleichtern, sie auf ihren langen Spaziergängen über die Insel zu entdecken. Sie war eine meiner ersten Freundinnen hier. Sie ist nur ein paar Jahre vor mir hergezogen und wusste vermutlich noch, wie es sich anfühlte, ein Neuankömmling zu sein. Deswegen ist sie jetzt Mollys Patentante, und sie ist die beste Sorte Patentante: Sie hat keine eigenen Kinder und verwöhnt Molly mit absurden, aber aufmerksamen Geschenken. Ihre Tür steht immer offen, wenn man auf eine Tasse Tee und selbst gebackene Kekse vorbeikommen möchte. Molly und ich sind uns zwar nah, und sie hat ihre Freundschaft mit Olive und den anderen Inselkindern, aber ich fand es immer tröstlich zu wissen, dass es außer Jack und mir noch eine weitere Erwachsene gibt, an die sie sich wenden kann, wenn es nötig ist. Dabei hat Molly überhaupt nicht nur einen Erwachsenen. Das ist etwas, was mir nicht ganz klar war, als ich schwanger wurde: Wenn man auf Kip ein Baby bekommt, wird es zum Kind der ganzen Insel, es bleibt nicht nur das eigene. Sarah ist auch eine meiner engsten Freundinnen, stammt ebenfalls von der Insel und ist die Mutter von Mollys bester Freundin Olive. Und Jean ist die Schulleiterin der Insel, doch über die Jahre haben auch wir uns angefreundet. Die Eigenschaften, die sie zu einer guten Lehrerin machen – ihre Neugierde und Freundlichkeit und das Interesse, das sie für jeden aufbringt, vom kleinen Kind bis zum Erwachsenen –, machen sie auch zu einer guten Freundin. Kurz überkommt mich Sorge um sie. Ich hoffe, es geht ihr gut. Beunruhigende Gedanken schießen mir durch den Kopf, aber ich zwinge mich zu einem Lächeln.

»Okay, dann lasst uns loslegen.«

Ich habe vielleicht meine Schwestern nicht um mich, aber diese zusammengewürfelte Gruppe von Inselfrauen entschädigt mich dafür. Wir holen die Yogamatten aus der Halle und gehen plaudernd zum Strand, wo wir die Matten im Sand entrollen. Da ich mich nach all dem Putzen nicht so energiegeladen fühle, halte ich eine sanfte langsamere Stunde ab. Das gehört zu den großartigen Vorteilen, die man hat, wenn man selbst unterrichtet.

Ich gebe auch Kurse für Touristen und veranstalte, wenn ich genügend Anmeldungen habe, längere Retreats, aber meine Freundinnen sind meine treuesten Teilnehmerinnen, und den Kurs mit ihnen unterrichte ich am liebsten.

Nach dem Yoga sitzen wir Seite an Seite auf den Matten und blicken aufs Meer. Möwen gleiten tief über das Wasser, und am Horizont ist in weiter Entfernung das Festland gerade noch zu sehen. Die Sonne scheint warm auf meine nackten Arme, aber vom Meer her kommt eine kühle Brise. Morag greift in den Gummibund ihrer Leggings und zieht einen winzigen Flachmann heraus. Sie nimmt schnell einen Schluck, bevor sie ihn wieder verstaut, damit wir ihn nicht sehen. Tess stützt die Hände hinter sich ab, lehnt sich zurück, schließt die Augen und hält das Gesicht in die Sonne. Ich schaue auf ihre dunklen Augenringe, sehe aber auch das zufriedene Leuchten, das von ihr ausgeht.

»Sie kommen also morgen an?«, fragt Kerstin.

Die anderen Frauen drehen sich erwartungsvoll zu mir. Ich strecke die Beine aus und drücke die Füße in den feuchten Sand.

»Ja, sie müssten mit der Fähre morgen ankommen.«

Meine Freundinnen nicken.

»Und sag noch einmal«, bittet Emma, »die Mädchen hatten Kontakt über Facebook? Wie lange schon?«

»Ein Jahr.«

»Und ihr hattet keine Ahnung?«

»Nicht die geringste.«

Ich weiß noch, wie Molly uns eröffnet hat, sie sei online ihrer Cousine begegnet und schreibe mit ihr. Ich konnte nicht glauben, dass sie das vor uns so gut geheim gehalten hatte. Ein Teil von mir war auch beeindruckt von ihrem Einfallsreichtum, von dem Familiensinn, der mir immer so wichtig war und von dem ich befürchtet hatte, sie könne ihn nicht geerbt haben, da wir dieses begrenzte, abgeschiedene Leben führen. Jack jedoch war wütend. Ich frage mich, ob Lorna ebenso reagiert hat. Es fühlt sich eigenartig an, an meine Schwägerin zu denken, da ich ihr noch nie begegnet bin. In den vergangenen Jahren habe ich oft über sie nachgedacht. Wäre sie mit mir als Frau für ihren Bruder einverstanden? Was würde sie wohl von Molly halten, meinem ganzen Stolz? Und wieso ist sie vor all den Jahren weggegangen und nie zurückgekommen? Ich habe oft versucht, Jack dazu zu bewegen, etwas über sie und ihre gemeinsame Vergangenheit zu erzählen, aber es ist mir nicht gelungen. Er verschließt sich jedes Mal, wenn ich ihn danach frage, und je hartnäckiger ich nachhake, desto weiter scheint er sich in sich selbst zurückzuziehen.

»Und wie geht es Jack?«, fragt Kerstin.

Ich denke an unsere Unterhaltung vorhin und seinen harten Gesichtsausdruck.

»Nicht so toll. Es ist alles so schwierig. Ich glaube, ganz tief drinnen möchte er sie gern wiedersehen und natürlich auch Ella kennenlernen, aber es macht ihm wohl auch Angst.«

»Das wundert mich nicht«, sagt Emma. »Es ist so lange her. Ich weiß noch, wie sie weggefahren ist. Wie alt war sie da, achtzehn?«

Ich nicke stumm. Als sie weggegangen ist, war sie im selben Alter wie ich, als ich angekommen bin. Ich habe oft versucht, mir vorzustellen, wie sie diese Reise nach London ganz allein gemacht hat. Wie hat es sich wohl angefühlt, mit dem Zug durch die Nacht zu fahren, der sie von allem wegbrachte, was sie kannte, und dann in der riesigen Stadt auszusteigen, nachdem sie ihre Kindheit am Meer verbracht hatte?

»Und wie fühlst du dich?«, fragt Tess.

Ich hole tief Luft.

»Ich möchte ihnen das Gefühl geben, willkommen zu sein. Was auch immer geschieht, ich will alles in meiner Macht Stehende versuchen, damit es glattläuft. Aus einer schwierigen Situation das Beste machen, versteht ihr?«

Emma lehnt sich zu mir und legt mir den Arm um die Schultern.

»Wir helfen dir, wo wir können«, sagt sie und drückt mich kurz.

Sosehr ich meinen Ehemann auch liebe, wäre ich wirklich geblieben und hätte mir hier etwas aufgebaut, wenn es diese Frauen nicht gegeben hätte?

»Das weiß ich«, sage ich mit einem Lächeln. »Na gut, ich

mache mich dann besser auf den Rückweg und bereite alles fertig vor.«

Als ich das Farmhaus wieder betrete, ist die Küche warm und erfüllt von Dampf und dem Duft nach Knoblauch und Zitrone. Jack beugt sich über den großen Rayburn-Herd, er hat eine meiner Schürzen umgebunden und einen Holzlöffel in der Hand. Molly deckt den Tisch, ordentlich legt sie Teller und Besteck aus.

»Wie war der Kurs?«, fragt Jack und zieht mich sanft an sich. Ich kann seine Weichheit wieder spüren, als hätte die Wärme der Küche seine Kälte von vorhin tauen lassen. Ich atme erleichtert aus und lege ihm kurz die Hand auf die Brust. Er hebt sie an seinen Mund und küsst meine Handfläche, und in seinen Augen lese ich eine Entschuldigung, die mir genügt.

»Gut«, sage ich. »Wir sind mit unseren Matten zum Strand gegangen. Morag hat einen erstaunlich guten Baum hingekriegt, wenn man an den Whisky denkt, mit dem ich sie danach erwischt habe.«

Jack lacht, ein helles und süßes Geräusch. »Die Frau ist jedenfalls trinkfest.«

»Das ist sie. Molly, hattest du mit Olive einen schönen Nachmittag?«

Wir unterhalten uns beim Essen, sitzen um eine Seite des langen Holztisches herum, der vielleicht für mehr Stühle gebaut worden ist, uns dreien über die Jahre aber gute Dienste geleistet hat. Nachdem sie die Teller abgeräumt hat, verzieht sich Molly in ihr Zimmer, und Jack und ich bleiben zu zweit zurück und halten uns an den Händen.

»Es tut mir leid wegen vorhin«, sagt er leise. »Ich wollte nicht so zu dir sein. Ich bin einfach nervös, glaube ich.«

»Ich weiß. Und mir tut es auch leid. Das muss so schwer für dich sein. Aber wir stehen das zusammen durch, okay?«

Jetzt begegnet er meinem Blick und nickt langsam. Mit

den Augen versuche ich, ihm zu sagen, dass ich ihn liebe und an seiner Seite bin, was auch immer in den nächsten Tagen geschieht. Draußen glüht die Sonne über dem Meer, während ich den Kopf meines Mannes sanft mit den Händen umfange und ihn küsse.

Lorna

Draußen ist es jetzt dunkel, und meine Füße sind taub. Wie lange stehe ich nun schon am Zugfenster? Ein Blick zum oberen Stockbett verrät mir, dass Ella schläft, ihr Handy hat sie neben sich gelegt, ein Arm baumelt über die Bettkante. Das Haar fällt ihr übers Gesicht. Ganz sanft streiche ich es zurück.

Ich weiß, ich selbst werde nicht schlafen können. Da sind zu viele Gedanken in meinem Kopf. Das Schaukeln und Ruckeln des Zuges, das Ella so schnell eingeschläfert zu haben scheint, macht mich rastlos. Ich kann immer noch nicht ganz glauben, dass ich nach all dieser Zeit auf die Insel zurückfahre. Dass ich morgen zum ersten Mal seit zweiundzwanzig Jahren meinen Bruder sehen werde. Und ich werde endlich meine Nichte und meine Schwägerin kennenlernen. Scham und Reue überfluten mich, wie immer, wenn ich an meine Familie denke. Ich brauche unbedingt einen Drink.

Ich schalte das Licht im Abteil aus, trete hinaus und ziehe die Tür hinter mir zu.

Die Bar befindet sich im Salon der ersten Klasse, ein Waggon voller gepolsterter Sessel und kleiner Tischchen, die von

Lampen sanft erleuchtet werden. Ein Schild an der Tür weist darauf hin, dass es Fahrgästen der Standardklasse gestattet ist, hier Drinks zu kaufen, um sie dann in ihr Abteil mitzunehmen, aber der Waggon macht einen überraschend leeren Eindruck. Ein Bahnmitarbeiter in geschniegelter Uniform sagt mir leise, ich könne mich gerne hinsetzen, wo immer ich möchte. Als ich auf einen Tisch zugehe, bemerke ich eine Frau meines Alters, die mich von der anderen Seite des Waggons aus beobachtet. Sie hat von einer glänzenden Schildpattbrille umrahmte große Augen und zarte Lachfalten, und ihr dunkles Haar ist mit einem bunten Schal zu einem unordentlichen Knoten hochgebunden. Sie trägt eine dunkelgrüne Bluse, die sie bis zu den Ellbogen aufgerollt hat, Jeans und ausgebleichte, schlammbespritzte Wanderschuhe. Auf dem Tisch vor ihr steht ein Rotweinglas, in der Hand hält sie ein geöffnetes Buch. Doch sie beachtet es nicht, sie starrt mit leicht gerunzelter Stirn direkt mich an. Ihr Gesichtsausdruck geht schnell in ein Lächeln über.

»Lorna Irvine«, sagt die Frau plötzlich in der Aussprache der Hebriden, ohne das Ansteigen der Satzmelodie am Ende, das eine Frage markiert. Es ist keine Frage, es ist eine Feststellung, und sie lässt mich wie angewurzelt stehen bleiben. Ich sehe sie mit offenem Mund an, und die Frau lacht.

»Ich dachte mir, dass du das sein musst, und dein Gesichtsausdruck bestätigt mir, dass du es bist.«

Ich sehe mir dir Frau genauer an. Und plötzlich erkenne ich ein Mädchen mit blassen Augen, krisseligen dunklen Rattenschwänzen, einem riesigen Kassengestell und einem breiten Lächeln. Ich sehe dieses Mädchen neben mir in der Grundschule sitzen und mit mir über die Insel nach Hause radeln, unsere Fahrräder genau parallel nebeneinander. Meine Erinnerung macht einen Sprung nach vorn, und ich sehe dasselbe Mädchen als Teenager vor mir, ganz aufgedreht, weil sie soeben Kontaktlinsen bekommen hat. Ich sehe meine beste Freundin.

»Sarah.«

Als mir der Name über die Lippen kommt, ist mir bewusst, dass die Färbung des Dialekts fehlt. Früher einmal habe ich geklungen wie Sarah. Aber das ist lange her.

Als fiele ihr genau das ebenfalls auf, verdüstert sich ihre Miene ein wenig. Meine Wangen werden rot. Was kann ich bloß zu meiner alten Freundin sagen, die ich wie alles andere und jeden anderen zurückgelassen habe? Mein Kopf füllt sich mit Erinnerungen an unsere Freundschaft. Wie wir beim Mittagessen immer zusammensaßen und die Sachen auf unseren Tellern getauscht haben – ihre Karotten gegen meine Erbsen, meinen Saft gegen ihren zusätzlichen Tetrapack Milch. Ihre Familie, die immer so gastfreundlich war, obwohl ich zu schüchtern war, um mich richtig für ihre Liebenswürdigkeit zu bedanken. Die Teenagerzeitschriften, die Sarah mit ihrem Taschengeld auf dem Festland bestellte und die wir kichernd auf ihrem Bett sitzend lasen.

Die erwachsene Sarah deutet auf den freien Sessel.

»Willst du dich nicht setzen?«

Ich lasse mich in den Sessel gleiten. Nun, da ich sie erkannt habe, nehme ich sie genauer in Augenschein, sauge gierig jedes noch so winzige Detail in mich auf, das mir etwas über Sarahs heutiges Leben verraten könnte. Ein schlichter goldener Ehering, gepflegte, unlackierte Nägel, ein Kettchen mit verschiedenen Anhängern – ein Hund, ein Boot und drei goldene Initialen, B, A und O.

Ich muss etwas sagen. Irgendetwas. Es fühlt sich so gut an, sie wiederzusehen. Aber das Schweigen von Jahrzehnten verschließt mir den Mund. Sarah mustert mich ebenfalls. Welche Einzelheiten sind ihr aufgefallen? Der fehlende Ring an meiner Hand vielleicht. Die sorgenvollen dunklen Ringe unter meinen Augen. Mein Haar, das noch immer so rotbraun ist wie in unserer Jugend und noch genauso wild und lockig.

Das Schweigen dauert eine gefühlt sehr lange Zeit an.

»Es tut mir leid mit deinen Eltern«, sagt sie. »Das muss alle möglichen Gefühle in dir auslösen.«

Ich begegne über dem Tischchen hinweg ihrem Blick, und zwischen uns fließt Verständnis hin und her. In vielerlei Hinsicht sind wir Fremde, und doch sind wir so viel mehr. Cheryl war, seit ich ihr die Neuigkeiten erzählt habe, so reizend und unterstützend. Sie weiß, dass ich meine Eltern seit Jahren nicht gesehen habe, hat mich aber deswegen nie verurteilt, sondern sich Mühe gegeben, mich zu verstehen. Das ist der Grund dafür, dass ich keinen größeren Freundeskreis habe – die Angst, mich erklären zu müssen, die Furcht davor, was andere von mir denken werden. Über die Jahre bin ich geschickt darin geworden, das Thema zu umschiffen. Wenn Kollegen mich fragen, ob ich Weihnachten oder die Sommerferien mit meiner Familie verbringe, sage ich Ja, denn das tue ich. Meine Familie besteht eben aus einer Person: Ella.

Doch Sarah gegenüber muss ich mich nicht erklären. Sie war vor all den Jahren da, sie war meine Freundin, als ich mich so allein gefühlt habe.

»Danke«, bringe ich heraus, meine Kehle fühlt sich zu eng an für das Wort.

»Ich war mir nicht sicher, ob du zur Beerdigung kommen würdest«, sagt sie leise.

Die Worte rauben mir die Luft, und da ist sie wieder, die Erkenntnis, die ich noch immer nicht verarbeitet habe. Meine Eltern sind tot. Sie überkommt mich wieder, diese Realität, die sich so unwirklich anfühlt.

»Ehrlich gesagt wollte ich auch nicht, jedenfalls zuerst nicht.«

Weil ich fast vierzehn Jahre lang nichts von meinen Eltern gehört habe. Noch länger habe ich sie nicht mehr gesehen. Vielleicht sollte mich ihr Tod nicht so erschüttern, wo sich unsere Wege doch schon vor langer Zeit getrennt haben. Aber ich kann noch immer nicht glauben, dass meine Eltern fort sind. Und dass es meine Tochter war, die mir das gesagt hat.

Sie hat es von ihrer Cousine Molly erfahren. Wie sich herausstellte, standen sie seit beinahe einem Jahr miteinander in Kontakt, und ich hatte keine Ahnung davon. Ella hat mir letzte Woche wie im Rausch alles gestanden, die heimlichen Gespräche und dann die Neuigkeit, dass meine Eltern beide krank waren und im Abstand von zwei Tagen gestorben sind. Ella sagte, es tue ihr leid, dass sie das alles vor mir verheimlicht habe, aber sie wolle auf die Insel fahren. Sie möchte zur Beerdigung der Großeltern gehen, die sie niemals kennengelernt hat.

Ich weiß noch, wie ich Ella das erste Mal von Molly erzählt habe. Ella war in der Grundschule, und sie hatten ein Projekt über Stammbäume. Das Projekt zog Fragen zu meiner Familie nach sich, denen ich über die Jahre ausgewichen war oder die ich nur so knapp wie möglich beantwortet hatte. Dieses Mal jedoch war Ella beharrlich geblieben.

»Ich kann bei dem Projekt nicht mitmachen, wenn ich keine Familie habe«, sagte sie den Tränen nahe. »Alle anderen haben ihren Baum schon fast fertig, und ich habe noch nicht mal angefangen!«

Ich spürte die alten Schuldgefühle und die alte Trauer als scharfen Schmerz – darüber, dass ich nicht in der Lage war, meiner Tochter mehr zu bieten. So oft habe ich mir eine andere Sorte Leben für sie ausgemalt, ein Leben voller Menschen: Großeltern, Cousinen und Cousins, vielleicht Geschwister, ein Vater. Stattdessen hatte sie immer nur mich. Ich kann ihr nicht alles geben, aber ich wollte ihr an diesem

Tag wenigstens irgendetwas geben, und deswegen habe ich es ihr erzählt.

»Ich habe einen Bruder namens Jack, aber ich habe ihn schon sehr lange nicht mehr gesehen. Und er hat ein kleines Mädchen namens Molly. Sie ist ein bisschen älter als du, und sie ist deine Cousine. Ich habe sie aber noch nie getroffen. Sie wohnen ganz weit weg.«

Danach hat sie mir weitere Fragen nach Molly gestellt, wie sie sei, was ihr Lieblingsfach in der Schule sei, ob sie Brokkoli möge, welche Haarfarbe sie habe. Aber diese Fragen tat ich ab, teils weil ich das Thema wechseln wollte, teils weil ich mich so dafür schämte, die Antworten darauf nicht zu kennen.

Was für ein Mensch ist das, der nicht weiß, dass seine Eltern schwer krank sind? Waren sie allein, als sie starben? Hatten sie Schmerzen? Bestimmt war Jack bei ihnen. Ich bin mir nicht sicher, ob mir das ein besseres oder ein schlechteres Gefühl gibt, schlechter deswegen, weil ich, als ich mit achtzehn die Insel verließ, alles ihm allein überlassen habe.

»Wieso hast du es dir anders überlegt?«, fragt mich Sarah.

Ich denke einen Augenblick darüber nach. »Hauptsächlich wegen meiner Tochter. Sie wollte schon immer mehr über ihre Familie erfahren. Ich schätze, mir ist endlich klar geworden, dass sie ein Recht darauf hat.«

Ich denke zurück an letztes Wochenende, als Ella mir alles erzählt hat. Wir saßen in unserem Lieblingscafé in Greenwich. Sie war den ganzen Tag so still gewesen, untypisch für sie. Und dann sagte sie es mir. Ich war so schockiert, dass ich keine Ahnung hatte, was ich antworten sollte. Wenn ich ehrlich bin, weiß ich, dass ich nicht gut reagiert habe. Ich war überrascht und verletzt, dass sie den Kontakt zu ihrer Cousine vor mir geheim gehalten hatte. Und dann war da der Schmerz, der mich unverhofft traf. Warum sollte man um Menschen trauern, die man aus seinem Leben verbannt hat? Ich kann es immer noch nicht erklären, da ist nur die Tatsache, die keine Zeit und keine Entfernung der Welt ausradieren kann. Sie waren meine Mum und mein Dad.

Als Ella mich das erste Mal fragte, ob wir auf die Insel fahren könnten, sagte ich Nein. Da wurde sie wütend, wütender, als ich sie jemals erlebt hatte.

»Sie sind auch meine Familie, Mum, selbst wenn ich sie nie kennengelernt habe!«, schrie sie, sodass sich alle Köpfe in dem Café zu uns umwandten. Als ich mich beruhigt hatte, wurde mir allmählich klar, dass sie recht hatte. Ich habe mein ganzes Leben lang versucht, sie zu beschützen. Alles, was ich getan habe, habe ich getan, weil ich sie liebe. Aber das bedeutet nicht zwangsläufig, dass ich immer die richtigen Entscheidungen getroffen habe.

»Und auch wegen etwas, das meine Freundin Cheryl gesagt hat«, füge ich jetzt zu Sarah gewandt hinzu.

Nach dem Wochenende saßen wir im Lehrerzimmer, die Kollegen waren draußen und genossen die Sonnenstrahlen. Ich erzählte ihr alles, was passiert war, und wie unbedingt Ella auf die Insel fahren wollte.

»Ella hat ihre Familie nie kennengelernt«, sagte ich. »Sie hat nur mich. Vielleicht sollte sie also die Gelegenheit bekommen, ihre Cousine kennenzulernen, sie im echten Leben zu treffen. Sie hat das verdient.«

»Warum fährst du nicht einfach?«, schlug Cheryl vor, leichthin, aber auch behutsam.

»Wirklich? Allein der Gedanke versetzt mich in Angst und Schrecken.«

Cheryl nickte. »Das verstehe ich. All die Erinnerungen …«

»Es sind nicht nur die Erinnerungen. Was, wenn mein Bruder mich nicht sehen will? Was, wenn ich nicht willkommen bin? Ich würde es ihm nicht zum Vorwurf machen, nach all den Jahren.«

»Willst du ihn denn sehen?«

Die ehrliche Antwort auf diese Frage war zu kompliziert, um sie in Worte zu fassen. Also sagte ich stattdessen das Einzige, dessen ich mir sicher war.

»Ich habe ihn vermisst. Es war eine so lange Zeit.«

»Es war eine lange Zeit«, sagte Cheryl sanft, »und vielleicht war es lange genug? Die Dinge liegen jetzt anders. Du hast Ella, du hast dein Leben hier – ein Leben, das du dir selbst aufgebaut hast übrigens. Du bist kein Kind mehr. Du bist so viel stärker, als du denkst, Lorna.«

Ich fühlte mich nicht stark. Das tue ich immer noch nicht. Aber dass meine Freundin an mich glaubte, weckte in mir den Wunsch zu versuchen, es zu sein.

»Sie hat mir geholfen zu erkennen, dass es vielleicht auch für mich gut sein könnte zurückzukehren«, sage ich zu Sarah. »Du weißt schon, um mich mit dem auseinanderzusetzen, was ich hinter mir gelassen habe.«

Unsere Blicke treffen sich, und das ist mir so unangenehm, dass ich wegsehe. Gelächter dringt von dem Tisch auf der anderen Waggonseite herüber, wo sich eine Gruppe eine Flasche Prosecco teilt.

»Ich habe von Alice gehört, dass du eine Tochter hast«, sagt Sarah. »Es war geradezu Inselgespräch, dass Ella und Molly einander online gefunden haben.«

Wie eigenartig, Ellas Namen aus Sarahs Mund zu hören. Der Gedanke, dass meine Tochter und ich Gegenstand des Inselklatsches gewesen sind, macht mich für eine Sekunde schwindelig.

Als hätte sie meine Gedanken gelesen, fügt Sarah schnell hinzu: »Tut mir leid, du weißt ja, wie es auf der Insel ist. Alle freuen sich einfach total darauf, sie kennenzulernen. Und dich wiederzusehen.«

Als sie das sagt, blickt sie zu Boden.

»Du lebst also noch immer auf der Insel?«, frage ich, da ich nicht weiß, was ich sonst sagen soll.

Sie nickt.

»Ja. Dieses Wochenende war ich in London, um eine alte Freundin von der Uni zu besuchen, die nach dem Studium dorthin gezogen ist.«

»Also hast du den Notendurchschnitt geschafft. Ich wusste es.«

Ich weiß noch, was für Sorgen sich Sarah darüber gemacht hat, ob sie an der Universität angenommen werden würde. Sie war aus ihrer Familie die Erste, die studieren wollte, und sie wusste, wie wichtig es ihren Eltern war, auch wenn sie ihr Bestes gaben, es nicht zu zeigen.

»Wo bist du denn am Ende gelandet?«, füge ich hinzu.

Ich selbst habe die Insel verlassen, bevor die Ergebnisse der Abschlussprüfungen eintrafen. Meine wurden mir vom Schulamt an meine neue Adresse in London weitergeleitet.

»Ich bin nach Glasgow gegangen und hatte eine herrliche Zeit«, sagt sie mit einem Lächeln. »Aber nach all dem Stress hätte ich wohl überall eine gute Zeit gehabt. Nach dem Studium bin ich dortgeblieben. Bis ich Ben begegnet bin …«

Sie dreht lächelnd den Ehering an ihrem Finger. Doch dann sieht sie wieder mich an, und das Lächeln verrutscht ein wenig. Ich sehe, wie sie sich verschließt, vielleicht zögert sie, zu viel von sich zu erzählen. Daraus mache ich ihr keinen Vorwurf, und doch tut es weh zu sehen, wie die Freundin, die mir früher einmal alles erzählt hat, sich kontrolliert und in meiner Gegenwart auf ihrem Sitz herumrutscht.

»Und was machst du jetzt?«

»Tja, da ich Insulanerin bin, mache ich natürlich von allem ein bisschen, also müsste die Frage eher lauten, was ich nicht mache. Wir leben auf einem der alten Höfe, ich kümmere mich um alles. Wir verkaufen Marmelade und Chutney im

Dorfladen und auf den Inseln in der Umgebung. Ein paar Tage in der Woche arbeite ich als Hilfslehrerin in der Schule. Manchmal helfe ich auch im Dorfladen aus. Und natürlich kümmere ich mich um Olive und Alfie. Sie sind zwölf und neun und halten mich in Trab.«

Olive und Alfie. Olive und Alfie. Ich kann nicht ganz glauben, dass die Sarah Douglas, mit der ich aufgewachsen bin, nun eigene Kinder hat.

»Ich wette, du bist eine tolle Mum.«

Sie wird blass, fummelt an dem Armband an ihrem Handgelenk herum und sieht mich nicht an. Vielleicht war das zu viel für eine erste Begegnung nach all der Zeit.

»Wie geht es deinen Eltern? Leben sie noch auf der Insel?«, frage ich. Sie waren so nett zu mir, als ich ein Kind war. Ich schulde ihnen so viel.

»Ja, Mum und Dad geht's gut. Sie werden älter, aber werden wir das nicht alle? Sie wohnen noch im selben Haus.«

Ich habe das Bauernhaus, in dem Sarah aufgewachsen ist, so deutlich vor Augen, als wäre ich wieder dort. Etwas marode und unaufgeräumt, aber immer warm. Ihr Vater war Bauer, hatte aber eine Leidenschaft für die Tischlerei und im Garten seine eigene Werkstatt. Er roch immer nach Holzspänen und Möbelpolitur. Sarahs Mutter war eine fröhliche, vielleicht ein wenig nüchterne Frau, die alles über das Schlachterhandwerk wusste, was es zu wissen gab. Sie umarmte mich damals so, dass ich am liebsten immer gleichzeitig gelächelt und geweint hätte.

»Und du?«, fragt Sarah und setzt ihr Weinglas an die Lippen. Aber es ist nichts mehr darin, obwohl es beinahe voll war, als ich mich gesetzt habe. Sie fängt den Blick des Kellners auf und bestellt noch ein Glas. Ich nehme einen Gin Tonic. »Bist du noch immer Künstlerin?«

Die plötzliche Erinnerung an den Geruch von Ölfarben

und das Gefühl von Zeichenkohle unter den Fingernägeln. Sie lässt mich leicht erzittern.

»Ich bin Lehrerin. Konrektorin an einer Grundschule im Osten von London.«

Sarahs Augenbrauen heben sich. »Entschuldige, wenn ich überrascht wirke, aber ich habe einfach immer gedacht, dass du es schaffen würdest. Du hattest so viel Leidenschaft dafür. Es war dein Ding.«

Früher einmal vielleicht. Aber das war vor langer Zeit.

Der Kellner kommt mit unseren Drinks. Ich greife nach meinem und nehme sofort einen tiefen Schluck. Die Wirkung stellt sich augenblicklich ein.

Sie hat natürlich recht. Früher einmal war Kunst mein Ding. Es war das Ding, das mich morgens dazu brachte aufzustehen, das ich mehr liebte als irgendetwas sonst. Damit habe ich die Stunden in meinem Zimmer gefüllt, mich ausgedrückt, damit bin ich all dem anderen in meinem Leben entflohen. Damals konnte ich mir ein Leben ohne Kunst nicht vorstellen. Und eine Weile habe ich mich nach meiner Flucht von der Insel noch als Künstlerin bezeichnet, auch wenn ich in einer Bar gearbeitet und lange keinen Pinsel mehr angerührt habe. Aber jetzt kommt mir das Wort fremd vor. Das bin einfach nicht ich. Nicht mehr.

Ich weiß noch, wie ich nachmittagelang mit Sarah Uniprospekte durchblätterte. Sobald ich die Broschüre von Goldsmiths sah, wusste ich, dass ich dorthin gehen wollte. Dass ich dafür bestimmt war, dorthin zu gehen. Aber so ist es nicht gekommen. Am Ende habe ich mich nicht einmal beworben.

»Als ich nach London gegangen bin, hatte ich vor, mich an einer Kunsthochschule zu bewerben«, höre ich mich sagen. »Es hätte bedeutet, ein Jahr später damit anzufangen als geplant, aber ich hielt es für machbar. Ich schätze, mir war nicht klar, wie teuer es ist, in London zu leben, und wie schwer es sein würde, mir meinen Unterhalt zu verdienen.«

Sarah lässt mich nicht aus den Augen. Sie nimmt einen weiteren Schluck von ihrem Wein und nickt mir leicht zu, damit ich weiterspreche.

»Als ich meinen ersten Job in einer Bar bekam, musste ich so viel arbeiten, dass ich keine Zeit mehr fürs Malen hatte. Jeden Monat habe ich mir gesagt, wenn ich diesen Monat mehr Schichten übernehme, kann ich mich im nächsten wieder auf die Kunst konzentrieren. Aber nach einer Weile habe ich aufgegeben, so zu tun, als würde das noch passieren. Ich habe die Bewerbungsfrist für die Kunsthochschule verstreichen lassen, und selbst wenn ich mich beworben hätte, ich hatte ja als Bewerbungsmappe nichts vorzuweisen. Meine ganze Energie war darauf gerichtet, genug Geld zu verdienen, um mich über Wasser zu halten.«

Und manchmal machte es Spaß. Manchmal habe ich mich am Ende einer Schicht mit meinen Kollegen in der Bar betrunken und hatte für einen Augenblick das Gefühl, dass vielleicht alles in Ordnung kommen würde. Ich war frei, ich lebte nach meinen eigenen Regeln. Aber dann wurde daraus mein Leben, und die Leidenschaft fürs Malen, die ich einmal gehabt hatte, schwand.

Als Ella unterwegs war, brauchte ich einen ordentlichen Beruf. Da bin ich auf Lehrerin gekommen. Und es war, als sie älter wurde, eine gute Sache. Ferien zu haben, früher zu Hause zu sein, als wenn ich in einem Büro gearbeitet hätte. Es funktioniert für sie, für uns. Und es macht mir auch Spaß. Es ist so befriedigend zu sehen, wie Kinder sich entwickeln, aufwachsen.

Den Widerling Dave Phillips und die wachsenden Herausforderungen des Berufs lasse ich unerwähnt. Unterrichten macht mir immer noch Spaß, aber wenn ich ehrlich bin, habe ich in den letzten Wochen einen Widerwillen dagegen entwickelt, zur Arbeit zu gehen, da ich nie weiß, was er an dem Tag sagen oder tun wird und wie ich reagieren soll.

Wir nehmen beide noch einen Schluck von unseren Drinks. Für einen Moment sehe ich zu dem Waggonfenster hinüber, hinter dem die Dunkelheit vorüberfliegt, in der gelegentlich erleuchtete Häuser aufblitzen.

»Warum hast du mich nicht angerufen?«

Sarahs Stimme ist jetzt leiser, aber ich höre sie dennoch. Es ist die Frage, vor der ich mich gefürchtet habe, seit wir uns unterhalten. Es wäre unmöglich, auf diese Weise weiterzureden wie zwei alte Freundinnen, die sich auf den neuesten Stand bringen, wenn wir die Wahrheit ausklammern würden. Die Wahrheit, dass ich, so nah wir uns waren, auch Sarah verlassen habe, als ich die Insel verlassen habe.

Ihre blassen Augen funkeln, als sie sich mit Tränen füllen. Kurz sehe ich die neunjährige Sarah vor mir, die weint, weil ihr Lieblingslamm sich in der Nacht in Stacheldraht verfangen hat und gestorben ist. Sie hatte die Tränen für die Mädchentoilette in der Schule aufgespart, wohin sie mich in der Pause schleppte. Sie weinte selten und wusste, dass ihre Eltern und Großeltern es nicht gutheißen würden, denn bei aller Freundlichkeit waren sie eine Bauernfamilie. Der Tod war auf einem Bauernhof und auf der Insel einfach Teil des Lebens. Aber Sarah war neun und liebte Tiere, als wären sie ihre Freunde. Ich fühlte mich geehrt, dass sie nur mich ihre Tränen sehen ließ, dass sie nur vor mir und mir allein zusammenbrach. Es brachte uns einander näher, festigte unsere freundschaftlichen Bande.

Jetzt fühlt es sich anders an. Ich sehe, wie sich die Distanz zwischen uns wieder ausdehnt.

»Ich musste einfach weggehen, verstehst du. Ich musste.«

»Ich verstehe das«, sagt sie tränenerstickt. »Nach allem,

was du durchgemacht hast, wolltest du natürlich weg. Aber ich verstehe einfach nicht, warum du dich nicht gemeldet hast. Wir waren beste Freundinnen. Ich habe mich ewig gefragt, was ich falsch gemacht habe. Ich dachte, ich sei dir egal.«

Ich schließe für einen Moment die Augen. Als ich sie wieder öffne, blicke ich auf Sarahs Hände, ich kann ihr einfach nicht in die Augen sehen.

»Ich war oft kurz davor, dich anzurufen«, sage ich leise. Nach meiner Ankunft in London sehnte ich mich verzweifelt danach, Sarahs Stimme zu hören. Ich wollte ihr von der U-Bahn erzählen und davon, wie laut die Züge durch die Tunnel donnerten, von der National Gallery, in der ich in meiner ersten Woche in der Stadt dreimal war, von dem winzigen Dachgeschosszimmer, das ich gemietet hatte, und meinen neuen Mitbewohnern, die aus der ganzen Welt kamen und noch niemals von der Insel Kip gehört hatten. Aber etwas hielt mich zurück. »Ich wollte so gern mit dir sprechen. Aber ich brauchte unbedingt Abstand zur Insel. Ich wollte nicht daran erinnert werden. Und noch weniger wollte ich, dass meine Familie herausfindet, wo ich bin.«

»Aber das hätte ich ihnen doch nie erzählt! Ich habe dir doch geholfen abzuhauen, weißt du nicht mehr?«

Wie könnte ich diesen Tag vergessen? Sarah kam mit mir zur Mole und brachte mich zur Fähre. Es war das letzte Mal, dass wir einander sahen.

»Es lag nicht daran, dass ich dir nicht vertraut hätte. Ich brauchte einfach einen klaren Schnitt. Ich weiß nicht, wie ich es besser erklären soll, ich wusste einfach, dass ich nichts mehr mit der Insel zu tun haben konnte. Und mit der Zeit kam noch mehr dazu. Ich habe mich so dafür geschämt, wie ich mich dir gegenüber verhalten hatte und wie viel Zeit vergangen war. Je mehr Zeit verstrich, desto schwieriger wurde es anzurufen. Ich war mir nicht sicher, ob du noch etwas von mir wissen wolltest.«

Sarah reibt sich über die Augen. »Ich hatte keine Ahnung, wo du warst«, sagt sie, und ihre Stimme klingt erstickt, »und ich habe dich so vermisst.«

Ein Schmerz breitet sich in meiner Brust aus und erschwert mir das Atmen. »Ich habe dich auch vermisst.«

Der Zug rattert durch die Dunkelheit, und wir sitzen schweigend da, zwei alte Freundinnen, getrennt durch die Jahre und die Kilometer und all die Gelegenheiten, bei denen ich beinahe zum Telefon gegriffen hätte und es nicht getan habe.

Nach einer Weile wischt sie sich über die Augen und steht auf. »Ich sollte zusehen, dass ich ein bisschen Schlaf bekomme.« Sie zieht ihre Jacke von der Sessellehne und nimmt ihr Buch vom Tisch.

»Können wir uns auf der Insel zu einem Drink treffen?«, frage ich. »Über alles reden?«

Es gibt da noch so viel mehr, was ich ihr sagen muss. Abbitte, die ich leisten muss.

»Ich weiß nicht, Lorna«, sagt sie. »Es ist alles wirklich lange her. Ich schätze, ich brauche ein bisschen Zeit zum Nachdenken.«

»Ja, natürlich. Also, ich bin jedenfalls ein Weilchen da.«

»Okay.«

Und dann sehe ich zu, wie sie sich umdreht und weggeht. Letztes Mal war sie es, die mir auf der windgepeitschten Mole hinterhersah, als mich die Fähre in mein neues Leben trug. Jetzt starre ich auf den Platz, an dem sie gesessen hat. Ich vermisse meine alte Freundin, aber vielleicht ist es zu viel verlangt, während meines Aufenthalts auf der Insel eine Art von Annäherung zu erwarten. Vielleicht ist es dafür einfach zu spät.

Alice

Die Fähre kommt heute Nachmittag an. Jack arbeitet auf dem Feld, die Morgensonne scheint durch einen Flickenteppich aus Wolken. Ich beobachte ihn vom Küchenfenster aus und lächele über die Zielstrebigkeit und Konzentration, mit der er sich bewegt, den Blick auf die Erde gerichtet.

Mein Laptop steht auf dem Tisch neben mir, eine neue E-Mail von Shona wartet auf mich. Ich mache mir eine Tasse Tee, denn ich will mich damit hinsetzen und die Worte meiner Schwester auskosten. Wir sehen einander zwar nicht oft, schreiben uns jedoch alle paar Tage Mails und Textnachrichten. Und alle vierzehn Tage skypen wir Schwestern zu dritt, um uns sämtliche Neuigkeiten zu erzählen, üblicherweise mit einem Rotweinglas in der Hand.

Shonas Mail ist kurz, aber wie immer lustig und interessant. Sie erzählt mir von Studenten aus ihrem Seminar, von einer Forschungsarbeit, die sie zusammen mit Kollegen betreibt, und einem Theaterstück, das ihr Mann Malcolm und sie kürzlich im His Majesty's Theatre in Aberdeen gesehen haben. Es sind auch Fotos angehängt – meine Neffen Finlay und Cam im Fußballcamp.

Ich starre eine Weile auf den Bildschirm und frage mich wie so oft, was ich antworten soll. Ich möchte ihr Einzelheiten aus meinem Leben erzählen, schließlich sind diese Nachrichten der unsichtbare Faden, der mich mit meinen Schwestern verbindet. Aber ich will sie nicht langweilen. Ich denke an die Veränderungen auf den Feldern, an die Sprösslinge, die in den Folientunneln aus der Erde sprießen. In ein paar Tagen ist im Dorfladen Liefertag, da werde ich unsere Regale auffüllen. Im Yogakurs möchte ich nächste Woche eine bestimmte Atemtechnik unterrichten, und ich will mir zur Vorbereitung noch ein paar Videos dazu online ansehen. Außerdem muss ich Brot backen und plane für heute Abend ein Grillhühnchen mit Kopfsalat und Kräutern aus dem Garten. Das sind die Einzelheiten meines Lebens. Aber ich habe nicht immer das Gefühl, dass sie meinen viel beschäftigten, intelligenten Schwestern gegenüber erwähnenswert sind. Dann sind da noch meine Sorgen um Jean und all das, was rund um die Inselschule vor sich geht … Aber ich kann mich nicht dazu überwinden, über diese Sorgen wirklich nachzudenken, erst recht nicht dazu, sie zu tippen.

Am Ende schreibe ich von einem Schaf, das uns vor ein paar Tagen entlaufen ist und dann auf halbem Weg auf die andere Inselseite aufgegriffen wurde. Brenda war unterwegs zu uns, um mit mir Tee zu trinken, und es ist ihr irgendwie gelungen, das Schaf einzufangen und in ihren Kofferraum zu laden. Ich berichte auch von Lornas und Ellas Besuch und dass wir heute Nachmittag mit ihnen rechnen.

Als ich die Mail abschicke, höre ich, wie die Haustür sich öffnet. Eine Stimme ruft: »Guten Morgen, ist jemand zu Hause?«

»In der Küche!«

Es ist Emma, sie trägt einen Karton, in dem sich eine große runde Blechdose und sechs Flaschen Bier mit dem Logo der Inselbrauerei befinden. Ich helfe ihr, ihn auf dem Tisch abzustellen.

»Was ist das alles?«

»Eine Kleinigkeit von Duncan für dich und Jack.« Sie zeigt auf die Bierflaschen. »Und eine Kleinigkeit von mir für euch alle.«

Ich hebe den Deckel der Dose an. Darin befindet sich ein Kuchen mit goldbraunem Guss, der im Begriff ist davonzufließen.

»Ach herrje, er muss im Auto herumgerutscht sein«, sagt Emma, greift nach dem Messer auf dem Abtropfbrett und glättet damit die Glasur. »Aber ich hoffe, er schmeckt noch halbwegs. Kaffee und Walnuss.«

»Oh danke! Er sieht köstlich aus. Das ist so nett von euch.«

Sie zuckt mit den Schultern. »Keine Ursache.«

»Möchtest du eine Tasse Tee?«

Sie schüttelt den Kopf. »Ich würde ja gerne, aber ich muss noch ein paar Sachen erledigen. Jean geht es nicht so gut, ich schaue gleich noch bei ihr vorbei.«

Ich nicke stumm und drehe mich schnell zum Schrank neben dem Kühlschrank um. »Nimm das hier mit«, sage ich und drücke Emma ein Glas selbst gemachte Marmelade in die Hand. »Und richte Jean liebe Grüße aus, ja?«

»Klar.«

Wir umarmen uns zum Abschied, und sie geht allein aus der Tür. Mir fallen meine Vorsätze vom Morgen ein, Vorsätze, die ich nach dem gestrigen Yogakurs gefasst habe. Ich kritzele eine Nachricht für Jack und Molly (die vermutlich schläft oder mit Olive unterwegs ist) auf einen Zettel und lasse ihn auf dem Küchentisch liegen. Dann gehe ich hinaus zum Land Rover.

Tess' und Joys Haus befindet sich auf der anderen Seite der Insel, es ist eines der neueren Gebäude im Dorf, das nicht wirklich ein Dorf ist, sondern eher eine Gruppe von Häusern rund um einen Laden, den Pub, die Schule und das Gemeindezentrum. Es ist leuchtend weiß gestrichen und hat auffällige quadratische Fenster. Nach hinten haben sie mit Blick aufs Meer einen großen Garten, in dem ein modernes Häuschen und zwei Segeltuchjurten stehen, die sie an Urlauber vermieten.

Ich parke, öffne ihr niedriges Holztor und gehe den Gartenweg entlang zwischen Blumenbeeten hindurch, in denen Disteln, Stauden und leuchtend gelber Ginster wachsen. Neben der grünen Haustür stehen eine Holzbank und darunter säuberlich aufgereiht zwei Paar Gummistiefel. Auf einer Wäscheleine flattern Babystrampler, Mullwindeln und Bettlaken.

Ich klopfe an, warte, und dann steht Joy in der Tür. Sie trägt ein fleckiges T-Shirt und Jogginghose, ihre Füße sind nackt. Sie wirkt äußerst verlegen, und aus dem Inneren des Hauses höre ich Harry brüllen und Tess' beruhigende Stimme. Die arme Joy sieht noch erschöpfter aus als Tess gestern.

»Morgen, Alice, ist alles in Ordnung? Ich würde dir ja eine Tasse Tee anbieten, aber ich glaube, wir haben keine Milch mehr ...« Sie verstummt, als Harry einen besonders lauten Schrei ausstößt, und dreht sich um.

»Mach dir deswegen keine Gedanken. Ich wollte nur mal vorbeischauen und meine Dienste als Babysitterin anbieten. Ich habe Zeit und dachte, ihr beide könnt vielleicht eine Pause gebrauchen.«

Joy wendet sich wieder mir zu, auf ihrem Gesicht spiegeln sich Erleichterung und Unsicherheit. Tess steht nun ebenfalls im Flur und wippt Baby Harry auf ihrer Hüfte. Seine runden kaffeefarbenen Wangen sind gerötet und seine braunen Augen feucht von Tränen. Aber er hat sich etwas beruhigt, der kleine Kerl, und schiebt sich schnüffelnd die Hand in den Mund.

»Das ist sehr nett von dir«, sagt Joy. »Aber er hat gerade eine besonders anstrengende Phase.«

Ich winke ab. »Das macht nichts. Molly war genauso.«

Joy sieht Tess an. »Ich könnte eine Dusche gut gebrauchen«, sagt sie zögernd.

»Und ich wäre so froh, wenn ich schlafen könnte«, fügt Tess hinzu. »Heute Nacht habe ich kein Auge zugetan.«

»Dann ist es abgemacht. Wo ist seine Bauchtrage? Ich nehme ihn mit auf einen Spaziergang, es ist ein schöner Morgen.«

»Danke, Alice, wir wissen das so sehr zu schätzen.«

Es ist das Mindeste, was ich tun kann, und auch nicht mehr, als andere Insulaner für mich getan haben, als Molly klein war. Ich schnalle mir Harry vor die Brust, und seine Eltern beugen sich über ihn und küssen ihn auf den Kopf.

»Sei brav bei Tante Alice.«

Als Antwort gluckst Harry. Ich winke Tess und Joy zu, die Arm in Arm erschöpft am Türrahmen lehnen, und gehe über den Gartenweg zur Straße, die durch das Dorf hinunter zum Strand führt.

»Wir machen jetzt einen schönen Spaziergang«, sage ich leise zu Harry, der zum Glück verstummt ist. Ab und zu quengelt er ein bisschen, dann gebe ich ihm einen Finger, an dem er nuckeln und auf dem er herumkauen kann, was anscheinend ausreicht, um seine Tränen in Schach zu halten. Ich versuche, ihn abzulenken, und zeige ihm beim Gehen verschiedene Dinge.

»Sieh mal, diese große Möwe! Und siehst du die Robbe da draußen in der Bucht?«

Seine pummeligen Beinchen baumeln seitlich an mir herunter. Gelegentlich fasse ich seine in Socken steckenden Füße an und drücke sie sanft, oder ich lege die Hand auf sein weiches, eng gelocktes Haar. Ich habe mir zwar Sorgen um

Tess und Joy gemacht, dennoch muss ich zugeben, dass dies kein ganz selbstloser Besuch ist. Es gibt einfach nichts, was dem Gefühl gleichkommt, das warme Gewicht eines Babys vor der Brust zu spüren. Ich weiß noch, wie ich Molly getragen habe, als wäre sie ein Teil von mir, und wie ich mir dadurch, dass ich sie trug, so wichtig und bedeutsam vorkam.

Ich gehe mit uns beiden am Strand entlang, steige über Seegras und weiche den größeren Steinen und Treibholzstücken aus. Wir kommen an ein paar Leuten vorbei, die mit ihren Hunden unterwegs sind, und obwohl hier alle immer freundlich sind, ist ihr Lächeln noch breiter als sonst, als sie mich grüßen. Babys haben einfach diese Wirkung.

Ich dachte immer, ich würde eine größere Familie haben. Ich wollte vier Kinder. Ich stellte mir das Bauernhaus voller Lärm, Unordnung und Lachen vor, mit Bergen von schmutzigen Schuhen neben der Tür, einer Wäscheleine, an der ständig Pyjamas und Socken und Schuluniformen hängen. Aber so ist es nicht gekommen. Ich glaube, ich habe das nie laut ausgesprochen, aber das größte Versagen meines Lebens war das Versagen meines Körpers. Ich weiß, ich sollte es nicht als ein Versagen betrachten. Jedenfalls haben mir das all die Ärzte auf dem Festland gesagt. *So etwas kommt vor. Es ist nicht Ihre Schuld.* Meine Schwestern und Freunde sagen mir das auch. Aber tief in mir glaube ich ihnen noch immer nicht ganz. Das Versagen sitzt in meiner Magengrube. Ich habe einfach gelernt, damit zu leben.

Einen Augenblick bleibe ich am Strand stehen und lasse mich dann mit Harry auf einen Baumstamm nieder, der halb im Sand vergraben ist.

»Setzen wir uns kurz hin«, sage ich zu ihm, »und genießen diesen herrlichen Ausblick.«

Ein paar der Fischerboote sind im Hafen vertäut und tanzen auf dem Wasser. Andere entdecke ich als winzige schwarze Punkte draußen auf dem Meer. Harry gluckst und greift mit seiner kleinen Hand nach meiner.

Wenigstens habe ich Molly. Das habe ich mir immer zu sagen versucht. Es kommt mir unbescheiden vor, mehr zu wollen, wo ich doch sie habe. Sie war immer das größte Glück in meinem Leben. Und als mir klar zu werden begann, dass die Großfamilie, die ich mir erträumt hatte, nicht Wirklichkeit werden würde, versuchte ich, sie einfach so sehr zu lieben wie vier Kinder.

Ich neige den Kopf und atme Harrys köstlichen Babygeruch ein.

»Komm«, sage ich leise und erhebe mich wieder. »Lass uns weitergehen.«

Lorna

Auf der Insel regnet es. Wasser brennt in meinen Augen. Was ist Regen und was die feuchte Brise, die vom Meer heranpeitscht? Unmöglich zu sagen. Ich lecke mir über die Lippen und schmecke Salzkristalle.

Ich stehe auf dem Kliff und blicke hinaus aufs Meer, kann aber durch die neblige graue Regenwand über dem Wasser hindurch nichts sehen. Der Horizont ist heute ganz nahe gerückt, keine Chance, das Festland zu sehen. Vielleicht ist es ja verschwunden.

Zitternd blinzele ich durch die Regentropfen, die schwer an meinen Wimpern hängen. Schaumgekrönte Wellen schmettern gegen die Felsen unter mir. Eine Möwe kreischt und taumelt über mir wie ein Surfer, der sich auf einer Welle hält. Ich recke den Hals, um sie zu beobachten, und spüre einen Schmerz in den Rippen, als sie nur eine Sekunde über mir schwebt und dann aufs Meer hinaus abbiegt. Ich habe noch nie ein anderes Wesen so sehr beneidet wie jetzt diese Möwe. Die Flügel hat, mit denen man davonfliegen kann.

Ich wende mich für einen Augenblick vom Meer ab. Der Leuchtturm ragt in den grauen Himmel auf, und plötzlich blendet mich ein aufblitzender Lichtstrahl. Hinter dem Leuchtturm kann ich gerade eben den Gipfel des Berges ausmachen, der eine tief hängende Wolkenbank durchstößt. Um ihn herum erstreckt sich der Rest der Insel: die Straße, glänzend von Pfützen, die verstreuten Häuser und der tropfende schwarze Kiefernwald.

Und dann rieche ich im Wind etwas. Rauch, der trotz des Regens in der Luft hängt. Er dringt in meinen Mund, quillt meine Kehle hinunter in meine Lunge. Rauch und der Duft des Meeres. Unter mir dreschen Wellen auf die Felsen ein. Und ich stehe allein oben auf dem Kliff, durchnässt vom Regen, der sich anfühlt, als würde er niemals aufhören.

Plötzlich verändert sich die Szenerie vor mir wie von der Ebbe weggespült. Ich stehe nicht mehr auf dem Kliff, sondern ein Stück landeinwärts vor einem Haus, hinter dem der Kiefernwald beginnt.

Ein graues Gebäude mit abblätternder grüner Farbe auf den Fensterrahmen und einer schwarzen Holzveranda, eine ausgetretene Spur führt am Zaun hinauf, der einen kleinen Garten eingrenzt. Aber in dem Garten gibt es außer Steinen und einer Holzbank nicht viel zu sehen. Nichts gedeiht hier.

Über den Kiefern hinter dem Haus erhebt sich die dunkle Silhouette des Berges. Das Licht wird schwächer, und der Wald wirft lange Schatten aufs Gras. Nur am Waldrand brennt ein Licht. Es ist zuerst schwach, wird aber heller, während ich es betrachte. Als ich einen Schritt auf den Wald zu mache, begreife ich, dass an seinem Rand, wo die Bäume auf das Gras treffen, ein Feuer brennt. Die Flammen zischen und flackern. Es liegt Benzingeruch in der Luft und der Bauchschmerzen verursachende Geruch von Verbranntem. Plötzlich renne ich am Haus vorbei auf den Wald zu. Beim Näherkommen schlägt mir die Hitze der Flammen ins Gesicht und lässt meine Haut brennen. Meine Kehle füllt sich mit Rauch. Und doch laufe ich weiter, dichter ans Feuer heran. Weil ich weiß, was dort verbrennt.

* * *

Ich schrecke in dem schmalen Bett im Schlafabteil hoch und ringe nach Luft. Die Laken sind schweißnass. Ich brauche einen Augenblick, um zu begreifen, wo ich bin.

Es ist lange her, dass ich diesen Traum hatte. Es gab eine Zeit, in der mich eine Version davon jede Nacht heimgesucht hat. Die Träume waren so realistisch und erschöpften mich dermaßen, dass sie sich realer anzufühlen begannen als mein echtes Leben. In den Tagen nach diesen Träumen lief ich auf Autopilot, musste darum kämpfen, nicht einzuschlafen, und hatte das Gefühl, nicht alles mitzubekommen, was um mich herum geschah. Es war wie Betrunkensein, nur ohne das warme Schwirren. Abends sank ich in den Schlaf, unfähig, die lebhaften Albträume aufzuhalten, die mir dorthin folgten. Dann verging Jahr um Jahr ohne einen einzigen dieser Träume. Doch jetzt kehre ich auf die Insel zurück, und der Albtraum ist wieder da.

Um die Ränder des Rollos herum fallen dünne Streifen Sonnenlicht herein. Die Helligkeit verrät mir, dass ich länger geschlafen habe, als ich vorhatte. Es kostet Mühe, mich aus dem Bett zu hieven, mein Körper ist erschöpft. Ich ziehe mich an und werfe einen Blick in das obere Bett. Es ist leer. Mein Hirn sagt mir, dass Ella nicht weit sein kann, immerhin befinden wir uns in einem Zug. Aber meine Panik ist nichts Rationales. In den letzten Jahren habe ich festgestellt, dass am Elternsein nur wenig rational ist. Meine Emotionen werden so oft von einer Mischung aus Angst und Liebe gespeist, über die ich keinerlei Kontrolle habe. Oft habe ich das

Gefühl, als sei das Leben eine Fahrt in einem Wagen ohne Lenkrad.

Zum Glück finde ich Ella schnell wieder. Sie steht in ihren Jeansshorts und einem ausgeblichenen grauen T-Shirt am Ende des Zugkorridors, lehnt sich ans Fenster und hält sich die Kamera vors Gesicht. Der Zug fährt am Rand eines großen Loch vorbei, das Wasser glänzt silbern wie flüssiges Sonnenlicht. Auf unserer Seeseite ist ein Stück Kiesstrand zu sehen, auf dem ein paar Schafe sorgfältig ihren Weg zwischen den größeren Steinen hindurch wählen.

»Morgen, Mum!«, sagt Ella fröhlich und gibt mir einen Kuss auf die Wange. Ich rieche Waschmittel, den frischen Duft eines vor Kurzem aufgesprühten Deos und etwas, was nur Ella zu eigen ist – ich könnte sie an der Mischung aus dem Geruch ihrer Haare und dem ihrer Haut jederzeit mit geschlossenen Augen aus einer Menge von Teenagern heraus erkennen.

»Ist das nicht ein toller Ausblick, Mum?« Wir sehen beide wieder aus dem Fenster. Das Loch ist nun vorüber, und wir fahren durch eine weite Heidelandschaft. Obwohl es sich einfach um eine grasbewachsene Ebene handelt, ist sie lebendig von Farben. Lebhaftes Grün und sanftes Gelb dort, wo das Gras trocken und ausgebleicht ist. Das staubige Grauviolett des Heidekrauts, das Grau der Felsen, die sich aus der Erde erheben, Farngestrüpp in prächtigen Rottönen und bräunlichem Orange. Es lässt mich an ein Ölgemälde denken und daran, wie sich die Farben darauf vermischen und ineinander übergehen. Heutzutage denke ich nicht oft ans Malen, aber das Gespräch mit Sarah hat gestern Abend etwas aufgestemmt, das ich lange Zeit verschlossen gehalten habe.

Wir überqueren eine Schlucht, in der sich zerklüftete Felsen über einem schwarzen Fluss erheben. Das Wasser sammelt sich in friedlichen Becken, bevor es über Gesteinsbrocken hinweg flussabwärts strömt, um dann einen Wasserfall hinunterzustürzen. Die Blende an Ellas Fotoapparat klickt, während der Zug durch die Landschaft zieht.

Ja, der Ausblick ist schön. Das weiß ich. Und doch ist dieser Anblick für mich eingefärbt von Angst und bösen Vorahnungen. Ich spüre, wie mich die Fäden, die mich mit der Insel verbinden, wieder heranziehen. Diese Landschaft und meine Verbindung zu ihr haben auf mich gewartet.

Ich wende mich vom Fenster ab. »Ich gehe mal nachschauen, ob das Frühstück schon da ist.«

In unserem Abteil finde ich zwei kleine Schachteln und einen Getränkehalter aus Pappe, die vom Zugpersonal dort abgestellt worden sind. Ich esse eines der lauwarmen Speckbrötchen und trinke auf dem unteren Stockbett sitzend bei noch zugezogenen Jalousien meinen Kaffee.

Erst als sich der Zug Fort William nähert, kommt Ella ins Abteil gehüpft. Sie verschlingt mit zwei Bissen ihr inzwischen kaltes Brötchen, während ich die Jalousie öffne und unsere Koffer herunterhole. Draußen ziehen moderne Wohnsiedlungen und ein Lidl-Schild vorbei, am Horizont hinter der Stadt sind die Berge zu sehen. Als wir zusammen aus dem Zug steigen, blicke ich mich in der Menge der Menschen nach Sarahs Gesicht um. Es steigen nur ungefähr zwanzig andere Fahrgäste aus, da der Zug nachts und den Morgen über an zahlreichen Bahnhöfen gehalten hat. Aber unter ihnen kann ich Sarah nicht entdecken.

»Was suchst du, Mum?«

»Nichts.«

Wohin ist Sarah verschwunden? Ist sie vielleicht eine oder zwei Haltestellen früher ausgestiegen? Wie bald werden wir einander wieder in die Arme laufen, und was werden wir dann zueinander sagen? Was auch immer sie über Zeit zum

Nachdenken gesagt hat, Kip ist eine kleine Insel. Unsere Wege werden sich dort zwangsläufig kreuzen.

Doch erst stehen uns noch eine weitere Zugfahrt und dann die Fähre bevor. Als wir in der Hafenstadt aussteigen, bemerke ich als Erstes den Geruch des Meeres. Die salzige Luft verfängt sich in meiner Kehle, ihre Vertrautheit packt mich nach all den Jahren an den Eingeweiden und verdreht sie wie einen Knoten. Ein Schild weist uns in Richtung Fahrkartenschalter für die Fähre. Aber ich brauche keinen Wegweiser. Ich kenne diesen Ort. Hierher mussten wir bei jedem Besuch auf dem Festland. Und hier wäre ich auch auf die weiterführende Schule gegangen, wenn man es mir nur erlaubt hätte.

Auf der Insel gibt es eine kleine Grundschule, aber keine weiterführende Schule. Also nehmen die Inselkinder ab elf Jahren die Fähre zur Schule auf dem Festland und wohnen in einer Jugendherberge, bis sie am Wochenende zu ihren Familien zurückkehren. Aber meine Eltern wollten mich und Jack nicht auf diese Schule gehen lassen und haben uns zu Hause unterrichtet. Ich erinnere mich noch gut an die Streitgespräche darüber. Ich wollte auf die Festlandschule gehen, genau wie Sarah und die anderen Inselkinder. Die Vorstellung einer Jugendherberge weit weg von meinen Eltern erschien mir wie ein Traum. Wenn ich jetzt zurückdenke, erkenne ich, dass unsere Eltern uns kontrollieren wollten, uns besser im Griff behalten.

Mit jedem Schritt spüre ich, wie meine Ängste zunehmen. Als wir die Fahrkarten gekauft haben, setzen wir uns in den kleinen Warteraum. Außer uns wartet hier ein Pärchen, das nach Touristen aussieht und zueinanderpassende Rucksäcke hat, und eine Frau um die sechzig mit pinken Haaren und einem Huskywelpen, der sich in einem Karton zu ihren Füßen zusammengerollt hat.

Sofort geht Ella zu ihr hinüber und fragt sie, ob sie den Welpen anschauen kann.

»Natürlich, Schätzchen.« Die Frau reicht Ella den Hund. Das Gesicht meiner Tochter leuchtet auf, das fluffige Hundebündel schmiegt sich an ihre Brust.

»Ich bringe ihn heute mit nach Hause. Schätze, er wird auf der Insel ganz schön für Wirbel sorgen!«

Ich betrachte die Frau genauer. Ich erkenne sie nicht und nehme an, dass sie zwar auf Kip wohnt, aber nicht dort geboren ist. Die Kriterien für die verschiedenen Kategorien von Insulanern fallen mir plötzlich wieder ein. Alteingesessene sind dort aufgewachsen, oft in Familien, die seit Generationen auf der Insel leben. Als Nächstes kommen die Einheimischen, Leute, die seit fünf Jahren oder länger dort wohnen und in die Gemeinschaft aufgenommen worden sind, ohne jemals ganz den Status der Alteingesessenen zu erlangen. Unter ihnen stehen die Touristen und die »Hereingewehten«, Leute, die mit der Absicht kommen, sich dort niederzulassen, aber nach dem ersten Winter wieder abreisen. In welche Kategorie gehöre ich jetzt?

»Wie heißt er?«, fragt Ella die Frau und streichelt den Welpen, der ihr über den Arm leckt.

»Ich habe ihn Puff getauft.«

Ella hält Puff ein Stück von sich weg. Ihr graues T-Shirt ist von weißen und schwarzen Haaren bedeckt. Sie lacht.

»Das ist ein perfekter Name.«

»Danke, Herzchen, das fand ich auch. Und, macht ihr einen kleinen Urlaub, deine Mum und du?«

Die Frau blickt nun mit einem Lächeln zu mir herüber. Ich versuche zurückzulächeln, doch mein Herz rast, und ich bekomme meine Gesichtsmuskeln nicht dazu, angemessen zu reagieren. Bevor ich etwas sagen kann, antwortet Ella leichthin.

»Ja, wir sind für ein paar Wochen zu Besuch.«

Ich habe ein flexibles Bahnticket gekauft, da ich nicht sicher bin, wie diese Reise verlaufen wird.

»Ich schätze, Sie wollen ihn wieder zurückhaben«, fügt Ella hinzu.

Sie überreicht Puff der Frau mit den rosa Haaren, die ihn sachte wieder in seinen Karton setzt. Es ist beschämend, dass ich darauf angewiesen war, dass meine Teenagertochter mit einer unbefangenen Antwort für mich einspringt.

»Also, falls du ihn während deines Aufenthalts mal besuchen kommen willst: Ich wohne in dem blauen Haus mitten auf der Insel, du kannst es nicht verfehlen. Ich bin übrigens Brenda.«

»Ich bin Ella, und das ist meine Mum, Lorna.«

Dieses Mal krame ich noch tiefer nach einem Lächeln. »Hallo. Was für ein niedlicher Welpe.«

»Lorna ...« Brenda mustert mich genauer, und ich versuche, mich unter ihrem Blick nicht wegzuducken. Doch dann lächelt sie wieder. »Gut, dann habt eine schöne Reise, ihr beiden. Es klingt so, als wäre unsere Fähre da.«

Wir ziehen unsere Koffer hinaus zum Wasser, wo bereits die ersten Autos auf die Fähre fahren. Nur Inselbewohner dürfen Autos mit auf die Insel nehmen. Einige der Fahrzeuge haben Berge von Klopapier und Einkaufstüten im Kofferraum. Es ist auch ein Lieferwagen dabei, und er sieht genauso aus wie der, der uns immer die Post und andere Versorgungsgüter auf die Insel brachte.

Ich folge Ella und den anderen Fahrgästen. Als wir die Metallrampe erreichen, bleibe ich kurz stehen und blicke zurück. Hinter mir erstrecken sich der Parkplatz, der Hafen und dahinter die Gebäude, aus denen dieser kleine Fischerort besteht. Das Festland und der Zug, der mich zurück nach Fort William und letztlich nach Hause nach London bringen könnte. Vor mir liegt nichts als Unsicherheit und das Meer. Ich bin mir nicht sicher, ob ich das schaffe. Wir sind schon so weit gekommen, ich weiß. Aber wenn ich diese Fähre betrete, gibt es kein Zurück mehr.

»Ist alles okay, Mum?«

Ella ist bereits an Bord. Neben ihr mustert mich der Fährführer von Kopf bis Fuß. Die Autos sind sicher geparkt, die anderen Fahrgäste sind bereits an Bord und die Treppe hinauf ins Café und auf das Aufenthaltsdeck gegangen.

»Kommen Sie an Bord, Ma'am?«

Ella streckt die Hand aus. Mit einem tiefen Atemzug ergreife ich sie und steige ein.

Alice

Nachdem ich Harry widerwillig wieder bei Tess und Joy abgegeben habe, gehe ich zum Dorfladen. Pat Taylor begrüßt mich mit einem Lächeln. Sie hat sich eine grüne Schürze um die Taille gebunden, und die Halbbrille balanciert auf ihrer Nasenspitze. Das Klemmbrett, das sie in der Hand hat, legt sie auf dem Tresen ab, als sie mich erblickt, und sie schiebt sich die Brille hoch in ihr graues Haarnest.

»Hallo, meine Liebe«, sagt sie mit einem Lächeln.

»Hi, Pat, wie geht's dir heute?«

Sie winkt ab. »Alles bestens, wie läuft es auf dem Hof?«

»Viel zu tun wie immer. Wir bereiten uns auf die Ankunft unserer Gäste vor.«

»Natürlich, die kommen ja heute, nicht wahr? Ich erinnere mich an Lorna als Mädchen. Ich hoffe sehr, dass sie mal vorbeischaut, solange sie hier ist. Sorgst du bitte dafür?«

»Natürlich.« Ich stocke, weil mir einfällt, warum ich hier bin. »Ich wollte mit dir über die Essensbestellung für die Trauerfeier sprechen.«

Es gibt rund um die Beerdigung noch so viel zu organisieren. Ich habe Jack versprochen, mich um alles zu kümmern. Ich will ihn nicht mit den Einzelheiten belasten, er muss schon an so vieles denken, und die wenigen Male, die ich die Beerdigung angesprochen habe, wirkte er beinahe benommen, als hörte er nicht wirklich, was ich sage. Ich habe mit dem Pastor gesprochen – normalerweise kommt er einmal alle zwei Wochen für einen Sonntagsgottesdienst auf die Insel, aber zu besonderen Gelegenheiten kommt er zusätzlich. Er ist neu eingesetzt worden, zum Glück ist es nicht der strenge, finstere alte Mann, der uns verheiratet hat. Ich hätte lieber im Gemeindezentrum geheiratet, aber Jacks Eltern sind hartnäckig geblieben und haben wie üblich ihren Willen durchgesetzt.

Ich habe mich um die Blumen gekümmert, alle auf der Insel eingeladen und mit dem Beerdigungsinstitut auf dem Festland Kontakt aufgenommen. Ich habe entschieden, dass die Trauerfeier bei uns zu Hause stattfinden soll. Für Jack, dachte ich, wird es so leichter werden als im Gemeindesaal – falls er Zeit für sich braucht, kann er einfach ohne Aufheben die Treppe hinauf verschwinden.

»Selbstverständlich«, sagt Pat. »Woran hast du gedacht?«

Was serviert man auf Beerdigungen?

»Sandwiches?«

»Sandwiches, sicher. Irgendwelche besonderen Wünsche?«

Ich versuche, mir vorzustellen, was meine Schwiegereltern ausgesucht hätten, doch was auch immer ich nehme, wird vermutlich verkehrt sein. Ich schien es ihnen nie recht machen zu können.

»Wie wär's, wenn ich gemischte Zutaten für alles Mögliche besorge?«, schlägt Pat mit einem freundlichen Lächeln vor. »Du wirst jede Menge Mayo brauchen, denke ich. Und Thunfisch vielleicht?«

Ich nicke dankbar. »Das klingt perfekt. Es sollte alkoholische Getränke geben.«

Das ist die eine Sache, von der ich weiß, dass mein Schwiegervater sie befürwortet hätte. Auf die er bestehen würde, um genau zu sein.

»Natürlich. Es wird alles bestens, meine Liebe«, sagt Pat, streckt die Hand aus und legt sie auf meine. »Du machst das sehr gut. Dein Mann hat Glück mit dir. Wir sind alle so froh darüber, dass er dich überzeugen konnte zu bleiben, weißt du.«

Das ist etwas, das sie mir im Laufe der Jahre oft gesagt hat, aber es zaubert noch immer ein Lächeln auf mein Gesicht. Dabei bin ich diejenige, die Glück gehabt hat. Als ich hier ankam, war ich ein Teenager ohne Pläne. Ich habe ein neues Zuhause und eine Familie gefunden, die vielleicht im Kern klein ist, die aber, wenn man sie weiter fasst, alle einhundertelf Insulaner umfasst, plus fünfzig Schafe, zwanzig Hochlandrinder und die Möwen auf meinem höchsteigenen Strandstück.

Pat und ich besprechen ein paar weitere Einzelheiten und verabschieden uns dann. Draußen beginnen Wolken über den Himmel zu ziehen und die Sonne zu verdecken. Das Wetter hier ist so wechselhaft, eine von vielen Tatsachen, an die ich mich über die Jahre gewöhnt habe. Inzwischen genieße ich diese Unberechenbarkeit jedoch – sie hat zur Folge, dass man nie weiß, wie der Tag wird, in den man sich da hineinbegibt. Man bleibt wachsam. Ich bleibe vor dem Laden stehen, beobachte die über das Meer heranziehende graue Wolkendecke und denke an meine Schwiegereltern.

Ehrlich gesagt komme ich mir wie eine Schwindlerin vor, wie ich alles für sie organisiere. Wenn es sich um einen Elternteil von mir handeln würde, Gott bewahre, wäre ich untröstlich, am Boden zerstört. Aber ich wüsste, wie sie es haben wollten. Für Mum gäbe es weiße Lilien, Joni Mitchell und einen geschmackvollen Empfang in ihrem Lieblingshotel in Edinburgh. Für Dad Elvis, ein Verbot, Schwarz zu tragen, und eine kleine Feier im Familienkreis, um seine Asche an seinem Lieblingsrosenbusch im Garten zu verstreuen. Ich fühle mich schuldig, weil ich die Wünsche meiner Schwiegereltern nicht besser errate und nicht trauriger bin. Sie waren Jacks Eltern und Mollys Großeltern. Aber ich empfinde etwas weniger Eindeutiges als Trauer. Wenn ich überhaupt traurig bin, dann wegen Jack und der komplexen Gefühle, mit denen er, wie ich weiß, gerade zu kämpfen hat, auch wenn er sie mir gegenüber nicht ausspricht. Und für Molly, die ihre Großeltern verloren hat und zum ersten Mal mit dem Tod in Berührung kommt. Ich möchte unbedingt alles richtig machen. Wenn ich die richtigen Sandwiches aussuche und die richtige Musik und die richtigen Blumen, ist das vielleicht eine Wiedergutmachung dafür, dass ein Teil von mir froh ist, sie los zu sein. Jetzt ist Jack frei. Ich wünschte nur, er könnte es spüren.

Während ich zum Wagen gehe, beschließe ich, auf dem Rückweg bei Jean vorbeizuschauen. Ich weiß, Emma war heute schon da, aber ich würde sie gern selbst sehen. Ich entdecke sie in einem Liegestuhl vor ihrem Haus, einen breitkrempigen Sonnenhut tief ins Gesicht gezogen, eine Tasse Tee im Gras zu ihren Füßen.

»Alice!«, sagt sie mit einem Lächeln. »Weißt du, wie viele Schmetterlinge ich heute Morgen schon gesehen habe?«

Neben ihr steht der leere Liegestuhl, den normalerweise ihr Ehemann Christopher besetzt hält, aber er muss im Haus sein oder auf seinem täglichen Spaziergang. Sie bedeutet mir, mich zu setzen, und ich lasse mich in den Stuhl sinken.

»Ich weiß nicht, wie viele?«

»Elf! Aber wer weiß, vielleicht habe ich ja bloß denselben elfmal gesehen ...« Sie lacht, ein Geräusch, so hell wie die Morgensonne.

»Wie geht es dir?«, frage ich.

»Du bist also auch gekommen, um mir langweilige Fragen zu stellen? Ich dachte, du wärst hier, um mit mir die Schmetterlinge zu beobachten.«

Sie sieht mit einem Grinsen zu mir herüber, und mir fällt wieder ein, wie wir Freundinnen geworden sind. Wir kannten einander, seit ich auf der Insel angekommen war, aber erst als Molly eingeschult wurde, kamen wir uns näher. Molly hat Jean geliebt. Jean war mit den Kindern geduldig und gewissenhaft, flachste aber auch gerne mit den Eltern herum. Vor Mollys Einschulung besichtigten wir die Schule, und Jean führte uns herum. Die Besichtigung fand im Grunde mir zuliebe statt, Jack kannte die Schule gut.

Jean zeigte auf die Kunstwerke, die auf den Tischen trockneten.

»Und dieses hier ist besonders interessant. Sehen Sie mal, Pilze im Wald.« Sie hielt das phallische Bild eines Kindes hoch, und Jack und ich brachen in Gelächter aus. Jean lachte mit.

»Gott segne die Kleinen! Aber manchmal ist es schwer, nicht zu lachen.«

»Wie schaffen Sie das?«

»Ich habe auf der Rückseite des Gebäudes ein kleines Büro. Da drehe ich dann klassische Musik laut auf und lache.«

Am Anfang war es für Jack ein wenig seltsam, dass ich mich mit seiner alten Lehrerin anfreundete. Er brauchte eine Weile, bis er sich daran gewöhnt hatte, sie Jean zu nennen, nicht Mrs Brown. Der Altersunterschied zwischen uns scheint genau wie der zwischen Brenda und Morag und mir irgendwie keine Rolle zu spielen. Wenn man an einem Ort lebt, an dem es so wenige Menschen gibt wie hier, lernt man, sich nicht mit dem Alter oder der Herkunft potenzieller Freunde aufzuhalten. Ein Freund ist ein Freund.

»Zwölf!«, rufe ich und zeige auf einen Großen Kohlweißling vor uns am Gartenzaun. Wir sitzen eine Weile in der Sonne beisammen und zählen Schmetterlinge.

»Ich glaube, ich brauche jetzt ein Nickerchen. Macht es dir etwas aus?«

»Kein bisschen«, sage ich. »Bis bald.«

Wir umarmen uns zum Abschied, und ich versuche, nicht darauf zu achten, wie dünn sie geworden ist. Stattdessen denke ich an die Schmetterlinge.

Auf dem Rückweg zur Farm halte ich an Brendas Haus und stelle ihr ein Stück von Emmas Kuchen mit einer Nachricht auf die Terrasse, in der ich sie und ihren Haushaltszuwachs auf der Insel willkommen heiße. Sie kommt heute mit ihrem neuen Welpen vom Festland zurück. Hoffentlich sehe ich sie später am Hafen, aber ich nehme an, sie wird eine große Attraktion sein – es ist eine Weile her, seit wir auf der Insel einen Welpen hatten. Es wäre schön, wenn der Hund ein wenig von unserer kleinen Wiedervereinigung ablenken würde.

Als ich vor dem Hof halte, entdecke ich Molly und Olive am Strand. Ich suche die Felder nach Jack ab, doch er ist nirgendwo zu sehen. Zu meiner Überraschung finde ich ihn im Wohnzimmer, wo er auf dem Sofa sitzt und sich über etwas beugt, das er in den Händen hält. Als ich hereinkomme, hebt er den Kopf, rührt sich jedoch nicht. Ich setze mich neben ihn und sehe, was er da festhält. Es ist ein Foto. Zwei Kinder stehen an einem Strand – es sieht aus, als wäre es der neben der Schule. Sie stehen dicht beieinander, und in dem kleinen Jungen erkenne ich Jack. Er hat Sommersprossen auf der Nase, die schon lange verschwunden, aber im Gesicht seiner Tochter wiederaufgetaucht sind, und lächelt breit. Er blickt schräg nach oben zu einem älteren Mädchen auf, das ich noch niemals zuvor gesehen habe. Ihr rotes Haar weht im Wind, und sie sieht mit ernsten grauen Augen in die Kamera.

»Sie sieht aus wie du«, sage ich leise.

»Findest du?«, fragt er und blickt einen Moment auf. »Das habe ich eigentlich nie gedacht.«

Ich nicke. »Ihr habt dieselben Augen, und den Mund auch, schau.«

Er betrachtet das Foto erneut, und ich möchte in die Vergangenheit greifen und diesen süßen, erwartungsvollen kleinen Jungen in den Arm nehmen. Trotz des Schmerzes, den mein Mann gerade verspürt, hat auch das Mädchen auf dem Foto etwas an sich, das nach einer Umarmung von mir ruft. Sie sieht so traurig aus.

»Wie geht es dir?«, frage ich. Er seufzt und legt das Foto auf seinem Schenkel ab.

»Ich weiß nicht. Ein Teil von mir kann es nicht erwarten, sie wiederzusehen. Aber ein anderer Teil … Ach Gott, es ist so lange her. Und wir haben uns schon voneinander entfernt, bevor sie gegangen ist. Wir waren uns nicht so nah wie du und deine Schwestern.«

Ich kann mir nicht vorstellen, wie sich Jack und Lorna fühlen müssen, wie sie damit zurechtgekommen sind, all die Jahre keinen Kontakt zu haben. Ich habe Jack so oft angeregt, sie anzurufen oder ihr zu schreiben. Ich weiß, es hat ihn verletzt, dass sie gegangen ist, wie sie gegangen ist. Sie hat über die Jahre ein paarmal geschrieben, eine Weihnachtskarte geschickt oder eine Nachricht, als Ella geboren wurde. Doch Jack hat nie geantwortet, jedenfalls nicht meines Wissens. Bestimmt hat es wehgetan, so zurückgelassen zu werden, aber ich finde, dass sie trotzdem noch immer zur Familie gehört.

Das erinnert mich wieder an die Beerdigung. Was auch immer ich Catherine und Maurice als Menschen gegenüber empfunden habe, sie waren Jacks Eltern, was sie für mich zu Familienmitgliedern macht. Auf Gedeih und Verderb.

Ich betrachte meinen Mann und frage mich, wie ich Lorna später entgegentreten soll. Er hat sie so sehr vermisst. Vielleicht sollte ich wütend sein. Aber ich komme nicht umhin zu denken, dass sie auch etwas entbehrt hat. Jack hat noch die Insel, den Ort, an dem er aufgewachsen ist. Er hat unsere Gemeinschaft, unsere Freunde, ein Netzwerk. Hat Lorna all das in London gefunden? Ich hoffe es für sie und Ella. Aber es kann nicht einfach gewesen sein, alles und jeden zurückzulassen zu einem Zeitpunkt, an dem sie im Grunde noch ein Kind war. Ich sehe mir das Kinderfoto von ihr noch einmal an. Sie muss so unglücklich gewesen sein. Wenn ich sie bei diesem Besuch mit offenen Armen empfange, kommt sie vielleicht zu Jack zurück, und er bekommt die Chance, so etwas wie die Beziehung zu ihr aufzubauen, die ich zu meinen Schwestern habe.

»Ich bin mir sicher, sie hat dich auch vermisst, weißt du.«

Er antwortet nicht und steckt das Foto zwischen die Seiten eines Buches. Ich werfe einen Blick auf den Titel: *Die Mumins*, das Buch, aus dem er Molly vorgelesen hat, als sie noch klein war. Er schiebt es zurück ins Regal hinter dem Sofa, und es verschwindet in dem Durcheinander all unserer anderen Bücher.

Lorna

Ich sitze allein in der Kaffeebar auf der Fähre. Durch das Fenster kann ich Ella mit Brenda auf dem Deck plaudern und mit Puff, dem Welpen, spielen sehen. Immer wieder hält sie inne, um Fotos zu machen. Das junge Paar, das vorhin mit uns im Warteraum war, steht Arm in Arm am Bug. Der Wind hebt das blonde Haar der Frau an und bläst es als wilde Mähne hinter sie. Sie legt den Kopf in den Nacken und lacht.

Ella wollte die Überfahrt draußen verbringen, um sehen zu können, wie die Insel näher kommt. Ich habe ihr gesagt, ich bräuchte einen Kaffee und würde mich nach drinnen setzen. Mein schwarzer Kaffee steht unberührt vor mir.

Die Art, wie ich reagiert habe, als Ella mit der Frau gesprochen hat, die sich als Brenda vorstellte, verursacht mir noch immer ein schlechtes Gefühl. Sobald sie sagte, sie stamme von der Insel, ist etwas in mir einfach erstarrt. Kannte sie meine Eltern? Kennt sie meinen Bruder? Weiß sie über mich Bescheid, und wenn, was glaubt sie? Meine Eltern hatten stets ihre ganz eigene Version dessen, was in unserer Familie vor sich ging, und sie deckte sich nie mit meiner. Ich habe dieses kurze Stocken bemerkt, als Brenda meinen

Namen gehört hat, und ich bin mir sicher, dass sie weiß, wer ich bin.

Wenn ich die Augen schließe, sehe ich die dunklen Umrisse der Insel vor uns. Ich habe mich so bemüht, den Tag, an dem ich sie verlassen habe, zu vergessen. Doch ich erinnere mich noch genauso klar, als sähe ich einen Film. Spät am Abend habe ich gepackt und so viel ich konnte in den Koffer meiner Eltern gestopft, den Koffer, den ich aus dem Schrank unter der Treppe geholt hatte. Wir haben diesen Schrank kaum benutzt, in erster Linie standen darin Kisten mit Weihnachtsschmuck. Aber ich hatte trotzdem schreckliche Angst, meine Eltern könnten den fehlenden Koffer bemerken.

In dieser Nacht schob ich den gepackten Koffer unter mein Bett und starrte hinauf zur Decke. Nachdem ich unruhig geschlafen hatte, stand ich auf, bevor Jack und meine Eltern aufwachten, und zerrte den Koffer aus dem Haus, den Gartenweg und dann die Straße hinunter bis zu Sarah, wie wir es geplant hatten. Sie wartete dort auf mich, noch im Schlafanzug, und nahm meinen Koffer an sich. Dann rannte ich den ganzen Weg zurück nach Hause und kam gerade rechtzeitig zum Sonnenaufgang dort an, meine Pyjamahose war feucht von dem nassen Gras. Unendlich erleichtert, dass niemand meine Abwesenheit bemerkt hatte. Ich weiß nicht, was geschehen wäre, wenn sie es bemerkt hätten.

An dem Morgen frühstückte ich schweigend mit meiner Familie. Meine Hände zitterten, aber ich versteckte sie unter dem Tisch. Ich sah immer wieder die Uhr, Jack, meine Eltern an.

»Ist es okay, wenn ich ein bisschen zu Sarah gehe?«

Ich versuchte, beiläufig zu klingen. Aber dies war der Moment, in dem mein ganzer Plan hätte scheitern können. Weil sie leicht hätten Nein sagen können. Das taten sie oft. »Du verbringst zu viel Zeit mit diesem Mädchen«, sagte mein Vater dauernd. Er wollte gerne wissen, wo ich war, wie lange ich weg sein würde, wenn ich das Haus verließ, und mit wem ich meine Zeit verbrachte. Aber dieses Mal hatte er keine Einwände.

»In Ordnung«, sagte er. »Aber zum Mittagessen bist du wieder hier.«

Mein Magen tanzte vor Erleichterung und Nervosität. Schnell wusch ich meine Frühstückssachen in der Spüle ab. Ich ziehe es wirklich durch, dachte ich. Ich werde wirklich weggehen.

Als ich ging, saß Jack noch beim Frühstück.

»Bis später.«

Ich hielt seinen Blick eine Sekunde länger als beabsichtigt. Ich konnte nicht anders. Ich habe mich immer gefragt, ob es daran lag, dass er begriff, dass etwas nicht stimmte. Ob er deswegen auf der Mole auftauchte, nachdem ich den Koffer bei Sarah abgeholt hatte und wir auf Waldwegen und dem Pfad abseits der Hauptstraße zusammen zum Hafen marschiert waren. Doch mein Bruder kam zu spät, um mich aufzuhalten. Sarah und ich hatten uns bereits tränenreich verabschiedet, und ich stand mit meinem geklauten Koffer auf dem Schiff. Die Fähre legte gerade ab, als ich Jack erblickte, der den Anleger entlanggespurtet kam, wo Sarah stand und mit der einen Hand winkte und sich mit der anderen die Augen rieb. Ich weiß noch, wie ich ihn anstarrte, wie unsere Blicke sich begegneten. Ich konnte nicht wegschauen. Ich blickte ihn an, bis das Schiff weit draußen auf dem Meer war und ich ihn nicht mehr sehen konnte.

Die Fähre ist noch nicht langsamer geworden, aber ich spüre es in der Magengrube. Wir sind fast da. Es ist sinnlos, es weiterhin zu ignorieren. Ich lasse meinen unberührten Kaffee auf dem Tisch stehen und trete nach draußen.

Die kühle Luft schlägt mir ins Gesicht, erfüllt meine Ohren

mit dem Geräusch der Wellen und meinen Mund mit dem Geschmack von Salz und Abgasen. Ich gehe an der Reling entlang, bis ich vorne stehe und auf das Meer hinausblicke.

Und da ist sie. Die Insel Kip erhebt sich aus dem graugrünen Wasser. Ein Großteil von ihr jedenfalls. Nebel ist aufgezogen und verdeckt den oberen Teil der Insel. Die Fähre nähert sich immer weiter, und am Ufer werden zwischen den Nebelschleiern Felsen erkennbar, was mich an die Schiffsunglücke denken lässt, von denen ich als Kind gelesen habe. Der Anblick wühlt mich auf. Es kommt mir vor, als verbärge die Insel ihr Gesicht vor mir, weil ich so lange fortgeblieben bin. Der Schatten des Berges bohrt sich plötzlich durch den Nebel. Sein vertrauter Umriss rührt etwas tief in mir an. Ich bemerke, dass ich die Reling umklammert halte, so fest, dass meine Fingerknöchel weiß hervortreten. Jetzt, da ich sie tatsächlich sehe, kann ich mich von dem Anblick nicht mehr losreißen. Möwen und Kormorane fliegen vor der Fähre her, als wollten sie sie ans Ufer geleiten. Es wird heller, und plötzlich teilt sich der Nebel. Und dann kommt der Hafen in Sicht, die lange steinerne Mole, die ins Meer hinausragt und die abgeschlossene Bucht schützt, in der einige Segelboote im sich kräuselnden Wasser wippen. Dahinter scharen sich die Gebäude zusammen, aus denen das Dorf besteht. Beim Näherkommen erkenne ich den alten Pub The Lookout, die Schule und das Gemeindezentrum, die alle aus dem gleichen dunkelgrauen Stein erbaut sind. Rechts des Hafens befindet sich ein langer Strand, der von dunklen Häufchen Seetang und Felsen übersät ist.

Im Wasser vor uns in Richtung Hafen bewegt sich etwas. Der glatte Kopf einer Robbe durchbricht die Wasseroberfläche und erinnert so sehr an einen Hund, wie sie die Nase aus dem Wasser reckt, bevor sie wieder abtaucht.

»Da bist du ja, Mum!«

Ella steht mit roten Wangen neben mir, ihr Haar ist von der Meeresbrise noch lockiger geworden. Mit einem breiten Grinsen im Gesicht hakt sie mich unter und legt den Kopf auf meine Schulter. Wir bleiben so stehen und sehen zu, wie die Insel vor uns immer größer wird.

Nun ist die Mole ganz nah. Autos stehen Schlange, manche warten darauf, an Bord der Fähre zu fahren, anderen warten auf ankommende Fahrgäste. Ist der Wagen meines Bruders dabei? Wird er überhaupt kommen, um uns zu begrüßen, oder ist er zu Hause geblieben? Ich weiß, dass Ella Molly mitgeteilt hat, welche Fähre wir nehmen, aber das heißt nicht, dass er auf alle Fälle da sein wird. Ich spüre Feuchtigkeit auf meinen Wangen und wische mir schnell über das Gesicht. Ella soll nicht merken, dass mir gegen meinen Willen die Tränen gekommen sind. Wenn Jack da ist, was soll ich ihm sagen? Plötzlich wünschte ich, ich hätte mehr Zeit, es mir zu überlegen. Aber auch um mich auf meine Gefühle vorzubereiten. Ich habe meinen Bruder seit zweiundzwanzig Jahren nicht gesehen. Und doch bin ich immer noch nicht bereit dafür.

Aufgewühltes Wasser strudelt unter uns, als die Fähre am Anleger festmacht. Zwischen den Autos hat sich ein Menschenauflauf gebildet. Wir sind noch nicht nah genug, als dass ich Gesichter ausmachen könnte, aber ich kann sofort sagen, dass es sich um Insulaner handelt. Ihre Kleidung verrät sie. Es kommt vielleicht gerade die Sonne durch die Wolken, aber die Insulaner tragen Gummistiefel in allen Farben von Dunkelgrün bis Gelb, alle ausgeblichen und schlammbespritzt.

Direkt unter mir fängt ein Mann im marineblauen Pullover mit dem Logo der Fähre darauf das Tau auf, das vom Schiff hinübergeworfen wurde. Er bindet es zügig fest. Ein struppiger Bobtail springt auf und kläfft das Schiff an.

Ich höre ein leises Winseln und drehe mich um. Brenda steht neben Ella und hält Puff fest im Arm.

»Ach, mach dir keine Sorgen«, sagte sie zu dem zitternden, fiependen Welpen. »Rex hat ein weiches Herz, egal, was er dir hier mit seinem Gebell weismachen will.«

Die Worte scheinen den Hund zu beruhigen.

»Zeit runterzugehen«, sagt Brenda und wendet sich zu der Treppe, die in den Bauch des Schiffes führt.

»Ist alles in Ordnung, Mum?«

Ella drückt meinen Arm. Ist alles in Ordnung? Nein, ich bin starr vor Angst. Aber ich nicke.

»Lass uns gehen.«

Wir holen unser Gepäck aus dem Verschlag auf der Rückseite des Schiffes und warten, bis die Wagen und das Postauto die Schräge aus Beton hinabgefahren sind. Als alle Fahrzeuge von Bord sind, folgen wir ihnen. Wasser schwappt gegen die Rampe und überflutet sie. Ich beobachte, wie das junge Pärchen mit fest ineinander verschränkten Händen über das Wasser springt und ans trockene Land gelangt. Brenda stapft durch das Meerwasser hindurch. Mir war gar nicht aufgefallen, dass sie Gummistiefel trägt. Plötzlich komme ich mir dumm vor, weil ich diesen Teil der Reise nicht gründlich durchdacht habe. Ella und ich haben beide Turnschuhe an. Wir blicken auf das Wasser und warten darauf, dass es sich zurückzieht.

»Jetzt!«, schreit Ella. Wir rennen und zerren unsere Koffer genau in dem Moment von der Rampe an Land, in dem eine Welle hinter uns heranschwappt und die Unterseite unserer Koffer nass macht, aber mehr zum Glück nicht. Ein Strang Seetang windet sich um eine Rolle meines Koffers. Ich schüttele ihn kräftig.

Als wir die Rampe hinaufgehen, suchen meine Augen hastig die Mole ab. Um Brenda und ihren Welpen hat sich ein

Grüppchen geschart. In der Nähe schüttelt das junge Paar einer Frau die Hand, die sie dann zu ihrem Wagen führt. Auf der Mole herrscht Trubel und Lärm. Aber mein Blick wird von dem Mann angezogen, der inmitten all des Durcheinanders mit vor der Brust verschränkten Armen vollkommen reglos neben einem alten Land Rover steht. Zwei Gestalten stehen neben ihm, eine große, lächelnde Frau in einem Jeansoverall und mit leuchtend rotem Seidenschal, das dunkle Haar zu einem langen Zopf geflochten, und ein Mädchen, das schlank ist wie seine Mutter, aber ein rundes Gesicht und graue Augen hat. Sie trägt Jeansshorts, blaue Gummistiefel und ein T-Shirt, auf dem »Save the sea« steht. Ich sehe zu, wie Ella auf dieses Mädchen zuläuft. Beide stürzen einander kreischend in die Arme.

Ich selbst bleibe stocksteif stehen und sehe den Mann an. Er betrachtet mich mit seinen kieselgrauen Augen und zusammengezogenen Augenbrauen. Mein Herz zieht sich zusammen. Vielleicht hat er ein paar Fältchen im Gesicht, sein Haar ist mit Grau durchsetzt und kurz geschnitten, die Locken der Kindheit verschwunden. Aber ich erkenne ihn augenblicklich. Natürlich erkenne ich ihn. Er ist mein kleiner Bruder.

Alice

Sie sehen sich so ähnlich, meine Nichte und meine Schwägerin. Das gleiche wilde rotbraune Haar, milchige Haut und eine zierliche Figur. Nur hat Ella nussbraune Augen. Lorna hat exakt die gleichen wie mein Ehemann.

Lorna und Jack starren einander an, keiner von ihnen rührt sich vom Fleck. Ich würde meinem Mann am liebsten einen Ellbogen in die Seite rammen, aber stattdessen wende ich mich zunächst meiner Nichte zu, ich kann mich nicht länger zurückhalten. Sie und Molly haben sich gerade aus einer stürmischen Umarmung gelöst, und ich greife nach Ellas Schultern.

»Lass mich dich ansehen.«

Sie errötet, als ich sie mustere und alles registriere. Ich weiß, wie es war, als ich meine anderen Nichten und Neffen zum ersten Mal gesehen habe. Ich habe mich augenblicklich in diese kleinen Babys verliebt, die meine Schwestern auf wundersame Weise zur Welt gebracht hatten. Wenn ich Ella ansehe, überkommt mich eine eigenartige Mischung von Gefühlen. Jack hat mit diesem Mädchen gemeinsame Gene. Abgesehen von Molly und ihren zukünftigen Kindern ist das hier wahrscheinlich das einzige Kind, dem ich jemals begegnen werde, das diese Gene in sich trägt. Ich umarme sie fest.

»Du siehst ja umwerfend aus«, sage ich zu ihr, als wir wieder einen Schritt voneinander zurücktreten. Ihre Wangen flammen noch röter auf, aber sie lächelt und versteckt sich dabei ein wenig hinter einer Locke, die ihr vors Gesicht gefallen ist.

»Entschuldige«, sage ich jetzt und drehe mich zu Lorna um, »ich bin Alice. Es ist so schön, dich endlich kennenzulernen.«

Sie wirkt etwas verblüfft, als ich sie ebenfalls in eine Umarmung ziehe. Ich kann einfach nicht anders. Das hier ist Jacks Schwester. Zuerst versteift sie sich, dann lässt sie locker und umarmt mich zurück.

»Ich finde es auch sehr schön, dich kennenzulernen.«

Die Mole hat sich inzwischen geleert, die zurückgekehrten Einheimischen und ankommenden Gäste halten auf The Lookout zu oder verteilen sich über die Insel. Es sind nur noch wir fünf und zwei Koffer übrig. Ich werfe Jack einen auffordernden Blick zu, damit er etwas sagt. Aber er lehnt immer noch mit verschränkten Armen am Wagen. Lorna starrt mit gequältem Gesichtsausdruck zurück. Kommt schon! Sagt was, einer von euch!

Meine Schwägerin wendet sich wieder zu mir um. »Danke, dass ihr uns abholen kommt, das ist wirklich nett von euch. Könntet ihr uns vielleicht am Bed & Breakfast absetzen oder sollen wir lieber ein Taxi nehmen? Das heißt, falls es auf der Insel noch ein Taxi gibt.«

Es gibt noch ein Taxi, den klapprigen alten Volvo von Pat Taylors Mann Bob, und es wird hauptsächlich im Sommer von Touristen genutzt. Aber heute besteht kein Anlass, es in Anspruch zu nehmen. Ich spüre, wie meine Wangen warm werden.

»Oh, ich hoffe, es macht euch nichts aus, aber als Molly uns erzählt hat, dass ihr ein Zimmer im B&B gebucht habt, haben wir dort angerufen und storniert. Ihr seid Familie. Ihr wohnt bei uns.«

Lornas Gesichtsausdruck verrät mir, dass das vielleicht ein Fehler war.

»Oh« ist alles, was sie herausbringt. Ella hingegen strahlt und hat sich bei meiner Tochter untergehakt. Wenigstens diese beiden sehen glücklich aus.

Als ich Lornas sorgenvolles Gesicht sehe, werde ich jedoch nervös und werfe einen Blick zu Jack hinüber. »Stimmt doch, oder, Jack?«

Schweigend dreht er sich zum Land Rover um. »Lasst uns fahren«, sagt er leise.

Ich lächele Lorna nervös an. »Ich helfe dir mit dem Koffer.«

Zusammen laden wir das Gepäck in den Kofferraum. Ich versuche, mehr Einzelheiten von meiner Schwägerin in mich aufzunehmen. Sie trägt eine schmal geschnittene Jeans, Turnschuhe und ein sportliches Oberteil. Ihr Gesicht ist abgesehen von etwas Wimperntusche frei von Schminke. Ihre Figur lässt auf jemanden schließen, der regelmäßig Sport treibt, obwohl sie mir nicht wie ein Mensch vorkommt, der besonders viel Wert auf sein Aussehen legt. Ihre Kleidung ist schlicht und praktisch. Sie ist vier Jahre älter als Jack, und zwischen ihren Augenbrauen und um den Mund zeigen sich die ersten feinen Linien. Obwohl sie müde und erschöpft aussieht, ist sie schön, ihr Haar und ihr Gesicht fallen einem sofort auf. Wenn ich sie ansehe, muss ich jedoch gleich an Jack denken – ich bemerke ständig weitere Ähnlichkeiten mit ihm. Die kleinen, ein winziges bisschen abstehenden Ohren, hinter die sie sich häufig ihr Haar zurückstreicht. Die Andeutung eines Grübchens auf ihrem Kinn, das mein Mann ebenfalls hat.

»Bitte, du sitzt vorne«, sage ich und halte ihr die Tür auf. Doch sie klettert bereits zu Molly und Ella auf die Rückbank.

»Schon gut, ich gehe nach hinten zu den Mädchen.«

Jack lässt den Motor an, und die Mädchen erfüllen den Wagen zum Glück mit ihrem aufgeregten Geplapper.

»Und die Abteile waren so klein, aber richtig niedlich«, berichtet Ella Molly.

Während wir fahren, sind Lorna und Jack beide still. Ich schaue in den Rückspiegel und sehe meine Nichte und meine Tochter plaudern und Lorna aus dem Fenster starren.

Vor dem Pub hat sich eine Menschenmenge versammelt, und als wir vorüberfahren, drehen sie sich um und schauen in unsere Richtung. Ich weiß, dass jeder, der Lorna einmal gekannt hat, erpicht darauf ist, sie wiederzusehen, und dass meine Freunde sie und Ella unbedingt kennenlernen möchten. Aber ich sehe Lornas Blick flackern, als sie die Insulaner in ihre Richtung schauen sieht. Es muss nervenaufreibend sein, sich so beobachtet zu fühlen, auch wenn ich weiß, dass sich niemand etwas Böses dabei denkt – zumindest die meisten Leute nicht. Das Gefühl, hier auf der Insel unglaublich sichtbar zu sein, kenne ich. Alle Neuankömmlinge sind das, und als ich als Freiwillige hier eintraf, war es für mich nicht anders. Nachdem Jack und ich uns nähergekommen waren, wurde das Interesse eindringlicher. Die Leute fragten mich danach aus, was ich nach meinem Jahr Auszeit vorhätte, ob ich vorhätte, wiederzukommen oder gar zu bleiben. Im Rückblick glaube ich, dass sie das einfach aus Fürsorge gegenüber Jack als einem der ihren taten. Ich weiß noch, wie Pat Taylor mich eines Tages, kurz bevor ich aufs Festland zurückkehren sollte, im Dorfladen beiseitenahm und mir sagte, sie habe Jack Irvine noch nie so glücklich gesehen. Das hat mich völlig aus der Bahn geworfen. Ich hatte mich noch nicht entschieden, was ich machen wollte. Auf mich wartete ein Studienplatz. Und obwohl mir das Fach, das ich mir ausgesucht hatte, nicht sonderlich am Herzen lag, war ein Studium der Weg, den meine beiden Schwestern vor mir eingeschlagen hatten und den ich auch einschlagen wollte. Als ich schließlich in Richtung Heimat abreiste, bekam ich die große Enttäuschung der Insulaner zu spüren, ihre Missbilligung gar. Doch als ich begriff, dass ich einen Fehler gemacht hatte, und zurückkehrte, wurde ich mit umso größerer Wärme empfangen.

Der Land Rover kurvt die Straße entlang, die sich mitten über die Insel windet. Ich versuche, mein Zuhause mit Lornas Augen zu sehen. Die Windräder auf dem Feld hinter dem Dorf sind neu, aber abgesehen davon kann sich an der Landschaft seit ihrer Jugend nicht viel verändert haben. Ein paar neue Häuser, aber die Hügel und der Berg sind dieselben. Der Nebel hat sich nun vollständig aufgelöst, und der Himmel ist blau und mit Wolken betupft. Teppiche von Heidekraut bedecken hier und da das grasbewachsene Heidemoor, kräuseln sich in allen Tönen von Graulila bis Pink. Dazwischen grasen Schafe. Immer wieder führt die Straße über eine kleine Anhöhe, und dann kommt das Meer in Sicht, blitzt hell in der Sonne auf. Die Fähre legt wieder vom Hafen ab und hält auf das offene Wasser zu. Ob sich Lorna wohl wünscht, sie wäre auf dem Schiff?

Wir fahren an der Kirche vorbei, einem kleinen weißen Gebäude mit Kreuz auf dem Dach. In ein paar Tagen werden wir alle zur Beerdigung dorthin gehen. Als wir am Waldrand entlangfahren, biegt ein Pfad von der Hauptstraße ab, und ich sehe, wie Lornas Blick dem Weg folgt, der zu ihrem Elternhaus führt. Sie blinzelt hastig, und unsere Blicke treffen sich im Spiegel. Ich würde gern etwas sagen, aber Jack starrt noch immer mit versteinerter Miene geradeaus, also versuche ich es mit einem beruhigenden Lächeln. Einen Moment lang hält sie meinen Blick, dann wendet sie sich ab.

»Oh, das muss Brendas Haus sein!«, sagt Ella plötzlich und zeigt auf das blaue Haus auf dem Hügel, dessen Fassade in zartem Graublau und dessen Türen und Fensterläden in leuchtendem Kobaltblau gestrichen sind.

»Kennst du Brenda?«, frage ich meine Nichte und drehe mich auf meinem Sitz zu ihr um.

Sie nickt begeistert. »Wir haben sie auf der Fähre getroffen. Sie hat mir ihren neuen Welpen gezeigt, Puff.«

»Oh!«, fällt ihr Molly ins Wort. »Ich bin so neidisch! Mum hat gesagt, wir könnten ihn noch nicht gleich anschauen, weil wir euch abholen, aber vielleicht gehen wir einfach später hin und besuchen sie. Dürfen wir, Mum? Ich frage Olive, ob sie auch mitwill.«

»Wenn Ella möchte«, erwidere ich. »Und wenn Lorna es erlaubt, natürlich.«

»Ich will«, sagt Ella. »Darf ich, Mum?«

Ihre Mutter nickt und löst damit bei Ella und Molly eine neue Redesalve aus, dieses Mal geht es um den Welpen.

Urplötzlich fällt mir ein, dass Sarah und Lorna als Kinder beste Freundinnen waren. So viel hat Sarah mir erzählt, ansonsten spricht sie nie über Lorna. So gerne ich sie auch über meine Schwägerin ausgefragt hätte, habe ich mich doch zurückgehalten. Nun werden sich ihre Töchter treffen und sich vielleicht ebenfalls anfreunden. Ich denke an den Yogakurs vor einer Woche, als ich meinen Freundinnen erzählte, dass Lorna und Ella zur Beerdigung kommen würden. Bei der Nachricht versteifte sich Sarah, sie sah beunruhigt aus. Nachdem die anderen Frauen gegangen waren, blieb sie zurück, und ich spürte, dass sie reden wollte. Ich ging mit ihr hinunter zum Strand, schweigend, bis wir uns nebeneinander in den Sand gesetzt hatten. Der Blick aufs Meer schien ihr das Sprechen zu erleichtern, und es kam alles in einem Schwall heraus. Sie erzählte mir von dem Tag, an dem Lorna die Insel verlassen hatte, und wie Sarah danach jeden Tag auf ein Wort von ihr gehofft und nichts gehört hatte.

»Ich habe jahrelang gewartet«, gestand sie, während ich ihr einen Arm um die Schultern legte. »Manchmal habe ich gedacht, es ist ihr vielleicht etwas Schlimmes zugestoßen. Und an anderen Tagen dachte ich, dass sie dort, wo sie hingegangen ist, vielleicht so tolle neue Freunde gefunden hat, dass sie mich einfach vergessen hat.«

Ich sehe meine Schwägerin an und bin hin- und hergerissen zwischen meiner Loyalität zu Sarah und dem Wunsch, zu Jacks einziger lebender Verwandter eine Beziehung aufzubauen.

»Brenda ist eine Freundin von mir«, sage ich zu Lorna. »Sie ist kurz vor mir auf die Insel gezogen. Wir sind befreundet, seit ich hier angekommen bin. Sie ist Mollys Patentante.«

»Und auch meine Freundin«, betont Molly. Das ist eine Sache, die ich an diesem Ort so mag. Es gibt nur eine begrenzte Anzahl von Kindern im selben Alter, und so ist meine Tochter mit jüngeren Kindern, älteren Kindern und Erwachsenen als Freunden aufgewachsen. Es hat ihr zu einem Selbstbewusstsein verholfen, das ihr hoffentlich zugutekommt, wenn sie die Insel irgendwann einmal verlässt; woran ich lieber nicht denke möchte, womit ich insgeheim aber rechne.

»Wie viele Neuankömmlinge gibt es derzeit unter den Insulanern, was würdest du sagen?«

Sie spricht endlich, dem Himmel sei Dank. Ich beeile mich, ihre Frage zu beantworten.

»Hmmm ... Ich schätze, zwanzig bis dreißig Prozent sind Alteingesessene wie Jack. Der Rest besteht aus Zugezogenen wie mir. Das hat sein Gutes. Wir brauchen junge Familien, die auf die Insel ziehen, sonst würde unsere kleine Gemeinschaft hier wohl nicht überleben. Das ist auf Caora passiert, oder, Jack?«

Er antwortet nicht. Mein Überschwang erleidet einen Dämpfer, als ich an die Insel Caora und das denke, was dort geschehen ist. »Bestimmt kennst du die Geschichte«, sage ich zu Lorna.

»Ja, das war so etwas wie eine Legende hier, als ich ein Kind war.«

Ich weiß noch, wie Jack mir zum ersten Mal von der Insel vor der Nordküste erzählt hat, die bis vor wenigen Jahrzehnten noch bewohnt war. Seine Eltern hatten Verwandte, die früher dort gelebt hatten, und seine Mutter hat Molly einmal Fotos gezeigt. Mit der Zeit jedoch schrumpfte die kleine Gemeinde. Familien zogen weg und begannen ein neues Leben auf dem Festland oder den umliegenden größeren Inseln, sie waren den erbarmungslosen Wind und den Regen und die Mühen des Ackerbaus auf einer so kleinen Insel leid. Als die Schule geschlossen wurde, waren auch die verbliebenen Familien gezwungen wegzuziehen. Eine Weile blieben nur noch ein paar der ältesten Insulaner dort, die sich verzweifelt an ihre Heimat klammerten und versuchten, auf der beinahe leeren Insel zu überleben. Aber es wurde zu schwierig. Die letzten Bewohner wurden in den 1930er-Jahren per Schiff aufs Festland evakuiert.

Mit der Zeit verfielen die verlassenen Höfe auf Caora Island, und die Natur übernahm das Ruder. Nun fährt nur noch ein Schäfer gelegentlich hin, der mit dem Boot übersetzt und sich um seine Schafe dort kümmert, hin und wieder auch Ornithologen und Naturforscher. Die aus dem Meer ragende Insel ist für alle auf Kip eine ständige Mahnung und Erinnerung an die Unsicherheit unseres Insellebens. Ich erschauere. Es könnte so leicht wieder passieren. Und gar nicht weit in der Zukunft, sondern bald.

Der Land Rover bremst ab, und wir biegen von der Hauptstraße auf unseren Sandweg ab. Das weiß-rote Schild mit der

Aufschrift »Hilly Farm«, das ich vor Jahren gemalt habe, baumelt am Tor.

»Trautes Heim, Glück allein«, sage ich möglichst unbeschwert, während wir über den Sandweg holpern, der den Strand entlangführt und dann den Hügel mit unserem Gehöft erklimmt.

»Das alte Haus der Halifaxes«, sagt Lorna überrascht. »Mir war nicht klar, dass ihr hier wohnt. Es sieht völlig verändert aus.«

Wenn Lorna Jack in den letzten Jahren geschrieben hat, Weihnachtskarten und kurze Briefe, die er gelesen und dann in eine Schublade gesteckt hat, stand auf dem Umschlag immer nur sein Name und der Name der Insel. Das reichte aus. Ich habe vergessen, dass sie von dem Hof nichts wissen kann.

»Ja, du erinnerst dich also daran?«

»Wir haben als Kinder hier gespielt«, sagt sie mit weicher Stimme und abwesendem Blick. »Damals war es allerdings eher eine Ruine. Ich glaube, die Halifaxes hatten Probleme, das Haus zu zweit zu bewirtschaften, obwohl die anderen auf der Insel versucht haben zu helfen. Jetzt sieht es sehr schön aus.«

Wir halten vor dem Haus, dessen weiße Mauern in der Sonne leuchten. Auf dem Feld davor grasen Schafe, und die Kühe liegen auf den Weiden dahinter im Gras.

»Danke«, sage ich mit einem Gefühl von Stolz, obwohl der Zustand, in dem der Hof sich befindet, in erster Linie Jack zu verdanken ist. Ich öffne die Wagentür. »Jack, möchtest du Lorna vielleicht helfen und das …«

Doch bevor ich den Satz beenden kann, hat er sich schon abgewandt und hält mit großen Schritten auf den Folientunnel zu. Ich weiß, dass es schwer für ihn ist, aber will er mich hier wirklich im Stich lassen? Ich komme mir idiotisch vor, wie ich da neben dem Auto stehen gelassen werde. Da ich nicht möchte, dass Lorna und Ella es bemerken, zwinge ich mich zu einem Lächeln und helfe ihnen mit ihrem Gepäck.

»Kommt, ich zeige euch eure Zimmer.« Aufgeregt schnappt Molly nach Ellas Arm. »Du schläfst bei mir.«

Die beiden Mädchen nehmen Ellas Koffer zwischen sich und verschwinden schnell im Haus. Ihre Schritte poltern die Treppe hinauf, und ihr Gelächter hallt durch das Haus.

Ich bleibe allein mit Lorna zurück, die genauso unbehaglich aussieht, wie ich mich fühle. Mein Selbstvertrauen von heute Morgen verebbt. Wie wollen sie und Jack jemals die Themen ihrer Vergangenheit klären, wenn sie nicht einmal miteinander sprechen, wenn er einfach aufs Feld verschwindet und seinen Problemen, wie so oft, den Rücken kehrt? Ich bin in einem Haus aufgewachsen, wo wir einander angebrüllt und mit sich überschlagenden Stimmen Meinungen kundgetan haben, aber wir haben einander auch Geheimnisse anvertraut. Ich weiß nicht, wie man mit Schweigen umgeht. In meiner Ehe waren die schwierigsten Momente diejenigen, in denen Jack sich vor mir zurückzog an einen Ort, an den ich ihm nicht folgen konnte. Ich sehe Lorna an und denke an all die Dinge aus seiner Vergangenheit und über diese Frau, die mir Jack nie erzählt hat. Und ich spüre einen Schmerz in der Brust.

»Tja, da bleiben wohl nur wir beide übrig«, sage ich bemüht fröhlich. »Wenn Jack erst mal bei seinem Gemüse ist, bleibt er wohl bis zum Abendessen draußen. Wollen wir eine Tasse Tee trinken?«

»Okay«, entgegnet sie zögernd. »Danke, Alice.«

Und ich drehe mich um und führe diese nervöse Fremde, die Schwester meines Mannes und die Tante meiner Tochter, in mein Haus.

Lorna

Ich bin froh, dass ich daran gedacht habe, meine Laufschuhe einzupacken. Ich habe sie in letzter Minute in den Koffer gesteckt, zusammen mit ein paar Leggings und ein paar Sport-BHs. Der weiche Sand ist ein anstrengender Untergrund, und ich halte für einen Moment inne und werfe einen Blick zurück auf meine Fußabdrücke, deren Spur sich den Strand entlangzieht. Es ist früher Abend, aber die Sonne steht noch hoch am Himmel. Man bezahlt die langen Sommertage hier jedoch mit Wintern, in denen die Sonne nur für ein paar Stunden aufgeht.

Die Mädchen sind losgegangen, um den Welpen bei Brenda zu besuchen, und Alice ist im Haus und bereitet das Abendessen vor. Sie ist so nett und gastfreundlich, aber das bereitet mir Unbehagen. Ich habe es nicht verdient, und es ist so offensichtlich, dass sie ganz anders ist als ich – warmherzig und offen, wohingegen ich verschlossen wirken kann, auch wenn ich es gar nicht will. Ich kann genau sehen, was meinen Bruder an ihr angezogen hat. Sie ist groß und elegant und voller guter Laune, auch wenn ich ihre Nervosität darunter wahrnehme.

Seit wir angekommen sind, habe ich Jack nicht mehr zu Gesicht bekommen, bloß aus der Ferne auf den Feldern. Ich komme nicht über den Schock hinweg, ihn als erwachsenen Mann zu sehen. Meine Erinnerung hat ihn im Alter von vierzehn Jahren eingefroren. Wenn ich an ihn dachte, sah ich einen Vierzehnjährigen vor mir und manchmal auch ein noch jüngeres Kind. Sein Anblick, als wir von der Fähre kamen, hat mir beinahe das Herz gebrochen. In seinem stummen Gesicht habe ich alles gesehen, was ich vermisst habe.

Ich habe Alice angeboten, ihr beim Kochen zu helfen. Als sie ablehnte, war ich jedoch insgeheim erleichtert. Ich sagte, in dem Fall wolle ich laufen gehen, nach dem Reisetag mich ein wenig bewegen. In Wirklichkeit musste ich einfach dem Haus entfliehen.

Eine kleine Schar von Stelzvögeln hat sich am Ufersaum versammelt. Ich weiß nicht, um welche Vogelart es sich genau handelt. Früher habe ich einmal alle Namen gekannt, jetzt nicht mehr. Vor mir erstreckt sich weit das Meer, nur unterbrochen von ein paar Fischerbooten, die aussehen wie Tupfen am Horizont.

Es fühlte sich so unwirklich an, das Haus meines Bruders und seiner Familie zu betreten. Es ist ein leicht unordentliches Zuhause, aber sehr gemütlich, die Fußböden sind abgesehen von ein paar verblichenen Läufern auf den abgestoßenen Dielen nackt. Im großen Wohnzimmer ist eine Wand vollständig mit Bücherregalen bedeckt. Gegenüber steht ein Holzofen, umringt von schon recht abgewetzten Sofas, die durch die Berge der auf ihnen verstreuten Decken und Kissen sehr einladend wirken. Die Wände wimmeln von Bildern und Fotos, die meisten zeigen Molly in verschiedenen Altersstufen. Ich weiß, es hätte keine Überraschung für mich sein sollen, aber ich war nicht darauf vorbereitet, wie ähnlich meine Nichte mit ihren Sommersprossen und den grauen Augen meinem Bruder sieht. Aber sie hat die Leichtigkeit und Offenheit ihrer Mutter, und damit hat sie Ella empfangen, als würden sie einander schon jahrelang kennen. Vermutlich haben sie einander durch die vielen Nachrichten, die online zwischen ihnen hin und her gegangen sind, schon ganz gut kennengelernt.

Oben hat mir Alice Mollys Zimmer gezeigt. Ich blieb ein wenig länger darin stehen, um jede Einzelheit in mich aufzunehmen, mit der ich mir ein Bild von dem Mädchen machen konnte, dessen Kindheit ich verpasst habe. Die Pinnwand ist bedeckt von Umweltschutzplakaten mit Botschaften wie »Besser leben ohne Plastik«, »Reduzieren, Wiederverwerten, Recyceln« und »Es gibt keinen Planet B«. Als ich sie lese, überkommen mich kurz Schuldgefühle. In London habe ich mich daran gewöhnt, mir unterwegs eine Plastikflasche Wasser zu kaufen, die ich dann zwar recycle, aber nur halbherzig. Zwischen den Postern sind auch Fotos zu sehen. Molly am Strand Arm in Arm mit Jack und Alice, alle drei grinsen in die Kamera. Ein anderes Foto von Molly mit einem dunkelhaarigen, grünäugigen Mädchen, das Sarahs Tochter Olive sein muss, die Ähnlichkeit zwischen den beiden ist verblüffend. Es ist, als würde ich meine Freundin noch einmal als Kind sehen.

Mein Zimmer geht aufs Meer hinaus. Es ist klein, hell und in einem sanften Zitronengelb gestrichen. Ein Doppelbett, ein Schrank und ein Kiefernholzschreibtisch, auf dem eine Kanne voller Wildblumen steht.

»Aus dem Garten«, hat Alice gesagt.

Am besten gefällt mir die Küche. Alice und ich machten es uns dort nach dem Rundgang und nachdem Ella und Molly zum Strand hinuntergerannt waren, gemütlich. Es ist eine Küche, wie ich sie auch gern hätte, wenn wir mehr Platz hätten. In der Mitte des Raumes steht ein langer Eichentisch, auf der einen Seite von einer Sitzbank und auf der anderen von zahlreichen, nicht zusammenpassenden Stühlen flankiert. Hinter dem Tisch steht ein großer schwarzer Rayburn-Herd, über dem an Haken Töpfe und Pfannen hängen. Ein an einem Flaschenzug befestigtes hölzernes Trockengestell hängt ebenfalls darüber und bietet heute einer Auswahl an Socken und T-Shirts Platz, für die Alice sich entschuldigt, während sie uns Tee macht.

Ich sagte natürlich, sie solle sich keine Umstände machen. Tatsächlich gefiel mir die Unaufgeräumtheit, die den Raum noch heimeliger, noch zwangloser machte. Überall, wo ich hinsah, entdeckte ich Anzeichen für das Familienleben meines Bruders. Die Socken in verschiedenen Größen, die über dem Rayburn trockneten. Ein Familienfoto, das über einem Einkaufszettel und einer Reihe gekritzelter Notizen am Kühlschrank hing. Während Alice uns Tee einschenkte, las ich verstohlen die Zettel.

> Helfe in der Brauerei aus, bin heute Nachmittag wieder da. Alles Liebe, Dad
>
> Happy birthday, mein Schatz. Noch ein Jahr hübscher. Immer dein Jack
>
> Habe die frühe Fähre genommen, wollte euch beide nicht wecken. Wir sehen uns Samstag. Ich habe euch lieb. Dad

Wer war der Mensch, der diese Nachrichten geschrieben hatte? Doch bestimmt nicht der kalte, schweigsame Mann, der mich von der Fähre abgeholt hatte? Plötzlich kam mir die Wärme in der Küche erstickend vor. Ich war davon ausgegangen, in einem unpersönlichen Bed & Breakfast untergebracht zu sein, was sich bei der Buchung richtig angefühlt hatte. Die Einladung zu ihnen nach Hause verursachte mir gemischte Gefühle. Ich war neugierig, wollte jede Einzelheit aus dem Leben meines Bruders erfahren, und hier zu wohnen bedeutete, dass ich ihm, meiner Nichte und meiner Schwägerin näher war. Doch als Alice mir dann höfliche Fragen nach der Reise stellte, wurde es mir auf einmal zu viel, und ich sehnte mich nach draußen, wollte allein sein.

Jetzt ziehe ich die salzige Luft tief in meine Lunge. Und dann beginne ich wieder zu laufen. Nach dem Strand wechsele ich auf den Sandweg, umrunde Schlaglöcher und Steine, bis ich die Hauptstraße erreiche. Es tut gut, mich zu bewegen, mein Herz pocht, und mein Atem beschleunigt sich.

Doch sobald ich auf der Straße laufe, habe ich das Gefühl aufzufallen. Die Straße ist von den meisten Häusern auf dieser Seite der Insel aus gut zu sehen. Als ich in Richtung Hafen und Dorf laufe, entdecke ich ein paar Menschen in ihren Gärten. Sie blicken auf, als ich vorüberkomme, aber ich versuche, mit gesenktem Kopf weiterzulaufen. Es muss sich herumgesprochen haben, dass ich zur Beerdigung zurückgekommen bin. Es ist ja auch eine kleine Insel. Als wir im Hafen eingetroffen sind, spürte ich die Augen, die mich taxierten. *Sie ist weggegangen und nie zurückgekehrt. Sie hat noch nicht einmal ihre eigene Nichte kennengelernt. Sie ist jetzt ein Festlandgewächs und glaubt, sie sei zu gut für die Insel. Sie ist nicht einmal zurückgekommen, als ihre Eltern im Sterben lagen.*

Ich beschleunige, hole mit den Armen Schwung und konzentriere mich darauf, mich kräftig vom Boden abzustoßen. Je schneller ich laufe, desto weniger kann ich denken. Wenn ich so schnell laufe wie jetzt, habe ich das Gefühl, mehr in meinem Körper als in meinem Kopf zu sein. Für den kurzen Moment, in dem ich dieses Tempo halten kann, bin ich frei. Als ich zu wenig Luft bekomme, falle ich wieder in einen langsameren Trab.

Ich muss immer noch an das Haus meines Bruders denken. Alice gibt sich alle Mühe, mich willkommen zu heißen, das merke ich. Aber wird Jack jemals mit mir sprechen? Geschweige denn mir meine Abwesenheit in all den Jahren verzeihen? In der Küche mit Alice musste ich immer wieder aus dem Fenster nach Jack Ausschau halten, und jedes Mal wenn ich einen Blick auf seine leicht gebeugte Gestalt erhaschte, versetzte es meinem Herzen einen Stich. Ich wusste, dass es schwer werden würde zurückzukommen. Trotzdem überrascht mich das Ausmaß dieses Schmerzes. Mein Magen dreht sich um, meine Augen brennen, ein Gewicht drückt auf meine Schläfen. Mein ganzer Körper schmerzt. Ich renne schneller.

Ein Bellen lässt mich den Kopf wenden, und ich blicke hinüber zu einer weißen Bauernkate, die ein Stück von der Straße zurückversetzt ist. Ein Bobtail springt hinter dem Lattenzaun auf und ab, der den Garten der Kate umgibt. Rex hat Brenda ihn genannt, fällt mir wieder ein.

»Na, hallo!«, ertönt eine tiefe Stimme. Ein Mann balanciert auf einer Leiter, die an der Kate lehnt. Neben ihm im Gras steht ein Werkzeugkasten, er stützt sich auf die Dachziegel und repariert offensichtlich eine herabbaumelnde Regenrinne. Ein älteres Paar späht durch die Fenster und behält die Leiter und den Mann genau im Auge.

Der Mann trägt Jeans und einen grauen Seemannspullover, und plötzlich erkenne ich ihn als den Mann, der bei unserer Ankunft vorhin im Hafen gearbeitet hat. Gleichzeitig bemerke ich, dass mein Gesicht nass ist. Ich habe doch nicht geweint, oder doch? Als ich mir mit einer Hand über die Wangen wische, sind da Tropfen, die mir über das Gesicht rinnen. Beschämt darüber, dass dieser Fremde meine Tränen gesehen hat, wende ich mich ab und renne mit gesenktem Kopf weiter.

»Ich bin Mallachy und finde es auch schön, dich kennenzulernen!«, erklingt die tiefe Stimme hinter mir. Aber ich drehe mich nicht um.

Ich laufe, bis aus der Straße wieder ein Sandweg wird, der zur Nordspitze der Insel hinaufführt. Das weiße Signalfeuer des alten Leuchtturms ist an der Kante des Kliffs zu sehen, daneben steht das zerfallende Cottage des Leuchtturmwärters. Es ist seit Jahren unbewohnt, schon seit der Leuchtturm vor Jahrzehnten automatisiert wurde. Ich halte über das dicht mit Gras und Wildblumen bewachsene Feld darauf zu.

Schließlich habe ich es bis zum Leuchtturm geschafft. Gott, ich erinnere mich an diesen Blick. Unter mir stürzen graue Klippen hinab ins Meer. Das Wasser hier ist im Vergleich zu den ruhigen, plätschernden Wellen am Strand der Hilly Farm ein ganz anderes Ungetüm. Hier läuft es gegen die Felsen unter mir Sturm, erhebt sich in riesigen, schaumgekrönten Wogen und fällt mit grimmigem Klatschen wieder zurück. Weiter draußen auf dem Meer zeichnet sich der Umriss von Caora Island ab, nun bloß noch die Heimat von Vögeln und Schafen.

Ich greife nach dem Handy in der Tasche meiner Leggings. Zum Glück habe ich zum ersten Mal seit der Ankunft auf der Insel ein Signal. Sofort tippe ich eine Nachricht an Cheryl.

Sind gut auf der Insel angekommen. Ella und Molly haben sich sofort verstanden. Mit meinem Bruder ist es schwieriger. Seine Frau ist aber reizend. Vermisse dich.

Cheryl antwortet wenige Sekunden später.

Wir vermissen dich auch! (Wir = ich und Frankie, der gerade sein Abendessen zermatscht.)

Sie hat ein Foto angehängt, auf dem Cheryl neben Frankies Hochstuhl hockt. Sein Gesicht ist mit Süßkartoffel verschmiert. Frankie und Cheryl grinsen beide.

Ich blicke hinaus aufs Meer. Obwohl ich Cheryl und Frankie auf meinem Handybildschirm habe, fällt es mir hier an der Kliffkante schwer, mir London überhaupt vorzustellen. Es ist so weit weg von dem Anblick vor mir – die Klippen und die Wellen und die verlassene Insel in der Ferne. Eine Schrecksekunde lang fühlt es sich beinahe so an, als existierten London und das Leben, das ich mir dort aufgebaut habe, überhaupt nicht. Ich bin wieder ein Kind, sitze auf einer Insel fest, die von Meer umgeben ist, und kann nicht fliehen.

Dieser Leuchtturm ist einer der Orte, an die ich gegangen bin, als ich jung war und Abstand von zu Hause brauchte. Manchmal sind Sarah und ich gemeinsam hergekommen, haben den Hügel erklommen und sind in das Leuchtturmwärterhäuschen eingebrochen. Wir haben an der Kliffkante oder bei Regen im heruntergekommenen Vorderzimmer des Cottage Sandwiches gegessen. Oft aber war ich allein hier. Ich weiß, dass ich in der Nacht des Brandes hergekommen bin. Mein Haar roch noch nach Rauch, und meine Augen brannten vor Asche und Tränen. In dieser Nacht stand ich dichter an der Kliffkante als jemals zuvor, obwohl es dunkel und stürmisch war. Ich muss wieder an den Traum denken, den ich im Zug hatte. Der Rauchgeruch war in meinem Kopf so intensiv, nach all der Zeit immer noch.

Mein Telefon summt. Noch eine Nachricht von Cheryl.

Gib der Sache einfach Zeit. Ich denke an dich.

In welcher Zeitspanne kann man zweiundzwanzig versäumte Jahre wieder aufholen? Die Entscheidung, die ich damals getroffen habe, wurzelte in meinem Selbsterhaltungstrieb.

Damals fühlte es sich wie der einzig mögliche Weg an, alles zurückzulassen. Die einzige Möglichkeit, mir ein eigenes Leben aufzubauen. Die einzige Möglichkeit zu überleben. Doch jetzt, vor dem Leuchtturm, fürchte ich mich vor dem in Kürze bevorstehenden Wiedersehen mit meinem Bruder, und gleichzeitig sehne ich mich danach. Ich öffne den Mund und schreie. Alles in mir entleert sich in diesem wilden Schrei. Es ist ein Geheul, das ich wahrscheinlich jahrelang unterdrückt habe. In London ist kein Platz für solche Gefühle. In unserer kleinen Wohnung hören Ella und ich jede Bewegung der Nachbarn.

Ich schreie, bis meine Kehle schmerzt. Aber der Wind ist stärker und trägt meine Stimme davon. Unter mir branden die Wellen unaufhaltsam gegen die Klippen.

Alice

»Hast du Lust, heute mit mir ins Dorf zu fahren?«

Ich bin wieder allein mit Lorna, Jack ist draußen auf dem Feld, und Molly und Ella sind heute früh mit Fahrrädern aufgebrochen, um sich mit Olive zu treffen. Ella scheint sich mühelos in ihre Freundschaft integriert zu haben, und ich muss sagen, ich bin erleichtert darüber. Ich wusste, wie sehr sich Molly darauf gefreut hat, ihre Cousine kennenzulernen, aber ich wusste auch, wie eng sie mit Olive befreundet ist. Ich wollte nicht, dass sich Ella wie das fünfte Rad am Wagen vorkommt, aber sie haben schnell eine verschworene Gruppe gebildet. Ihre Nähe und Zufriedenheit betonen jedoch nur die Anspannung im Haus. Das Abendessen gestern Abend war verkrampft, gelinde gesagt. Ich konnte das Schweigen zwischen Jack und Lorna nicht ertragen, also habe ich darüber hinweggeplappert. Dabei war mir bewusst, wie albern ich klang, aber ich konnte nicht aufhören. Lorna ist kurz nach den Mädchen schlafen gegangen. Bestimmt war sie erschöpft von der Reise, aber ich bin sicher, es war ihr auch alles zu viel.

»Du könntest dich ein bisschen mehr anstrengen«, sagte ich leise zu Jack, sobald wir zu zweit waren.

»Das könnte sie aber auch«, blaffte er zurück.

»Ist dir klar, wie kindisch du dich anhörst?«

Er zuckte mit den Schultern und wandte sich von mir ab. Dabei sah er jedoch so gequält aus, dass ich weich wurde.

»Es tut mir leid. Ich weiß, es ist bestimmt schwer.«

Er schüttelte jedoch lediglich den Kopf. Sein ganzer Körper war angespannt, seine Miene verschlossen.

»Bitte sprich mit mir, Jack.«

Doch er wandte sich wieder ab und verschwand hinauf ins Schlafzimmer. Als ich mich später neben ihn legte, fühlte es sich so an, als wäre er nicht einmal anwesend, sondern irgendwo anders. Komm zu mir zurück, flüsterte ich in mich hinein, als ich vor seinem Rücken lag. Er hatte sich auf seiner Bettseite zusammengekauert.

Heute Morgen bin ich erschöpft, ernüchtert. Aber ich bin trotzdem entschlossen, das Beste aus allem zu machen. Was kann ich sonst tun?

Lorna blickt zwischen den Resten unseres Frühstücks vom Küchentisch auf, den Kaffeebecher am Mund.

»Ein paar von uns haben versprochen, die Aushänge zu wechseln und in der Schule sauber zu machen«, berichte ich ihr. »Vermutlich ist Arbeit in einer Schule das Letzte, was du dir von deinen Ferien versprochen hast, aber wir könnten noch ein zusätzliches Paar Hände gebrauchen. Und danach essen wir im Lookout zu Mittag, es wäre also nicht nur Arbeit.«

Sie lächelt leicht. »Den alten Pub gibt es also noch? Ich habe als Teenager dort gekellnert.«

»Ja, er läuft richtig gut«, antworte ich. Ich versuche, sie mir als junge Frau hinter dem Tresen des Pubs vorzustellen. Jack hat mir einmal erzählt, dass seine Schwester sich als Teenager das Haar lila gefärbt hat und ihre Eltern außer sich waren. Nichts wäre mir unwichtiger als Mollys Haarfarbe.

»Ich würde gerne mitkommen«, sagt sie. »Danke, dass du mich fragst.«

»Super!«

Ich beginne abzuräumen, doch sie steht hastig auf und greift nach den Tellern.

»Bitte, lass mich helfen.«

Wir räumen zusammen die Küche auf, und als wir fertig sind, sehe ich, wie sie aus dem Fenster aufs Meer hinaussieht.

»Es wird sicher schön, meine alte Schule wiederzusehen«, sagt sie, ohne ihren Blick von der Aussicht abzuwenden. »Ich war glücklich dort.«

Als sie das sagt, möchte ich ihr am liebsten erzählen, dass das Schicksal der Schule augenblicklich in den Sternen steht. Aber meine Sorgen darüber bei ihr abzuladen wäre nicht fair. Es ist nicht ihr Problem.

»Ich mag deinen Stil«, sagt sie. »Diese Blumen sind hübsch.«

Ich blicke überrascht an mir hinunter. Ich trage heute meine abgeschnittenen Jeans und eine meiner Lieblingsblusen, die auf dem Kragen und an den Manschetten mit Blumen bestickt ist. Außerdem habe ich mir heute Morgen in dem Versuch, mich aufzuheitern, ein paar frische Blumen ins Haar geflochten.

»Oh danke! Es ist vermutlich albern, mich schön anzuziehen, wo ich doch den Großteil des Tages Tiere füttere und Jack draußen zur Hand gehe, aber es macht mich glücklich. Und es ist eine Abwechslung zu meinen Yogaklamotten.«

»Wann hast du angefangen, Yoga zu unterrichten?«

Es versetzt mir noch immer einen kurzen Schock, wenn mir die Augen meines Mannes aus ihrem Gesicht entgegensehen. Wir haben gestern Abend über unsere Jobs gesprochen, eines der wenigen unkomplizierten Themen, die wir anschneiden konnten. Als sie mir erzählt hat, dass sie stellvertretende Leiterin einer Schule ist, musste ich kämpfen, um die Gefühle zu verbergen, die mich durchströmten. Um ein Haar hätte ich ihr alles erzählt, was in letzter Zeit passiert ist, aber ich zwang mich zur Zurückhaltung.

»Ich habe als Teenager angefangen, Yoga zu machen.« Sie steht jetzt neben der Spüle und hat dem Meer den Rücken zugewandt. »Aber am Unterrichten habe ich erst nach Mollys Geburt Interesse entwickelt. Ich schätze, ich wollte etwas für mich machen.« Blut schießt mir plötzlich in die Wangen, als ich bemerke, wie das klingen muss. »Natürlich liebe ich es, Mutter zu sein.«

Aber sie lächelt und nickt verständnisvoll, und ich spüre eine Welle der Erleichterung.

»Das verstehe ich. Ich habe Ella bei einer Babysitterin gelassen, während ich meine Ausbildung zur Lehrerin machte. Es hat mir das Herz gebrochen, sie einer Fremden zu übergeben, aber ich habe diese Stunden trotzdem genossen, in denen ich mein Hirn einschalten durfte und mich nicht nur als Mutter gefühlt habe.«

Ich habe plötzlich das Bild von Lorna allein mit einem neugeborenen Baby im Kopf, und es macht mich traurig. Ich musste Molly nie einem Fremden überlassen. Ich hatte Jack, meine Freunde und eine ganze Insel zur Hilfe. Habe ich das für selbstverständlich gehalten? Vielleicht tue ich das immer noch.

»Genau«, sage ich und verdränge das Bild, »ich helfe, so viel ich kann, auf dem Hof, und es macht mir auch Spaß, aber im Grunde ist der Hof Jacks Leidenschaft. Ich habe meine Ausbildung gemacht, als Molly alt genug war, dass ich weggehen konnte, und seitdem unterrichte ich hier Kurse.« Auf einmal fällt mir die Uhr über dem Kühlschrank ins Auge. »Wir sollten los.«

Ich fahre uns über die Insel zur Schule. Es ist irgendwie

tröstlich, Lorna neben mir sitzen zu haben. Ich schätze, mir war nicht ganz klar, wie einsam ich mich nach dem Wortwechsel mit Jack gestern Abend gefühlt habe. Beim Fahren erkundigt sie sich nach meiner Herkunft.

»Ich bin in einem Vorort von Edinburgh aufgewachsen, als eine von drei Schwestern. Nicht leicht für meinen alten Herrn!«

Lorna lacht und sieht dabei vollkommen anders aus. So erinnert sie mich an meine älteste Schwester Caitlin, die sich immer mit solch beiläufiger Grazie bewegt hat, dass es mich als Teenager mit zu langen Gliedmaßen und knubbligen Knien regelrecht erzürnt hat. Lorna sieht überhaupt nicht mehr aus wie die Frau, die gestern Abend verlegen das Essen auf ihrem Teller hin und her geschoben hat. Jedes Mal wenn sie etwas sagte, sah sie zuerst mit so etwas wie Furcht im Gesicht meinen Mann an.

»Kann ich mir vorstellen«, antwortet sie nun. »Wie sind deine Schwestern so?«

»Oh, sie sind toll. Beide sind unglaublich schlau, das waren sie immer. Caitlin ist die Älteste und Ärztin. Sie hätte Chirurgin werden können, hat sich aber für Allgemeinmedizin entschieden. Als sie ihren Abschluss machte, brauchte man dringend Hausärzte. Jetzt praktiziert sie in einer Praxis außerhalb von Edinburgh. Shona unterrichtet an der Universität von Aberdeen irgendeine Mathematiksparte, die ich nie ganz verstanden habe.«

Als Kind wollte ich immer so sein wie meine Schwestern. Aber während Worte und mathematische Gleichungen ihnen in den Schoß fielen, hatte ich oft das Gefühl, als habe mein Hirn Löcher. Sosehr ich mich in der Schule auch anstrengte, ich war bestenfalls Mittelmaß und brillierte in keinem Fach. Ich sah meinen Schwestern dabei zu, wie sie Schulwettbewerbe gewannen und sich Plätze an Top-Universitäten sicherten, und bewunderte und beneidete sie gleichermaßen.

»Ich selber war immer lieber draußen unterwegs«, sage ich zu Lorna. »Ich mochte Tiere, bin gewandert, geschwommen. Zum ersten Mal bin ich im Jahr nach dem Abi auf die Insel gekommen, als Freiwillige für WWOOF.«

Laura lacht wieder. »Für was?«

»Als Freiwillige auf einem Biobauernhof. Ich habe hier auf der Hilly Farm ausgeholfen, kurz nachdem Mr und Mrs Halifax gestorben waren.«

»Das wollte ich schon fragen – wie ist es dazu gekommen, dass du und Jack die Farm übernommen habt?«

»Das ist wirklich eine irre Geschichte.«

Und es hätte so leicht anders ausgehen können, mein und Jacks Leben hätte einen ganz anderen Weg einschlagen können.

»Da die Halifaxes keine Kinder hatten, haben sie das Haus und das Land den Insulanern als Erbengemeinschaft hinterlassen. Der Inselrat beschloss, daraus einen Biohof zu machen, also brauchten sie viele Freiwillige. Ich habe eine Annonce gesehen und entschieden mitzuhelfen. Dabei bin ich Jack zum ersten Mal begegnet. Er war erst neunzehn, ein Jahr älter als ich, aber er war bei dem Projekt einer der Engagiertesten. Jeden Tag war er da, hat auf den Feldern gearbeitet, die zerbröckelnden Mauern geflickt. Er wusste zu der Zeit noch nicht so viel über Landwirtschaft, aber auf der Insel gab es ja jede Menge alter Bauernfamilien, die ihm helfen und uns allen zeigen konnten, was wir machen sollten.«

»Wie war er, als du ihn kennengelernt hast?«

»Er sah total verlottert aus! Unordentliche Locken und dreckige Hände. Zuerst kam er mir ein bisschen ungehobelt vor, aber bald habe ich kapiert, dass er bloß schüchtern ist. Und er war bei der Arbeit so bei der Sache, dass er nicht abgelenkt werden wollte, glaube ich. Irgendwann habe ich es allerdings geschafft, ihn abzulenken.« Ich sage ihr nicht, dass ich damals auch die Traurigkeit sofort an ihm wahrgenommen habe.

»Ach, ich wette, das hat ihm nichts ausgemacht«, sagt Lorna mit einem Lächeln in der Stimme. »Ihr seid also ein Paar geworden?«

»So einfach war es nicht. Mein Einsatz auf dem Hof lief aus. Zu dem Punkt war ich schon bis über beide Ohren in Jack verliebt, und auch in die Insel. Aber ich hatte einen Studienplatz an der Uni. Ich wollte studieren wie meine Schwestern, also bin ich zu meinen Eltern zurückgekehrt und habe zur Überbrückung bis zu meinem Umzug eine Stelle in einem Café angenommen. Aber es ging mir miserabel. Ich vermisste Jack und den Hof. Wir haben uns geschrieben und telefoniert, aber es war nicht dasselbe, wie zusammen zu sein. Ich glaube, meine Eltern haben gemerkt, wie unglücklich ich war, denn eines Tages haben sie sich mit mir hingesetzt und mir gesagt, ich müsse nicht denselben Weg gehen wie meine Schwestern. Sie sagten, sie seien stolz auf mich, wofür auch immer ich mich entscheide.«

Lorna wendet schnell das Gesicht ab, doch zuvor erhasche ich einen Blick auf ihre Miene. Sie sieht aus, als bemühte sie sich darum, nicht zu weinen. Was ist da hinter verschlossenen Türen wirklich vor sich gegangen, als Jack und sie klein waren? Da ist etwas, was Jack mir nie erzählt hat. Ein geheimer, verborgener Schmerz. Wieso sonst sollte Lorna gegangen und niemals wiedergekommen sein? Und jetzt, wo ich sie kennengelernt habe, muss ich mir eingestehen, dass ich sie mag. Sie hat so eine Stärke, aber auch etwas Weiches, beides existiert in ihr nebeneinander.

»Das muss eine solche Erleichterung für dich gewesen sein.« Ihre Miene und Stimme wirken wieder gefasst.

Ich war dankbar für die Unterstützung meiner Eltern. Doch selbst jetzt noch gibt es Momente, in denen ich mir wünsche, ich hätte einen Uniabschluss gemacht, wenn auch nur als Beweis, dass ich dazu in der Lage wäre.

»Nach einigem Hin und Her bin ich auf die Insel zurückgekehrt. Zuerst habe ich eine alte Bauernkate gemietet, war aber ständig mit Jack zusammen. Und dann gab es die große Versammlung im Gemeindesaal, bei der die Insulaner Jack mitteilten, dass sie ihm die Hilly Farm überlassen würden, wenn er sie haben wollte. Von allen auf der Insel hatte er die meiste Arbeit investiert, und ihm schien der Hof am meisten am Herzen zu liegen. Wir sind zusammen hingezogen, haben geheiratet und ein paar Jahre später Molly bekommen. Und seitdem wohnen wir dort.«

Im Rückblick war ich so jung, als ich Jack geheiratet habe. Obwohl ich die Jüngste in der Familie bin, haben meine Schwestern noch studiert, als ich Molly bekam. Es war nervenaufreibend, so weit entfernt von meiner Familie schwanger zu sein. Doch dann hat mich die Unterstützung der Insulaner, von denen ich viele noch nicht lange gekannt hatte, richtiggehend überwältigt.

»Wow, das ist eine wunderbare Geschichte«, sagt Lorna.

»Finde ich auch. Ich hatte Glück. Und was ist mit dir? Ist Ellas Dad noch auf der Bildfläche? Wenn ich fragen darf.«

Sie zögert einen Augenblick. Vielleicht hätte ich meine Neugierde besser zügeln sollen. Dann jedoch antwortet sie.

»Rob und ich waren ein paar Jahre zusammen. Wir haben uns in der Bar kennengelernt, in der wir beide arbeiteten. Aber als er erfuhr, dass ich schwanger bin, ist er gegangen.«

»Oh Gott, das tut mir leid.«

Sie starrt wieder aus dem Fenster, hebt eine Hand und streicht sich das Haar hinters Ohr.

»Wie sich herausstellte, wollte er keine Kinder. Als ich

schwanger wurde, sagte er, wenn wir zusammenbleiben wollten, dann nur zu zweit.«

»Das muss hart gewesen sein.«

Sie neigt leicht den Kopf und zieht die Augenbrauen zusammen.

»Ja und nein. Mir fiel die Entscheidung nicht schwer. Ein Baby hatte ich nicht geplant. Ich hatte kein Geld, arbeitete zu unchristlichen Zeiten ... Aber ich wusste sofort, dass ich eine Lösung finden wollte, mit der es funktionieren würde. Ich hatte mich jahrelang einfach treiben lassen, von Job zu Job, von möbliertem Zimmer zu möbliertem Zimmer. Als Ella unterwegs war, hatte ich das Bedürfnis, Wurzeln zu schlagen.«

Ich weiß nicht, was ich sagen soll, und versuche, mich aufs Fahren zu konzentrieren. Vor meinem inneren Auge schwebt das Bild einer schmutzigen Einzimmerwohnung und einer jungen Frau, die schwanger ist. Und während sie diese schwere Entscheidung allein getroffen hat, waren wir hier. Jack und ich hätten ihr beistehen können.

»Also hast du sie allein großgezogen?«

»Ich gebe zu, es war schwerer, als ich gedacht hatte, allein ein Neugeborenes zu versorgen. Es war vermutlich ziemlich naiv von mir, das zu versuchen. Ich will nicht behaupten, es sei leicht gewesen.«

Die Wochen nach Mollys Geburt stand ich vollkommen neben mir. Mein Körper war von Hormonen überschwemmt, im einen Moment weinte ich vor Freude, im nächsten schluchzte ich vor Furcht und Erschöpfung. Diese langen, langen Nächte, in denen ich verzweifelt versuchte, Schlaf zu bekommen. Aber ich hatte Jack, der nachts mit mir aufwachte. Ich hatte meine Inselfreunde, die Lasagne und Kuchen vorbeibrachten oder einfach hereinkamen, um abzuwaschen und mir eine Dusche zu ermöglichen. Meine Schwestern kamen ebenfalls zu ausgedehnten Besuchen, erst die eine, dann die andere. Meine Mutter war stets nur einen Anruf entfernt, und ich rief sie unzählige Male zu allen möglichen Uhrzeiten an, um mich zu versichern, dass ich alles richtig machte. Wen hatte Lorna gehabt? Ich werfe ihr einen Blick zu und kenne die Antwort, ohne fragen zu müssen. Es steht ihr ins Gesicht geschrieben, ihre Körperhaltung verrät es. Sie ist jemand, der daran gewöhnt ist, nur auf sich selbst zählen zu können und sonst niemanden.

»Haben Ella und er einander je getroffen?«

»Nein. Ich habe überlegt, ob ich dafür sorgen soll. Er hat mir über die Jahre immer mal Geld geschickt, war aber immer vollkommen desinteressiert daran, sie kennenzulernen. Ich habe mich früher oft gefragt, ob es richtig war, ihn nicht stärker dazu zu drängen, irgendeine Art von Beziehung zu ihr zu haben. Vielleicht hätte ich seine Meinung ändern können. Aber ich glaube, ich dachte einfach, kein Vater sei besser als ein gleichgültiger. Sie hat so viel mehr verdient.«

Ich denke an den Moment, als die Krankenschwester Jack Molly gereicht hat und ihm die Tränen übers Gesicht liefen. Seine Stimme war voller Verwunderung, als er in ihr zerknautschtes Gesichtchen blickte und sagte: »Sieh nur, was wir da gemacht haben.«

»Und gab es jemand anderen?«, frage ich und bemühe mich, das Zittern in meiner Stimme zu beherrschen. »Das musst du mir natürlich auch nicht beantworten!«

»Nein, nicht wirklich. Nach Rob war ich einfach der Ansicht, dass es unkomplizierter wäre, wenn es nur um Ella und mich ginge. Ich habe mich mit Männern getroffen, aber es war nie etwas Ernstes. Ella hat nie einen von ihnen kennengelernt. Es fühlte sich so einfacher an.«

Einfacher vielleicht, aber auch einsam, denke ich.

»Ihr müsst euch sehr nah sein, Ella und du.«

Ihre Stimme wird jetzt lebendiger. »Sind wir. Sie ist ein tolles Mädchen.«

Die Schule kommt vor uns in Sichtweite, und ich bremse und parke den Wagen auf dem Gras gegenüber. Dann stelle ich den Motor ab und lege beide Hände aufs Lenkrad. »Es ist so schön, sie kennenzulernen. Und dich auch.«

Wir bleiben einen Augenblick sitzen und lächeln einander an, wir sind beide eindeutig ein wenig verlegen. Es fühlt sich eigenartig an – zu Beginn dieser Fahrt war sie eine Fremde, und jetzt … Es ist, als wäre ich wieder in der Schule und hätte mich soeben mit einem neuen Mädchen angefreundet. Wir mögen uns, sind aber noch nicht völlig unbefangen miteinander.

»Okay, wir sind da«, sage ich schließlich. »Sollen wir reingehen?«

Mit finster entschlossenem Gesichtsausdruck nickt sie.

Lorna

Die Schule hat sich kaum verändert. Es gibt neue Spielgeräte auf dem Spielplatz, aber abgesehen davon ist es dasselbe alte Gebäude mit Satteldach und großen Fenstern. Hinter den Mauern um den Spielplatz erstrecken sich Felder, auf denen Schafe grasen. Wenn ich mir meine alte Schule ansehe, denke ich zwangsläufig, wie drastisch sie sich von der Schule unterscheidet, an der ich in London unterrichte. Hier erhebt sich in der Ferne ein Berg, keine Bürohäuser. Anstelle des Flugzeuglärms und des rauschenden Verkehrs herrscht hier Stille, abgesehen vom Fauchen des Meeres und dem gelegentlichen Blöken eines Schafs.

An den Wänden hängen zwar andere Bilder, aber von innen sieht es in der Schule so aus wie in meiner Erinnerung. Ich bin wieder fünf Jahre alt und sitze neben Sarah im Klassenzimmer. Ich spüre den weichen Stoff meines Schulpullovers und den rauen Teppich unter meinen Händen, wenn wir in der Vorlesestunde im Kreis auf dem Boden sitzen. Dann bin ich neun, und Jack kommt zum ersten Mal zur Schule. Ich halte ihn an der Hand und zeige ihm, wo er seine Jacke aufhängen und wo er seinen Ranzen abstellen soll. Und als er zu schüchtern ist, um sich auf eine Frage hin zu melden, stoße ich ihm meinen Ellbogen zwischen die Rippen, bis er widerwillig die Hand hebt. Wenn er etwas gut macht und ein Lächeln sich über sein kleines Gesicht ausbreitet, platze ich beinahe vor Stolz.

Hier riecht es nach Bleistiften, Teppichboden und gekochten Kartoffeln.

Ich folge Alice in das einzige Klassenzimmer, in dem sich eine kleine Gruppe versammelt hat. Sofort erkenne ich Brenda an ihren rosa Haaren und an Puff, der sich auf einem Sitzsack in der Ecke zusammengerollt hat. In dem Raum befinden sich außerdem eine Frau Ende zwanzig mit gebatikter Haremshose und einem Baby in der Trage vor ihrer Brust, eine andere junge Frau mit roter Latzhose und einem kurzen Afro, der halb von einem passenden roten Schal bedeckt wird, eine Frau in meinem Alter mit auffallender Kurzhaarfrisur, eine große Frau mit aschblondem, zerzaustem Bob, die aussieht, als wäre sie um die fünfzig, und eine ältere Frau in einem knallgrünen Regenmantel, den sie trägt, obwohl wir drinnen sitzen und es draußen trocken ist. Es ist noch eine weitere Frau da, aber sie steht von mir abgewandt und ist damit beschäftigt, Bücher in ein niedriges Regal zu sortieren.

Mein Blick folgt dem Hämmern aus einer Ecke. Dort steht ein Mann auf einer Leiter und befestigt einen Schaukasten an der Wand. Meine Wangen glühen vor Verlegenheit. Es ist der Mann aus dem Hafen, derselbe Mann, den ich beim Joggen gestern vollkommen ignoriert habe. Dieses Mal sehe ich ihn mir genauer an. Er hat wuscheliges graubraunes Haar, ein breites Gesicht, eine lange, gerade Nase und einen rötlichen Bart. Er ist schwer beschäftigt, und seine aufgerollten Hemdsärmel legen muskulöse Arme frei.

»Lass mich dir alle vorstellen«, sagt Alice.

Brenda überrumpelt mich, indem sie mich in eine herzhafte Umarmung zieht. »Deine Tochter ist bezaubernd.«

Ich spüre, wie ich strahle. »Danke, das finde ich auch.«

Die junge Frau in Batik heißt Tess und ihre Frau in der roten Latzhose Joy. Das Baby heißt Harry, und ich beuge mich zu ihm, um über seine weiche Wange zu streicheln.

»Er ist ein Prachtkerl. Wie alt ist er?«

»Sechs Monate«, antwortet Tess und federt mit der Trage leicht auf und ab. »Im Moment zahnt er, und wenn er gleich brüllt, findest du ihn vielleicht nicht mehr so prächtig.« Bei den Worten lächelt sie jedoch, zieht sich eine seiner winzigen Hände vors Gesicht und küsst sie.

»Ich bin Kerstin«, sagt die groß gewachsene Mittfünfzigerin und schüttelt mir mit festem Händedruck die Hand. »Wie ich höre, lebst du auf der Isle of Dogs. Ich habe früher am Canary Wharf gearbeitet.«

»Ach, wirklich?«

»Habe fast mein halbes Leben dort verbracht. Dann bin ich eines Tages aufgewacht und habe begriffen, dass ich meinen Job verabscheute und alle, mit denen ich zusammenarbeitete, ebenfalls. Da habe ich alles verkauft und bin hierhergezogen. Die beste Entscheidung meines Lebens.«

»Und ihre Fähigkeiten kommen uns hier sehr gelegen«, sagt Alice warm und lächelt Kerstin an. »Sie ist unsere Finanzexpertin. Sie hilft der halben Insel mit den Konten.«

Die alte Frau im grünen Regenmantel wird als Morag vorgestellt. »Ich bin hier vor zehn Jahren hergezogen. Meine Kinder wollten mich in eins dieser schrecklichen ›Heime‹ sperren.« Sie malt Anführungszeichen in die Luft. »Also bin ich so weit weggelaufen wie nur möglich. Ha! Zuerst hat es ihnen nicht gefallen, aber jetzt kommen sie ab und an zu Besuch.«

Ich muss beinahe gegen meinen Willen lächeln. Schon

jetzt mag ich Morag gerne, genau wie die anderen Frauen. Morag wohnt in einem Cottage am Hafen, erzählt sie mir, wo sie Listen führt, wer mit der Fähre kommt und geht.

»Gestern habe ich dich und dein Mädchen ankommen sehen. Ihr wart auf demselben Schiff wie diese Touristen.«

Bei dem Wort verzieht sie das Gesicht. Ich bin erleichtert, dass sie nicht auch Ella und mich als Touristen einstuft. Aber wenn wir keine Touristen sind, was sind wir dann?

Plötzlich sehe ich die Frau neben Morag, und bevor Alice uns einander vorstellen kann, macht sie einen Schritt auf mich zu. »Es ist so lange her!«, sagt sie, und ich begreife auf einmal, dass sie in meiner Klasse war.

»Ich habe dich nicht erkannt, Emma! Dein Haar sieht toll aus.« Es ist weißblond gefärbt und elfenhaft kurz, ein großer Unterschied zu dem langen mausbraunen Haar, das sie hatte, als wir jung waren. Es steht ihr.

»Ich glaube, das letzte Mal, dass ich dich gesehen habe, muss bei diesem Picknick im Wald gewesen sein, weißt du noch?«, fragt sie mich.

Plötzlich kehrt die Erinnerung zurück. Es war der Frühling vor meinem letzten Jahr auf der Insel und der erste sonnige Tag seit Wochen. Die Osterferien hatten gerade angefangen, deswegen waren meine Freunde von der Schule nach Hause zurückgekehrt. Ich erzählte meinen Eltern, ich müsse eine Schicht im Lookout übernehmen, ging aber direkt zu Sarah nach Hause. Von dort aus brach eine Gruppe von uns Jugendlichen mit Decken und Picknickkörben, von Eltern zubereitetem Essen und aus Kühlschränken stibitztem Bier in den Wald auf. Ich kam mit leeren Händen, aber das schien niemanden zu kümmern. An diesem Nachmittag aßen und tranken wir Inselkinder und hörten auf dem tragbaren Kassettenrekorder, den jemand dabeihatte, Musik, spielten Spiele und feierten den ersten Frühlingstag. Ich war zum ersten Mal in meinem Leben ein wenig beschwipst, vom Bier und von der Sonne. Jemand hatte irgendwoher einen Joint aufgetrieben, und obwohl ich selbst nicht mitrauchte, sog ich den süßen Geruch auf und lachte darüber, wie benebelt meine Freunde davon wurden. Ich horchte jedoch ständig darauf, ob jemand durch den Wald käme – ich hatte Jack von unseren Plänen erzählt und ihn ebenfalls eingeladen.

»Du kannst dir etwas ausdenken, was du Mum und Dad erzählst«, sagte ich zu ihm. »Sag ihnen, du lernst zusammen mit einem Freund, das mache ich immer.«

Jack war als Kind sehr still und verbrachte die meiste Zeit lernend zu Hause oder mit meinen Eltern in der Kirche. Ich hatte das Malen und Sarah und mein geheimes Leben bei ihr zu Hause, in dem ich fernsah und Zeitschriften las, die meine Eltern nicht gutgeheißen hätten, aber ich machte mir stets Gedanken darum, was Jack hatte. Als er noch sehr klein war, spielte er manchmal mit Sarah und mir, entweder am Strand oder im Haus ihrer Großeltern, doch je älter er wurde, desto mehr zog er sich in sich zurück und entsprach der Rolle, die meine Eltern für ihn vorgesehen hatten. Ich hoffte an dem Tag, er würde sich dazu durchringen, zu dem Picknick zu kommen. Doch er kam nie.

Als ich mit geröteten Wangen von dem Tag an der frischen Luft nach Hause kam, erwarteten meine Eltern mich in der Küche. Jack saß mit gesenktem Kopf zwischen ihnen. Sobald ich eintrat, war mir klar, dass meine Eltern wussten, dass ich gelogen hatte, und mir war auch klar, wie sie es herausgefunden hatten.

»Wie kannst du es wagen!«, brüllte mein Vater. »Uns anzulügen, wie ein verzogenes Gör auf der Insel herumzurennen und unseren Nachbarn jeden Grund zu geben zu denken, was sie ohnehin schon denken: dass du völlig außer Kontrolle bist.«

Aber ich war angefüllt mit Bier und Selbstvertrauen, und ausnahmsweise einmal brüllte ich zurück. »Das musst du gerade sagen! Du bist derjenige, der außer Kontrolle ist! Immer bist du betrunken, wahrscheinlich bist du sogar jetzt betrunken!«

Meine Mutter sog scharf die Luft ein und schlug sich die Hand vor den Mund. Jack sah mit großen Augen auf. Ich konnte sehen, wie sich mein Vater anspannte, wie der Zorn sein Gesicht knallrot werden ließ. Aber ich hörte nicht auf.

»Aber das ist mir egal. Bald gehe ich zur Uni, und wenn ich weg bin, werde ich mir nicht mehr anhören müssen, was du sagst. Ich werde tun, was ich will. Und ich werde etwas aus meinem Leben machen, was auch immer du von mir hältst. Ich werde ein besseres Leben haben als du. Und du kannst nichts tun, um mich aufzuhalten!«

In diesem Augenblick fühlte es sich gut an zu schreien, die schockierten Gesichter meiner Familie zu sehen. Für einen kurzen Augenblick fühlte ich mich unbesiegbar. Am Ende habe ich für diese Worte jedoch bitter bezahlt.

Ich versuche, die Erinnerung abzuschütteln, während Emma mir erzählt, dass sie der Insel ebenfalls für mehrere Jahre den Rücken gekehrt hat, aber vor zehn Jahren zurückgekommen ist, um Duncan zu heiraten, einen der McLeod-Brüder, die in der Schule ein paar Jahre über uns waren. Sie haben zwei Kinder zusammen, erzählt sie mir, Flo und Clover, fünf und sieben.

»Ach, du hast einen McLeod geheiratet!«, sage ich mit einem Grinsen. Es war ein Dauerscherz zwischen uns, wer wohl Duncan oder seinen Bruder George abbekommen würde, die beiden waren eben die einzigen älteren Jungen auf der Insel.

»Und Jean kennst du ja schon«, sagt Alice und wendet sich zu der Frau um, die sich soeben noch über die Bücher gebeugt hat, nun zu uns herübersieht und mich intensiv mustert. »Jean Brown.«

Alice legt der älteren Frau liebevoll eine Hand auf den Arm. Und plötzlich blicke ich in das fältchenreiche Gesicht einer Frau, die ich einmal gut gekannt habe. Das Gesicht verzieht sich zu einem breiten Lächeln.

»Lorna Irvine. Ich vergesse niemals ehemalige Schüler von mir. Insbesondere nicht eine solch gute Schülerin!«

Als ich ein Kind war, muss Jean Brown Mitte dreißig gewesen sein. Sie war die Schulleiterin, eine freundliche, neugierige Frau, die mit uns Naturspaziergänge auf der Insel unternahm, an Weihnachten mit uns Papierschmuck für das Klassenzimmer bastelte und die immer nach Lavendel roch. Einmal hat sie uns anvertraut, dass in ihrem Cottage Motten seien und sie in jedes Zimmer Lavendelsäckchen gehängt habe, um sie zu verscheuchen. Weil ich das nie vergessen habe, benutze ich in meiner Wohnung aus demselben Grund Lavendel. Nun sind ihre Augen von kleinen Fältchen und tiefen Augenringen umgeben, und ihr Gesicht ist schmaler. Das Lächeln aber ist dasselbe.

»Mrs Brown! Entschuldigung, ich meine, Jean. Wie schön, Sie zu sehen!«

Sie zieht mich ebenfalls in eine Umarmung, aber in eine deutlich behutsamere als Brenda. Ich muss blinzeln. Ich hätte nie gedacht, dass ich meine ehemalige Lehrerin noch einmal sehen würde. Als wir uns voneinander lösen, fällt mir auf, dass Alice leicht rote Augen hat. Aber dann kommt aus der Zimmerecke ein lautes Hüsteln, und sie dreht sich mit zurückkehrendem Lächeln danach um.

»Nicht zu vergessen natürlich der stellvertretende Hafenmeister der Insel, unser unvergleichlicher Alleskönner und Jacks guter Freund Mr Mallachy Moore.«

»Wir sind uns schon begegnet«, sage ich.

»Jedenfalls beinahe«, entgegnet er mit ironischem Lächeln. Er streckt mir von der Leiter herab eine Hand entgegen. »Ich bin Mallachy.«

»Lorna.« Ich schüttele ihm die Hand. »Und tut mir leid wegen gestern«, füge ich hinzu, leiser diesmal. »Ich wollte nicht unhöflich sein.«

Ich spüre, dass die anderen Frauen uns beobachten, aber sie sagen nichts.

Mallachy zuckt mit den Schultern, aber seine Mundwinkel biegen sich leicht nach oben. Er wendet sich wieder um und hämmert weiter.

»Alles klar, lasst uns an die Arbeit gehen«, sagt Alice nach kurzem Schweigen.

Während wir arbeiten, plaudern die Frauen. Sie gehen so fröhlich, warmherzig und ungezwungen miteinander um, dass ich nicht umhinkann, sie zu beneiden. Sie beziehen mich zwar in ihre Unterhaltung mit ein, trotzdem bin ich verkrampft, denn ich weiß, dass ich nicht Teil ihres Freundeskreises bin. Manchmal vergesse ich, dass das etwas Normales ist: einen Freundeskreis zu haben. In Momenten wie diesen blitzt ein ganz anderes Leben vor mir auf, als ich es führe.

Beim Putzen sehe ich mir das Klassenzimmer genauer an. Eine meiner Aufgaben besteht darin, den Aushang in einem alten Schaukasten zu wechseln und die von den Kindern gestalteten Umweltschutzplakate durch Fotos von einem Schulausflug Ende des letzten Halbjahrs zu ersetzen – die ganze Schule picknickte zusammen auf halbem Weg den Berg hinauf. Selbst die Jüngsten haben es hinaufgeschafft und strahlen in die Kamera. Alles hier könnte sich nicht stärker von meiner Londoner Schule unterscheiden. Hier hängt ein Foto jedes Schülers und jeder Schülerin gerahmt an der Wand, es sieht aus wie ein riesiges Familienporträt. Die Aushänge sind allesamt so kreativ und bunt. Man spürt, dass Mrs Brown besondere Freiheiten haben muss, und ich rufe mir meine eigenen Erfahrungen in dieser Schule ins Gedächtnis. Wir hatten die Kernfächer, natürlich, aber viel Lernstoff hatte mit der Insel selbst zu tun. Der Wasserkreislauf, der mithilfe der Lochs und des Regenwetters gut zu veranschaulichen war, Kunststunden, in denen wir am Strand Material zum Zeichnen gesammelt haben, Kochunterricht, für den eine Insulanerin in die Schule kam und uns in der kleinen Schulküche die regionalen Gerichte beibrachte.

Nachdem wir zwei Stunden geputzt und aufgeräumt haben, lässt Jean uns wissen, wir hätten für den Tag genug getan und es sei jetzt Zeit fürs Mittagessen.

»Kommst du mit uns in den Pub, Mallachy?«, fragt Alice.

Er beginnt sein Werkzeug einzupacken. »Nein, ich sollte nach Hause und Rex ausführen.«

Ich lächele ihn an, froh, dass die Beklemmung von gestern hinter uns liegt. Wenn ich während dieses Aufenthalts meine Beziehung zu Jack kitten will, ist es vermutlich kein guter Start, einen seiner Freunde zu ignorieren und ihm damit möglicherweise auf den Schlips zu treten. Außerdem wirkt er nett.

Zusammen mit der Gruppe von Inselfrauen spaziere ich zu dem alten Pub, doch vor der Tür zögere ich.

»Angst?«, ertönt Morags Stimme neben mir.

Und wie.

»Wovor sollte ich Angst haben?«

Sie wirft mir einen Blick zu, der nur einer sehr alten Frau mit einigen fehlenden Zähnen gelingen kann.

»Okay, vielleicht bin ich ein bisschen nervös.«

»Aye, das überrascht mich nicht. Es gibt auf dieser Insel ein paar wirklich üble Klatschbasen.«

Ich bin mir nicht sicher, ob ich lachen oder erschauern soll.

»Aber sie meinen es alle gut«, fügt sie hinzu. »Okay, ich verdurste gleich, ich brauche jetzt einen Drink.«

Als wir die Tür öffnen, drehen sich Köpfe nach uns um, aber zum Glück verstummen die Unterhaltungen nicht. Ich suche den Raum nach bekannten Gesichtern ab. Ist das Mary, eines der jüngeren Kinder, die mit mir zusammen auf der Insel aufgewachsen sind? Und ich bin mir sicher, dass dieses ältere Paar dort mir bekannt vorkommt. Die Frau fängt meinen Blick auf.

»Also stimmt es. Lorna Irvine ist zurück«, sagt sie, löst sich von der Bar und tritt auf unser Grüppchen zu.

»Mrs Anderson.« Gerade noch rechtzeitig ist es mir eingefallen. Sie war die Mutter der kleinen Sophie und des kleinen David – Zwillinge, die in der Schule ein paar Jahre unter mir waren. Ihr Mann und sie gehörten außerdem zu den engsten Freunden meiner Eltern. Nach jedem Gottesdienst scharten sie sich zusammen mit meinen Eltern und ähnlich treuen Kirchgängern um den Pastor.

»Wie schön, Sie zu sehen. Wie geht es Sophie und David?«

Alice deutet auf einen Tisch in der Ecke, an dem die anderen Frauen sich gerade Stühle heranziehen. Ich nicke, und sie gesellt sich zu ihnen und lässt mich mit Mrs Anderson allein.

»Oh, es geht ihnen sehr gut, danke. Sophie lebt mit ihrer Familie noch hier, David ist auf dem Festland, aber zum Glück nicht weit weg. In dieser Hinsicht sind sie beide immer ganz wunderbare Kinder gewesen, ich wäre außer mir gewesen, wenn sie die Gegend verlassen hätten.«

Ich blicke auf meine Hände hinab.

»Und, wie ich höre, hast du eine Tochter«, fährt Mrs Anderson fort. »Ist sie mit dir auf die Insel gekommen? Ich hoffe, sie ist keine solche Ausreißerin, wie du es warst – sie soll uns ja nicht die kleinen Kinder verderben.«

Sie lacht unbeholfen, und ich stecke die Hände in meine Taschen und grabe mir die Fingernägel in die Oberschenkel.

»Jedenfalls ist das eine schlimme Sache mit deinen Eltern«, mischt sich Mr Anderson ein, der sich neben seine Frau gestellt hat. »Sie waren solch gute Freunde und wunderbare Säulen unserer Kirchengemeinde.«

»Ja, sie haben sich immer sehr für die Kirche eingesetzt«, würge ich heraus. »Ich gehe mal wieder zu den anderen. Richten Sie bitte Sophie und David schöne Grüße aus.«

Bevor ich noch etwas anderes sage, etwas, das ich bereuen könnte, drehe ich mich um und gehe. Ich bin ein wenig zittrig, mein Körper fühlt sich steif an.

Morag hat ihr Whiskyglas am Tisch schon so gut wie ausgetrunken. Ich setze mich neben sie.

»So schlimm war es gar nicht, oder?«, sagt sie. »Schmerzhaft, aber auch schnell wieder vorbei. Wie einem Huhn den Hals umzudrehen.«

Ich habe persönlich noch nie einem Huhn den Hals umgedreht und kann das deshalb nicht beurteilen. Aber die Unterhaltung hat mich verunsichert. Wie viele andere Leute auf der Insel glauben, was meine Eltern ihnen erzählt haben, und zweifeln nicht an der Fassade, die meine Eltern mit so viel Mühe aufrechterhalten haben? Und was Mrs Anderson da über Ella gesagt hat – also, es war schwer, ihr nicht den Drink aus der Hand zu schlagen. Meine Tochter und ich haben vielleicht manchmal Meinungsverschiedenheiten, aber ich bin unglaublich stolz auf sie.

Nicht, dass ich jemals übermäßig schlimm gewesen wäre. Ja, ich habe mir die Haare lila gefärbt, und einmal hat mein Vater mich im Garten beim Rauchen erwischt. Die McLeod-Brüder hatten an ihrem sechzehnten Geburtstag ein Päckchen Zigaretten gekauft und mit den anderen Kids in ihrem Alter geteilt. Ich nahm eine, weil ich wissen wollte, was der ganze Wirbel sollte. Ich habe sie nicht sofort geraucht, weil ich mich nicht vor meinen Freunden blamieren wollte, indem ich hustete. Stattdessen wartete ich auf einen Nachmittag, an dem meine Eltern sicher nicht zu Hause wären, mein Vater im Lookout und meine Mutter beim Dekorieren der Kirche für eine bevorstehende Taufe. Ich ging in die entfernteste Ecke des Gartens, fast bis zum Waldrand, und zündete mir mit Streichhölzern von unserem Kamin die Zigarette an. Würde ich mich beim Rauchen erwachsen fühlen? Würde ich mir plötzlich cool und kultiviert vorkommen? Sobald ich inhaliert hatte, wusste ich, das war ein Fehler gewesen. Ich begann sofort zu husten. Mein Vater muss mich gehört haben, er war ungewöhnlich früh aus dem Pub zurück. Ich hatte immer den Verdacht, dass man ihn diskret aufgefordert hatte zu gehen. Als er bei mir ankam, war er eindeutig betrunken und wütend. Seitdem habe ich nie mehr geraucht.

Jahrelang dachte ich wegen der Art und Weise, in der meine Eltern auf Dinge wie diese eine Zigarette reagierten, ich sei schlimm. Die Worte, mit denen sie mich beschrieben, trugen dazu bei: »Satansbraten«, »Krawallmacherin«, »außer Kontrolle«. Heute denke ich, dass ich vielleicht einfach nur ein Teenager war.

»Hier ist die Speisekarte, Lorna«, sagt Alice und reicht mir lächelnd eine etwas mitgenommene laminierte Seite. Ich lächele zurück. Etwas an ihr sorgt dafür, dass es mir leichtfällt, mich ihr zu öffnen. Sie weiß von der langjährigen Entfremdung von meiner Familie. Ich muss ihr gegenüber nicht meine üblichen Schutzmauern errichten. Es überrascht mich, was für eine Erleichterung das ist.

Während die anderen Frauen sich gut gelaunt unterhalten, konzentriere ich mich auf die Speisekarte. Als ich aufblicke, stelle ich fest, dass Morag auf ihrem Stuhl neben mir eingeschlafen ist und leise schnarcht. Wir geben unsere Bestellungen auf, und dann sagt Kerstin: »Du musst bei Alice' Yogakurs mitmachen, solange du hier bist. Sie ist eine großartige Lehrerin.«

Alice errötet und befingert ihren Zopf. »Keine Ahnung, ob das stimmt. Aber es wäre schön, wenn du mitmachen würdest, Lorna. Ich gebe einmal in der Woche einen offiziellen Kurs, aber wir treffen uns auch oft zwischendurch zu inoffiziellen Yogastunden.«

»Damit meint sie, wir sitzen auf den Yogamatten und quatschen«, sagt Brenda.

»Ja, wir haben eine Vorliebe für die sitzenden Positionen«, wirft Joy lachend ein.

»Die Totenstellung ist mein persönlicher Favorit«, fügt Tess hinzu.

Ich stimme in ihr Gelächter ein, und Wärme durchströmt meinen Körper. Ich hatte nicht erwartet, hier auch nur einen Moment abschalten zu können, aber besonders nach Mrs Andersons Kommentaren ist es schön, eine Weile alles außer diesen Frauen zu ignorieren. Es tut gut, echter Freundlichkeit zu begegnen.

»Das klingt super, danke.«

Ich fange Jeans Blick auf. Sie hat mit großem Interesse reagiert, als ich ihr vorhin auf unserem kurzen Gang zum Pub erzählt habe, dass ich ebenfalls Lehrerin bin. Wir lächeln einander zu, dann wendet sie ihre Aufmerksamkeit Harry zu, der auf ihrem Schoß sitzt und mit ihrem Autoschlüssel spielt.

Im Hafen draußen herrscht Lärm und Bewegung. Die Fähre hat an der Mole angelegt, Autos fahren von Bord, und andere warten darauf, auf das Schiff gelassen zu werden. Die Tür des Pubs öffnet sich, und ein Strom von Gästen ergießt sich in den Raum. Einige blicken in unsere Richtung, aber die meisten halten schnurstracks auf die Bar zu, bestellen Getränke und unterhalten sich.

Plötzlich steht Sarah in der Tür, einen Koffer neben sich, das Haar mit einem leuchtend gelben Schal zurückgebunden. Sie lächelt zu uns herüber und winkt. Doch als sie mich sieht, erlischt ihr Lächeln. Sie zögert, und einen Moment lang zögere ich auch. Im Zug hat sie gesagt, sie brauche Zeit und Raum zum Nachdenken. Diese Frauen hier sind ihre Freundinnen, nicht meine, so herzlich sie mich auch aufnehmen.

»Vielen Dank, dass ihr mich eingeladen habt, mit euch zu essen, aber ich glaube, ich sollte allmählich zurück. Mich um Ella kümmern ...« Ich verstumme und suche nach einer glaubhaften Entschuldigung. Als ich hastig aufstehe, wackelt der Tisch, und Morag wacht auf.

»Was ist los?«, krächzt sie.

»Alice, ich gehe zu Fuß, bleib bitte hier.«

Alice und ihre Freundinnen wirken alle ein bisschen verwundert über meinen übereilten Aufbruch, aber sie verabschieden mich herzlich.

»Wir sehen uns bald beim Yoga.«

»Und denk dran, Ella darf jederzeit vorbeikommen und Puff besuchen«, fügt Brenda hinzu. »Und du auch – komm auf eine Tasse Tee vorbei, wenn du möchtest.«

Als ich bei der Tür ankomme, tritt Sarah einen Schritt zur Seite, ohne mir in die Augen zu sehen. Ich schlüpfe an ihr vorbei, und meine Kehle wird eng. Draußen lehne ich mich einen Moment an die Hauswand. Überraschenderweise war es ein guter Tag. Es hat Spaß gemacht, Alice besser kennenzulernen und ihre Freundinnen zu treffen. Aber es tut auch gut, wieder allein zu sein und tief die kühle Meeresluft einzuatmen. Hier draußen kann ich nichts Falsches sagen oder mich aus dem Gleichgewicht bringen, indem ich Sarah anschaue und mich daran erinnere, wie nah wir uns früher waren. Ich weiß, ich sollte mich um sie bemühen, ich sollte mich um meinen Bruder bemühen, mich mit allem auseinandersetzen, was in der Vergangenheit vorgefallen ist, aber gerade ist mir alles zu viel. Ich wende mich ab und gehe schnell die Straße hinunter, wobei mich das aus dem Pub dringende Gelächter und das Stimmengewirr verfolgen. Allmählich werden die Geräusche leiser, um dann ganz zu verstummen. Allein gehe ich die Straße hinunter.

Alice

Ich brauche nicht lange, um Lorna zu finden. Sie geht mit großen Schritten und gesenktem Kopf am Straßenrand entlang. Ich halte neben ihr an.

»Komm, steig ein!«

Sie sieht auf, erst überrascht, dann besorgt.

»Es tut mir leid, ich wollte dich nicht dazu zwingen zu gehen, es ist für mich wirklich vollkommen in Ordnung, zu Fuß zu gehen.«

»Alles okay, ich musste sowieso nach Hause. Gibt viel zu tun auf der Farm, wie immer!«

Sie zögert und öffnet dann die Tür. »Danke, Alice.«

Das Dorf schwindet hinter uns, zusammen mit dem Pub und meinen Freundinnen darin, die mit Sarah über ihre Reise sprechen.

»Du solltest ihr nachgehen«, sagte sie leise zu mir, nachdem sie Lorna nachgeblickt hatte. Ich umarmte sie und die anderen und nahm meine Sachen.

»Nächstes Mal geht das Mittagessen auf dich!«, sage ich mit einem Lächeln. Doch sobald ich Lornas beschämtes Gesicht sehe, bereue ich den Witz. Sie durchsucht ihre Taschen und fördert einen zerknitterten Geldschein und ein paar Münzen zutage.

»Oh Alice, es tut mir leid, das habe ich total vergessen. Hier, darf ich dir ein paar Pfund geben?«

Ich winke ab. »Sei nicht albern! Das ist schon in Ordnung.«

»Bist du sicher?«

»Ehrlich, es ist gut, Lorna. Ich habe nur einen Witz gemacht.«

Wir sitzen wieder schweigend nebeneinander. Das Meer glitzert im Licht des frühen Nachmittags, die Fähre legt aus dem Hafen ab und zieht eine Spur aufgewühlten Kielwassers hinter sich her. Lorna starrt aus dem Fenster. Vielleicht sollte ich das Radio anstellen oder eine Bemerkung über das Wetter machen. Ich halte das Schweigen nicht aus. Doch sie bricht es als Erste.

»Bestimmt hat dir Sarah von unserer gemeinsamen Geschichte erzählt. Es tut mir leid, dass ich so eilig gegangen bin, aber ich wollte nicht, dass sie sich unbehaglich fühlt, nur weil ich da bin. Ich bin mir nicht sicher, ob ich gut damit umgehe.«

»Das ist okay. Es muss für euch beide eigenartig sein. Aber ich weiß, sie ist froh, dass du wieder da bist.«

»Wirklich?« Sie wirft mir einen Blick zu, ihre Augen leuchten auf.

Okay, vielleicht hat Sarah das nicht wörtlich so gesagt. Aber ich weiß, dass Lorna ihr etwas bedeutet, und das ist fast dasselbe. Sie hätte an dem Tag am Strand nicht geweint, wenn sie ihr nichts bedeuten würde. Ich kann unter ihrem Schmerz spüren, dass sie ihre Freundin zurückhaben will.

»Wieso bist du so nett zu mir, Alice?«, platzt Lorna heraus. »Entschuldige, ich will dich nicht in Verlegenheit bringen«, fügt sie schnell hinzu. »Aber seit unserer Ankunft denke ich darüber nach. Ich verstehe, dass Jack nicht mit mir sprechen will. Aber du gibst mir das Gefühl, willkommen zu sein.«

Ich nehme mir einen Moment Zeit, bevor ich antworte. Dieses Mal will ich meine Worte sorgfältig wählen und nicht irgendetwas plappern.

»Ich habe Jack gesagt, dass du bestimmt deine Gründe gehabt hast, die Insel zu verlassen und den Kontakt abzubrechen«, entgegne ich schließlich. »Das ist nicht leicht. Niemand würde sich dafür entscheiden, ohne zu glauben, dass es nicht anders geht.«

Ich höre, wie sie die Luft ausstößt und ihre Schultern ein Stück weit herabsinken, als löste sich ihre Anspannung auf. »Das stimmt«, sagt sie leise. »Es war das Schwerste, was ich je getan habe. Aber so sehen die Leute das nicht immer. Ich glaube, deswegen erzähle ich eigentlich niemandem von meiner Lage.«

Das erklärt, wieso sie auf mich den Eindruck von jemandem macht, der es nicht gewohnt ist, Menschen an sich heranzulassen. Mal lacht sie mit uns, dann wieder läuft sie vor uns davon.

»Für manche ist es eben einfach unvorstellbar, sich von seiner Familie loszusagen«, fügt sie hinzu.

»Diese Leute haben vermutlich das Glück, heile Familien zu haben«, antworte ich. Sie blickt mich fragend an, und ich spreche schnell weiter. »Versteh mich nicht falsch, ich bin eine der Glücklichen. Ich habe großartige Schwestern, großartige Eltern. Aber ich hatte Freunde, die weniger Glück hatten. Deswegen konnte ich immer verstehen, warum du getan hast, was du getan hast.«

Obwohl ich fahre, entgeht mir nicht, wie sie sich die Handflächen an der Jeans abwischt.

»Außerdem hast du wohl vergessen, dass deine Eltern meine Schwiegereltern waren. Ich habe sie gut kennengelernt.«

Seit ihrem Tod habe ich die Persönlichkeiten meiner Schwiegereltern verdrängt, man soll über Tote ja nichts Schlechtes denken. Doch jetzt sehe ich sie klar vor mir, so, wie sie wirklich waren. Mein Schwiegervater roch immer nach Alkohol und den Minzbonbons, die er lutschte, um den Geruch zu überdecken. Wie er seine Frau anschrie und es ihm dabei egal war, ob wir es mitbekamen, und wie sie sich duckte und vor ihm körperlich zu schrumpfen schien. Die Kommentare, die er abgab, wenn er in den Nachrichten Leute sah, die ihm nicht behagten, die lediglich anders waren als er. Wie sie es fertigbrachten, alle wichtigen Entscheidungen meines Mannes zu beeinflussen, wie zum Beispiel wo wir heirateten, wer eingeladen werden sollte und wo wir Urlaub machten. Seit ich Jack geheiratet habe, habe ich jedes Weihnachtsfest auf der Insel verbracht. Immer wenn ich mich dafür einsetzte, die Einladungen meiner Schwestern anzunehmen, behauptete er, sich um den Hof kümmern zu müssen und nicht wegzukönnen, aber ich wusste, dass er in Wahrheit nur nicht die Konsequenzen in Kauf nehmen wollte, die es nach sich gezogen hätte, gegen den Willen seiner Eltern zu handeln. Sie betonten nämlich unzählige Male, wie untröstlich sie wären, wenn wir ihr Weihnachten ruinieren würden. Sie waren hervorragend darin, andere zu manipulieren. Dass meine Schwestern irgendwann aufgehört haben, uns einzuladen, bricht mir noch immer das Herz. Nicht zuletzt deshalb fallen mir die Vorbereitungen für die Trauerfeier so schwer. Wie plant man eine Beerdigung von Menschen, die man nicht gemocht hat?

»Jack konnte es nie sehen«, sage ich und umfasse das Lenkrad fester. »Möglicherweise macht er auf dich jetzt nicht den Eindruck, aber meistens ist er gelassen. Er hat ihnen nie die Stirn geboten, hat immer getan, was sie von ihm wollten, sich dabei aber eingeredet, dass es ihm nichts ausmacht, ihren

Wünschen zu entsprechen. Ich habe gesehen, wie herrschsüchtig sie waren. Und ich kann mir leicht vorstellen, wie schwer eine Kindheit bei ihnen für jemanden gewesen sein muss, der nicht so formbar war wie er.«

Ich denke an die kirchliche Hochzeit, die Jack, glaube ich, genauso wenig wollte wie ich. Was wäre passiert, wenn er seinen Willen durchgesetzt hätte?

Lorna seufzt tief. »Als wir Jugendliche waren, habe ich versucht, ihm die Augen dafür zu öffnen, dass unser Familienleben nicht … normal war. Aber ich glaube, Jack hat das nie begriffen. Er hat immer alles einfach hingenommen. Ich konnte das nie. Ich habe ihm aber nie vorgeworfen, dass er sich nicht mit ihnen anlegen wollte. Er war jünger, und er war ein scheues, ruhiges Kind. Und unsere Eltern haben ihn darin bekräftigt. Aber dadurch wurde es für mich … schwer.«

Mir fällt wieder das Foto ein, das Jack sich gestern angesehen hat. Was hat er mir über seine Kindheit nicht erzählt? Was ist den beiden Kindern auf diesem Foto widerfahren?

»Kann ich mir vorstellen«, antworte ich. »Seine Sanftmut liebe ich sehr, aber ehrlich gesagt kann er einen damit manchmal auch zur Weißglut treiben. Sagen wir einfach, er ist kein Fan von Konflikten.«

Wir fahren an der Kirche vorbei, am Wald und an dem Weg, der zu dem Haus führt, in dem Lorna und Jack aufgewachsen sind und in dem Catherine und Maurice bis zu ihrem Tod gelebt haben.

»Wie waren sie zu dir?«, fragt Lorna leise. »Ich habe mich immer gefragt, ob sie … ob sie sich geändert haben.«

Einen Moment lang überlege ich, was sie hören will. Wäre es für sie schwieriger, wenn sie sich geändert hätten? Würde sie ihre Entscheidung dann bereuen? Und ändern sich Menschen jemals wirklich? Ich neige den Kopf und spüre die wärmende Sonne auf meinem Kinn.

»Euer Vater hat mich immer nervös gemacht. Im einen Moment war er schweigsam, im nächsten ist er explodiert. Und dann hat er natürlich getrunken. Alle wussten es – die ganze Insel, meine ich –, aber niemand hat jemals etwas dazu gesagt. Man hat es einfach schweigend hingenommen. Verrückt eigentlich.«

»Er war nicht immer so«, sagt Lorna. Ich ziehe fragend eine Augenbraue hoch, damit sie weiterspricht. »Ich meine, er war nie warmherzig und liebevoll, das nicht. Er war streng und hatte immer eine gewisse Härte. Aber dann hatte er bei der Arbeit einen Unfall, und über Nacht wurde er unheimlich verbittert.«

Von Jack weiß ich, dass Maurice auf Baustellen gearbeitet hat, als er jung war, auf der Insel und auch auf dem Festland. Dann ist ein Gerüst zusammengebrochen, und danach hat er nie wieder gearbeitet. Er musste sein gesamtes Leben lang auf Krücken gehen, und selbst das fiel ihm schwer. Wollte man ihm helfen, reagierte er zornig, also ließen ihn am Ende einfach alle in Ruhe.

»Das war bestimmt hart für ihn«, sage ich.

»Vermutlich. Wir haben von seiner Entschädigung für die Erwerbsunfähigkeit gelebt, aber vor allem vom Erbe unserer Mutter. Ich schätze, es war quälend für ihn, so von anderen abhängig zu sein.«

»Verletzter Stolz«, sage ich.

»Einmal habe ich ihn weinen sehen«, fährt Lorna fort. »Das war kurz nach dem Unfall. Er hatte Schmerzen und weinte im Wohnzimmer, und ich kam zufällig herein. Er war außer sich vor Wut, als er mich sah. Ich glaube, das hat er mir nie verziehen – dass ich gesehen habe, wie schwach er ist. Das hielt er nicht aus.«

Das kann ich mir gut vorstellen. »Und deine Mutter, wie war sie, als du klein warst?«

»Ich glaube, vor allem hatte sie Angst vor unserem Vater. Sie hat sich nie gegen ihn aufgelehnt. Ich habe mir immer gewünscht, dass sie stärker wäre, für Jack und mich. Schließlich war sie unsere Mutter. Aber ich habe Verständnis.«

Ich denke an Catherine mit hochgezogenen Schultern, als wollte sie in sich zusammenfallen. Aber ich denke auch an Molly und dass ich alles auf der Welt tun würde, um sie zu beschützen.

»Dann hat sich nicht viel geändert«, sage ich.

»Ich habe versucht, sie dazu zu bringen, ihn zu verlassen, weißt du.«

»Wirklich?«

Sie nickt und fährt sich mit der Hand durchs Haar. »Oft. Ich habe sogar Wohnungen auf dem Festland gesucht, die wir hätten mieten können, Mum, Jack und ich. Aber sie wollte nicht weg. Sie hat zu mir gesagt, sie liebe ihn und wir müssten uns alle einfach mehr bemühen, ihn glücklich zu machen.«

Wir sitzen einen Augenblick schweigend da. Ausnahmsweise einmal fällt mir nichts ein, was ich sagen kann.

»Ich habe auch versucht, Jack zu überreden zu gehen.« Ihre Stimme klingt jetzt sanft und leise. »Ich habe ihm gesagt, ich würde mir einen Job suchen und uns eine Wohnung mieten und mich um ihn kümmern.«

»Er wollte nicht weg?«

»Nein.«

Wie anders unsere Leben wären, wenn Jack gegangen wäre. Wir wären einander niemals begegnet. Molly würde nicht existieren. Aber hätte er ein größeres, mutigeres Leben gelebt? Hätte er sich frei gefühlt? Dann versuche ich, ihn mir zusammen mit Lorna in einer winzigen Londoner Wohnung vorzustellen, vor deren Fenster der Verkehr dröhnt, kein Meer, keine Schafe, kein Berg. Ich verstehe, warum Lorna gegangen ist. Aber ich verstehe auch, warum Jack geblieben ist. Ich kann ihn mir einfach nicht in einer Stadt vorstellen, er würde es verabscheuen.

»Ich war immer so dankbar, dass Jack seinen Eltern nicht ähnelt«, gestehe ich. Manchmal zieht er sich vielleicht vor mir zurück und verschwindet in seinen eigenen Gedanken. Aber er schreit niemals. Er ist ein sanftmütiger Mensch.

Wir haben den Hof erreicht. Ich parke vor dem Haus und stelle den Motor ab. Lorna hält den Kopf leicht gesenkt, ihr Haar fällt ihr ins Gesicht.

»Ich weiß, er setzt dir zu«, sage ich und drehe mich zu meiner Schwägerin um. »Aber er ist ein guter Mann. Er ist ein guter Ehemann, ein guter Vater. Ich glaube, er hat einfach nur seine Schwester vermisst.«

Ihr entfährt ein leiser Laut. »Ich habe so viel verpasst. Zu viel, glaube ich.« Sie blickt zu mir auf, und ihre grauen Augen schwimmen in Tränen. Ich strecke die Hand aus und drücke ihren Arm.

»Jetzt bist du da.«

Sie nickt leicht und wischt sich die Tränen weg.

»Danke, dass du so nett zu mir bist. Ich bin so froh, dich endlich kennenzulernen. Und ich will die Dinge mit ihm wieder in Ordnung bringen, Alice. Das will ich wirklich.«

Ich bin nicht der Mensch, der diese Worte am dringendsten hören muss. Ich wende den Kopf in Richtung Felder, und sie folgt meinem Blick.

»Dann sag ihm das«, sage ich leise.

Langsam nickt sie.

Lorna

Ich finde Jack im Folientunnel. Er wendet mir den Rücken zu und widmet sich den Stangenbohnen, deren Triebe sich an Bambusstangen hinaufwinden. Er fasst vorsichtig in die Pflanzen, pflückt die Bohnen und lässt sie in eine große Schüssel fallen. Im Tunnel ist es warm, und es riecht süß und erdig. Ich mache einen Schritt nach vorn, um meinen Bruder genauer zu beobachten. Aber mein Schuh bleibt an einem Stapel von Blumentöpfen hängen, die ich nicht bemerkt habe, und lässt sie zu Boden poltern. Schnell dreht sich Jack um. Eine Sekunde lang wirkt sein Gesicht offen und so, als wollte er lächeln, dann verschließt es sich wieder. Wahrscheinlich hat er auf Alice oder Molly gehofft, nicht mich.

»Hallo, Jack.«

Er ignoriert mich und dreht sich wieder zu den Bohnen um. Vielleicht sollte ich besser gehen. Seit unserer Ankunft habe ich Ella kaum gesehen, was sich eigenartig anfühlt. Ich könnte sie und Molly suchen gehen, oder ich könnte mich auf eine Tasse Tee mit Alice in die warme Küche setzen. Aber Jack ist hier, und ich will unbedingt mit meinem Bruder zusammen sein. Selbst wenn es schwierig ist.

Ich stapele die durcheinandergepurzelten Töpfe wieder auf und gehe weiter in den Tunnel hinein. Mit einer Hand streiche ich über die Blätter der Karotten in dem Beet neben mir. Ich kann sie mir dort unter der Erde gut vorstellen, wie sie aus Saatgut meines Bruders erwachsen, gewässert und mit Sorgfalt großgezogen worden sind.

Ich hätte nie gedacht, dass er einmal Bauer werden würde. Als Kind hatte er keinen besonderen Berufswunsch. Natürlich durchlief er ein paar Phasen, wie alle Kinder. Zuerst wollte er Astronaut werden.

»Man muss ein Genie sein, um Astronaut zu werden«, sagte mein Vater darauf.

Dann sollte es Fußballspieler sein.

»Wie viele berühmte schottische Fußballspieler kennst du denn?« war die Antwort meines Vaters. Die Namen, die Jack ihm nannte, sagten ihm nichts. »Was für ein Beruf soll das sein, nach einem Ball zu treten und damit sein Geld zu verdienen?«

Eine Weile wollte Jack Lokführer werden, aber wie bei den meisten anderen Berufswünschen hätte das bedeutet, dass er die Insel verlassen müsste. Und obwohl wir manchmal zusammen von sonnigen Urlauben oder Rucksackreisen träumten, wusste ich tief in mir immer, dass Jack die Insel niemals verlassen würde. Für ihn blieben unsere Tagträume immer bloß Träume. Für mich jedoch waren sie so viel mehr. Der Gedanke daran wegzugehen trieb mich beinahe genauso sehr an wie mein Bedürfnis, zu zeichnen und zu malen.

Vorhin im Wagen spürte ich solchen Stolz, als Alice mir von Jacks Einsatz für das Land hier erzählte und davon, wie er dabei die Farmarbeit von den anderen Insulanern erlernte. Jetzt, wo ich im grünen Königreich meines Bruders stehe, spüre ich diesen Stolz erneut. Ich betrachte seinen Rücken, während er an den Reihen mit Stangenbohnen entlang weiterarbeitet. Es wäre so leicht, ihm jetzt einfach die Hand auf die Schulter zu legen. Und doch fühlt es sich an wie das Schwierigste auf der Welt.

»Ich weiß, dir wäre es lieber, ich wäre nicht gekommen. Das hier ist schwirig, für uns alle, aber ich glaube, wir sollten reden.«

Er sagt nichts. Draußen blökt ein Schaf. Ich zucke leicht zusammen, das Geräusch unterscheidet sich so sehr von den Geräuschen, an die ich zu Hause gewöhnt bin. An welchem Punkt in meinem Leben wurden Sirenen und Verkehrslärm für mich vertrauter und tröstlicher als die Geräusche von Schafen und Meer?

»Ich fände es wirklich großartig, wenn wir ein bisschen Zeit miteinander verbringen könnten, solange ich hier bin.«

Jack stößt scharf die Luft aus, es klingt wie eine Mischung aus Ächzen und Seufzen. »Ich glaube, dafür wird keine Zeit sein. Mein Leben hält nicht an, nur weil du da bist.«

Natürlich ist er wütend. Etwas anderes habe ich nicht erwartet. Aber es tut trotzdem weh. Der Schmerz entfaltet sich in meiner Brust. Jack setzt die Schüssel mit den Bohnen auf dem Boden ab und greift nach dem Wasserschlauch. Ich springe gerade noch rechtzeitig zur Seite, um nicht darüberzustolpern, als er ihn zu sich zieht.

»Ich habe viel auf dem Hof zu tun«, fährt er fort. »Dann sind da die Vorbereitungen für die Beerdigung, und außerdem muss ich Mums und Dads Haus ausräumen und alle ihre Sachen sortieren, und der Himmel weiß, wie lange ich dafür brauche.«

»Ich kann dir helfen.«

Jack gießt schweigend die Beete. Doch dann dreht er den Schlauch ab, lässt ihn zu Boden fallen und wendet sich zu mir um. Seine grauen Augen graben sich in mich. Ich halte seinen Blick kaum aus, und doch kann ich nicht wegsehen.

»Klar«, sagt er. »Ich habe mich jahrelang um sie gekümmert, ich habe sie gepflegt, als sie im Sterben lagen. Aber klar, komm und hilf mir im Haus. In ein paar Tagen fange ich an.«

Dann dreht er sich um und geht aus dem Folientunnel. Ich möchte ihm folgen und mich entschuldigen, für alles. Ich habe mich zwar dafür entschieden, den Kontakt zu meinen Eltern abzubrechen, aber ich hätte mich mehr darum bemühen müssen, mit Jack in Kontakt zu bleiben. Doch für den Augenblick kann ich mich nur zu Boden sinken lassen und Atem schöpfen. Die Ablehnung meines Bruders steckt in mir fest wie ein Stein.

Ich bleibe lange zwischen den Gemüsebeeten und atme den süßen grünen Duft Hunderter Blätter und die dunkle Feuchtigkeit frisch gewässerter Erde ein. Das sind die Gerüche meines Bruders. Ich werde niemals wissen, wie er mit achtzehn, mit einundzwanzig, mit dreißig war. Ich habe nur das Jetzt.

Ich muss an die Unterhaltung mit Alice im Wagen denken. Erinnerungen an meine Eltern, die ich so sehr versucht habe zu verdrängen, strömen auf mich ein. Die Tobsuchtsanfälle meines Vaters und sein Atem, der immer nach Alkohol und Pfefferminz roch. Meine Mutter, die sich vor Jack und mir zurückzuziehen schien, und je mehr sie sich zurückzog, desto schlimmer wurde alles bei uns. Zu der Zeit, als ich die Insel verließ, konnte sie mir kaum noch in die Augen schauen. Plötzlich fällt mir das letzte Mal ein, dass ich mit ihr gesprochen habe.

Ich war gerade mit der neugeborenen Ella aus dem Krankenhaus nach Hause gekommen. Sie schlief tief und fest in ihrem Kinderwagen, den ich mitten ins Wohnzimmer gestellt hatte. Die Wohnung fühlte sich gleichzeitig voller und leerer an als vorher. Doch der kleine Couchtisch war blank, es standen keine Karten oder Blumen darauf, die uns zu Hause willkommen geheißen hätten. Ich hatte natürlich nichts anderes erwartet. Aber in diesem Moment traf mich die Erkenntnis, wie allein Ella und ich waren, mit voller Kraft, und ich ließ mich neben meiner neugeborenen Tochter zu Boden sinken.

Ich zog mein Telefon aus der Tasche und wählte zum ersten Mal seit Jahren die Nummer meiner Eltern. Ich weiß nicht, was ich mir dabei gedacht habe. Seit ich die Insel verlassen hatte, hatte ich erst einmal mit ihnen gesprochen. Vielleicht hoffte ich, dass die Ankunft einer Enkelin alles verändern würde. Vielleicht wäre irgendeine Art von Beziehung zwischen uns möglich. Vielleicht war ich aber auch einfach nur einsam und verängstigt und wollte, dass meine Mum mir sagte, es würde alles gut werden.

»Hallo?«

Die Stimme meiner Mutter am anderen Ende der Leitung sandte einen Stromschlag durch meinen Körper. Es gibt Dinge, die jede Zeitspanne und jeden Abstand überdauern, die man niemals vergisst. Die Stimme der eigenen Mutter gehört dazu.

»Hi, ich bin's.«

»Lorna.«

Ihre Stimme zitterte. Plötzlich verließ mich der Mut. Was machte ich da bloß?

»Wie geht es dir, Mum?«

»Mir?«

Sie klang so überrascht, dass ich am liebsten alles stehen und liegen gelassen hätte, um auf die Insel zu fahren und sie zu zwingen mitzukommen.

»Was willst du?«, fragte sie, anstatt zu antworten. Ihre Stimme hatte sich verändert, jetzt klang sie irgendwie härter.

Ella schlief neben mir. In dem Moment hätte ich sie am

liebsten hochgenommen, an meine Brust gedrückt und ihren Babygeruch eingeatmet. Aber ich wollte sie nicht wecken.

»Ich weiß, es ist schon lange her, Mum. Aber ich wollte dir sagen, dass du eine Enkelin hast. Sie ist vor zwei Tagen geboren worden. 3487 Gramm. Die Ärzte sagen, sie ist vollkommen gesund, perfekt. Ich habe sie Ella genannt. Ella Irvine.«

Am anderen Ende der Leitung entstand ein kurzes Schweigen, dann sprach meine Mutter wieder.

»Wir haben schon eine Enkelin.«

»Was?«

Ich konnte nicht glauben, was ich hörte.

»Dein Bruder hat eine Tochter, Molly. Sie wurde letztes Jahr geboren.«

Mein kleiner Bruder hatte eine Tochter. Ich hatte eine Nichte. Und ich hatte keine Ahnung gehabt. Meine Briefe an ihn waren alle unbeantwortet geblieben.

»Dann bist du also nicht verheiratet?«, setzte meine Mutter hinzu. Meine Haut begann zu prickeln. Ich wusste, wie sehr meine Eltern ledige Mütter missbilligten.

»Dürfen wir sie sehen?«

Ihre Stimme brach, und in diesem Brechen sah ich plötzlich die Möglichkeit einer anderen Zukunft für meine Tochter und mich. Es ist lächerlich, wenn ich jetzt daran denke, aber damals stellte ich mir plötzlich vor, wie meine Eltern mit stolz um den Hals gehängtem Fotoapparat zu Ellas Schulaufführungen kommen würden. Meinen Vater als Weihnachtsmann verkleidet und meine Mutter, wie sie mir dabei half, Ellas Geburtstagskuchen zu backen. Das waren Dinge, die sie für mich nie gemacht hatten, aber vielleicht würden sie sie für ihre Enkelin machen? Ich wünschte es mir so sehr. Ich war erschöpft und allein und hörte zum ersten Mal seit Jahren die Stimme meiner Mutter.

»Ich weiß nicht«, sagte ich zögernd. Ich sah wieder Ella an, und dann blickte ich mich in der kleinen, unaufgeräumten Wohnung um. Konnte ich das wirklich allein schaffen? Ist es normal, dass man so müde ist, wollte ich meine Mutter fragen. Ist es normal, dass das Stillen so wehtut? Wann werde ich anfangen, mich wie eine Mutter zu fühlen?

»Es wäre okay für mich, wenn du sie siehst, Mum, aber nur du. Verstehst du das?«

Schweigen.

»Das ist nicht fair.«

»Wirklich nicht? Nach allem, was passiert ist?«

»Warum kannst du ihm nicht verzeihen? Es ist so lange her, Lorna.«

Ich stützte mich am Sofa ab und begriff in diesem Moment, dass ich meinem Vater nicht verzeihen konnte, egal, wie viel Zeit vergangen war. Und dass ich auch meiner Mutter nicht verzeihen konnte. Mit den Jahren hatte ich verstanden, dass auch sie ein Opfer war. Ich wollte sie glücklich und frei und in Sicherheit sehen. Doch ich konnte ihr noch immer nicht verzeihen, dass sie all das hatte geschehen lassen. Selbst wenn ich gewollt hätte, ich konnte es nicht.

Ich drückte das Telefon an mein Ohr und wartete darauf, dass sie die Worte sagte, auf die ich schon seit Jahren wartete. *Es tut mir leid. Ich hätte dich beschützen sollen. Ich vermisse dich. Ich liebe dich.* Stattdessen herrschte Schweigen.

»Vielleicht war es ein Fehler anzurufen«, sagte ich schließlich. »Mum, du weißt, wo du mich erreichen kannst, falls du deine Meinung änderst. Wenn du alleine herkommen und Ella sehen möchtest, bist du willkommen.«

Da holte sie Luft, als wollte sie etwas sagen. Ich wartete.

»Auf Wiedersehen, Lorna. Pass gut auf dich auf.«

Und dann wurde die Leitung unterbrochen. Ich habe nie wieder von ihr gehört. Nach dem Anruf rückte ich näher an

Ella heran und beugte mein Gesicht tief zu ihr hinunter, sodass ich ihren weichen, warmen Atem spüren konnte.

»Ich verspreche dir, ich sorge dafür, dass du sicher bist«, sagte ich zu ihr. Es ist ein Versprechen, das ich ihr ganzes Leben lang zu halten versucht habe.

Ich könnte den ganzen Tag hier zwischen diesen Pflanzen sitzen bleiben und diesen Erinnerungen nachhängen. Aber ich weiß, ich muss hinaus. Ich muss mich bewegen. Ich gehe zurück ins Haus und ziehe mir meine Laufsachen an. Alice ist in der Küche und knetet Brotteig, ihre Arme sind bis zu den Ellbogen mit Mehl bedeckt.

»Vermutlich sind sie am Strand oder bei Olive«, sagt Alice mit einem Schulterzucken, als ich nach den Mädchen frage. Wie kann sie nur so gelassen sein? Ich könnte mir niemals vorstellen, in London nicht zu wissen, wo meine Tochter gerade ist. Doch hier grenzt das Meer den Auslauf der Kinder ein, innerhalb dieser Grenzen sind sie frei, alles zu erkunden.

»Gehst du wieder laufen?«, fragt Alice und wischt sich Mehl ins Gesicht, als sie sich die Haare aus den Augen streicht. »Es könnte sein, dass es bald regnet.«

Ich frage mich, was meine Schwägerin da redet. Der Himmel ist blau, die Sonne scheint hell aufs Meer.

»Das macht nichts. Bis später! Und danke für vorhin, Alice, es hat gutgetan zu reden.«

Ich bin noch immer überrascht davon, wie sehr ich mich Alice geöffnet habe. Das tue ich sonst nicht. Aber bei ihr fühlt es sich anders an – ich habe nicht so viel zu verbergen. Wir lächeln einander zu, dann wende ich mich zum Gehen.

Ich fange am Strand an. Heute wird er von einer Herde Hochlandrinder bevölkert. Sie liegen im Sand, und Seevögel hüpfen zwischen ihnen herum. Ich drossele meine Geschwindigkeit zum Schritttempo, da ich die dösenden Kühe nicht aufschrecken will. Ein Tier aus der Herde steht nah am Wasser, blickt hinaus aufs Meer und scheint die Aussicht zu bewundern. Ich sehe ebenfalls hinaus und bemühe mich, die Landschaft um mich herum mit neuen Augen zu sehen und nicht als den Ort, an dem ich aufgewachsen bin. Am Horizont ballen sich vereinzelt Wolken, aber sie sind zu weit draußen, um mir Sorgen zu bereiten. Eine leichte Brise kräuselt die Meeresoberfläche. Der Strand ist überzogen von komplizierten federartigen Mustern aus dunklem Sand, auf denen hier und da eine Muschel oder ein Kieselstein liegt. Und trotzdem fällt es mir schwer, das alles schön zu finden. Meine Glieder und meine Brust fühlen sich schwer an.

Ich hebe eine besonders interessant aussehende rosa Muschel auf und lasse sie in die Tasche meiner Laufhose gleiten. Als ich dieses Mal den Leuchtturm und das Cottage erreiche, kehre ich nicht um, sondern laufe nach Osten weiter, folge den Klippen um den Nordostzipfel der Insel herum. Der Wind ist jetzt stärker und braust in meinen Ohren, während ich hoch oben über dem Wasser laufe. Die Wolken, die eben noch entfernte graue Flecke waren, treiben nun im Eiltempo auf mich zu. Verdammt. Ich habe vergessen, wie wechselhaft das Wetter auf der Insel sein kann. Vielleicht hätte ich auf Alice hören sollen.

Das Kliff fällt allmählich zum Meer ab, in der Ferne sind das Dorf und der Anleger zu sehen. Die Luft wird merklich kühler, und auf meinen nackten Armen bildet sich eine Gänsehaut. Ich laufe schneller, aber am Ende kann ich den Wettlauf mit dem Wetter nicht gewinnen. Der Himmel wird so dunkel wie eine reife Pflaume, und Sommerregen fällt in dicken Tropfen auf meine Haut. Der Wind hat ebenfalls zugelegt und zerrt an meinem Haar. Verdammt, verdammt.

Ich befinde mich auf offenem Gelände ohne Unterstand, und der Regen platscht auf meine Haut herab. Ich blicke mich um und entdecke ein Haus am anderen Ende des Strandes, das ich zuvor noch nicht bemerkt habe. Es ist ein Neubau, ein kleines Stück hinter den Dünen, und am Holzsteg in der kleinen Bucht davor ist ein Boot festgemacht. Es zerrt an seinem Seil und hüpft auf den nun stürmischen Wellen auf und ab. Ich beschleunige noch einmal und halte auf das Haus zu. Meine Laufkleidung ist völlig durchnässt. Das ist ein Regen, wie wir ihn in London nicht erleben. Inselregen, Regen, der einem kleine Stiche verpasst, wenn er gegen die Arme peitscht, Regen, der aufs Meer herunterdonnert und selbst das Geräusch der Brandung übertönt. Wie konnte ich diesen Regen vergessen, der selbst im Sommer so heftig ist?

Das Haus ist mit Holz verkleidet und hat tiefe Fenster, die zum Meer hinausgehen. Zum Glück gibt es eine überdachte Eingangsveranda. Es stehen keine Autos davor, was ich als Anzeichen dafür deute, dass niemand zu Hause ist. Ich sprinte auf die Veranda und blicke im Schutz des schräg abfallenden Dachs hinaus in den Platzregen.

Soll ich hier warten, bis der Regen vorüber ist? Aber das könnte lange dauern, nach den schwarzen Wolken am Himmel zu urteilen. Vielleicht sollte ich es schnell hinter mich bringen, aber die Aussicht darauf, meinen Lauf fortzusetzen, ist plötzlich alles andere als verlockend. Ich bin weiter gelaufen, als ich vorhatte, und der Rückweg ist eine ordentliche Strecke.

Zitternd und unsicher, was ich tun soll, sehe ich, wie ein Pritschenwagen den Sandweg zum Haus heranholpert. Auf der Pritsche steht ein Hund, und sein Bellen erreicht mich durch das Rauschen des Regens hindurch. Als der Wagen vor dem Haus hält, sehe ich mir den Hund genauer an. Es ist ein durchnässter Bobtail. Bevor ich mich rühren kann, öffnet sich die Wagentür, und Mallachy steigt aus. Er trägt eine Regenhose, Gummistiefel und einen marineblauen Regenmantel.

Er mustert mich von Kopf bis Fuß. Mein klatschnasses T-Shirt klebt mir am Körper, aus wirren Haarsträhnen tropft es mir ins Gesicht, und meine Arme sind vor Kälte krebsrot geworden.

»Bestes Laufwetter«, sagt er laut, um es mit dem Rauschen des Regens aufzunehmen.

»Es war gut, als ich losgelaufen bin«, rufe ich über das Rauschen und Rex' Gebell hinweg.

Mallachy blickt zum Himmel auf. Er ist schiefergrau, und der Regen prasselt so heftig herunter wie zuvor.

»Aye, ein schöner Tag, so viel steht fest.«

Seine Hose und sein Mantel glänzen vor Nässe, aber er sieht deutlich wärmer aus, als mir zumute ist. Er lässt Rex von der Pritsche, und der Hund rast sofort auf mich los. Bevor ich ausweichen kann, springt er an mir hoch und hinterlässt zwei schlammige Pfotenabdrücke auf meinem T-Shirt.

»Lass sie in Ruhe, Rex!«, ruft Mallachy, aber ich merke, dass er versucht, sich ein Lachen zu verbeißen, als er mein schmutziges T-Shirt sieht.

»Ich freue mich, dass du meine Notlage amüsant findest.«

Er folgt Rex zur Haustür, und als er neben mir steht, kommt er mir größer vor, als ich ihn aus der Schule in Erinnerung habe, und auch breiter. Wenn wir beide auf die Veranda passen wollen, müssen wir eng beieinanderstehen. Er wirft mir einen weiteren Blick zu.

»Ich schätze, du kommst besser rein, bevor du ertrinkst«, sagt er und stößt die Haustür auf.

Drinnen zieht er seine Stiefel aus und hängt seine Jacke an einen Haken neben der Tür. Ich schaue mich um. Wir stehen in einem offenen Raum mit einer Kücheninsel in der Mitte und einem Wohnbereich dahinter, einem grauen Sofa und einem Ledersessel, die auf einen großen Holzofen ausgerichtet sind. Auf der anderen Seite des Zimmers befindet sich eine bodentiefe Fensterfront mit Blick aufs Meer, der nun von dem strömenden Regen behindert wird. Die Holzverschalung des Hauses ist unverkleidet geblieben und passt zu dem Tisch in der Ecke und den beiden Holzstühlen. Mein Blick wird von einer Zusammenstellung von Bildern an der Wand angezogen – die hingeworfene, aber ausdrucksstarke Skizze eines Papageitauchers, eine andere von einem Seeadler und außerdem noch die eines Austernfischers. Ich weiß nicht, womit ich in Mallachys Haus gerechnet habe, aber das hier war es nicht.

Rex lässt sich auf ein Kissen neben dem Sofa plumpsen, während Mallachy seine Regenhose auszieht und die Jeans darunter freilegt. Ich bleibe verlegen an der Tür stehen.

»Dein Haus ist sehr schön.«

»Du klingst überrascht«, sagt er und dreht sich mit einem Grinsen zu mir um.

»Ich hätte dich nicht als stylishen Minimalisten eingeschätzt«, antworte ich mit einem Blick auf seine schlammige Jeans, die Gummistiefel an der Tür und das wirre Haar, das einen Schnitt vertragen könnte. Gibt es auf dieser Insel überhaupt einen Friseur?

»Aye, kann ich nachvollziehen«, entgegnet er. »Aber ich freue mich, dass es dir gefällt. Es ist immer schön, wenn die eigene Arbeit wertgeschätzt wird.«

Ich sehe mich erneut um und nehme die eleganten Linien des zentralen Raums auf, der gleichzeitig geräumig und gemütlich ist.

»Du hast das Haus gebaut?«

Ich klinge wohl genauso beeindruckt, wie ich bin, denn sein kurzes, freudiges Auflachen veranlasst Rex auf seinem Kissen dazu, mit dem Schwanz noch heftiger auf den Boden zu klopfen. Mein Blick bleibt für einen Moment an Mallachys Blick hängen, und wir sehen einander quer durch den Raum an. Liegt es an mir, oder ist es in dem Zimmer plötzlich viel wärmer?

»Du siehst aus wie eine ersoffene Ratte, komm rüber und setz dich.«

Ich werde rot und umschlinge mit den Armen meinen Körper, während Mallachy für mich ein Handtuch übers Sofa breitet. Ich setze mich unbehaglich auf die Sofakante, mir ist nur allzu bewusst, dass meine Haare auf das Handtuch tropfen.

Er lässt mich auf dem Sofa sitzen und holt Becher und eine Teekanne aus den Küchenschränken. Sobald er Wasser aufgesetzt hat, öffnet er eine Tür auf der rechten Seite des Zimmers. Ich erhasche einen Blick auf einen luftigen Raum, einen Schreibtisch, der mit Papieren übersät ist, und mitten im Raum eine große Staffelei. Bei dem Anblick beginnt mein Herz schneller zu schlagen, doch die Tür schließt sich wieder, und Mallachy reicht mir einen rostroten großen Pullover.

»Hier«, sagt er. »Du sollst dir ja nicht gleich an deinem zweiten Tag auf der Insel eine Erkältung einfangen.«

Ich murmele ein Dankeschön und ziehe ihn mir über den Kopf. Er riecht nach Hund und Tannennadeln und etwas, das ich sofort als den Geruch von Ölfarben erkenne. Als Mallachy mir einen Becher mit heißem Tee reicht und sich in einen Sessel mir gegenüber setzt, nehme ich ihn genauer in Augenschein.

Rex ist eingeschlafen, eine seiner Pfoten zuckt. Draußen prasselt weiter der Regen auf das Meer und die Dünen, Tropfen fließen an den Fenstern herab. Im Zimmer ist es warm, und langsam spüre ich meine Zehen und Finger wieder. Mallachy dreht das Radio an, und einen Augenblick sitzen wir nur da und hören zu, ohne zu reden.

»Ich liebe diesen Song.«

»Ich auch«, sagt Mallachy.

»Es tut mir leid, dass ich dich gestern ignoriert habe. Das war wirklich unhöflich.« Ich spreche in meinen Becher hinein, plötzlich ist es mir nicht möglich, seinem Blick zu begegnen. »Das ist vermutlich keine Entschuldigung, aber ich war ziemlich aufgewühlt. Du hast wahrscheinlich schon alles darüber gehört, aber ich bin auf der Insel aufgewachsen und war richtig lange nicht mehr hier.«

»Ich versuche, dem Inselklatsch nicht so viel Beachtung zu schenken«, sagt er, streckt die Beine vor sich aus und fasst geistesabwesend nach unten, um Rex' Ohren zu kraulen. »Ich höre die Geschichten lieber von den Leuten, die sie tatsächlich betreffen. Außerdem weiß ich, wie es ist, wenn die eigene Geschichte zum Stoff der allgemeinen Unterhaltung wird.«

»Ach, wirklich?«

»Ich habe anfangs einigen Wirbel verursacht, als ich hergezogen bin.« Er spricht halb zu mir und halb zu Rex.

»Wie lange ist das her?«

»Sieben Jahre. Ich bin mit allem, was ich hatte, auf dem Boot hergekommen. Das Boot hatte ich auf eBay gekauft und dieses Stück Land hier nur aus einer Laune heraus. Auf dem Festland war ich Architekt. Ich dachte, es wäre ein kreativer Beruf, aber letztlich habe ich im Grunde immer dieselbe Sorte von Bürogebäuden entworfen. Ich habe immer davon geträumt, mal mein eigenes Haus zu bauen.«

Ich blicke nach draußen zu dem Boot, das sich am Ende des Stegs mit den Wellen hebt und senkt, und stelle es mir mit Kisten und Koffern beladen vor.

»Es hat also eine Weile gedauert, bis du dich hier eingelebt hattest?«

»Könnte man so sagen. Ich war am Anfang nicht besonders sozial. Zuerst war ich so fokussiert auf das Haus, das fertig werden sollte. Und man zieht ja auch nicht auf eine Insel, weil man sich nach Gesellschaft sehnt. Es haben sich schnell Gerüchte über mich verbreitet – ich wurde als der ›Bootsmann‹ bekannt. Ungezähmt, ein Einsiedler, unsozial …«

Ich muss beinahe laut lachen. »Mir kommst du nicht gerade unsozial vor. Und gestern in der Schule – also, Alice und die anderen halten eindeutig große Stücke auf dich.«

Seine Ohren leuchten rot auf, und er sieht wieder auf Rex hinunter und streichelt ihm den Kopf.

»Aye, es sind tolle Leute, die meisten von ihnen jedenfalls. Und ich schätze, am Anfang war ich wirklich ein bisschen unsozial. Ich war frisch geschieden, und, na ja, das Leben hatte sich nicht in die Richtung entwickelt, die ich mir vorgestellt hatte. Ich würde nicht sagen, dass ich zu der Zeit eine Stimmungsbombe war.«

Ich würde Mallachy gern nach seiner Scheidung fragen, aber er spricht schnell weiter.

»Mit der Zeit haben mich die Insulaner aber besser kennengelernt.«

»Ich weiß, ich bin hier ja aufgewachsen. Obwohl die meisten hier bislang nett zu mir waren, komme ich mir wie eine Außenseiterin vor, eine Festlandbewohnerin. Das bin ich wohl auch nach all den Jahren.«

»Das kann ich nicht beurteilen, aber eine Insulanerin hätte heute wohl einen Regenmantel mitgenommen.« Er lächelt mich an, und ich kann sehen, dass es ein Scherz war.

»Wie bist du hier schließlich angekommen?«, frage ich ihn. »Was hat sich aufseiten der Insulaner geändert?«

Mallachy legt leicht den Kopf zur Seite. »Am Anfang brauchte ich Zeit für mich, aber als das Haus auf einem guten Weg war, habe ich mich häufiger im Pub blicken lassen. Mir war klar geworden, dass ich missmutig in meinem Boot gesessen und mich darüber geärgert hatte, dass die Insulaner mich nicht herzlicher aufgenommen hatten, aber ich hatte mir ja auch selbst keine Mühe gegeben. Trotz des Klatsches haben sie mich nett aufgenommen, nachdem sie mich einmal kennengelernt hatten. Ich kam zu den Veranstaltungen auf der Insel und bot meine Hilfe an, wenn ich hörte, dass bei jemandem etwas repariert werden musste. Ich bin sogar ein paarmal zur Kirche gegangen.«

»Und das hat geholfen?«

»Aye, hat es. Die Insulaner haben sich dafür eingesetzt, dass ich die Stelle als stellvertretender Hafenmeister bekomme. Manche von ihnen treiben mich noch immer in den Wahnsinn, aber ich habe auch Freunde gefunden. Jetzt kann ich mir nicht mehr vorstellen, irgendwo anders zu leben.«

»Was hat dich ursprünglich hierhergebracht? Warum diese Insel?«

Er sieht mich mit amüsiertem Gesichtsausdruck an. »Musst du das wirklich fragen? Sieh dich einfach um.«

Wir wenden uns beide zum Fenster und blicken hinaus auf die verregnete Aussicht. Der Horizont ist wegen des Nebels verschwommen, und das lange Dünengras biegt sich im Wind. Ich finde, es sieht unglaublich düster aus, und erschauere, obwohl es hier drin warm ist. Doch Mallachy lächelt, sein Blick ruht auf dem Strand und den Wellen, die auf den Sand branden.

»Ich habe hier vor Jahren als Student Urlaub gemacht«, fährt er schließlich fort. »Es ist einfach bei mir hängen geblieben, schätze ich. Diese andere Art zu leben, die das komplette Gegenteil der Arbeitswelt in meiner Firma war. Selbstgenügsamkeit, der Abstand zu allem ... Dies ist ein Ort, den man nicht vergisst, der einem ins Blut übergeht. Die Gerüche, das Meeresrauschen, sogar der Regen. Noch Jahre später habe ich von der Insel geträumt. Sie war der Ort, an den ich gedacht habe, wenn ich überlegte, ob ich die Stadt und meinen Job aufgeben sollte. Und als es mit meiner Ex-Frau besonders schlimm wurde, fiel mir die Insel wieder ein. Man könnte sagen, dass ein Besuch hier gereicht hat, um einen Samen zu pflanzen. Und Jahre später habe ich gespürt, dass mich irgendwelche Wurzeln hierher zurückzogen.«

Ich weiß, wie es ist, von der Insel zu träumen und mit einem unsichtbaren Band mit einem Ort verbunden zu sein. Auf der Zugfahrt nach Norden habe ich gespürt, wie es an mir zog, und da war dieser Sog, als wir an dem Weg zu unserem alten Haus vorbeigefahren sind und als ich am Leuchtturm stand und den vertrauten Ausblick in mich aufnahm. Ich bin überrascht, dass ich ihn jetzt spüre, während ich hier bei Mallachy sitze.

Ich zeige auf die Tuscheskizzen an der Wand. »Hast du die gezeichnet?«

Seine Ohren werden erneut rot, und er nickt.

»Sie sind schön«, sage ich und stehe auf, um mir die Bilder genauer anzusehen. »Sie sind ganz einfach, aber du hast den Charakter jedes Vogels perfekt eingefangen.«

Er steht auf und bedeutet mir, ihm zu der Tür auf der anderen Seite des Zimmers zu folgen. »Wenn du mein Haus magst, gefällt dir vielleicht auch dieser Raum. Es ist mein Lieblingszimmer.«

Die Wände und die Decke bestehen aus Glas, gestützt von derselben Holzkonstruktion, die im Wohnzimmer offen zu sehen ist. Außer der Staffelei, die ich vorhin schon erspäht habe, bemerke ich eine alte Kommode, auf der eine Vielzahl von Marmeladengläsern voller Pinsel, Bleistifte, Zeichenkohle und Farbtuben stehen. Tuschefläschchen, Zeichenblöcke und Dutzende von Büchern über Kunst und Architektur reihen sich auf den Regalen und liegen in Stapeln neben der Kommode auf dem Boden. Bei genauerem Hinsehen entpuppen sich die Papiere auf dem Schreibtisch als Skizzen. Ich sehe ein Fischerboot, den gezackten Umriss des Inselbergs,

Rex schlafend am Kamin. Ich würde sie gern in die Hand nehmen und allesamt durchblättern. An der Wand gegenüber dem Schreibtisch steht ein mit Decken bedecktes Sofa.

Ich lege mir eine Hand ans Gesicht.

»Ist alles okay?«, fragt Mallachy, und dabei vertiefen sich die leichten Fältchen auf seiner Stirn zu einem sorgenvollen Stirnrunzeln, das das Gefühl in meinem Bauch noch schlimmer macht. Ich strecke die Hand nach dem Schreibtisch aus, um mich abzustützen.

»Mir geht's gut.«

Mallachy beobachtet mich noch. Ich würde mich gerne abwenden. Doch bevor ich weiß, was ich tue, ertappe ich mich dabei, wie ich stattdessen anfange zu reden.

»Ich wollte früher Künstlerin werden. Mehr als alles andere wollte ich das. Ich hatte eine kleine Ecke in meinem Zimmer, die ein bisschen so aussah wie dieser Raum.« Mir fällt die Staffelei wieder ein, die Sarah mir zu meinem zwölften Geburtstag geschenkt hat, sie hatte sie zusammen mit ihrem Vater selbst gezimmert. Sie stand mit Blick aufs Meer neben meinem Zimmerfenster. In den folgenden Jahren malte ich, wann immer ich Zeit für mich freischaufeln konnte. Unter meinen Fingernägeln saß stets Farbe. Wenn ich abends ins Bett ging, entdeckte ich manchmal bunte Ölfarbenreste in meinen Haaren.

Ich malte mit einer Art Hunger. Wenn ich an meiner Staffelei saß, konnten Stunden vergehen, ohne dass ich es bemerkte. Das Malen ließ mich einen anderen, unmittelbaren Hunger vergessen – den nach Essen genauso wie den nach Zuneigung, Lachen und Liebe. Meine Eltern gaben zu meinen Bildern niemals Kommentare ab, schon gar nicht hängten sie sie im Haus auf, und deswegen waren die Wände meines Zimmers übersät mit meinen eigenen Gemälden und Zeichnungen, die ich mit Wäscheklammern an aufgespannte

Leinen hängte. Wenn alles besonders schwer zu ertragen war oder ich an mir zweifelte, erinnerten mich diese Papiere oder Leinwände an das, was in mir steckte. Farbe, Licht, Kreativität, Stärke.

Meine Augen brennen, und meine Kehle verengt sich. Ich habe seit zwanzig Jahren nicht mehr gemalt. Früher war das Malen für mich der Grund, morgens aufzustehen, das Einzige, was mich dem bevorstehenden Tag optimistisch entgegenblicken ließ.

»Sieh dich gerne um«, sagt Mallachy sanft.

Ich beginne, indem ich mit der Hand über die Kommode fahre, die Finger anhebe, um die weichen Borsten der Pinsel zu streicheln. Dann gehe ich in die Hocke und sehe mir die Bücher an. Während ich blättere, beginnen wir uns zu unterhalten. Über unsere Lieblingskünstler, über das Architekturbüro, für das Mallachy gearbeitet hat, über die Vorzüge von Ölfarben im Vergleich zu Wasserfarben im Vergleich zu Deckfarben. Er erzählt, wie sehr er die Scottish National Gallery in Edinburgh mag und dass er mehrmals im Jahr aufs Festland übersetzt, um die Gallery zu besuchen. Ich gestehe, dass ich noch nie dort war, woraufhin Mallachy stöhnend den Kopf in die Hände sinken lässt. Als ich noch zu Hause lebte, hätten mir meine Eltern den Ausflug dorthin nie erlaubt. Und seit ich weggegangen bin, habe ich Schottland gemieden. Es überrascht mich, dass ich kurz davor bin, Mallachy alles zu erzählen, diesem Mann, den ich kaum kenne. Er scheint sich wohlzufühlen, bei jedem neuen Thema hellt sich sein Gesicht auf. Ich stelle fest, dass ich ebenfalls ganz entspannt bin. Ich bin ruhiger, als ich es seit meiner Ankunft auf der Insel war.

»Entschuldige, wenn ich dich mit allem so überfalle«, sagt er schließlich. »Aber auf der Insel gibt es niemand anderen, der sich besonders für Kunst interessiert. Oder zumindest möchten sie sich nicht eine halbe Stunde lang mit mir über verschiedene Pinsel unterhalten.«

»Nein, es ist schön. Für mich ist es auch lange her.«

Wann habe ich mich zuletzt so über Kunst unterhalten? Ich glaube, im Grunde noch nie. In meiner Jugend hat Sarah mich in meiner Leidenschaft unterstützt, aber sie selbst interessierte sich mehr für Musik als für Gemälde. Ich hatte gehofft, dass ich auf dem Goldsmiths Gleichgesinnte kennenlernen würde, aber als es dazu nicht kam und ich schließlich aufhörte zu malen, hörte ich auch auf, diesen Teil meines Hirns zu benutzen. Ich blendete ihn aus, so gut ich konnte. Alles andere wäre zu schmerzhaft gewesen. In London besuche ich Galerien, wenn ich Ella überreden kann mitzukommen, aber solange es sich nicht um eine Fotoausstellung handelt, durchstöbert sie lieber den Museumsshop, als sich mit mir ausführlich über einzelne Exponate zu unterhalten. Am nächsten komme ich der Kunst, wenn ich den Kindern in der Schule Farbe von den Händen wasche.

»Falls du mal kommen und mein Studio nutzen willst …« Mallachy lässt den Satz in der Luft hängen und tritt verlegen von einem Bein aufs andere. Sein Gesicht kommt mir plötzlich vertraut vor, obwohl wir uns nie zuvor begegnet sind. Ich mache einen Schritt auf ihn zu, und er reagiert, indem er ebenfalls näher kommt. Ich spüre die Hitze, die sein Körper ausstrahlt. Die Härchen auf meinen Armen stellen sich auf. Und dann wird mir die Stille bewusst. Ich lege den Kopf in den Nacken, blicke zu dem Glasdach auf und sehe, dass der Regen aufgehört hat. Die Sonne bricht durch die dunklen Wolken und scheint auf mein Gesicht. Das Licht blendet mich, es ist, als ließe es mich aus einem Traum aufschrecken. Was mache ich hier? Unvermittelt trete ich einen Schritt zurück.

»Ich gehe dann besser.«

Mit verwirrtem Gesichtsausdruck sieht Mallachy mich an, bevor ich mich umdrehe und aus seinem Studio stolpere. Aber ich muss hier raus. Augenblicklich. Ich renne zur Tür und gehe, ohne mich zu verabschieden. Erst als ich wieder auf der Hilly Farm ankomme, bemerke ich, dass ich noch immer seinen Pullover trage.

Alice

»Wie geht's dir?«

Die Stimme meiner ältesten Schwester dringt aus dem Laptop. Ich habe mich für den Videoanruf in meinem Schlafzimmer verschanzt – es sind die einzigen Momente, in denen ich nicht von meiner Familie gestört werden möchte. In denen ich Molly nicht helfe, einen Schuh oder ein Buch zu finden, mit Jack keine Gespräche über den Hof führe. Das ist meine Zeit, ganz für mich.

Caitlins Gesicht füllt den Bildschirm aus. Sie hat sich Strähnen aus ihrem dunklen Bob hinter die Ohren geklemmt, und neben ihr auf dem Nachttisch steht etwas, das wie ein Gin Tonic aussieht. Wie ich sitzt sie umgeben von Kissen im Bett. Die Vertrautheit ihrer Stimme schnürt mir den Brustkorb zu und lässt all meine Sorgen wieder an die Oberfläche steigen.

Der Bildschirm flackert, und Shonas ein wenig verschwommenes Gesicht erscheint ebenfalls. Sie hat ein sehr großes Rotweinglas in der Hand.

»Tut mir leid, dass ich zu spät bin«, sagt sie, »ich habe es erst jetzt geschafft, bei den Jungs Streit zu schlichten und sie vor einen Film zu setzen. Möglicherweise habe ich sie mit jeder Menge Haribos bestochen. Dr. Morton, bin ich aus deiner medizinischen Perspektive eine furchtbar schlechte Mutter?«

Seit Caitlin ihren Doktortitel hat, nennt meine Familie sie kaum noch bei ihrem Vornamen. Für uns ist sie Dr. Morton, was manchmal bei Fremden für Verwirrung sorgt. Im Grunde könnten wir auch Shona Doktor nennen, da sie ja ebenfalls vor ein paar Jahren promoviert hat. Sie ist jedoch zu bescheiden, um ihren Doktortitel zu tragen. Wenn ich sie wäre, würde ich ein Ansteckschildchen tragen, auf dem in riesigen Buchstaben das Wort »Doktor« stünde. Ich würde es niemals abnehmen.

»Das wäre ganz schön scheinheilig von mir«, antwortet Caitlin. »Mittlerweile solltest du wissen, dass Ärzte die letzten sind, die medizinische Ratschläge befolgen. Du weißt doch, wie lange Doug gebraucht hat, um endlich diesen Ausschlag untersuchen zu lassen …« Caitlins Mann Doug ist ebenfalls Arzt, und sie arbeiten gemeinsam in derselben Praxis. »Wie auch immer«, fährt Caitlin fort, und ihre Augen richten sich direkt in die Webcam und erwecken den Eindruck, als durchbohrte sie mich mit ihrem Blick, »ich habe Pimpf hier gerade gefragt, wie es bei ihr läuft.«

Kein Entkommen also. Shona nickt und schlürft an ihrem Wein.

»Ja, wie stehen die Dinge da drüben auf der Seglerinsel? Hältst du die Ohren steif?«

Als ich Shona damals erzählte, dass ich auf die Insel Kip ziehe, hat sie mich zuerst falsch verstanden. Sie dachte, ich hätte »Skipper« gesagt. Obwohl meine Eltern meinen Umzug unterstützten, waren meine Schwestern zunächst ein wenig fassungslos. Nicht weil ich mich gegen die Uni entschieden hatte, sie dachten insgeheim ohnehin, dass meine Talente nicht im akademischen Bereich lägen. Aber sie verstanden nicht, dass ich an einen so abgelegenen Ort ziehen wollte.

»Wird es dir nicht fehlen, ins Kino oder essen zu gehen?«, fragte mich Caitlin.

»Und ist es nicht vielleicht ein wenig, na ja, konservativ da oben?« war Shonas Vorbehalt.

Ich erzählte ihr von der Umweltfreundlichkeit der Insel, wie sehr die Insulaner sich darum bemühten, so ökologisch und umweltschonend zu leben wie möglich. In den letzten Jahren war es wunderbar zu sehen, was sie alles bewegt haben. Dank der Windräder und der Solaranlagen sind wir mittlerweile ziemlich energieeffizient. Und für einen so kleinen Ort sind wir ein bunt gemischter Haufen, bunter, als man erwarten könnte. Kerstin stammt ursprünglich aus Deutschland und unterrichtet in der Schule Deutsch und Französisch, da sie beide Sprachen fließend spricht. Joys Eltern sind aus Ghana und haben sich dort auch zur Ruhe gesetzt – Tess und Joy versuchen, sie einmal im Jahr zu besuchen. Pat bestellt im Laden für Joy eigens die Zutaten, die sie braucht, um die Gerichte zu kochen, die sie von ihrer Mutter gelernt hat. In Birmingham, wo sie und Tess sich kennengelernt haben, bekam sie die Sachen ganz leicht. Morag hat angefangen, die Zutaten ebenfalls zu kaufen, und lebt nun mit Joys Hilfe vornehmlich von Jollof-Reis, Waakye und gehaltvollen Eintöpfen. »Warum habe ich mein ganzes Leben damit verschwendet, geschmackloses Zeug zu futtern? Ich will nie wieder eine verdammte Kartoffel essen, die keine Süßkartoffel ist«, hat sie neulich gesagt.

Dann sind da Kamil, Natalia und ihr Baby Lena, die vor ein paar Monaten hergezogen sind. Ich habe versucht, Natalia in einen meiner Kurse zu locken, aber sie scheint noch ein wenig schüchtern zu sein. Und Brenda hat vielleicht ihren Akzent längst verloren, aber sie ist in Kanada aufgewachsen. Im Herbst vermisst sie die Bäume und die Pancakes mit Ahornsirup, die ihre Mutter ihr als Kind gebacken hat.

Meine Schwestern könnten sich niemals dafür entscheiden, an einem so entlegenen Ort wie Kip zu leben. Nach all der Zeit verstehen sie meinen Entschluss oder vielleicht sogar mein gesamtes Leben immer noch nicht so ganz. Aber es macht ja auch keine von ihnen Yoga, obwohl ich ihnen immer wieder zugeredet habe. Caitlin klettert lieber auf Berge, und Shona hat eine teure Mitgliedschaft in einem Fitnessclub, von der ich nicht weiß, ob sie sie wirklich nutzt. Und sie sind beide so pragmatisch veranlagt, dass ich mir nicht sicher bin, ob sie den spirituellen Aspekt des Yogas begreifen. Ich glaube, sie würden vermutlich meine ganzen Unterrichtsstunden hindurch kichern.

»Es geht uns ganz gut«, sage ich und bemühe mich darum, heiter zu klingen. »Jack hat natürlich mit der Situation zu kämpfen, aber zum Glück hat er zur Ablenkung den Hof und sein Gemüse. Bei seinem Eifer steht uns vermutlich eine Bombenernte ins Haus.«

Ich denke an die anderen Sachen, die ich meinen Schwestern nicht erzähle. Die Distanz zwischen Jack und mir, wie schwierig es für mich jedes Mal ist, wenn er sich von mir zurückzieht. Wie sehr ich mich anstrenge, hier alles zusammenzuhalten und dafür zu sorgen, dass Lorna und Jack ins Gespräch kommen. Es hat mich niemand um Vermittlung gebeten, das habe ich mir selbst auferlegt, aber es ist trotzdem kräftezehrend. Zumal ich merke, dass ich nicht aufhören kann, mir darüber den Kopf zu zerbrechen. Ich denke auch an Jean und meine Sorgen um sie. Und dann ist da noch die Angst um die Insel, die ich inzwischen so sehr liebe. Werden wir alle in zehn Jahren überhaupt noch hier sein? Aber ich kann mich nicht dazu überwinden, mit meinen Schwestern darüber zu sprechen. Sie haben ihre eigenen Probleme und ihr eigenes Leben.

»Kann man verstehen, finde ich. Als sein Vater gestorben ist, hat Doug länger gearbeitet als je zuvor. Entschuldige noch mal, dass ich es nicht zur Beerdigung schaffe, Schwesterherz«, sagt Caitlin.

»Ich auch nicht, tut mir leid!«, fügt Shona hinzu. »Bist du sicher, dass du klarkommst?«

Keine von ihnen konnte sich freinehmen. Es macht mir aber nichts aus. Sie wissen, dass ich mit Jacks Eltern keine enge Beziehung hatte, und außerdem habe ich ihnen gesagt, dass es sich nicht lohne zu kommen. Wenn ich sie wirklich brauchen würde, wären sie da, das weiß ich. Als Molly zwei war, bin ich wieder schwanger geworden. Ich war so aufgeregt, aber nach viereinhalb Monaten hatte ich eine Fehlgeburt. Ich war so am Boden zerstört, dass ich mit niemandem reden und nicht einmal aus dem Bett aufstehen wollte, aber Jack rief meine Schwestern an. Zwei Tage später waren sie beide bei uns auf der Insel. Sie sind zwei Wochen lang geblieben.

»Ich komme klar«, sage ich und schlucke Tränen hinunter, nicht wegen der Beerdigung, sondern weil ich an die Zeit damals denke. Sie versuchten nicht, mich aufzuheitern, sondern waren einfach da, halfen im Haushalt und machten Spaziergänge mit mir, wenn ich mich dazu in der Lage fühlte. Nichts konnte mir die Traurigkeit nehmen, aber es half, sie bei mir zu haben.

Ich bin mit den Gedanken noch in der Vergangenheit, als Caitlin mich fragt: »Und, wie ist sie so?«

»Wer?«

»Jacks Schwester!«

»Oh …« Ich spitze die Ohren und horche auf das Rauschen der Dusche. Lorna ist gerade vom Laufen zurückgekommen. Wie vorherzusehen war, wurde sie völlig durchnässt, aber das schien ihr nichts auszumachen. Genau genommen schien sie sehr guter Laune zu sein. »Sie ist nett. Wir verstehen uns gut. Sie hat eindeutig einiges hinter sich, und Jack und sie sprechen kaum miteinander. Aber sie und ich … Ich weiß nicht, könnte sein, dass wir uns anfreunden. Ich mag sie.«

»Das ist gut«, sagt Shona, deren Weinglas schon fast leer ist. »Wahrscheinlich wird es eine Weile dauern, bis das Eis zwischen Jack und ihr taut. Ich meine, so was lässt man ja nicht in einem Augenblick hinter sich. Ich bin mir nicht sicher, ob man das je tut.«

Mir wird bange, als ich begreife, dass Shona vermutlich recht hat. Ich wollte so unbedingt, dass Jack und Lorna wieder eine Beziehung zueinander aufbauen und die Vergangenheit aufarbeiten. Es hat mich immer traurig gemacht, dass Jack das, was ich mit meinen Schwestern habe, nicht besitzt. Und vielleicht möchte ich selbstsüchtigerweise, dass Lorna und Ella Teil meines Lebens werden. Ich möchte, dass meine Familie wächst. Aber vielleicht bin ich naiv. Vielleicht ist eine Versöhnung ein reines Hirngespinst von mir.

»Aber es ist doch schön, dass ihr gut miteinander auskommt«, fügt Caitlin hinzu. »Auch wenn wir immer deine Lieblingsschwestern sein werden, okay, Pimpf?«

Ich lächle und wünschte, ich könnte durch den Bildschirm hindurchfassen und meine Schwestern berühren.

»Natürlich«, antworte ich.

Das Gespräch dreht sich wieder um den Alltag: schwierige Patienten in der Praxis, eine neue Kollegin an der Uni. Wir reden über unsere Kinder, und ich erzähle ihnen von Ella, die sich so großartig mit Molly versteht. Als bei Shona im Hintergrund Stimmen laut werden, verabschieden wir uns und vereinbaren, bald wieder miteinander zu sprechen.

Ich starre noch einen Moment auf den Bildschirm, mir ist zum Weinen zumute. Doch dann stehe ich auf, trinke den letzten Schluck aus meinem Weinglas und gehe wieder nach unten.

Ich bereite für uns alle ein einfaches Abendessen zu: Ofengemüse mit Couscous und einem Kräuterdressing aus dem Garten. Wie erwartet reden Jack und Lorna kaum miteinander, aber ich sehe, wie Lorna Jack immer wieder Blicke zuwirft. Ella und Molly sehen nach ihrem Tag draußen ganz windzerzaust aus und platzen vor Geschichten über die Strandsäuberungsaktion, mit der sie heute zusammen mit Olive begonnen haben und für die sie morgen auch die restlichen Inselkinder rekrutieren wollen. Ich kann nicht umhin zu bemerken, dass Ellas Antworten auf Lornas Fragen etwas kurz angebunden wirken. Das überrascht mich, bislang hat sie einen so höflichen Eindruck gemacht, aber ihre Stimmung ist eindeutig umgeschwungen. Es ist aber nur zu bemerken, wenn sie mit ihrer Mutter spricht. Mir dankt sie nach dem Essen überschwänglich und hilft, den Tisch abzuräumen.

Mir scheint, dass Lorna ebenfalls etwas aufgefallen ist, denn nachdem alles abgeräumt ist, Jack ins Wohnzimmer und die Mädchen nach oben gegangen sind, dreht sie sich zu mir um.

»Liegt es an mir, oder wirkte Ella heute Abend ein bisschen abgelenkt?«

Ich wische mit großer Konzentration die Oberflächen ab und achte darauf, nichts Falsches zu sagen. »Sie sind Teenager – Molly hat manchmal eigenartige Launen. Die vergehen wieder.«

Sie seufzt, und ich erkenne an ihrer sorgenzerfurchten Stirn den Gesichtsausdruck einer Mutter. »Du hast wahrscheinlich recht. Ich habe nur so ein Gefühl, dass etwas nicht stimmt. Als hätte ich etwas falsch gemacht.«

»Bestimmt ist alles in Ordnung. Sie kommt zu dir, wenn

sie dich braucht. So ist es jedenfalls bei Molly. Ich kann sie noch so oft fragen, ob etwas nicht stimmt, sie redet erst, wenn sie dazu bereit ist, normalerweise kommt es dann total unerwartet, wenn wir im Auto sitzen oder abwaschen.«

Lorna lächelt. »Ah, diese Autogespräche. Wieso bringt ein Auto Kinder dazu, einem ihr Herz auszuschütten?«

Ich blicke zur Tür und achte darauf, leise zu sprechen.

»Jack ist genauso. Wir hatten vermutlich unsere besten Gespräche, wenn wir zusammen auf dem Traktor saßen.«

Mir fällt ein, wie er mir, als wir so über die Felder holperten, zum ersten Mal sagte, was er für das Baby empfand, das wir verloren hatten. »Er wäre jetzt drei, stimmt's?«, sagte er aus heiterem Himmel. Ich brauchte ihn nicht zu fragen, von wem er sprach. »Ich denke oft daran, wie er wohl wäre, weißt du. Wie er aussehen oder riechen würde – ob er anders riechen würde als Molly. Das würde er wahrscheinlich.«

Er hat unser Baby danach nie wieder erwähnt. Aber dieses eine Gespräch war genug. So wusste ich wenigstens, dass er nicht vergessen hatte.

»Sie kommt zu dir, wenn sie bereit ist«, sage ich, und sie lächelt mich zaghaft an.

Später, nachdem wir einander Gute Nacht gesagt haben und als Jack und ich uns bei zugezogenen Vorhängen und geschlossener Tür umziehen, muss ich wieder an unser Gespräch denken. Jack hat mir den Rücken zugewandt, er zieht sich gerade die Socken aus.

Neben dem Bett leuchtet mein Telefon auf. Ich greife danach und sehe einen ganzen Schwall von Nachrichten in meiner Yoga-WhatsApp-Gruppe. Jean teilt uns mit, dass sie morgen mit ihrem Mann für einen Termin im Krankenhaus aufs Festland fährt. Dieser Schmerz in der Brust, an den ich mich beinahe schon gewöhnt habe, kehrt zurück. Die anderen haben ihr liebevoll Glück gewünscht, und ich tippe eine ebensolche Nachricht.

Danke, schreibt Jean. Aber können wir jetzt von etwas anderem reden? Hat jemand ein bisschen Klatsch und Tratsch für mich?

In schneller Abfolge treffen weitere Nachrichten ein. Kerstins Sohn plant mit seiner Verlobten einen Besuch auf der Insel, und Kerstin ist nervös, denn es ist das erste Mal, dass sie aufeinandertreffen, und ihr Sohn ist noch immer nicht begeistert darüber, dass Kerstin ihren Job und seinen Vater verlassen hat und hierhergezogen ist.

Hier gibt's nichts zu klatschen, schreibt Joy. Wir hoffen einfach auf Schlaf heute Nacht ... Es folgen Emojis von einem Baby und einem Teufel.

Wir tauschen noch ein paar Nachrichten aus, in denen wir einander Mut zusprechen, dann lege ich mein Telefon weg und lehne mich in die Kissen zurück.

Jack greift nach den beiden Wassergläsern, die er jeden Abend mit nach oben nimmt, reicht mir schweigend eines und stellt das andere auf seinen Nachttisch.

Als wir geheiratet haben, wusste ich noch nicht, dass ich solche Dinge an meiner Ehe am meisten lieben würde – die kleinen achtsamen Gesten, das ganz banale Zusammensein. Zwei Gläser Wasser auf den Nachttischen, meinem Mann zum tausendsten Mal beim Umziehen zuzusehen und auf den Moment zu warten, der das Ende des Tages markiert, in dem sein warmes Gewicht neben mir ins Bett sinkt. Aber ich kann auch das nagende Verlangen nicht abstellen, das mehr will als das – das ihn dazu bringen will, sich zu öffnen, wie meine Freundinnen es mit solcher Leichtigkeit tun.

»Was hältst du von Mollys Strandputzaktion?«, frage ich.
»Sie haben angeblich fünf Säcke voll Müll gesammelt. Es ist verrückt, wie viel Zeug angespült wird.«

Jack nickt und schlüpft neben mir ins Bett. Sein Körper ist kühl, und ich schmiege mich an ihn, um ihn zu wärmen. Er schiebt seinen Arm unter meinen Nacken, und ich liege an ihn gekuschelt und spüre seinen Herzschlag.

»Molly und Ella scheinen sich gut zu verstehen«, versuche ich es weiter und robbe mich damit näher an das Thema heran, über das ich eigentlich sprechen will. »Sie ist ein nettes Mädchen.«

Ich kann spüren, wie sich Jacks Körper neben meinem anspannt.

»Ja«, antwortet er leise.

»Ich habe heute mit Lorna geredet. Sie möchte wohl wirklich versuchen, die Sache mit dir wieder ins Lot zu bringen.«

»Findest du nicht, dass sie damit ein bisschen spät dran ist?« Die Kälte in seiner Stimme trifft mich unvorbereitet. Doch dann seufzt er. »Entschuldige, Liebling. Sie hat heute auch mit mir gesprochen. Beziehungsweise hat sie zumindest gesagt, dass sie reden will.«

»Und?«

»Ich weiß nicht. Ich weiß einfach nicht, ob ich kann.«

Sein Körper fühlt sich neben mir so steif an. Manchmal habe ich das Gefühl, dass sein Widerwille gegen das Sprechen weniger auf einer Entscheidung als auf einer körperlichen Blockade beruht. Ich habe ihm in der Vergangenheit zugeredet, eine Therapie zu machen, aber er sagte, er glaube nicht, dass es die Sache wert sei. Ich weiß noch, wie er es mir einmal beschrieben hat: »Ich glaube einfach nicht, dass ich viel zu sagen habe. Zumindest denke ich, dass ich es nicht laut aussprechen könnte. Die Worte kommen mir einfach nicht über die Lippen.«

Ich möchte ihm dabei helfen, diese Worte zu finden, das, was da in ihm lauert, zu befreien. Für ihn, aber auch für mich selbst. Meine Schwestern und ihre Ehemänner sprechen über alles miteinander. Manchmal beneide ich sie darum so sehr, dass es wehtut.

»Ich habe ihr aber gesagt, dass sie mit ins Haus kommen kann, um dort die Sachen zu sortieren.«

Ich strecke in der Dunkelheit die Hand aus, greife nach seiner und umfasse sie fest. »Ich komme mit.«

»Schon okay, ich kann das alleine machen.«

»Ich komme mit dir«, wiederhole ich.

Stille, dann drückt er meine Hand. »Danke.«

Weiter hinten im Flur geht eine Toilettenspülung, und Schritte tapsen in Richtung Gästezimmer. Ein Klicken, als die Tür geschlossen wird.

»Es ist so seltsam, sie hier bei uns im Haus zu haben«, sagt Jack.

»Ich kann immer noch im B&B anrufen und ein Zimmer für sie reservieren, wenn du das möchtest. Das wäre für sie in Ordnung, Liebling.«

Ich spüre, wie er neben mir den Kopf schüttelt. »Nein. Sie kommt vermutlich nicht noch einmal zurück. Dies ist ihr letztes Mal auf der Insel, und deswegen sollte sie bei uns wohnen. Auch wenn es schwierig ist.« Er verstummt, und ich frage mich, ob ich dazu etwas sagen soll, doch zu meiner Überraschung spricht er weiter. »Ich will sie hier haben, Alice, auch wenn ich es nicht besonders gut hinbekomme, das zu zeigen.«

Seine Stimme klingt angestrengt, und ich strecke die Hand aus und streichle seine Stirn. »Ich weiß.«

Das war das größte Eingeständnis seiner Gefühle, seit sie angekommen sind. Vielleicht erleichtert ihm die Dunkelheit das Sprechen. Ich schmiege mich noch enger an ihn und versuche, aus diesem Augenblick der Offenheit so viel herauszuholen wie möglich.

»Aber du weißt nicht, ob sie nicht doch wiederkommt. Es

könnte ein Anfang von etwas sein. Wenn ihr beide einmal wirklich reden würdet ...«

Doch er schüttelt den Kopf. »Das hat keinen Zweck. Sie ist schon einmal gegangen, und ich weiß, dass sie wieder gehen wird.«

Ich stelle mir Jack mit vierzehn vor, diesen Jungen, den Lorna zurückgelassen hat, und mein Herz schmerzt für ihn.

»Ich dachte immer, sie würde zu mir zurückkommen«, sagt er leise in die Dunkelheit hinein. »Aber das hat sie nie getan.«

Ich würde ihm am liebsten sagen, was Lorna mir erzählt hat – dass sie ihn mitnehmen wollte –, aber ich spüre, dass er das im Augenblick nicht gebrauchen kann. Stattdessen streichle ich seine Wange, und dabei bemerke ich, dass sie feucht ist.

Wenn ich vollkommen ehrlich bin, frage ich mich manchmal, was für ein Leben ich geführt hätte, wenn ich eine andere Sorte Mann geheiratet hätte. Einen offeneren Mann ohne diese Stimmungsschwankungen und das brütende Schweigen. Über die Jahre hatten wir Tiefs und Hochs, wir haben uns unzählige Male über seine Eltern gestritten und die Ansprüche, die sie an ihn stellten, außerdem über unzählige andere unwichtige Dinge. Unsere Unfähigkeit, noch ein Baby zu bekommen, war ebenfalls eine Herausforderung, die uns manchmal einander nähergebracht und uns manchmal entzweit hat. Ich vermute, so sind Ehen eben. Aber das ist meine Ehe auch: das Gefühl, dass es mir aus Liebe und Mitgefühl für ihn das Herz zerreißt, in der Dunkelheit unseres Schlafzimmers seine tränenüberströmten Wangen zu küssen, ihn fest an mich zu drücken und mir zu wünschen, dass die Welt ein besserer, freundlicherer Ort wäre, und sei es nur für ihn.

»Es wird alles gut, Liebling«, sage ich sanft, nicht weil ich mir dessen sicher wäre, sondern weil es das Einzige ist, was ich sagen kann.

Lorna

Es ist mir immer noch peinlich, was gestern in Mallachys Studio passiert ist beziehungsweise was beinahe passiert wäre. Ich kenne ihn kaum und habe beim Loslaufen ganz sicher nicht damit gerechnet, dass ich bei ihm zu Hause landen würde. Aber wir haben uns so gut unterhalten in seinem Studio. Und dann war da diese Spannung zwischen uns, diese elektrische Strömung. Ich konnte mir plötzlich vorstellen, wie es sich anfühlen würde, noch einen Schritt näher zu treten, mein Gesicht zu seinem nach oben zu neigen, meine Arme um seine Taille zu schlingen ... Es liegt vermutlich nur daran, dass ich schon so lange mit keinem Mann mehr zusammen war. Ich bin ja nicht hier, um irgendjemanden kennenzulernen. Ich gehe keine Beziehungen ein. Mein Leben kreist um Ella – um uns beide gegen den Rest der Welt. So ist es seit Jahren gewesen, und wir sind gut zurechtgekommen, oder etwa nicht?

Ich höre an den Schritten hinter mir, dass Alice in die Küche kommt, und das reißt mich aus meinen Gedanken. Ella und Molly sind heute Morgen bereits mit ihren Rucksäcken und Fahrrädern losgezogen, Ella hatte sich ihre Kamera umgehängt. Ich habe versucht, ihr einen Abschiedskuss zu geben, aber sie hat sich mir entwunden. Ich hoffe, es ist alles in Ordnung mit ihr. Ich würde sie gern fragen, was nicht stimmt, aber mir fällt Alice' Ratschlag ein. Ella wird zu mir zurückkommen, wenn sie dazu bereit ist. Das hoffe ich jedenfalls.

Alice trägt einen Korb mit Eiern und stellt ihn auf den Tisch. Sie trägt eine helle Jeans, die sie an den Knöcheln aufgekrempelt, und ein getupftes T-Shirt, das sie in der Taille locker gebunden hat.

»Wow, sind die alle von euren Hühnern?«

»Ja! Wir sind der größte Eierlieferant des Dorfladens. Und wo wir gerade vom Teufel sprechen, ich muss da heute wirklich hin und einkaufen.«

»Ich kann das für dich machen, wenn du möchtest«, biete ich an.

»Wenn es dir nichts ausmacht, wäre das großartig«, sagt sie. »Hier ist heute viel los. Ich muss gleich wieder raus und Jack dabei helfen, ein Loch in einer Mauer zu reparieren, bevor die Schafe es entdecken und auf Wanderschaft gehen. Und wenn du zum Laden gehst, könntest du gleich die Fähre abpassen und unsere Post abholen – falls das okay ist? Es ist allerdings wirklich weit zu Fuß, nimm mein Fahrrad.«

Alice' violettes Rad ist schlammbespritzt. Am Lenker hängt ein Korb, und am Gepäckträger ist ein Milchbehälter aus Plastik festgebunden, in dem zusammengefaltet ein Einkaufsbeutel liegt. Sie reicht mir einen Helm. Das letzte Mal, dass ich geradelt bin, war hier auf der Insel als Kind. Damals war mein Fahrrad meine Freiheit. Auf dem Weg zum Dorf gibt es ein langes Straßenstück, auf dem es bergab geht, und auf dem Weg zur Schule ließen Sarah und ich die Räder dort frei rollen, der Wind fuhr in unser Haar, und unser Gelächter folgte uns auf dem Fuß. Es bedeutete, dass wir die Strecke auf dem Weg nach Hause wieder hinaufstrampeln mussten, aber das kurze Gefühl der Leichtigkeit und Freude jeden Morgen war es wert.

Ich weiß noch genau den Tag, an dem mein Vater mir mein Fahrrad wegnahm. Ich war elf und in meinem letzten Schuljahr auf der Grundschule. Als ich eines Morgens aufwachte und mit Sarah zur Schule radeln wollte, stellte ich fest, dass mein Fahrrad weg war. Mein Vater sagte, es sei kaputtgegangen, wollte aber nicht sagen, wie. Es wurde jedenfalls trotz meines Bettelns auch nicht ersetzt. Seit dem Tag fuhr mein Vater mich zur Schule. Aus dem Wagenfenster entdeckte ich Sarah, die allein radelte. Danach musste ich immer meinen Vater oder meine Mutter fragen, wenn ich Sarah oder andere auf der Insel besuchen wollte, oder ich musste einen langen Fußmarsch in Kauf nehmen, oft im Regen. Mein Vater feixte jedes Mal, wenn ich ihn fragte, ob er mich fahren könne.

»Siehst du, wie viel ich für dich mache?«, sagte er dann. Das gehörte zum Hintergrundrauschen meines Lebens. Dass ich eine Belastung war, eine Unannehmlichkeit, und meinen Eltern auf ewig dankbar sein musste. Lange Zeit glaubte ich das auch.

Und dann verließ Sarah wie die anderen älteren Kinder die Insel, um auf die weiterführende Schule zu gehen, und kam nur an den Wochenenden und in den Ferien wieder nach Hause. Wenn sie da war, hätte ich alles dafür gegeben, auch nur einen Tag wieder mit ihr zur Schule zu radeln und das Gefühl zu haben, dass unsere Räder gleich vom Boden abheben würden.

Doch so gerne ich auch Fahrrad gefahren bin, es ist lange her, und als ich aufsteige, bin ich nervös. Ich stoße mich ab und schwanke sofort von links nach rechts. Ich hoffe wirklich, dass mir niemand zusieht. Ich umklammere fest den Lenker und rumpele den Weg hinunter. Das ist schwerer, als ich in Erinnerung hatte. Schlingernd weiche ich Schlaglöchern aus und bemühe mich, die tiefsten Pfützen und größten Steine zu umfahren. Als ich die Hauptstraße erreiche, ist der glatte Asphalt eine Erleichterung.

Von der Straße aus habe ich einen weiten Ausblick über die Insel. Das Tiefgrün des Kiefernwaldes, die wellige, von Schafen gesprenkelte Heidelandschaft, die verstreuten Cottages mit schottischen Fahnen in den Gärten und den langen Strand, der zur Mole und dem Dorf hinunterführt. Am entlegensten Zipfel des Strandes entdecke ich Mallachys Haus, heute liegt sein Boot ruhig im Wasser. Der Geruch seines Pullovers und sein Studio voller Skizzen fallen mir ein, und ich spüre, wie sich mein Herzschlag beschleunigt und meine Wangen vor Verlegenheit glühen. Ich hätte seinen Pullover mitnehmen und auf dem Weg ins Dorf abgeben sollen. Ich werde ihn morgen vorbeibringen und einfach hoffen, dass er dann gerade nicht zu Hause ist. Ich bin mir nicht sicher, ob ich bereit bin, ihn schon wiederzusehen.

Meine Schenkel brennen, als ich den Hügel in der Mitte der Insel erklimme. Der Schmerz gibt mir das Gefühl, lebendig zu sein. Als ich beinahe oben bin, kommt Brendas blaues Haus in Sicht, und ihr rosa Haar blitzt im Garten auf, wo sie gerade für Puff einen Ball wirft. Als sie mich erblickt, winkt sie. Ich winke zurück.

Dann fahre ich über die Kuppe, und das Dorf liegt unter mir ausgebreitet. Möwen kreisen über dem Hafen, und die Fähre kommt durch den Nebel draußen auf dem Meer näher. Das Fahrrad beschleunigt sich. Ich spüre in meinem Magen die Schwerkraft, die mich nach unten zieht, spüre den Wind im Gesicht und im Haar. Die Luft brennt in meinen Augen, aber ich reiße sie trotzdem weit auf. Ich trete schneller, gewinne an Geschwindigkeit, die Heide und die Bäume fliegen als grüne Kleckse an mir vorbei. Und dann höre ich auf zu treten und lasse mich einfach rollen. Ich werde schneller, als ich es meiner Erinnerung nach je war. Es ist beängstigend. Was würde passieren, wenn ich jetzt umkippte? Aber ich muss auch grinsen, der Wind und die Freude treiben kalte Tränen aus meinen Augen. Die salzige Luft füllt meine Lunge, und ich stelle mir vor, eine achtjährige Sarah führe neben mir her. Ich stoße einen Freudenschrei aus, was eine Schar Spatzen im Baum neben mir von ihren Ästen auffliegen und sich am Himmel zerstreuen lässt.

Als ich im Dorf ankomme, trete ich heftig auf die Bremse und komme mit quietschenden Reifen zum Stehen. Da entdecke ich Sarah, nicht die achtjährige Sarah aus meiner Vorstellung, sondern die erwachsene Version von ihr im echten Leben. Sie steht vor dem Dorfladen und hat einen mit Lebensmitteln beladenen Pappkarton in den Armen. Sie mustert mich, und Freude durchfährt mich, als ich sehe, dass sie lächelt. Das Lächeln fühlt sich an wie eine Einladung, und ich beantworte sie ebenfalls mit einem Lächeln.

»Hallo«, sage ich atemlos und lehne das Fahrrad an die Mauer des Ladens. Es ist offensichtlich, dass Sarah sich bemüht, nicht zu lachen.

»Ist dir klar, wie verrückt du aussiehst?«, fragt sie mich immer noch grinsend.

»Oh, ich ahne es«, antworte ich und setze den Helm ab, woraufhin mein feuchtes, krisseliges Haar auffedert und um mein Gesicht herum in die Höhe steht.

Sie stößt ein Lachen aus, und ich möchte dieses Lachen auffangen, fest an meine Brust drücken und nie wieder loslassen.

»Ich will dir keinen Mist erzählen, das sah ziemlich wackelig aus. Ich dachte, dass du gleich runterfällst. Wann bist du zum letzten Mal Fahrrad gefahren?«

»Mit dir.«

Sarah öffnet den Mund, klappt ihn wieder zu. »Oh.«

Ich würde ihr am liebsten sagen, dass unsere gemeinsamen Fahrten mit zu meinen glücklichsten Kindheitserinnerungen gehören, aber an dem Punkt sind wir noch nicht. Plötzlich fällt mein Blick auf die Anschlagtafel hinter Sarah. Neben Werbung für einen von Molly und Alice betriebenen Eierlieferservice hängt dort ein Plakat, das für Alice' wöchentlichen Yogakurs im Gemeindezentrum wirbt. Er findet morgen Abend statt.

»Möchtest du morgen mit mir zum Yoga gehen?«, platze ich heraus.

Ich beobachte, wie ihr Gesichtsausdruck wechselt, als würde sie ausprobieren, welche Miene sie aufsetzen soll. »Äh, na ja, normalerweise gehe ich immer hin ...«

»Super!«, antworte ich schnell. »Dann sehen wir uns da?«

Sarah hält kurz inne und verlagert das Gewicht der Kiste in ihren Armen. Dann nickt sie.

»Wir sehen uns da.«

Als sie zu ihrem Wagen geht, betrete ich beschwingten Schrittes den Dorfladen. Der Laden ist so voll, dass ich zwei Hunden und einem kleinen Kind ausweichen muss. Draußen nähert sich die Fähre dem Anleger. Fähre heißt Post, Lieferungen für den Laden und allgemein die Gelegenheit für die Insulaner, sich zu treffen. Ich habe auf alle Fälle das Gefühl, dass die ganze Insel da ist, als ich zwischen den vollgestellten Regalen hindurchmanövriere. Das Paar, das mit uns vom Festland herübergekommen ist, nimmt in passenden gelben Regenmänteln das Keksangebot in Augenschein. Ich steige über einen leeren Gemüsekorb auf dem Fußboden und entdecke beim Obst und Gemüse Jean Brown, die heute elegante Hosen und eine Bluse trägt und eine Reisetasche neben sich stehen hat. Sie unterhält sich leise mit Kerstin. Sie sehen aus, als wären sie tief ins Gespräch vertieft. Soll ich hinübergehen? Es soll nicht unhöflich aussehen, wenn sie plötzlich aufblicken und bemerken, dass ich schon eine Weile hier bin. Schließlich gehe ich auf die beiden zu.

»Schön, euch beide zu sehen. Ich hoffe, du hast etwas Schönes vor, Jean?« Ich deute mit dem Kinn auf ihre Reisetasche.

Sie sieht verlegen aus, sieht von Kerstin zu mir und wieder zu Kerstin. Jean fährt sich übers Haar. »Ich besuche nur meine Schwester«, sagt sie schnell, und ihre Stirn ist plötzlich rosa. »Ich denke, das ist die Fähre, ich muss los.«

Kerstin zieht sie an sich und umarmt sie fest. Als die beiden sich voneinander lösen, haben sie beide rote Augen und blinzeln heftig. Dann dreht Jean sich um und geht zur Tür, wo ein Mann wartet, den ich sofort als ihren Ehemann erkenne (obwohl er jetzt weniger Haare und mehr Falten hat als früher). Er nimmt ihr die Tasche ab und legt ihr vorsichtig den Arm um die Schultern. Sie wenden sich gerade zum Gehen, als eine kleine Stimme ruft: »Mrs Brown!«

Ein Kind läuft auf Jean zu und umarmt sie auf Hüfthöhe. Ich lächele, weil ich noch weiß, wie beliebt Jean als Lehrerin auch bei uns war. Doch dann lässt das Kind sie los, und Jean eilt mit ihrem Mann zur Tür hinaus. Worüber haben Jean und Kerstin gesprochen, bevor ich gekommen bin?

Kerstin hebt ihre vollen Einkaufstaschen an, bevor ich etwas sagen kann. »Dann bringe ich das hier wohl besser mal nach Hause«, sagt sie. »Komm mal auf eine Tasse Tee vorbei!« Ich lächle, dann ist sie schon auf dem Weg zur Tür.

Ich nehme mir einen Korb und suche nach den Dingen, die ich für Alice einkaufen soll. Es fühlt sich eigenartig an, in diesem Laden zu sein, der mir einmal so vertraut war. Jetzt muss ich alles suchen, anstatt blindlings zum richtigen Regal zu laufen wie früher. Als ich an den Dosen vorbeikomme, höre ich plötzlich meinen Namen.

»Hast du gehört, dass Lorna Irvine wieder auf der Insel ist?«

Ich erstarre und strecke meinen Arm nach dem Regal aus.

»Ich weiß! Ich konnte nicht glauben, dass sie die Dreistigkeit besitzt zurückzukommen!«

Die Stimmen klingen so, als kämen sie aus dem Gang nebenan. Atme ich noch? Ich bin mir nicht sicher.

»Ihre armen Eltern. Nach allem, was sie für sie getan haben. Wusstest du, dass ihre Mutter sie zu Hause unterrichten musste, weil sie so schwierig war? Die Schule auf dem Festland wollte sie nicht nehmen, weil sie gehört hatten, dass man sie nicht in den Griff bekam.«

Während ich ihnen zuhöre und mich unter ihrer Version der Tatsachen krümme, entdecke ich plötzlich die Ladenbesitzerin hinter dem Tresen. Mrs Taylor, so hieß sie. Sie rührt sich nicht, und es ist offensichtlich, dass sie der Unterhaltung ebenfalls lauscht. Dann sieht sie auf und begegnet meinem Blick. Sie ist älter geworden, aber ich erkenne sie.

»Entschuldige, Doris Anderson!«, sagt sie plötzlich mit lauter, scharfer Stimme. »Ich toleriere keinen Klatsch und keine Lügen in meinem Geschäft! Wenn du so daherreden willst, musst du anderswo einkaufen.«

»Ich, also, ich weiß nicht, was du …«, stammelt die Stimme, die ich nun aus unserer Unterhaltung im Pub gestern wiedererkenne. »Aber es gibt kein anderes Geschäft.«

»Eben«, sagt Mrs Taylor und verschränkt die Arme vor der Brust.

Ich höre schlurfende Schritte und drehe mich gerade rechtzeitig um, um Mrs Anderson und eine Gruppe von Frauen aus dem Laden gehen zu sehen, in denen ich Kirchenfreunde meiner Eltern erkenne.

Ich stoße einen Seufzer aus.

»Glauben Sie, die haben mich gesehen?«, frage ich Mrs Taylor.

»Und wenn schon! Ich hoffe, dass sie sich dann für ihr Gerede schämen! Und so was nennt sich Christen.« Sie schüttelt den Kopf. »Aber nein, Liebes, ich glaube nicht, dass sie dich gesehen haben«, fügt sie sanfter hinzu. »Komm her und lass dich anschauen!«

Sie greift über den Tresen und umfasst meine Hände mit ihren harten, abgearbeiteten Händen, die sich trotzdem warm und stark anfühlen. Mir kommen beinahe die Tränen. Ich hatte diese Frau und die kleinen, aber bedeutungsvollen Zeichen ihrer Güte beinahe vergessen.

Nachdem ich meinen Einkauf erledigt und bezahlt habe, reicht sie mir die Quittung. »Danke«, sage ich und hoffe, sie weiß, dass ich mich für weit mehr bedanke als die Quittung.

»Jederzeit«, entgegnet sie freundlich. »Du bist hier immer willkommen, Lorna.«

Ein Lächeln breitet sich auf meinem Gesicht aus.

Draußen belade ich das Fahrrad. Während ich meine Einkäufe in den Korb stapele, summt mein Telefon. Es ist eine Textnachricht von Cheryl, die sie gestern abgeschickt hat, die ich aber erst jetzt bekomme, weil ich Empfang habe.

Wie läuft es? Gehe heute mit Frankie in den Zoo. Er benimmt sich schon die ganze Woche wie ein Affe, vielleicht lasse ich ihn gleich da!!!

Ich versuche, sie anzurufen, aber die Verbindung bricht ab, mein einer Balken reicht offenbar nicht für eine stabile Verbindung. Plötzlich wünschte ich, ich könnte die Stimme meiner Freundin hören. Stattdessen tippe ich eine Nachricht. Beinahe berichte ich ihr von Mallachy und dem seltsamen Moment in seinem Studio, aber wie sollte ich das überhaupt in Worte fassen? Ich kann dieses spontane Gefühl der Verbundenheit weder verstehen noch erklären, er ist ein vollkommen Fremder. Außerdem bin ich weggelaufen.

Stattdessen tippe ich:

Entschuldige die späte Antwort. Mieser Empfang hier. Hoffe, ihr hattet Spaß im Zoo und du hast deine Meinung wegen Frankie geändert! Hier ist noch immer alles seltsam, aber wenigstens scheint die Sonne. Liebe Grüße

Einem Impuls folgend fotografiere ich den Ausblick – im Hafen schaukelnde Boote, die Weite des Meeres und das am Horizont gerade noch sichtbare Festland – und schicke ihn ihr. Auf dem Weg zurück zum Hof halte ich ein paarmal an und mache weitere Bilder: von Wildblumen, die im Wind schwanken, einem einsamen Schaf auf einem Hügel, das aufs Meer hinausblickt, eine Nahaufnahme von leuchtend buntem Moos auf einem Felsen neben der Straße. Vielleicht hätte ich auf diese Reise meine richtige Kamera mitnehmen sollen. Aber es kam mir beim Packen nicht einmal in den Sinn. Das hier ist schließlich nicht gerade Urlaub.

Als ich beim Haus ankomme, ist gerade Fütterungszeit für die Schafe. Sie haben sich auf dem Feld versammelt und jagen dem Quad nach, mit dem Alice zwischen ihnen herumfährt. Ich weiß sofort, dass das Haus leer ist, als ich es betrete. Das ist meine Chance, hier freier umherzuwandern. Ich weiß nicht, wonach genau ich suche. Nach allem, was mir mehr über meinen Bruder und sein Leben erzählen könnte, das ich verpasst habe. Ich bleibe an der Treppe stehen und sehe mir die Familienfotos an, die dort an der Wand hängen. Im Wohnzimmer fahre ich mit den Augen die Bücherregale ab. Da sind ein Regal voller Klassiker, mehrere Taschenbuchkrimis mit zerfledderten Umschlägen, eine Science-Fiction-Sammlung und ein paar Bildbände. Es gibt einige heimatkundliche Bücher über Kip und die benachbarten Inseln.

Und dann bleibe ich an einem Buch hängen, das ich hier

nicht erwartet hätte. Es ist eine sehr alte Ausgabe der *Mumins* in einem der unteren Regale. Ich strecke eine Hand aus und berühre den Buchrücken. Plötzlich bin ich wieder ein Kind.

Als Jack klein war, hatte er oft Albträume. Jeden Abend hatte er Angst davor, was ihn im Schlaf erwartete. Wenn ich mir sicher war, dass unsere Eltern unten oder in ihrem eigenen Schlafzimmer waren, schlich ich mich zu ihm und las ihm vor. Das Vorlesen schien das Einzige zu sein, was Jack beim Einschlafen half. Die *Mumins* waren sein Lieblingsbuch. Als wir noch sehr klein waren, konnte ich noch nicht alle Wörter lesen, deswegen erfand ich für ihn ganze Teile der Geschichten. Weil ich eine tapfere große Schwester sein wollte, sagte ich es ihm nie, aber ich hatte ebenfalls Albträume. Ich glaube, ich habe dieses Buch ebenso sehr gebraucht wie Jack.

Ich ziehe das Buch heraus und fahre mit der Hand über das verblasste Cover. Jahre sind vergangen, seit ich dieses Buch gelesen habe. Ich konnte mich nie dazu überwinden, es für Ella zu kaufen. Als ich das Buch vorsichtig wieder ins Regal zurückstellen will, rutscht etwas zwischen den Seiten heraus. Ein Foto fällt auf den Boden, und ich hebe es auf.

Jack ist etwa sechs Jahre alt und sein Gesicht voller Sommersprossen. Was mich zu einer Zehnjährigen macht, die neben ihm steht und den Arm um ihn gelegt hat. Es sieht so aus, als wären wir auf dem Strand vor dem Dorf, in der Nähe der Schule. Ich weiß nicht mehr, wer das Foto gemacht hat, aber ich erinnere mich noch, wie sich die Sonne auf meiner Haut angefühlt hat und mein kleiner Bruder neben mir. Die Miene, mit der ich in die Kamera schaue, ist ernst. Doch Jack blickt nicht geradeaus. Er sieht mich an. Sein Gesicht ist nach oben geneigt, und er lächelt. Als ich das Foto betrachte, schlüpft ein Gedanke in mein Bewusstsein wie eine Motte durch ein Fenster. Vielleicht gibt es doch noch Hoffnung für uns.

Alice

Ich höre Ella und Molly in der Küche reden, während ich im Hauswirtschaftsraum die Wäsche sortiere. Ihre Stimmen verschwimmen miteinander, es ist ein einziges dahinplätscherndes Geplauder. Ich setze mich auf die Fersen zurück und lausche. Ich höre, wie Lorna ins Zimmer kommt und ihnen einen guten Morgen wünscht, dann belade ich die Waschmaschine zu Ende und geselle mich zu ihnen in die Küche. Als ich eintrete, stellt Ella Lorna gerade eine Frage.

»Mum«, sagt sie gedehnt, mit derselben Melodie, die auch Molly benutzt, wenn sie etwas haben will. Ich tue mein Bestes, mein Lachen zu unterdrücken. Lorna fängt meinen Blick auf, und wir lächeln einander wissend an. »Molly sagt, dass ein Freund von Onkel Jack und Tante Alice, Mallachy, ein Boot hat und dass er damit Rundfahrten macht und dass er uns nach Caora Island rüberbringen könnte.«

Bilde ich mir das ein, oder versteift sich Lorna ein wenig? Ella bleibt beharrlich.

»Olives Dad hat auch ein Boot, aber nur ein ganz kleines, und er sagt, er würde nicht darauf vertrauen, dass es den ganzen Weg dort rüber schafft, und dass wir besser Mallachy fragen sollen. Vielleicht zeigt er uns sogar die Nester der Papageitaucher an den Klippen unter dem Leuchtturm, stimmt's, Molly? Ich würde so gerne die Papageitaucher sehen, Mum.«

»Ja, seine Rundfahrten sind super. Mum, dürfen wir Mallachy fragen, ob er uns mitnimmt?«

Ich sehe wieder Lorna an und versuche, ihre Miene zu lesen.

»Also, für mich ist das in Ordnung, aber Tante Lorna muss auch zustimmen. Und ihr müsst Tante Sarah fragen, wenn Olive mitkommen will. Und außerdem müsst ihr natürlich Mallachy fragen.«

»Also, was sagst du, Mum?«, fragt Ella. »Dürfen wir?«

Lornas Stirn legt sich in Falten, und ich frage mich, ob ich das Falsche gesagt habe. Vielleicht hätte ich Molly eine unbestimmte Antwort geben und es mit Lorna unter vier Augen besprechen sollen. Vielleicht kann Ella nicht schwimmen? Oder vielleicht vertraut Lorna Mallachy nicht genug, um ihn die Mädchen mit aufs Meer hinaus nehmen zu lassen – schließlich kennt sie ihn ja kaum. Ich schätze, wenn man in einer großen Stadt lebt, sieht man sich vor anderen eher vor. Manchmal vergesse ich, dass es nicht vollkommen normal ist, die Haustür nie abzuschließen, dass Kinder bei den Nachbarn ein und aus gehen und man nicht weiß, wo sie sind, sich aber auch keine Sorgen macht. Schließlich können sie nicht weit sein.

»Wir schauen mal«, sagt Lorna nach kurzem Schweigen.

Ella seufzt und steht vom Tisch auf, stellt klirrend ihr Frühstücksgeschirr in den Geschirrspüler und verschwindet nach oben. Ich rechne damit, dass Molly ihr nachgeht, doch sie bleibt noch einen Moment sitzen und mustert Lorna vorsichtig. Plötzlich frage ich mich, was sie von alledem hält. Sie war so sehr mit Ella und Olive beschäftigt, dass ich noch keine Zeit mit ihr allein hatte, seit unser Besuch angekommen ist. Sie wirkt glücklich und zeigt Ella aufgekratzt die gesamte Insel. Und dann ist da die Initiative, den Strand zu säubern, in die mittlerweile praktisch alle Inselkinder eingebunden sind. Doch all ihrer Fröhlichkeit und beeindruckenden Energie zum Trotz: Die letzten Tage waren verwirrend. Es gibt viel, was man verarbeiten muss.

»Wie war Dad, als er klein war?«, fragt sie plötzlich. Molly beugt sich ein Stück vor und wartet gespannt auf eine Antwort. Da wird mir klar, dass ich sie ebenfalls hören möchte. »Er redet eigentlich nie über seine Kindheit«, fügt Molly leise hinzu, wirft mir einen Blick zu und sieht dann auf die Tischplatte. »Und ich habe kaum Fotos von ihm gesehen, auf denen er klein ist. Dad hat mir nur ganz wenige gezeigt, aber nie welche, die in Grandmas und Grandpas Haus gemacht wurden. Ich hätte wohl auch sie fragen können, schätze ich, aber ...«

Die Wahrheit ist, ich wollte Molly nicht viel Zeit mit ihren Großeltern verbringen lassen. Wir haben sie natürlich regelmäßig gesehen, aber es war mir einfach nicht geheuer, sie allein dort zu lassen. Als Babysitter habe ich vor allem meine Freundinnen eingespannt, nicht meine Schwiegereltern. Obwohl Molly meine Eltern nur ein paarmal im Jahr sieht, steht sie ihnen näher als Jacks Eltern. Seit ich ihr einen Laptop geschenkt habe, höre ich ihre Stimmen oft aus Mollys Zimmer, wenn sie miteinander skypen.

»Dein Dad hatte dieselben Sommersprossen wie du«, sagt Lorna, und auf dem Gesicht meiner Tochter geht die Sonne auf. Ich kann nicht anders, als ebenfalls zu lächeln.

»Er hat die *Mumins* geliebt«, fährt Lorna fort, »und seine Spielzeugeisenbahn. Er war schlau, hat sich in der Schule aber möglichst nicht gemeldet.«

»Klingt ein bisschen nach mir«, sagt Molly angeregt und

fügt dann schnell hinzu: »Nicht, dass ich schlau bin, aber ich melde mich nicht gern.«

Ich sehe, wie sie sich vor Verlegenheit windet, aber Lorna lächelt ihr beschwichtigend zu.

»Ich bin sicher, du bist sehr schlau. Deine Mum hat mir erzählt, dass du richtig gut in der Schule bist. Und es muss ganz schön einschüchternd gewesen sein, von der Inselgrundschule zu deiner weiterführenden Schule auf dem Festland zu wechseln.«

Molly zuckt leicht mit den Schultern, aber ihre geröteten Wangen verraten sie. Mein Herz zieht sich schmerzhaft zusammen.

Ich glaube, für mich war es schwerer als für Molly, als sie auf die weiterführende Schule kam. Ich wusste immer, der Tag würde kommen, und Jean tat ihr Bestes, mich darauf vorzubereiten. »Anfangs fällt es allen schwer«, sagte sie mir. »Aber alle gewöhnen sich daran.« In der Grundschulzeit machte sie mit den Kindern mehrere Exkursionen aufs Festland, um sie mit dem, was auf sie zukam, vertraut zu machen, und ich begleitete sie oft als Freiwillige. Vor allem erinnere ich mich an eine zweitägige Reise nach Glasgow, bei der wir den Kindern die Galerien und Museen dort zeigten. Sarah kam ebenfalls mit. Tagsüber passten wir auf die Kinder auf, denen große Städte fremd waren, und nachts tranken wir in einem der Zimmer unseres billigen Hotels zusammen den Wein, den Jean in ihrem Rucksack mitgeschmuggelt hatte.

In Mollys letztem Grundschuljahr jedoch wurde alles richtig quälend. Ich versuchte sogar, Jack dazu zu überreden, aufs Festland zu ziehen. Ich konnte den Gedanken nicht ertragen, meine Tochter nur noch an den Wochenenden und in den Ferien zu sehen. Ich wurde wütend auf Jack. Ich hatte mein ganzes Leben hierhverlegt, nur um bei ihm zu sein, weitab von allen, die ich kannte. Aber mich von meiner

Tochter verabschieden zu müssen – das war zu viel verlangt. Olive ist ein Jahr älter als Molly und ging schon auf dem Festland zur Schule, als ich eines Abends tränenüberströmt bei Sarah vor der Tür stand. Ich könne es einfach nicht, sagte ich, ich könne Molly nicht gehen lassen.

Sarah nahm mich mit hinein, schenkte mir ein Glas Wein ein und rief Jean an, die ebenfalls kam. Zu dritt besprachen wir die Sache.

»Du hast den Mittelschulbammel«, sagte Jean. »Den kriegen alle.«

»Ich wollte Olive auch nicht gehen lassen«, fügte Sarah hinzu. »Und dieser erste Tag, an dem sie auf der Fähre stand und ich ihr nachwinkte … Ich will nicht lügen, es war furchtbar. Aber jetzt hat sie sich eingelebt, und sie ist glücklich. Sie hat neue Freundschaften geschlossen und genießt ihre Unabhängigkeit. Und wenn sie nach Hause kommt, ist sie noch glücklicher, hier zu sein. Sie spielt sogar mit Alfie.«

Da mussten wir alle lachen.

»Ich habe deine Molly aufwachsen sehen«, sagte Jean. »Sie ist ein widerstandsfähiges kleines Mädchen. Ich weiß, es ist bestimmt hart, aber diese neue Lebensphase bietet den Kindern die Möglichkeit aufzublühen. Und das wird sie, Alice, ich glaube fest daran.«

»Es ist schwer, sie loszulassen«, sagte Sarah. »Doch schau dir an, wie glücklich und selbstbewusst Olive jetzt ist. Ich werde mich vermutlich nie freuen, sie auf diesem Schiff wegfahren zu sehen, aber sie ist glücklich, und darauf kommt es an. Abgesehen davon, welche Wahl haben wir? Sag ehrlich, willst du wirklich aufs Festland ziehen? Wieder ganz von vorne anfangen?«

Sie sahen mich beide an, und da begriff ich, dass Sarah recht hatte.

Trotzdem weinten Molly und ich an dem Tag ihrer Abreise beide. Doch mit der Zeit wurde alles so, wie Sarah und Jean es versprochen hatten, Molly ist glücklich, unabhängiger und irgendwie selbstsicherer geworden.

»Am Anfang war es ein bisschen komisch«, erzählt Molly Lorna nun. »Besonders, die ganze Woche lang nicht zu Hause zu sein. Aber es war auch schön, neue Leute kennenzulernen. Bald kommen mich ein paar meiner Festlandfreunde auf der Insel besuchen. Das wird echt cool.«

Lorna nickt lächelnd. Aber da ist noch etwas anderes in ihrem Gesicht, etwas wie Bedauern. Jack hat mir nie richtig erklärt, warum er und Lorna zu Hause unterrichtet worden sind. Ich dachte, es hätte ihm nicht besonders viel ausgemacht, aber als ich wegen Molly mit mir kämpfte, brachte ich zur Sprache, dass wir sie ja auch zu Hause unterrichten könnten. »Nein«, sagte er entschieden. »Ich werde sie nicht einsperren. Wir müssen ihr ihre Freiheit lassen, Alice, auch wenn es schwer ist.«

»Fällt dir noch was anderes über Dad ein?«, fragt Molly.

Lorna blickt abwesend aus dem Fenster. »Er hat es geliebt, Muscheln und Treibholz zu sammeln. Wenn wir am Strand waren, haben wir zusammen danach gesucht. Ich habe ihm meine besten Funde dann immer geschenkt – eine besonders schöne Muschel oder ein Stück glatt geschliffenes Glas. Wenn er sie entgegennahm, war es, als hätte ich ihm ein neues Fahrrad geschenkt oder so. Selbst wenn ich ohne ihn am Strand war, habe ich immer die Augen nach Sachen offen gehalten, die ihm gefallen könnten.«

»Das macht er immer noch. Warte kurz ...«, sagt Molly. Sie verschwindet und ist wenige Augenblicke später wieder mit der kleinen Holzkiste zurück, die normalerweise im Wohnzimmer neben dem Fernseher steht.

»Die hier nennt er seine Schatztruhe«, sagt Molly und hält sie ihr hin. Ich sehe zu, wie Lorna mit der Hand über den Deckel fährt und ihn dann vorsichtig öffnet. Langsam nimmt sie ein Objekt nach dem anderen heraus und wendet es in ihren Händen. Ein runder Kiesel von der Farbe einer Gewitterwolke. Eine glatte weiße Muschel in der Form eines Babyohrs, deren Innenseite vollkommen rosa ist. Eine jadegrüne Glasscherbe. Eine Münze, die vom Meer so glatt geschliffen wurde, dass man nicht mehr erkennen kann, um welche Währung es sich einmal gehandelt hat. Ich habe nie so ganz verstanden, warum Jack dieses Zeug aufbewahrt, aber Lornas Augen sind feucht geworden.

»Danke, dass du mir das gezeigt hast, Molly«, sagt sie, legt die Gegenstände wieder in die Kiste und schließt den Deckel. »Ich habe zu Hause eine ganz ähnliche Sammlung. Das war immer unser Ding, zusammen solche Sachen zu sammeln. Ich hatte aber keine Ahnung, dass er das immer noch macht.«

»Wollen wir los?« Ella steht im Türrahmen, einen Rucksack über die Schulter geworfen. Molly springt mit einem Lächeln auf.

»Ja, lass uns gehen. Bis später, Mum und Tante Lorna.«

Ich würde Lorna gern mehr über Jack als Kind fragen, aber sie erhebt sich ebenfalls.

»Ich gehe vielleicht ein bisschen spazieren, falls es für dich okay ist?«

»Das ist prima, ich habe noch einiges zu tun.«

»Ich kann auch hierbleiben und dir dabei helfen, wenn du magst.«

»Nein, geh nur, ist schon gut.«

Sie nickt. »Okay. Aber ich glaube, ich habe meine Schuhe oben gelassen.«

Als sie weg ist, fällt mein Blick auf eine Tüte auf dem Tisch, die ich zuvor nicht bemerkt habe. Es scheint etwas wie ein Pullover herauszuquellen, der aber nicht so aussieht, als würde er Lorna gehören. Er ist aus schwerem Strick und rostrot. Er kommt mir irgendwie bekannt vor. Ein Stück Papier lugt ebenfalls heraus.

Ich weiß, es gehört sich nicht. Ich weiß, dass ich neugierig bin. Aber ich kann einfach nicht anders. Ich werfe einen Blick in den Flur und hebe eine Ecke des Zettels an.

Es ist eine handschriftliche Mitteilung.

Mallachy,
hier ist Dein Pullover, es tut mir leid, dass ich vergessen habe, ihn Dir früher zurückzubringen. Es tut mir auch leid, wie ich gegangen bin. Danke, dass Du mich davor bewahrt hast, im Regen zu ertrinken, und danke für den Tee – es war nett von Dir, entschuldige, wenn ich unhöflich war. Das scheint eine Gewohnheit von mir zu sein, allerdings keinesfalls meine Absicht. Wenn das Angebot noch steht, dass ich wieder vorbeikommen und Dein Studio besuchen kann, dann würde ich das sehr gerne tun.
Lorna

Schnell schiebe ich den Zettel so in die Tüte zurück, wie er war. Schuldgefühle und Aufregung jagen gleichzeitig durch meine Adern. Lorna und Mallachy ... Als ich sie einander in der Schule vorgestellt habe, dachte ich mir schon, dass sie sich gut verstehen könnten. Ihr gemeinsames Interesse für Kunst, seine Warmherzigkeit und, wie wir alle begriffen haben, sein Bedürfnis, Zeit für sich allein zu haben, genau wie Lorna mit ihren Spaziergängen und Joggingrunden. Aber ich bin mir selbst schon wieder voraus. Es geht mich nichts an, und es war falsch von mir, die Nachricht überhaupt zu lesen. Möglicherweise bedeutet es ja gar nichts.

»Bist du sicher, dass es dir nichts ausmacht, wenn ich unterwegs bin?«

»Nein, natürlich nicht, genieß deinen Spaziergang.«
»Heute Abend ist dein Kurs, oder?«, fragt sie zögernd.
»Ja! Möchtest du immer noch mitmachen?«
»Ja, ich freue mich drauf.«
»Großartig.«
Dann winkt sie mir kurz zu, dreht sich um und ist verschwunden.

Lorna

»Und, machst du in London auch Yoga?«
Alice steuert den Land Rover über die Sandpiste. Sie trägt lose fallende Klamotten und ein geblümtes Stirnband.
»Ähm, nicht direkt«, antworte ich.
Ich habe Alice' Einladung in den Kurs angenommen, weil ich mich gefreut habe, einbezogen zu werden. Und als ich Sarah gesehen habe, dachte ich, es wäre vielleicht eine gute Möglichkeit, Brücken zu bauen, wenigstens sind wir auf diese Weise im selben Raum. Ich habe überhaupt nicht darüber nachgedacht, dass ich noch nie in meinem Leben bei einem Yogakurs war.
»Ich gehe es heute langsam an. Du musst immer daran denken, dass Yoga kein Wettkampfsport ist. Es ist okay, wenn du es nicht sofort hinbekommst, solange du es versuchst.«
Das Gemeindezentrum löst einen Ansturm von Erinnerungen aus. Ballons und Kuchen bei Kindergeburtstagen, Limo aus klebrigen Plastikbechern. Nach jedem größeren Gottesdienst gab es hier selbst gebackenen Kuchen und Tee – Karfreitag, Ostersonntag, Erntedankfest. Meine Fa-

milie stand immer mit ihren Kirchenfreunden zusammen, etwas abseits von den anderen Insulanern.

Ich erinnere mich auch noch an die Feier, die hier am Ende meines letzten Grundschuljahres stattfand. Ich hatte einen Kunstpreis gewonnen. In Wirklichkeit hatte jedes Kind unserer kleinen Schule irgendeine Art von Preis gewonnen. Aber als Sarah der ihre überreicht wurde, standen ihre Eltern und Großeltern auf und applaudierten und jubelten so laut, dass Sarah tomatenrot wurde. Meine Eltern jedoch waren nicht da. Ich bin mir nicht sicher, was passiert ist, warum sie es nicht geschafft haben. Mein Vater hatte sich vermutlich in einen Zustand getrunken, in dem er das Haus nicht verlassen konnte, und meine Mutter wäre niemals allein gekommen. Ich weiß noch, wie enttäuscht ich darüber war, weniger für mich als für meinen kleinen Bruder, der richtiggehend zitterte, als er seinen eigenen Preis von Mrs Brown entgegennahm, einen für Naturwissenschaften.

»Warum ist es dir egal, dass sie nicht da waren, dass es ihnen egal ist, ob wir gewonnen haben oder nicht?«, zischte ich Jack später an dem Abend zu, weil ich meine Wut nicht mehr unter Kontrolle halten konnte.

Er zuckte auf diese Weise mit den Schultern, die mich immer gleichermaßen aufregte und deprimierte. Es war ein Schulterzucken, das besagte, dass er die Dinge eben akzeptierte, wie sie waren, und dass ich das vielleicht ebenfalls tun sollte.

»Jeder hat einen Preis gekriegt«, sagte er. Da hatte er natürlich recht. Aber das minderte nicht das Gefühl, im Stich gelassen worden zu sein, und die Niedergeschlagenheit darüber, dass mein kleiner Bruder aufwuchs, ohne wie ich jemals Lob zu erwarten.

Wie ich hier im Gemeindezentrum stehe, fällt mir noch etwas wieder ein, etwas, das ich zuvor vergessen hatte. Als

Jack und ich aufstanden, um unsere Preise entgegenzunehmen, herrschte keine Stille, sondern alle Leute im Raum jubelten und klatschten.

Ich reibe mir über die Augen und atme tief ein, um die Erinnerungen zu verdrängen, die mich zu überwältigen drohen. Das ist nicht der Augenblick, um mich meiner Trauer hinzugeben. Ich sehe mir den Raum an, wie er jetzt ist. In der warmen Luft hängt ein leichter Eukalyptusduft, der den noch immer vertrauten Gemeindezentrumsgeruch nach abgestandenem Tee und muffigem Teppich gerade eben überdeckt. Violette Matten liegen parallel auf eine schwarze Matte ganz vorn ausgerichtet, auf der Alice sich gerade niederlässt.

Ich entdecke Sarah, Brenda, Tess, Kerstin und Emma. Und zu meiner Überraschung ist auch Morag da, in grellpinken Leggings und einem oversized T-Shirt, aus dem ihre dünnen, knittrigen Arme hervorstehen. Sie lächelt und winkt, dann greift sie nach ihrem rechten Fußgelenk und hebt es hoch in die Luft, wobei sie eine beeindruckende Beweglichkeit zu erkennen gibt. Ist das dieselbe alte Frau, die vor ein paar Tagen im Pub eingeschlafen ist? Vielleicht hat dieses Yoga wirklich etwas für sich.

Ich sehe zu Alice hinüber, die sich intensiv mit einer nervösen jungen Frau unterhält, die ich nicht kenne. Schließlich setzen sich alle auf ihre Matten, also nehme ich die direkt hinter Sarah und tue es ihnen gleich.

»Hallo, ihr alle«, sagt Alice mit sanfter Stimme. »Ich würde heute gern besonders zwei Menschen willkommen heißen, die unseren Kurs zum ersten Mal besuchen: Lorna und Natalia. Herzlich willkommen!« Die anderen Frauen auf den Matten heißen uns ebenfalls willkommen, was mir sehr peinlich ist, obwohl ich es gleichzeitig nett finde. Ich fange den Blick der anderen Anfängerin auf, Natalia, und er sagt mir, dass sie es genauso empfindet. »Dann lasst uns anfangen.«

Leise Musik und der Klang von Alice' Stimme erfüllen den Raum. Sie führt uns durch die Abfolge von Bewegungen, und ihre Stimme klingt aufmunternd, hat aber auch eine Präsenz, die ich an ihr zuvor nicht wahrgenommen habe. Alice ist eindeutig in ihrem Element.

Im Großen und Ganzen gelingt es mir, Alice' Anweisungen zu folgen. Hin und wieder kommt sie zu mir und korrigiert meine Position oder schlägt mir eine Alternative vor, die für Anfängerinnen leichter zu halten ist. Ihre Berührungen haben etwas Tröstliches. Welche Erleichterung es wäre, wenn man im echten Leben jemanden hätte, der einen auf diese Weise richtig einstellte. Jemanden, der meine Stimme senken würde, wenn ich lauter werde, als ich werden will, der mir helfen könnte, die richtigen Worte für meine Tochter oder meinen Bruder zu finden. Wenn ich ehrlich bin, habe ich Yoga immer gemieden, weil ich dachte, es sei mir zu langsam. Momente der Stille haben mir nie gelegen. In der Stille schleichen sich Gedanken ins Bewusstsein.

Die anderen Frauen im Kurs stehen aufrecht wie Bäume und strecken die Arme über den Kopf aus. Ich versuche, sie zu imitieren, und fixiere dabei mit den Augen Sarahs Rücken vor mir. Sie wirkt so geerdet. Alice hat uns gesagt, wir sollten uns lediglich auf unseren Atem konzentrieren, aber das erscheint mir unmöglich.

Eine weitere Erinnerung wühlt sich an die Oberfläche, dieses Mal riecht sie nach Vanillebiskuit und Wackelpudding und Eis. Es ist Sarahs zehnter Geburtstag, den sie hier im Gemeindezentrum gefeiert hat. Sie pustete die Kerzen auf dem Kuchen aus, und nachdem die anderen Kinder gegangen waren, fragte ich Sarah, was sie sich gewünscht hatte. Ich habe nie vergessen, was sie darauf sagte.

»Ich habe mir gewünscht, dass du glücklicher wärst.«

»Jetzt könnt ihr alle langsam zu Boden kommen, wir beenden unser Yoga mit Shavasana, der Totenstellung.«

Endlich eine Stellung, die ich problemlos meistere. Wir legen uns flach auf den Rücken, die Arme leicht abgespreizt, die Handflächen nach oben, die Augen geschlossen.

»Konzentriert euch auf euren Atem und die Atemgeräusche der anderen.«

Ich horche auf meinen regelmäßigen Atem. Es ist fast beruhigend. Doch die geschlossenen Augen bieten wieder Raum für weitere Erinnerungen. Ich denke an Jack an seinem ersten Schultag und wie Sarah und ich uns neben ihn setzten und ihn den anderen Kindern vorstellten. Ich kneife die Augen fester zusammen. Mir war klar, dass es schwer sein würde, auf die Insel zurückzukehren. Aber vielleicht hatte ich mir nicht ganz klargemacht, wie heftig ich hier meinen Verlust spüren würde. Und ich werde auch das Gefühl nicht los, das mich schon mein ganzes Leben verfolgt, das Gefühl, dass alles meine Schuld ist.

»Spürt den Boden unter eurem Rücken«, sagt Alice leise. »Spürt, wie er euch stützt.«

Mein Atem geht schneller. Meine Augen brennen und werden feucht. Aber ich weine nicht. Ich werde nicht weinen. Ich versuche, mich auf den Atem der Inselfrauen um mich herum zu konzentrieren. Der Raum ist ein schlafendes Wesen, das in tiefen, regelmäßigen Zügen atmet. Und obwohl mein Atem sich einfügt, weiß ich tief in mir, dass dieses Zugehörigkeitsgefühl eine Illusion ist. Weil ich allein bin. Das war ich fast mein ganzes Leben lang. So ist es eben.

Alice' Stimme erhebt sich über das Geräusch unseres Atems. »Ihr seid in Sicherheit.«

Vielleicht jetzt, in diesem Augenblick, aber ich weiß auch, dass sich mein Leben manchmal anfühlt wie eine Wanderung am Rand einer Klippe im Dunkeln.

»Ihr seid hier«, sagt Alice.

Und jetzt kann ich nichts mehr dagegen tun – Tränen fließen meine Wangen hinab und tropfen auf die Matte unter mir. Ich bin hier. Ich bin wieder auf der Insel, von der ich dachte, dass ich sie niemals wiedersehen würde. An dem Ort, den ich einmal mein Zuhause genannt habe. Und ich fühle mich vollkommen verloren.

Die Schluchzer kommen ganz tief aus mir. Ich versuche, sie zu unterdrücken, aber es ist nutzlos. Mein Körper wird geschüttelt, meine Arme und Beine verkrampfen sich. Aber da ist plötzlich etwas Warmes an meiner rechten Schulter. Dann an meiner linken. Dann an meinem Ellbogen, meinem Handgelenk, meinem Knöchel. Wärme fließt wie ein Strom durch meinen Körper. Was ist das?

Als ich die Augen öffne, sehe ich, dass sich die Inselfrauen um mich geschart haben. Jede legt ihre Handfläche auf einen anderen Körperteil von mir. Da ist Morag, deren Hand sich um meinen linken Fußknöchel schließt und die mich breit anlächelt. Und Brenda an meinem linken Arm. Tess legt ihre Hand vorsichtig auf mein Schienbein. Sarah ist an meiner rechten Schulter. Als ich Alice links von mir erblicke, begreife ich, was sie tun. Sie halten mich.

Normalerweise würde ich vor einer solchen körperlichen Berührung zurückschrecken. Ich hasse es, wenn mich in der U-Bahn aus Versehen jemand anrempelt. Aber das hier fühlt sich anders an. Mein Atem wird langsamer. Ich blicke auf in Sarahs Gesicht zu meiner Rechten und Alice' zu meiner Linken. Sie sehen mit sorgenvollen Mienen auf mich herab.

Langsam stütze ich mich auf meine Unterarme auf, und die Frauen weichen ein Stück zurück. Alle außer Sarah, die noch immer neben mir kauert. Strecke ich zuerst die Arme aus oder sie? Es spielt eigentlich keine Rolle. Denn wir umarmen einander, fest.

»Es tut mir leid«, sage ich in ihr Haar. »Es tut mir so leid.«
»Es ist gut«, antwortet Sarah. »Es wird alles gut.«
Wirklich? Ich weiß nicht mal, wie gut aussieht. Aber wenigstens sind meine Tränen versiegt, und ich atme ruhiger. Schließlich lösen wir uns voneinander und stehen auf. Die anderen Frauen stehen ebenfalls, die Matten liegen verlassen da, und die Räucherkerzen sind abgebrannt. Jetzt riecht die Halle wieder feucht und nach Keksen. Und ich lache. Ich weiß nicht, warum. Aber das Lachen steigt wie Blubberblasen in mir auf. Und plötzlich lachen die anderen Frauen auch.

Vielleicht haben diese Tränen mich leichter werden lassen. Jedenfalls fühle ich mich entspannter, irgendwie freier in meinem Körper. Ich wische mein Gesicht ab.

»Und, wie war deine erste Yogastunde so?«, fragt Alice. Wir brechen alle wieder in Gelächter aus und kichern wie kleine Kinder.

Allmählich beginnen sich alle zu unterhalten, und Alice stellt mich Natalia vor.

»Seit sie hergezogen ist, habe ich versucht, sie zu überreden, dass sie kommt. Ich bin so froh, dass du hier bist.«

Alice drückt leicht Natalias Arm, die ein wenig errötet, aber lächelt.

»Es tut mir leid, dass ich deine erste Stunde so dramatisch gemacht habe«, sage ich.

Doch sie zuckt bloß mit den Schultern. »Als Lena geboren wurde, habe ich wochenlang pausenlos geweint.«

Ihre Offenheit überrascht mich, aber sie ist auch eine Erleichterung.

»Wie alt ist sie jetzt?«
»Acht Monate.«
»Oh, dann muss ich dir Tess vorstellen«, sagt Alice begeistert. »Ihr Sohn ist sechs Monate alt – ich bin mir sicher, sie

und ihre Partnerin würden sich freuen, eine andere Mutter kennenzulernen.«

»Das wäre schön«, sagt Natalia leise.

Auf der anderen Seite des Raumes stehen Brenda, Morag, Tess und Emma zusammen. Sie sehen plötzlich ernst aus.

»Entschuldigt ihr mich einen Moment?«, sagt Alice und geht zu ihnen hinüber.

Ich frage Natalia, wie ihr das Inselleben gefällt, aber während sie antwortet, kann ich es mir nicht verkneifen, zu der Unterhaltung auf der anderen Seite des Raumes hinüberzuschielen.

»Hast du etwas von Jean gehört?«, fragt Alice leise.

Brenda nickt und sagt etwas, das ich nicht hören kann.

»Wie ist es gelaufen?«, fragt Tess mit sorgenvollem Gesicht.

Brenda schüttelt den Kopf und beugt sich ein Stück weiter vor.

»Ich gehe dann wohl mal nach Hause«, sagt Natalia und lenkt mich damit wieder von dem Grüppchen in der Ecke ab.

»Klar, es war schön, dich kennenzulernen.«

Sie geht, und ich blicke wieder nach drüben, aber die Gruppe hat sich aufgelöst, alle rollen ihre Yogamatten auf.

Nachdem sich alle herzlich voneinander verabschiedet haben, bleiben Alice, Sarah und ich zurück.

»Sarah, du solltest zu uns zum Essen kommen«, sagt Alice plötzlich. »Hol unterwegs Ben und die Kinder ab. Eine spontane Dinnerparty! Molly kocht, aber ich habe noch eine Lasagne im Gefrierschrank, wenn wir die rausholen, haben wir genug.«

Sarah und ich lächeln uns an.

»Das wäre toll«, sagt sie, und dabei hakt sie mich unter wie früher, wenn wir nebeneinanderher gegangen sind, so einfach, so liebevoll. Wir gehen zusammen zu den Autos und verabschieden uns. Ich werde Sarah gleich wiedersehen, trotzdem versetzt es mir einen Stich, als sie meinen Arm loslässt und in ihren eigenen Wagen steigt, um ihre Familie zu Hause abzuholen.

Auf der Heimfahrt gibt Alice keinen Kommentar zu meinen Tränen ab, und es fühlt sich an wie eine Art von Güte.

»Deine Freundinnen sind großartig«, sage ich.

Ihr Gesicht füllt sich mit einem Lächeln. »Ja, ich weiß, ich habe solches Glück. Das ist mit das Beste daran, hier auf der Insel zu leben. Ich meine, es gibt andere Orte, an denen wir leben könnten, aber ich kann mir nicht vorstellen, nicht in der Nähe meiner Freundinnen zu sein.«

Ich denke an Cheryl in London und wie tröstlich es in den vergangenen fünf Jahren für mich war, sie gleich um die Ecke zu wissen. Aber ich denke auch an Sarah und Emma und die anderen Freundinnen aus meiner Kindheit, die ich mit meinem Fortgehen losgelassen habe. Wenn ich in den letzten zehn Jahren an diese Insel dachte, dann vor allem an meine Eltern und unser unglückliches Familienleben. Vielleicht sind mir dadurch meine froheren Erinnerungen abhandengekommen, diese Kindheitsmomente, in denen sich die Wolkendecke teilte und ich für einen Augenblick in goldenem Sonnenlicht badete. Das bedeuteten meine Freundinnen einmal für mich.

Alice

Molly und Ella platzen beinahe vor Aufregung, als sie hören, dass Olive und ihre Familie zum Abendessen kommen. Als ich Lorna und Sarah nach dem Kurs zusammen erlebt habe, konnte ich nicht anders, als Sarah einzuladen. Es ist natürlich immer schön, sie hier zu haben, aber es ist auch eine gute Gelegenheit für die beiden, einander wieder näherzukommen.

»Hier duftet es ja köstlich, Mädels.«

Ella deckt den Tisch, Molly rührt in einer Pfanne auf dem Rayburn. Ich ziehe aus dem Gefrierschrank die gefrorene Lasagne, die ich dort für Notfälle aufbewahre.

»Die ist bestimmt nicht annähernd so lecker wie das, was ihr gekocht habt, mein Schatz«, sage ich zu Molly und küsse sie auf die Stirn.

»Schon in Ordnung, das ist eine gute Idee, Mum.«

»Ich gehe kurz duschen«, sagt Lorna von der Tür, doch bevor sie sich abwendet, ruft Ella sie zurück.

»Mum!«, sagt sie. »Es ist was für dich angekommen, als ihr weg wart.«

Ella und Molly wechseln einen Blick und unterdrücken

ein Kichern. Ella zeigt auf den Tisch, wo mir plötzlich ein Marmeladenglas voll mit Heidekraut ins Auge sticht. Um den Rand des Deckels ist leicht schief eine Schleife gebunden. An dem Glas lehnt eine Nachricht, und Lorna wird rot, als sie danach greift.

Ich möchte nicht. Wirklich nicht. Aber als ich die Lasagne in den Ofen geschoben habe und mich wieder umdrehe, fällt mein Blick auf den Zettel.

Lorna,
es stimmt, dass Du ein paarmal unhöflich zu mir warst, aber ich verzeihe Dir gerne. Danke für die Butterblumen, woher wusstest Du, dass es Rex' Lieblingsblumen sind?
Du bist im Studio jederzeit willkommen.
Mallachy

Ich sehe schnell weg und hoffe, dass Lorna mich nicht ertappt hat. Doch ihr Kopf ist nach unten geneigt, sie faltet den Brief zusammen und steckt ihn in die Tasche ihrer Leggings.

»Heißt das jetzt, dass wir die Bootstour mit Mallachy machen können?«, fragt Ella mit einem Grinsen.

»Ich habe gesagt, wir werden sehen«, sagt Lorna, die noch eine Spur röter geworden ist. »Jetzt muss ich erst mal duschen, bevor die anderen hier sind. Bis gleich. Danke noch mal für den Kurs, Alice.«

Sie verschwindet mit dem Zettel und dem Glas voller Blumen nach oben.

»Also, das war komisch«, sagt Ella.

»Mädels, das geht euch gar nichts an, lasst uns hier alles fertig vorbereiten.« Ich spreche gleichermaßen mit mir selbst wie mit ihnen. Und doch kehre ich in Gedanken zu meiner Idee von gestern zurück, dass Mallachy und Lorna sich gut verstehen könnten. Wäre es möglich, dass Lorna auf diese

Weise auf der Insel wieder Wurzeln schlägt? Könnte Jack nach all der Zeit seine Schwester zurückbekommen? Und könnte das unsere Probleme lösen – könnte Lorna diejenige sein, die uns hilft, unsere Gemeinschaft zu erhalten? Aber nein, so darf ich nicht denken. Außerdem habe ich versprochen, Lorna nicht zu sagen, was los ist. Daran muss ich mich halten.

Als der Tisch gedeckt ist, renne ich nach oben, um mich umzuziehen. Jack schält sich im Schlafzimmer aus seiner dreckbespritzten Schicht Bauernklamotten und lässt sie in den Wäschekorb fallen.

»Gute Kursstunde?«, fragt er und küsst mich auf die Wange, während er sein Hemd zuknöpft.

Ich würde ihm gern alles erzählen, was passiert ist – wie Lorna in Tränen ausgebrochen ist und es sich danach anfühlte, als wäre etwas von ihr abgefallen, eine letzte Barriere, die sie versucht hat aufrechtzuerhalten wie einen Windschutz an einem stürmischen Strand. Aber ich finde die richtigen Worte nicht. Ich sehe zu, wie er in seine saubere Hose steigt, und denke an all die anderen Dinge, die im Augenblick zwischen uns ungesagt bleiben.

»Es war schön, danke. Und wie war dein Tag?«

»Gut.«

Ich hole Luft, da klopft es unten an der Tür.

»Geh du«, sage ich, greife nach meiner Jeans und ziehe sie mir an. »Ich bin in einer Minute da.«

Er nickt und zieht die Tür hinter sich zu. Ich bleibe einen Moment in Jeans und BH auf dem Bett sitzen und fühle mich plötzlich erschöpft. Was stimmt nicht mit mir? Unten sind meine guten Freunde – ich höre das aufgeregte Geplapper von Molly, Olive und Ella und wie Jack Sarah, Ben und die Kinder begrüßt. Aber mein Kopf dreht sich. Der Gedanke, nach unten zu gehen und Gastgeberin zu sein, selbst für die Menschen, die mir so am Herzen liegen, ist mir zu viel. Aber ich bin albern. Dieses Abendessen war meine Idee. Wahrscheinlich bin ich nur vom Yoga erschöpft. Ich ziehe mir ein gestreiftes Shirt an, fahre mir mit meinem korallfarbenen Lippenstift einmal über die Lippen und mache mich mit möglichst leichten Schritten auf den Weg nach unten.

Sarah begrüßt mich mit einer Umarmung, Jack öffnet gerade eine von Ben mitgebrachte Weinflasche, und Ben küsst mich zur Begrüßung auf die Wange. Ich habe ihn immer gemocht. Er ist ruhig und freundlich, und sein Sohn Alfie hat genau wie er schwarzes gelocktes Haar. Er und Jack passen gut zueinander, und zu sehen, dass sie sich bereits angeregt unterhalten, wärmt mir das Herz.

Die Mädchen schenken sich Limo ein und beugen sich über die Pfanne auf dem Rayburn, der Raum ist gemütlich und voller Stimmen und Gelächter, und allmählich entspanne ich mich und werde wieder ich selbst.

Als Lorna eintritt und sich ein wenig scheu umblickt, entsteht eine kurze Stille.

»Lorna, lass uns dir alle vorstellen!«

Ben küsst sie ebenfalls auf die Wange, und Alfie streckt ihr mit ernstem Gesicht seine kleine Hand entgegen. Olive winkt ihr von der anderen Seite der Küche aus kurz zu.

»Möchtest du Wein, Lorna?«, fragt Jack und hält ein leeres Glas hoch.

Sie muss kurz darum kämpfen, die Überraschung auf ihrem Gesicht zu verbergen. Ist dies seit ihrer Ankunft die erste Frage, die Jack ihr direkt gestellt hat? Ich bemerke, dass sie seinen Blick erwidert und nicht sofort wieder zur Seite sieht, und etwas in mir tut einen kleinen Sprung.

»Sehr gerne, danke, Jack.«

»Essen ist fertig!«, rufen die Mädchen.

Ich setze Lorna und Sarah nebeneinander und Ella ihnen gegenüber.

»Du warst also mit Mum in der Klasse«, sagt Ella sofort. »War sie frech? War sie gut in der Schule?«

Da ist etwas Hungriges in ihrem Gesicht, was mich an Mollys Fragen an Lorna heute Vormittag erinnert. Sarah lächelt und erzählt ein paar Geschichten über gemeinsames Fahrradfahren und wie Lorna am Sporttag einmal einen Eierlauf gewonnen hat. »Ich dagegen habe Rührei auf dem Boden veranstaltet«, lacht sie.

»Aber du hattest so viele andere Talente«, wirft Lorna ein. »Weißt du noch, wie du mir immer mit den Gleichungen geholfen hast? Ich habe es nicht kapiert, aber du konntest so gut erklären. Lustig, dass ich diejenige bin, die Lehrerin geworden ist!«

Sarah sieht mich an, aber ich wende den Blick ab, ich kann ihr jetzt nicht in die Augen sehen.

»Magst du denn deinen Job?«, fragt Sarah.

»Ja. Das Unterrichten der Kinder macht mir Spaß, aber …«

Sie hält kurz inne, nimmt einen Schluck Wein und sieht zu Ella hinüber. »Also, die Wahrheit ist, ich hatte in letzter Zeit ein bisschen Probleme mit meinem Chef.«

Ella blickt auf. »Was? Mum? Das hast du mir gar nicht erzählt. Was ist los?«

»Alles in Ordnung, Schatz, nichts, womit ich nicht klarkäme. Es ist einfach ein bisschen unangenehm, das ist alles. Und es ist das erste Mal, dass es mir im Arbeitsumfeld passiert.«

Ben nickt. »Ich weiß, was du meinst«, sagt er. »Ich arbeite von hier aus für einen Webentwickler, und mein Chef hat manchmal einen richtigen Kasernenton am Leib. Setzt Deadlines für Projekte, die man unmöglich halten kann, schickt am Wochenende E-Mails … Er hat keine wirkliche Vorstellung davon, wo die Grenzen sind.«

Ich sehe, wie die Gesichter der Frauen um den Tisch leicht erröten. Weil ich nämlich nicht glaube, dass Ben weiß, was

Lorna meint. Ich sehe Molly, Ella und Olive an. Verstehen sie, wovon Lorna spricht? Ich hoffe, nicht. Doch als ich meine Tochter ansehe, weiß ich tief in mir, dass es unausweichlich ist, dass sie diese Erfahrung eines Tages ebenfalls macht, auch wenn ich sie so lange wie möglich davor beschütze.

»Das Essen ist köstlich, Mädels«, sagt Lorna.

Die Unterhaltung nimmt wieder Fahrt auf, wir öffnen eine zweite Flasche Wein. Es ist die fröhlichste Mahlzeit, seit unsere Gäste angekommen sind. Sicher hilft es, dass die anderen auch da sind, es nimmt uns allen den Druck, insbesondere Jack und Lorna. Jack wirkt auf alle Fälle viel entspannter und schenkt allen immer wieder nach, und auch Lorna lacht mit Ben. Schließlich bemerke ich die Uhrzeit auf der Küchenuhr und sehe, dass Alfies Kinn ihm immer wieder auf die Brust sinkt. Sarah sieht es ebenfalls.

»Also, das war wirklich schön, aber jetzt sollten wir uns auf den Weg machen und dieses Kind hier ins Bett bringen.«

Beim Abschied schütteln sich Jack und Ben die Hand, die Mädchen umarmen sich so heftig, als würden sie einander wochenlang nicht mehr sehen. Sarah und Lorna nehmen sich ebenfalls in den Arm, zwar noch ein wenig unbeholfen, aber es ist immerhin etwas.

»Ich bringe euch nach draußen.«

Ben trägt Alfie zum Wagen, Olive folgt ihnen auf dem Fuß, aber Sarah bleibt in der Tür stehen. Sie legt mir die Hand auf den Arm.

»Hast du gehört, was Lorna gesagt hat?«, fragt sie leise. »Sie mag ihre Stelle nicht, vielleicht könnten wir ...«

Ich falle ihr ins Wort. »Nein. Wir haben es versprochen, weißt du noch? Wir dürfen ihr nichts sagen.«

Sarah seufzt. »Da hast du wohl recht. Ich habe nur das Gefühl, es könnte ein Zeichen sein – eine Lösung, möglicherweise ...«

Ich schüttele den Kopf. »Ihr Leben ist in London. Ich weiß, du hast sie vermisst, und Jack hat sie auch vermisst, obwohl er es nicht ausspricht. Aber wir müssen diese Probleme alleine lösen.«

Sie reibt sich mit der Hand über die Stirn und sieht plötzlich müde aus. »Das stimmt. Sind irgendwelche Bewerbungen eingegangen?«

»Nein, noch nicht. Aber es drängt ja noch nicht.«

Doch noch während ich es ausspreche, weiß ich, dass das nicht ganz stimmt. Mit jedem Tag verstreicht kostbare, knappe Zeit. Wir umarmen einander zum Abschied fest.

In der Küche sind Jack, Lorna, Molly und Ella dabei aufzuräumen. Lorna reicht Jack die Teller, und er stapelt sie in den Geschirrspüler. Die Mädchen sammeln den Müll ein und wischen den Tisch ab.

»Wollen wir morgen zum Haus fahren?« Jack richtet sich auf und sieht Lorna in die Augen.

»Natürlich. Wann immer es dir passt.«

Er nickt und wendet sich wieder dem Geschirrspüler zu.

»Ich glaube, ihr Schätzchen solltet allmählich ins Bett gehen.«

Die Mädchen sagen uns Gute Nacht und verschwinden nach oben.

»Ich gehe besser auch hoch, glaube ich.« Lorna gähnt. »Ich habe mehr getrunken, als ich wollte.«

Sie hat recht. Mein Kopf ist ganz vernebelt, und die Rotweinreste auf meinen Lippen schmecken bitter. »Ja, ich auch. Den Rest können wir morgen machen.«

Jack lehnt am Herd, als Lorna zur Tür geht. »Gute Nacht, Lorna«, sagt er.

Sie hält inne und dreht sich mit einem halben Lächeln im Gesicht noch einmal um. »Gute Nacht, Jack.«

Lorna

Wir schweigen. Die einzigen Geräusche sind das Brummen des Motors und das Trommeln des Regens auf dem Dach des Land Rovers. Selbst Alice ist still, sie sitzt mit einer Rolle Mülltüten auf dem Schoß auf dem Beifahrersitz neben Jack. Ihre rechte Hand liegt leicht auf seinem Knie, während er fährt. Ich sitze mit den Mädchen und einem Stapel Pappkartons hinten. Molly wickelt sich eine Haarsträhne um den Finger. Ella starrt mit verschränkten Armen aus dem Fenster und beißt sich auf der Unterlippe herum.

Ich weiß nicht, ob es am Kater liegt oder an der Aussicht, in das Haus meiner Kindheit zurückzukehren, jedenfalls ist mein Magen aufgewühlt wie eine Waschtrommel im Schleudergang. Ich schließe die Augen. Wenn ich sie wieder öffne, werde ich in meinem Zimmer in London sein, in dem ich das letzte Jahrzehnt über gewohnt habe. Das Fenster wird offen sein, und der Geruch der Themse wird hereinwehen. Die Sonne wird scheinen, der Asphalt draußen wird heiß sein und dampfen. Ella wird in ihrem Zimmer nebenan Musik hören und vor sich hin summen.

Ich blinzele. Regentropfen rinnen wie Tränen die Wagenscheiben herunter. Draußen sieht es aus, als hätte ein Maler die gesamte Inselleinwand mit einer grauen Tönung überzogen. Ein grauer Himmel verschwimmt mit grauem Nebel und grauer Heide und dem nassen Dunkelgrau der Straße. So viel also zum Thema Hochsommer. Aber es ist eben ein Inselsommer.

Plötzlich biegt der Land Rover von der Hauptstraße ab. Das Rumpeln sagt mir als Erstes, dass wir uns auf dem Sandweg zu unserem Haus befinden. Der Land Rover holpert durch ein besonders tiefes Schlagloch, und mir fällt wieder ein, wie ich es auf dem Weg zur Schule immer umrundet habe.

Dann fahren wir vor dem großen grauen Haus mit der schwarzen Veranda und den grünen Fensterrahmen vor. Jack parkt hinter einem dunkelgrünen Kombi in der Auffahrt auf der Seite des Gartens. Der Garten daneben ist abgesehen von einer Bank und einigen tristen verstreuten Felsbrocken leer. Hinter dem Haus erstreckt sich ein Ausblick, den ich so gut kenne, dass ich ihn in meinen Augenlidern spüre, auf meiner Haut, in meinen Knochen. Das Schwarz des Kiefernwalds und sich daraus erhebend das graue Massiv des Berges, vom Regen völlig verzerrt, mit verschwommenen Umrissen.

Wir bleiben einen Augenblick still sitzen.

»Tja, da sind wir«, sagt Alice.

Ella drückt ihr Gesicht ans Fenster und starrt das Haus, den Wald und den Berg dahinter an. Ihre Augen sind weit aufgerissen. Als die Mädchen hörten, dass wir planten herzukommen, wollten sie uns unbedingt begleiten.

Nun scheint niemand als Erster aussteigen zu wollen. Das Haus sieht verlassen aus. Vielleicht liegt es bloß am Regen, aber es wirkt noch düsterer, als ich es in Erinnerung habe. Die Mauern haben dieselbe Farbe wie der Berg, die Terrasse hat die Farbe der schwarzen Kiefern. Ich erschauere.

Jack stößt die Tür auf und steigt aus. Sobald er sich in

Bewegung setzt, folgen ihm alle anderen. Alice schließt zu ihm auf und nimmt auf dem Weg zur Haustür seine Hand, Molly und Ella kommen mit dem Stapel Kartons zwischen sich hinterher. Ich hole tief Luft, streiche mir das Haar glatt und setze die Kapuze meines Regenmantels auf. Dann schlage ich entschlossen die Wagentür zu und folge den anderen ins Haus.

Es ist der Geruch, der mir als Erstes entgegenschlägt. Es ist erstaunlich, wie schnell ein Haus verlassen riechen kann. Ich inhaliere den Geruch von Staub und Leere. Irgendetwas Medizinisches mischt sich ebenfalls hinein, das sich scharf und künstlich abhebt vom Muff eines ungelüfteten Hauses. Und dann trifft es mich ganz unerwartet, schwach und doch unverwechselbar: das Parfüm meiner Mutter.

Die anderen verteilen sich im Haus, während ich im Flur stehen bleibe. Ich höre Ellas und Mollys Schritte über mir und aus der Küche, wie der Wasserkocher befüllt wird. Wie kann es sein, dass dieser Ort genau derselbe und gleichzeitig vollkommen anders ist? Die Fliesen sind noch ein wenig abgeschlagener, als ich sie in Erinnerung habe, und doch kann ich mir genau vorstellen, wie sie sich unter nackten Fußsohlen anfühlen, kalt und glatt. Mäntel und Hüte hängen an Haken neben der Tür, ich erkenne keinen davon, aber sie gehören trotzdem unverkennbar meinen Eltern.

Ich werfe einen Blick durch die geöffnete Wohnzimmertür und bin schockiert vom Anblick des leeren Doppelbetts, das dort steht, wo das Sofa gewesen ist, Pillenfläschchen und leere Tassen auf den Nachttischen. Die Betten sind ordentlich gemacht. Wie sind diese Betten durch das enge Treppenhaus bugsiert worden, wer hat sie getragen? Ich kenne die Antwort natürlich. Jack hat die Betten heruntergeholt, Jack hat die Tassen mit Tee gebracht und die Medizin verabreicht. Jack hat sie zu Krankenhausterminen aufs Festland begleitet und sich damit auseinandergesetzt, was nach ihrem Tod geschehen soll. Ich stütze mich am Türrahmen ab und versuche, den süßlichen, klebrigen Geruch in diesem Zimmer nicht zu tief einzuatmen. Trotzdem habe ich einen bitteren Geschmack auf der Zunge – Schuldgefühle.

Ich finde Jack in der Küche, wo er neben Alice am Tisch sitzt, vor ihnen dampfende Tassen. Eine dritte für mich steht auf dem Sideboard.

Trotz unseres kurzen Augenblicks der Verbundenheit gestern Abend sieht Jack mich hier nicht an. Ich greife stumm nach dem Tee und nehme schnell die Veränderungen in dem Raum zur Kenntnis: ein Kalender mit Vogelfotografien, der im Februar aufgeschlagen ist, eine neue Waschmaschine und ein Küchentuch mit einem Foto der Algarve am Ofen. Waren meine Eltern dort oder ist es ein Geschenk von Freunden? Beides kommt mir mehr als fragwürdig vor.

»Also, wie möchtest du vorgehen, Schatz?« Alice sieht Jack aufmerksam an, ihre Hand liegt auf seiner.

»Ich will alles raushaben«, antwortet er mit trockener Stimme.

Keiner von beiden fragt mich, was ich davon halte. Warum auch. Ich trinke schweigend meinen Tee.

»Wir werfen alles raus«, wiederholt Jack. »Außer Molly möchte etwas behalten. Ansonsten: weg damit.«

»Okay.« Alice legt ihre Hände um das Gesicht ihres Ehemanns und küsst ihn auf die Stirn. »Wir nehmen die Kartons für Spenden an den Secondhandladen und für Müll die Tüten. Nächste Woche nehme ich die Kisten mit rüber aufs Festland. Klingt das gut?«

Jack nickt kaum merklich.

»Wollen wir beide hier unten anfangen?« Alice umfängt sein Gesicht noch immer mit ihren Händen. Er sieht auf die Tischplatte hinab. Normalerweise bin ich gerne Single, aber heute würde ich alles darum geben, dass jemand meinen Kopf mit den Händen umfängt.

»Ich fange dann oben an«, sage ich schnell, nehme mir ein paar Kartons und Mülltüten und lasse Jack und Alice in der Küche zurück.

Meine Knie fühlen sich weich an, als ich die Treppe hinaufsteige und mit den Fingern über das vertraute glatte Holz des Handlaufs streiche. An der Treppe im Haus meines Bruders hängen Dutzende von Bildern, von denen einem Molly entgegenlächelt. Hier sind die Wände abgesehen von ein paar gerahmten Fotos von Booten kahl.

Das erste Zimmer ist das ehemalige Schlafzimmer meiner Eltern. Als Kind habe ich in dieses Zimmer kaum je einen Blick geworfen, die Tür blieb die meiste Zeit fest geschlossen. Heute steht sie leicht offen, und ich trete ein. Der Raum ist beinahe leer, da die meisten Möbel unten stehen. Ein Bild der Jungfrau Maria hängt an der gegenüberliegenden Wand, ansonsten sind die Wände kahl. Verblichene blaue Vorhänge verdecken die Fenster, und ich entdecke die Frisierkommode, vor der ich meine Mutter durch einen Türspalt hindurch manchmal ihre Haare kämmen sah. Es stehen ein paar Fläschchen und ein Schmuckkästchen darauf. Ich fahre mit der Hand über jeden Gegenstand und hinterlasse Spuren im Staub.

Auf der anderen Zimmerseite, der Seite meines Vaters, liegen ein Paar braune Schnürschuhe und eine Brille verlassen auf dem Boden. Ich sehe mir die Schuhe genauer an und erinnere mich daran, wie ich verkrampft vor meinem Vater stand und den Blick auf die Schuhe gerichtet hielt. Damals waren seine Schuhe nicht einfach nur Schuhe. Sie waren mein Vater. Das Geräusch, das sie auf dem Treppenabsatz machten, verriet mir, welche Laune er hatte. Wenn ich sie bei meiner Rückkehr aus der Schule im Flur stehen sah, schloss ich die Tür beim Eintreten besonders leise hinter mir. Doch jetzt sind es bloß noch Schuhe. Es ist unbegreiflich, dass meine Mutter und mein Vater, einst solch mächtige Kräfte in meinem Leben, nun auf das hier reduziert sind: eine Frisierkommode, einige ausrangierte Fläschchen und ein Paar braune Lederschnürschuhe.

Genug. Ich verlasse das Zimmer und gehe weiter den Flur entlang. Ich höre leise Stimmen und folge ihnen in das ehemalige Gästezimmer. Statt des mit Kartons und einem selten benutzten Doppelbett vollgestellten rosé-weißen Zimmers, dessen ich mich entsinne, befindet sich dort ein blau gestrichenes Zimmer mit gezeichneten weißen Wellen. Mitten im Zimmer sitzen Ella und Molly auf dem Boden. Molly holt Spielsachen und Bücher aus dem Holzkasten unter dem Einzelbett. Der Kasten ist mit Muscheln verziert.

»Oh, an den hier erinnere ich mich!«, ruft Molly aus. »Grandma hat ihn mir zu meinem zehnten Geburtstag gekauft. Ich glaube, da war ich schon zu alt für Teddys, aber trotzdem ...«

Sie drückt den fluffigen Bären mit der grünen Schleife um den Hals kurz an sich und setzt ihn zwischen einen wachsenden Stapel Spielsachen auf den Boden. Ella sitzt neben ihrer Cousine, hat die Knie an die Brust gezogen und die Arme fest um sich geschlungen.

»Sie haben dieses Zimmer also extra für dich gestrichen?«, fragt sie leise. Als Molly in dem Stapel mit ihren Habseligkeiten nach einem Buch greift, nimmt Ella den Bären mit der grünen Schleife und hält ihn an ihre Brust.

»Ja«, antwortet Molly. »Sie haben gesagt, ich könne hier immer übernachten, wenn ich will, aber ich bin nie über Nacht geblieben. Mum wollte das nicht, glaube ich. Sie haben sich nicht verstanden ...«

Molly verstummt, ihre Hand schwebt über einem anderen

Bären, ein rosafarbener mit weißem Röckchen. Ein Dielenbrett im Flur knarrt, und die Mädchen blicken auf. Sofort lässt Ella den Bären fallen.

»Mum! Was machst du?«

»Ich ...«

Meine Stimme versagt. Ich sehe mir wieder die Spielsachen auf dem Boden an, die liebevoll bemalten Wände, die Vorhänge, die, wie mir erst jetzt auffällt, mit winzigen Muscheln bedruckt sind. Das war Mollys Zimmer? Und meine Eltern haben das gemacht? Es ist das Zimmer eines geliebten Enkelkinds. Die Eltern, an die ich mich erinnere, konnten kein Zimmer wie dieses schaffen. Dieses Zimmer bestätigt die Furcht, die mir als Kind immer in der Magengrube saß. Meine Eltern waren nicht unfähig zu lieben, nur ich war einfach nicht liebenswert.

Ella sieht mich mit waidwundem Gesichtsausdruck an. Ich sehe die Verwirrung in ihrer Miene, und ich kann sie nachvollziehen, denn ich spüre sie ebenfalls. Wieso durfte sie keine Familie haben, wie alle ihre Freunde sie in aller Sorglosigkeit für selbstverständlich halten? Eine Familie, die sie verdient hat? Wieso hat sie niemals Bücher oder Spielsachen von ihren Großeltern bekommen, ein eigenes Zimmer außerhalb unserer Wohnung? Ich wünschte, ich könnte die Fragen beantworten, die ich in ihren Augen sehe. Aber ich kann es nicht.

Stattdessen halte ich die Kartons und Mülltüten hoch, die ich noch in der Hand habe. »Ich sehe mich bloß um, bevor ich mich an die Arbeit mache.«

»Wir kümmern uns um das Zimmer hier«, sagt Ella schnippisch und verschränkt die Arme vor der Brust.

»Das sehe ich.« In einer Zimmerecke steht ein Karton, der noch leer ist, genau wie die Mülltüte daneben. »Dann macht mal. Ich bin ein Stück den Flur runter.«

Ella wendet sich von mir ab und nimmt einen Stapel von Mollys Büchern unter die Lupe.

Bevor ich überhaupt weiß, ob ich bereit bin, es wiederzusehen, tragen mich meine Füße in mein altes Zimmer. Hier stapeln sich bis zur Decke Kartons. Über einen Stapel Kartons hinweg kann ich eben noch nach draußen sehen. Mein Leben hat sich bis zur Unkenntlichkeit verändert, und dieses Zimmer sieht vielleicht nicht so aus wie das, in dem ich aufgewachsen bin, aber die Aussicht ist noch immer dieselbe. Wir werden älter, der Wald aber nicht, jedenfalls nicht auf eine Weise, die wir bemerken würden.

Ich habe das Gefühl, als schrumpfe der Raum um mich, als dränge er mich in eine Ecke. Ich muss diese Kartons durchgehen. Ich habe Jack versprochen, dass ich helfen werde. Aber womit soll ich anfangen? Ich streiche mit einer Hand die Wand entlang. Wenn ich genau hinsehe, kann ich an den Stellen, wo meine Bilder und Zeichnungen gehangen haben, noch blasse Umrisse sehen. Wenn ich die Augen schließe, sehe ich meine Staffelei vor dem Fenster stehen, nach draußen ausgerichtet.

Doch bevor ich einen der Kartons öffnen kann, poltern Schritte die Treppe herauf. Ich fahre herum. Jack steht mit bebenden Schultern und rotem Gesicht im Türrahmen. Er starrt mich aus seinen grauen Augen an.

»Warum?«, fragt er. Seine Stimme ist laut und zittert, er ist außer sich vor Zorn. Ich hole Luft. Seit ich diese Insel betreten habe, warte ich auf diesen Zorn. Ich weiß, dass ich ihn verdiene.

»Ich habe die Nase voll davon, es nicht anzusprechen und so zu tun, als wäre alles in bester Ordnung. Ich will, dass du mir sagst, warum. Die ganze Geschichte. Warum du gegangen bist. Warum du mir nichts gesagt hast. Warum du nie zurückgekommen bist, nicht mal, als ...« Seine Stimme bricht, und er schnappt nach Luft. Seine Fäuste sind geballt. Mein Bruder, mein kleiner Bruder.

Tief in mir finde ich meine Stimme und zerre sie durch die Tränen und den Kloß in meinem Hals nach oben. »Ich musste weg. Sie waren unmöglich, Jack. Dieses Leben war unmöglich. Ich hätte es nicht überlebt.«

Ich erinnere mich wieder an die Nacht des Feuers. Wie ich aus dem Haus gestürzt und im Dunkeln zum Leuchtturm gelaufen bin. Der Wind brüllte, und trotzdem stand ich ganz vorn an der Kliffkante, weiter vorn als jemals zuvor. Es war dieser Moment, in dem ich den Entschluss fasste zu fliehen. Es hat noch viele Monate gedauert, bis ich es endlich umsetzte, aber in dieser Nacht erkannte ich, dass ich weggehen musste.

Jack schüttelt jetzt den Kopf, und obwohl sein Haar kurz geschnitten ist und dünner wird, sehe ich seinen dunkelblonden Lockenschopf und die Sommersprossen auf seiner Nase.

»So schlimm war es nicht«, sagt er.

Mein Magen krampft sich zusammen. Denn das ist das Schlimmste an allem. Aus diesem Grund musste ich meinen Bruder genauso verlassen wie meine Eltern. Ich habe versucht, ihn mitzunehmen, ich habe ihn eingeladen, zu Sarah und meinen anderen Freunden mitzukommen, sich ein Leben jenseits unserer vier Wände vorzustellen. Ich weiß, er war jünger als ich und ängstlicher. Aber der beinahe größte Schmerz in meinem Leben ist, dass ich ihn nicht erreichen konnte, dass wir einander an irgendeinem Punkt auf der Reise durch unsere Kindheit verloren haben.

»Doch, Jack. Weißt du nicht mehr? Es war nicht in Ordnung, wie sie waren.«

Ich darf nicht weinen. Aber meine Augen füllen sich jetzt mit Tränen, denn das sind die Dinge, vor denen ich mein ganzes Leben lang weggelaufen bin. Das sind die Dinge, die ich seit Jahren zu akzeptieren versuche.

»Ich weiß nicht, warum sie so waren. Ich schätze, Dads Verletzung war keine Hilfe – sie hat ihn so bitter und wütend gemacht, wahrscheinlich fühlte er sich nutzlos. Und Mum, ihr habe ich nie einen Vorwurf gemacht, weil sie so offensichtlich Angst vor ihm hatte, aber sie hat uns trotzdem im Stich gelassen. Sie hat ihn über uns herrschen lassen. Vielleicht hat er das gebraucht, weil er den Gedanken nicht ertragen hat, dass wir ausziehen und unser eigenes Leben leben könnten, nachdem seins nicht so verlaufen war, wie er es sich gewünscht hat. Aber es war nicht normal. Wieso waren wir die einzigen Kinder, die nicht auf dem Festland zur Schule gehen durften? Und die Schuldgefühle – wie sie einem immer das Gefühl gegeben haben, schuld zu sein, selbst wenn man nicht wusste, warum. Die Sache ist die, Jack: Es war nie unsere Schuld. Wir waren bloß Kinder.«

Ich habe Jahre gebraucht, um das zu begreifen. Und trotzdem überkommen mich noch immer schwallartig Schuldgefühle und Zweifel daran. Dann rufe ich mir in Erinnerung, was meine Eltern getan haben und was nicht. Ich klammere mich an diese Erinnerungen, obwohl sie schmerzhaft sind. Denn sie sind das Einzige, was mich davon abhält, verrückt zu werden.

Jack schüttelt den Kopf. »Du hast überreagiert, du hast immer überreagiert.«

Ich beiße mir so fest auf die Lippe, dass ich Blut schmecken kann. Das hat meine Mutter immer gesagt. Ich höre ihre Stimme, als stünde sie im Zimmer: »Es ist nicht so schlimm, wie du denkst, Lorna. Ich weiß, dein Vater ist nicht perfekt, aber er hat viel durchgemacht. Wir müssen uns einfach mehr anstrengen, nett zu ihm zu sein. Mein eigener Vater war viel schlimmer, weißt du. Es könnte schlimmer sein.«

»Außerdem warst du einfach schwierig. Deswegen durften wir nicht auf die weiterführende Schule wie alle anderen – sie haben dich dort nicht angenommen. Und Mum hatte Sorge, dass es mir allein zu schwerfallen könnte, deswegen hat sie mich ebenfalls zu Hause behalten.«

Ich weiß noch, dass Mrs Brown, als sie herausgefunden hat, dass ich nicht wie alle anderen auf dem Festland zur Schule gehen sollte, meinen Eltern einen Besuch abgestattet hat. Mein Vater stand in der Tür und bat sie nicht herein.

Ich saß auf der Treppe und hörte sie sagen: »Ich habe gehört, dass Lorna nicht auf die weiterführende Schule geht. Ich finde das sehr schade. Sie ist eine hervorragende Schülerin. Lorna würde dort richtig aufblühen. Gerade der Kunstunterricht ist drüben ganz hervorragend.«

Doch was auch immer Jean vorbrachte, mein Vater ließ sich nicht erweichen.

»Glaubst du das immer noch?« Ich mustere Jack ganz genau.

Ich sehe Zweifel über sein Gesicht huschen, und als er nichts sagt, spreche ich weiter.

»Das haben sie natürlich allen erzählt. Dass ich wild wäre und völlig außer Kontrolle. Aber ich war bloß ein Teenager, Jack. Ja, ich habe mir die Haare gefärbt und bin dabei erwischt worden, wie ich die einzige Zigarette meines Lebens geraucht habe, na und? Damals dachte ich auch, ich sei vielleicht ein schlechter Mensch. Dad hat es mir so oft gesagt, dass ich glaubte, es müsse stimmen. Aber seit ich Ella habe … Ja, manchmal benimmt sie sich daneben und hinterfragt meine Entscheidungen. Macht Molly das nicht? Ich war bloß ein Kind, Jack. Ich habe das nicht verdient, nichts von alledem. Und du auch nicht.«

Er sagt nichts, aber ich kann sehen, wie er nachdenkt, weil meine Worte ihn erschüttern. Dringe ich zu ihm durch?

»Ich glaube, sie fanden es einfach nur unerträglich, dass ich nicht so war wie sie, dass ich die Insel verlassen wollte, meine eigenen Träume hatte.«

»Ich hatte auch Träume, früher einmal!«, faucht er mit rotem Gesicht. »Aber als du weggegangen bist, hatte ich keine Wahl, als zu bleiben. Ich konnte sie ja nicht ganz alleine lassen.«

Er fixiert mich mit diesen grauen Augen, sein angespannter Körper füllt den Türrahmen vor mir aus. Scham flutet durch meinen Körper.

»Ich weiß. Es tut mir leid. Wirklich, Jack, es hat mir immer leidgetan. Ich hätte dich mitgenommen, wenn ich geglaubt hätte, dass du mitkommen würdest. Aber ich wusste, du willst nicht. Und ich musste weg.«

Er schüttelt den Kopf. Ich kann sehen, dass er immer noch nicht versteht. Er will die Knute nicht wahrhaben, unter der auch er in der Kindheit gelitten hat. Also schweige ich einen Augenblick und frage dann leise: »Weißt du noch, wie ich dir diesen Bluterguss gezeigt habe?«

In der Schule zog ich mir stets die Ärmel weit nach unten über die Handgelenke und weigerte mich, meinen Pulli auszuziehen, selbst an warmen Tagen. Ich weiß noch, wie mich meine Lehrerin nach den blauen Flecken an meinem Bein fragte und ich ihr erzählte, ich sei vom Fahrrad gefallen.

Irgendwie wusste ich immer, dass mein Vater Jack nie so behandelte wie mich. Jack war jung und gehorsam. Mein Vater musste sich nicht besonders anstrengen, Kontrolle über ihn auszuüben. Und ich war diejenige gewesen, die ihn nach seinem Unfall im Wohnzimmer hatte weinen sehen. Da geschah es zum ersten Mal.

Es war spät, ich war heruntergekommen, um mir ein Glas Wasser zu holen. Die Tür zum Wohnzimmer stand offen, und ich konnte meinen Vater dort sehen, zusammengesunken kauerte er auf einem Stuhl und schluchzte. Meine Mutter hockte vor ihm.

»Es tut so verflixt weh«, stieß er durch zusammengebissene Zähne hervor. Eine Hand lag auf seinem unteren Rücken, den wir seit seiner Verletzung nie versehentlich berühren durften. In der anderen Hand hielt er eine Flasche mit einer goldenen Flüssigkeit. Selbst vom Flur aus nahm ich den Geruch wahr, der mir in letzter Zeit so vertraut geworden war.

»Was kann ich tun?«, fragte meine Mutter leise. »Wir könnten einen anderen Arzt auf dem Festland aufsuchen. Dafür etwas von dem Geld meiner Eltern nehmen?«

Er lachte, aber es war kein Lachen, das ich jemals zuvor gehört hatte, kalt und scharf. »Genau, meine Frau, die Retterin. Hält die Familie mit ihrem Leichengeld über Wasser.«

Sein Arm schoss vor, und meine Mutter zuckte zurück, doch als hätte er es sich anders überlegt, lehnte er sich zurück und nahm einen weiteren Schluck aus der Flasche.

Die ganze Zeit über strömten Tränen über seine geröteten Wangen, auch seine Nase lief. Ich konnte es nicht glauben. Mein Vater schrie und fluchte, aber er weinte nicht. Niemals.

Vielleicht hatte ich auf der untersten Stufe mein Gewicht verlagert, jedenfalls sah mein Vater plötzlich auf und entdeckte mich. Ich habe seinen Gesichtsausdruck nie vergessen. Wut, aber auch noch etwas anderes, das ich damals nicht erkannte, aber inzwischen verstehe. Scham.

»Komm her«, sagte er leise. Seine leise, ruhige Stimme jagte mir mehr Angst ein, als wenn er gebrüllt hätte. Meine Mutter trat zurück und beobachtete uns, die Arme um sich geschlungen. Sie zitterte.

Ich stand mit gesenktem Kopf vor meinem Vater, ich wusste, ich hatte etwas sehr, sehr Böses getan, indem ich gesehen hatte, was ich gesehen hatte. Als er mit der Faust nach mir schlug, hatte ich beinahe das Gefühl, es verdient zu haben.

Am nächsten Morgen sah ich zu, wie mein Vater für Jack Frühstück machte und freundlich mit ihm sprach. Mir gegenüber war er schweigsam. Da wusste ich, dass von jetzt an alles anders werden würde. Ich weiß noch, wie ich später am Tag in Jacks Zimmer ging.

»Hi, Bruderherz, ich muss mit dir reden.«

Er hob den Blick von seinen Büchern und sah mich an.

Da ich nicht genau wusste, was ich sagen sollte, rollte ich den Ärmel meines Shirts hoch und zeigte ihm den violetten Bluterguss, der sich um meinen Arm zog.

»Das hat Dad mit dir nie gemacht, oder?«, fragte ich leise. Ich musste mich vergewissern, dass Jack in Sicherheit war.

Ich weiß noch, wie er mit weit aufgerissenen Augen erst meinen Arm und dann mich ansah. Er schüttelte mit leicht geöffnetem Mund den Kopf.

»Du bist gestolpert«, sagte er. »Das hat Dad gesagt.«

»Nein, bin ich nicht, Jack.«

»Du bist tollpatschig, das warst du schon immer. Das hat er mir gesagt.«

Ich öffnete den Mund, um zu antworten, da hörte ich unten die Haustür. Die Stimme meines Vaters erklang, und ich rollte schnell meinen Ärmel hinunter. Wir sprachen nie wieder davon. Ich kam mit den Prellungen klar, solange es meinem kleinen Bruder gut ging.

Jacks Augen im Türrahmen werden bei meinen Worten groß.

»Du warst immer ein tollpatschiges Kind«, antwortet er leise. »Du bist ständig gestolpert oder vom Fahrrad gefallen.«

Aber seine Stimme klingt jetzt unsicher. Ich kann beinahe zusehen, wie das, was meine Eltern ihm erzählt haben, hinter seiner Stirn mit dem ringt, was ich ihm sage, und vielleicht auch mit seiner Erinnerung an den Tag, an dem ich versucht habe, mit ihm zu reden.

Jetzt ist es an mir, den Kopf zu schütteln. »Nein, das stimmt nicht. Jack, unsere Eltern sind tot!« Ich kann nicht anders, ich hebe die Stimme, weil meine Traurigkeit und Frustration mich überwältigen. »Du musst nicht mehr glauben, was sie dir erzählt haben! Bitte, hör mir einfach zu, ich versuche, dir etwas zu sagen. Denk nach, wie unsere Kindheit wirklich war. Bitte versteh mich, bitte glaub mir.«

Er sieht noch immer verwirrt aus. »Trotzdem war ich immer noch dein Bruder«, sagt er schließlich. »Du hättest mit mir in Kontakt bleiben können.«

»Das habe ich versucht. Ich habe dir geschrieben, aber du hast nie geantwortet.«

»Du hättest dich mehr bemühen können.«

Vielleicht hätte ich das, aber hätte es wirklich einen Unterschied gemacht?

»Selbst wenn du zurückgeschrieben hättest, Jack, ich wusste wirklich nicht, wie wir unter den Umständen den Kontakt hätten halten sollen«, gebe ich zu.

»Aber wieso?«

Ich strecke die Hände aus, Tränen strömen heiß über mein Gesicht. »Deswegen! Weil du mir nicht mal jetzt glaubst! Du musst dich doch wenigstens an das Feuer erinnern?«

Es erfüllt wieder meinen Kopf. Das Leuchten am Waldrand, das Gras unter meinen nackten Füßen, als ich auf die Flammen zurannte …

Jack runzelt die Stirn. »Sie haben mir gesagt, du hättest das getan.«

Ist da ein Zögern in seiner Stimme? Ich schüttele den Kopf, Tränen brennen in meinen Augen.

»Das haben sie allen gesagt. Aber denk nach, Jack. Wieso sollte ich das tun?«

Ich rieche das Benzin und das Feuer, und es fällt mir schwer zu atmen. Nach dieser Nacht änderte sich alles.

Er reibt sich über das Gesicht. Alles, was ich ihm sage, kämpft gegen das an, was meine Eltern ihm über die Jahre eingetrichtert haben.

»Ich weiß es nicht, Lorna. Ich habe dich seit über zwanzig Jahren nicht mehr gesehen. Wem soll ich da glauben?«

Die Anspannung in meinem Körper ist unerträglich. Ich schließe langsam die Augen und öffne sie wieder.

»Mir. Ich will, dass du mir glaubst, Jack. Weil ich deine Schwester bin. Und weil ich die Wahrheit sage.«

Er starrt mich mit verzerrtem Gesicht an. Ich will gleichzeitig die Hand nach ihm ausstrecken und wegrennen.

Da erklingen Schritte im Flur, und plötzlich stehen Alice, Molly und Ella im Zimmer, angezogen von unseren lauten Stimmen.

»Ist alles in Ordnung?«, fragt Alice nervös. Molly und Ella blicken zwischen meinem tränenüberströmten Gesicht und Jacks verkrampfter Gestalt mit den geballten Fäusten hin und her. Er schweigt.

»Ich sollte besser gehen«, sage ich und wische mir das Gesicht mit den Händen ab. »Ich hätte nie herkommen sollen. Komm, Ella.«

»Aber ich …« Ihr Blick huscht zu ihrer Cousine, die genauso entgeistert aussieht wie sie selbst.

»Komm«, sage ich, dieses Mal entschiedener. »Wir müssen gehen. Es war alles ein Riesenfehler.«

Molly drückt Ellas Arm und nickt ihr leicht zu.

»Bis später«, sagt Ella zu Molly, bevor sie sich umdreht und die Treppe hinunterstürmt. Ich nehme ebenfalls zwei Stufen auf einmal. Es gibt nicht genügend Luft in diesem Haus. In der Küche schnappe ich mir die Schlüssel des Land Rovers.

Ella wartet im Flur, ihr Blick fällt auf den Schlüsselbund.

»Mum, was ist los? Ist etwas passiert? Und was machst du da?«

Was ich mache? Ich stoße die Haustür auf. Der Regen prasselt noch immer auf das Dach der Veranda herab.

»Steig in den Wagen.«

Ella hat mich noch nie so angesehen wie jetzt. Es ist, als sähe sie mich zum ersten Mal. Als verstünde sie, dass ihre Mutter bestenfalls beschädigt, schlimmstenfalls verrückt ist. Nach einem kurzen Augenblick setzt sie sich die Kapuze auf und folgt mir zum Auto, steigt auf den Beifahrersitz und schlägt die Tür zu.

Ich drehe den Zündschlüssel um, das Anspringen des Motors überrascht mich. Ich mache das wirklich. Ich lasse die Kupplung kommen und trete aufs Gas.

»Hattest du einen Streit mit Onkel Jack? Wir haben euch schreien hören. Ist alles okay?«

Ich weiß, ich sollte ihr antworten, aber ich bin zu aufgewühlt, um einen zusammenhängenden Satz zu formulieren.

Der Land Rover wird auf dem Sandweg durchgerüttelt, lose Steinchen geraten zwischen die Reifen und werden an den Straßenrand geschleudert. Ich habe noch nie einen Land Rover gefahren. Man sitzt hoch oben, wie in einem Bus. Als wir den glatten Asphalt der Hauptstraße erreichen, drücke ich das Gaspedal noch mehr durch. Wasser stiebt auf, als wir durch die Pfützen auf der Straße rasen. Der Regen ist nun so heftig, dass ich nur ein kurzes Stück weit sehen kann. Der Rest der Insel ist von Wasser verwischt, und das Meer wird von Nebel verdeckt.

»Mum, du fährst zu schnell!«

Scheinwerfer blitzen vor uns auf, und ich steige auf die Bremse und weiche auf den Grasstreifen aus. Als der entgegenkommende Wagen vorüber ist, fahre ich wieder los, diesmal ein wenig langsamer.

»Was ist los, Mum? Was ist da gerade passiert?«

Meine Tochter verlangt Antworten von mir, ich müsste sie mit hübsch verpackten Weisheiten beruhigen. Das ist mein Job. Aber wie kann ich den erledigen, wenn ich gerade zusammenbreche?

»Onkel Jack und ich hatten Streit. Es ging um die Vergangenheit.«

»Um was in der Vergangenheit?«

»Ich will jetzt nicht darüber reden, Ella.«

Ich möchte sie nicht anblaffen. Ich möchte sie lieben, beruhigen, auf sie aufpassen. Aber was wir meinen und was wir sagen, ist nicht immer dasselbe.

»Du willst nie darüber reden! Du behandelst mich wie ein kleines Kind, als könnte ich nichts vertragen, als würde mich das alles nichts angehen. Aber es geht mich etwas an. Das ist auch meine Familie. Und ich verstehe es einfach nicht. Ich denke darüber nach, seit wir hier sind. Molly und Alice und Onkel Jack – sie kommen mir alle so normal vor. Ich dachte immer, sie wären irgendwelche schrecklichen, verrückten Leute, weil du nie über sie sprechen wolltest und ich sie nicht kennenlernen sollte. Aber das sind sie nicht. Sie sind absolut liebenswert.«

Ich umklammere das Lenkrad und konzentriere mich auf die Straße vor mir. Ich muss uns einfach nur zurückfahren. Ich muss uns nur nach Hause bringen.

»Ich dachte immer, wir treffen uns nicht mit deiner Familie wegen etwas, das sie getan haben. Aber seit ich sie kenne, frage ich mich, ob der Grund etwas ist, das *du* getan hast.«

Jetzt haben wir die Hilly Farm erreicht. Ich halte den Wagen an. Ella sieht mich an und wartet darauf, dass ich etwas sage. Aber bevor ich den Mund öffne, stößt sie die Wagentür auf und rennt mit gesenktem Kopf, den Regenmantel fest um sich gewickelt, durch den Regen und verschwindet im Haus. Ich schalte den Motor aus, umschließe das Lenkrad mit den

Fingern und höre dem Regen zu, der wie Glasscherben auf das dünne Dach klirrt. Ich lege meine Stirn ans Lenkrad und bleibe allein im Auto, bis meine Hände aufgehört haben zu zittern. Ich bleibe lange Zeit sitzen.

Alice

Jack sackt gegen einen Stapel Kartons gelehnt in die Knie, seine Schultern heben und senken sich. Der Regen trommelt gegen das Fenster.

»Daddy?«, sagt Molly vorsichtig und geht auf ihn zu. So hat sie ihn seit Jahren nicht mehr genannt. Ich strecke den Arm nach ihr aus und ziehe sie zurück.

»Schätzchen, willst du nicht in dein Zimmer gehen und deine Sachen sortieren?«

Sie sieht zu Jack hinüber, dann mich an. »Ist alles in Ordnung mit ihm?«

»Alles wird gut, Liebling, mach dir keine Sorgen.«

Ich küsse sie auf die Stirn. Sie sieht sich noch einmal unsicher nach Jack um und verlässt dann den Raum. Ich schließe sanft die Tür hinter ihr und gehe zu Jack hinüber. Er zittert, aber ich kann nicht sagen, ob vor Wut oder vor Schluchzen. Ich lege ihm sacht eine Hand aufs Knie.

»Liebling? Was ist passiert?«

Er schüttelt den Kopf.

»Liebling, bitte. Rede mit mir.«

Ich suche seinen Blick. Aber es ist, als wäre ich nicht da.

»Bitte«, sage ich und verzweifele allmählich. Ich hocke neben ihm in diesem Zimmer voller Kartons und denke an all die Dinge, die auch wir beide weggepackt aufbewahren.

»Wir sollten nach Hause fahren«, schlage ich schließlich vor, als klar wird, dass er schweigen wird. »Du bist eindeutig nicht in der Lage, hier heute noch viel auszurichten. Wir kommen ein andermal wieder her.«

Einen Augenblick lang frage ich mich, ob er sich wohl von der Stelle rühren wird, doch als ich aufstehe und zur Tür gehe, folgt er mir. Ich hole eine bestürzte Molly aus ihrem Zimmer, lege den Arm um sie und führe sie die Treppe hinunter. Jack geht hinter uns her. Molly sagt ebenfalls nichts, aber ihre Miene ist verstört. Ich ziehe sie ein wenig fester an mich.

Der Schlüssel für den Wagen von Jacks Eltern hängt an einem Haken neben der Haustür. Ich nehme ihn und steige auf den Fahrersitz, Molly klettert nach hinten, und Jack setzt sich auf die Beifahrerseite.

Als wir zu Hause ankommen, steht der Land Rover auf dem Hof. Jack geht sofort mit großen Schritten in Richtung Felder. Ich schlage meine Wagentür zu und laufe ein paar Schritte hinter ihm her.

»Jack, bitte!«, rufe ich, und die Brise vom Meer her nimmt meine Stimme auf, dieselbe Brise, die mein Haar zerzaust und die Ränder meiner Jacke anhebt wie Segel. »Du kannst nicht dauernd vor deinen Problemen davonlaufen.«

Jetzt dreht er sich um. »Davonlaufen? Ich bin nicht derjenige, der davongelaufen ist.«

»Ich weiß, aber ...«

Doch er hat sich schon wieder abgewandt.

»Jack! Jack!« Er ignoriert mich jedoch, schreitet entschlossen aus und lässt mich stehen. Tränen brennen in meinen Augen, aber ich wische sie fort. Ich möchte Molly nicht noch mehr durcheinanderbringen. Ich drehe mich zu ihr um und zwinge mich zu einem Lächeln.

»Alles in Ordnung, Schätzchen, Dad braucht ein bisschen Zeit für sich. Wollen wir nach Ella und Tante Lorna sehen?«

Ich strecke ihr die Hand hin. Sie hat vor ein paar Jahren damit aufgehört, mich an der Hand zu nehmen, und obwohl ich sie gerne erwachsen werden sehe, bricht es mir auch ein wenig das Herz. Es war mir damals nicht klar, aber es muss einen Tag gegeben haben, an dem sie wie üblich an meiner Hand ging und es dann nie wieder getan hat. Doch jetzt nimmt sie meine Hand.

Von oben sind Stimmen zu hören, und wir folgen ihnen in Mollys Zimmer. Ella sitzt auf ihrem Klappbett, Lorna ihr gegenüber neben der Tür.

»Was meinst du?«, fragt Ella ihre Mutter, als wir hereinkommen.

Molly flitzt sofort zu Ella hinüber und setzt sich neben sie auf das Bett. »Ist bei euch alles in Ordnung?«

Lorna wendet sich zu mir um, sie sieht mitgenommen aus. »Ich habe Ella gerade gesagt, dass sie packen muss. Es tut mir wirklich leid, aber wir müssen abreisen.«

Ellas Gesicht verzieht sich, und mein Magen macht einen Satz.

»Ich dachte, du meintest, wir müssen nur aus Grandmas und Granddads Haus weg! Ich weiß, dass du dich mit Onkel Jack gestritten hast, und dieses Haus war irgendwie unheimlich, aber ...«

Lorna stöhnt leise, wischt sich mit den Händen über die Jeans und schüttelt den Kopf. »Es tut mir leid, Schätzchen, das meinte ich nicht. Wir müssen zurück nach London.« Jetzt dreht sie sich zu mir um. »Alice, es tut mir leid. Du warst so nett zu uns beiden, und ich weiß das wirklich zu schätzen. Aber ich kann das nicht. Wir müssen einfach nach Hause.

Ich habe im Bed & Breakfast angerufen, wir verbringen die Nacht dort, und dann nehmen wir morgen früh die Fähre.«

Was kann ich noch sagen? Mein Mann ist draußen, wütend und schweigend, nicht willens oder nicht fähig, sich mir zu öffnen. Der Traum, er und Lorna könnten sich versöhnen und meine Familie um zwei Menschen reicher werden, zerplatzt. Genau wie die Hoffnung, die ich mit Mühe zu ignorieren versucht habe, dass Lorna diejenige sein könnte, die die Probleme unserer Insel löst. Ich kann nicht glauben, dass ich so töricht war.

Plötzlich erhebt sich Ella, ihr Haar steht wirr von ihrem Kopf ab. »Nein!«

Einen Augenblick lang bleiben wir alle stumm, die Kraft und die Lautstärke von Ellas Stimme überraschen uns.

»Es tut mir so leid, Mäuschen«, sagt Lorna. Sie ist in sich zusammengesunken.

»Nein!«, schreit Ella noch einmal, dieses Mal noch lauter. »Du kapierst es einfach nicht! Ich hatte nie eine Familie! Alle haben eine Familie. Alle! Außer mir. Und jetzt habe ich meine gefunden, und du willst sie mir wieder wegnehmen.«

Ich bin mir nicht sicher, ob Molly und ich hier dabei sein sollten, ich weiß nicht, ob es uns etwas angeht, aber ich bin unfähig, mich zu bewegen. Was auch immer in der Vergangenheit passiert ist, wir sind Teil von Ellas Familie. Ihre Augen laufen über, sie wischt sich die Tränen wütend ab. Molly sieht mit geöffnetem Mund zu ihr auf, Lorna und ich starren sie ebenfalls an. Ellas Wut erfüllt den gesamten Raum.

»Ich will nicht zurück. Es gefällt mir hier. Ich schließe hier Freundschaften – Molly und Olive. Ist dir nicht aufgefallen, dass ich gar nicht mehr von Farah oder Ruby gesprochen habe, seit wir hier sind?«

Ich sehe Lorna an, und ein Zögern, eine kurze Überraschung huscht über ihr Gesicht.

»Ich wusste es, du hast es nicht gemerkt«, fährt Ella fort. »Und das liegt nicht nur an dieser Reise. Es ist schon vorher passiert. Sie haben mir vor ein paar Wochen gesagt, dass sie ... dass sie nicht mehr meine Freundinnen sein wollen.«

Ihre Stimme zittert, und jetzt bricht sie. Ich würde sie am liebsten umarmen, aber ich weiß, dass ich dazu kein Recht habe. Sie meidet nun Mollys Blick, ist vor Verlegenheit errötet. Lorna schluckt, doch als sie antwortet, spricht sie mit ruhiger Stimme.

»Das tut mir leid mit deinen Freundinnen, Schätzchen. Wirklich. Und es tut mir leid, dass wir abreisen müssen. Ich mache das nicht, um dich zu ärgern, oder dich, Molly.« Denn nun hat Molly den Arm um Ella gelegt, und sie sehen so sehr wie Schwestern aus, dass ich kurz den Blick abwenden muss.

»Ich wünschte, die Dinge lägen anders«, fährt Lorna fort. »Wirklich. Aber ich muss einfach weg von dieser Insel.«

Es ist schwer, sich nicht angegriffen zu fühlen. Ich bin hier nicht geboren, aber die Insel ist zu meiner Heimat geworden. Doch ich mache mir klar, dass das alles nichts mit mir zu tun hat. Ich kann an Lornas Vergangenheit nichts ändern und auch nicht an der Distanz und den Spannungen zwischen ihr und ihrem Bruder, sosehr ich das auch gehofft hatte. Es ist zu spät.

»Können wir nicht wenigstens bis zur Beerdigung bleiben?«, fragt Ella, leiser diesmal. Ihre Tränen haben den Kampf gewonnen und laufen hemmungslos über ihr Gesicht.

Lorna presst einen Moment ihre Augen zu, sie kämpft eindeutig selbst mit den Tränen.

»Nein, mein Schatz. Es tut mir leid, aber nein.«

Ellas Schultern sinken herab, jede Energie und jede Wut haben sie verlassen. Nur noch Traurigkeit ist übrig, sie sieht geschlagen aus. Molly und sie halten einander immer noch fest. Lorna sieht die beiden an, und ihr Gesicht wird weicher.

»Noch eine Nacht. Eine Nacht können wir noch bleiben. Ist das in Ordnung für dich, Alice?«

Ihr Blick trifft mich unvorbereitet, und auch Molly und Ella drehen sich in meine Richtung um. Ich hatte noch keine Zeit, das passende Gesicht aufzusetzen, und plötzlich finde ich keine Energie für das Lächeln, zu dem ich mich normalerweise zwinge. Ich kann lediglich nicken.

Lorna und ich lassen die Mädchen in Mollys Zimmer allein und schließen hinter uns die Tür. Im Flur stehen wir verlegen voreinander. Die Freundschaft, die wir in den vergangenen Tagen vorsichtig begonnen haben aufzubauen, fühlt sich plötzlich zerbrechlich an. Lorna fährt sich mit den Händen durchs Haar.

»Es tut mir wirklich leid, Alice, ich habe es versucht, aber ich dringe nicht zu Jack durch. Ich glaube, es ist einfach zu spät für uns.«

Ihre Augen sind rot. Ich sage ihr nicht, dass ich weiß, wie sie sich fühlt, dass ich trotz meiner Liebe für ihn und der gefühlten Widerstandskraft unserer Ehe ebenfalls nicht zu meinem Mann durchdringe. Ich sage ihr nicht, dass ich mir wie eine Versagerin vorkomme. Es gelingt mir nicht, mir bei meinem Mann Gehör zu verschaffen, es gelingt mir nicht, die große Familie zusammenzubringen, von der ich immer geträumt habe, es ist mir nicht gelungen, Jack dabei zu helfen, mit seiner Schwester wieder Kontakt aufzunehmen. Und die Insel habe ich ebenfalls enttäuscht.

»Ich gehe wohl besser und suche ihn«, sage ich, und sie nickt. Ganz sacht legt sie mir die Hand auf den Arm, dann dreht sie sich um, geht ins Gästezimmer und zieht die Tür hinter sich zu. Ich gehe jedoch nicht nach draußen. Stattdessen schließe ich mich in meinem eigenen Schlafzimmer ein und lege mich voll bekleidet ins Bett.

Lorna

Ich stehe wieder in dem Haus, in dem ich aufgewachsen bin, lehne mit dem Wasserkocher in der Hand an der Spüle in der Küche und bin dabei, mir eine Tasse Tee zu machen. Draußen geht die Sonne unter, goldenes Licht umrandet die Kiefern unten im Garten. Aber da ist noch etwas anderes, was leuchtet, und als ich genauer hinsehe, erkenne ich dort, wo der Garten aufhört und der Wald beginnt, tanzende orange Flammen. Auf gewisse Weise ist es schön, dieses Feuer. Und dann entgleitet mir die Tasse und besprizt meine Füße mit kochend heißer Flüssigkeit. Doch das bemerke ich kaum, ich reiße die Tür auf und stürze nach draußen. Denn irgendwie weiß ich es einfach. Ich weiß, dass etwas nicht stimmt.

Nasses Gras zwischen meinen Zehen, die Erde gibt leicht nach, als ich durch den Garten auf das Leuchten zulaufe. Meine Haut wird immer heißer, die Luft ist von Rauch erfüllt, der in meiner Kehle kratzt.

Das Erste, was ich sehe, ist meine Staffelei, die ganz oben auf dem knackenden, zischenden Gartenfeuer glimmt. Es ernährt sich von einem brennenden Berg Papier, Leinwand und Holz. Ölfarben tropfen wie Tränen die Leinwände herunter, bevor diese lichterloh entflammen. Da brennen meine Pinsel, und die Ecken meiner Zeichnungen rollen sich auf, bevor sie sich in Nichts auflösen. Es riecht nach Asche und Farbe und Benzin. Ich falle auf dem Gras auf die Knie, die Hitze des Feuers schmerzt auf meinen Wangen. Vielleicht sollte ich den Gartenschlauch holen? Aber ich weiß, es ist zu spät. Es ist unmöglich, noch irgendetwas zu retten. Ich kann mich nicht vom Fleck rühren, Tränen strömen über mein aschebestäubtes Gesicht, ein tiefes Schluchzen entfährt mir. Alles, worauf ich hingearbeitet habe, alles, wovon ich geträumt habe … ich sehe hilflos zu, wie es zu einem schwarzen Häufchen verbrennt.

Und dann sehe ich sie, die beiden Gestalten im Schatten der Bäume. Zuerst entdecke ich meinen Vater, die Arme vor der Brust verschränkt. Meine Mutter steht daneben, hält sich etwas hinter ihm, ihre Finger reiben über das goldene Kreuz um ihren Hals. Sie weicht meinem Blick aus. Als ich wieder zu meinem Vater sehe, bemerke ich den Benzinkanister zu seinen Füßen im Gras.

»Tja«, sagt er mit unbewegter Stimme. »Wie es aussieht, wirst du wohl doch nicht nach London gehen.«

Einen Augenblick lang finde ich meine Stimme nicht, ich habe sie zwischen den Tränen und dem Rauch in meinem Hals verloren.

»Wie konntest du das tun?«

Meine Stimme ist ein Krächzen. Mein Vater sagt nichts, er hat die Arme noch immer vor der Brust verschränkt. Jetzt schaue ich zu meiner Mutter, beschwöre sie, mich anzusehen.

»Wie konntest du ihn das tun lassen, Mum? Mum!« Doch sie sieht mich nicht an. Ich lasse mich ins Gras sinken und schluchze.

* * *

Ich schrecke aus dem Schlaf hoch, meine Hände sind in die Laken verkrampft. Ich kann die Umrisse meines Koffers an der Tür ausmachen und ein Glas mit Erikablüten auf dem Nachttisch. Ich bin früh zu Bett gegangen, weil ich mir die untröstlichen Gesichter von Ella und Molly nicht mehr ansehen konnte. Ich kam mir vor wie ein Ungeheuer, als ich merkte, wie Ellas Tränen flossen. Mein Liebling Ella, meine ganze Welt. Aber nach der Unterhaltung mit Jack wusste ich einfach, dass es ein Fehler gewesen war herzukommen.

Mein Herz hämmert, wie immer, wenn ich diesen Traum hatte, der nicht wirklich ein Traum ist. Ich liege in der Dunkelheit und denke daran zurück.

Das Feuer geschah eine Woche nach dem Picknick im Wald, nach dem mein Vater mich zur Rede gestellt und ich ausnahmsweise zurückgebrüllt hatte. »Ich werde ein besseres Leben haben als du. Und nichts, was du tust, kann mich davon abhalten.« Wie sehr ich diese Worte später bereut habe.

Nachdem das Feuer heruntergebrannt war, ging ich leise hinauf in mein Zimmer, um nachzusehen, ob mein Vater etwas ausgelassen hatte. Vielleicht war noch etwas übrig, irgendetwas? Doch nur nackte Schnüre und Haken zierten die Wände, an denen am Morgen meine Bilder gehangen hatten. Ein leerer Platz am Fenster, wo meine Staffelei gestanden hatte. Ich hielt es in meinem leeren Zimmer nicht aus, und so lief ich trotz der hereinbrechenden Dunkelheit und des auffrischenden Winds aus dem Haus und hinauf zum alten Leuchtturm. Ich rannte und rannte, bis meine Beine schmerzten, bis ich meine Lunge von dem beißenden Rauch befreit und stattdessen mit salziger Luft gefüllt hatte. Ich weiß noch, wie es immer dunkler wurde, wie mir am Rand des Kliffs der Seewind entgegenschlug und unter mir Wellen gegen die Klippen schmetterten.

Ich verlor in dem Feuer alles. Jedes Gemälde, jede Zeichnung. Meine gesamte Ausstattung. Mein Vater erzählte Jack, ich hätte das Feuer selbst gelegt. Ich wäre emotional instabil und hätte einen Wutanfall gehabt, weil ich meine Arbeiten für zu schlecht hielt. Sarah sagte ich die Wahrheit, ließ sie jedoch schwören, es niemandem zu erzählen. Ich konnte den Gedanken nicht ertragen, dass jemand wusste, was geschehen war.

Von allen Ereignissen meiner Kindheit ist es diese Erinnerung, die mich jahrelang verfolgt hat. Und mein Bruder glaubt nicht, dass das alles so geschehen ist.

Hierherzukommen war in so vielerlei Hinsicht überraschend. Es war eine unerwartete Freude, Molly und Alice kennenzulernen. Ich dachte nicht, dass ich jemals eine zweite Chance mit Sarah bekommen würde oder dass ich meine alte Lehrerin oder die Ladenbesitzerin wiedersehen würde, die so nett zu mir waren. Alice und ihre Freundinnen haben mich willkommen geheißen und mir gezeigt, was ich in London verpasst habe, wo ich mir nie einen Freundeskreis aufgebaut habe. Dann ist da noch Mallachy, der unbeschwerte Nachmittag in seinem Studio, mein klopfendes Herz, als wir unmittelbar voreinander standen. Der süße Duft des Heidekrauts, das er mir geschenkt hat, dringt durch die Dunkelheit an mein Bett.

Aber ich gehöre hier nicht her. Jack als Erwachsenen wiederzusehen hat mich mit Freude, aber auch mit einer tiefen Traurigkeit und Bedauern erfüllt. Eine Weile dachte ich, es gäbe für uns vielleicht Hoffnung, wir könnten unsere Beziehung vielleicht kitten. Aber ich lag falsch. Wir können uns nicht näherkommen, wenn wir einander nicht glauben und verstehen. Manchmal ist es leichter fernzubleiben, als Brücken zu bauen und damit zu scheitern. Schweigen über Jahre fortdauern zu lassen, als über die unermessliche und einsame Leere hinweg eine Hand auszustrecken.

Alice

Die Krankenhausmaschinen blinken und piepen. Meine Freundin liegt mit grauer Haut und hinfällig vor mir. Ich strecke die Hand aus und umschließe die ihre.

»Es wird alles gut, Jean«, sage ich leise, obwohl ich keine Ahnung habe, ob das stimmt.

Jean erwidert meinen Händedruck nicht.

Plötzlich löst sich die Szene auf, und ich bin nicht mehr im Krankenhaus, sondern zurück auf der Insel und stehe vor der Schule. Nur dass jetzt ein Vorhängeschloss an der Tür hängt. Ich drücke mein Gesicht an eines der Fenster und sehe, dass der Raum drinnen leer ist, die Stühle und Pulte sind verschwunden, die Wände kahl. Ich wende mich ab und gehe die Inselstraße hinunter. Dabei sehe ich die Umzugswagen vor den Häusern, an denen ich vorübergehe, Umzugskisten auf dem Boden. Alle ziehen weg.

»Geht nicht weg!«, rufe ich, aber niemand hört mich. Sie wenden mir den Rücken zu, während sie Kartons aus ihren Häusern tragen, ihre Leben in braune Pappschachteln packen. Ich renne zurück zur Hilly Farm, doch als ich dort ankomme, wo der Hof stehen sollte, sind da nur Felskuppen und ein Strand, aber kein Haus, keine Felder, kein Jack und keine Molly. Mein Zuhause ist verschwunden.

* * *

Als ich aufwache, strecke ich als Erstes den Arm über die Matratze aus und taste nach Jack. Er ist später als ich ins Bett gekommen, ist leise neben mich geglitten, als ich gerade am Einschlafen war. Zu meiner Erleichterung berühren meine Hände die nachgiebige Wärme seines Rückens. Ich rücke näher an ihn heran. Im Zimmer ist es dunkel, um mich herum schläft das Haus. Es ist wohl mitten in der Nacht. Ich kann das leise Plätschern des Regens hören und das Auf und Ab der Wellen unten am Strand.

Obwohl ich jetzt wach bin, bleibt der Albtraum präsent. Es hat sich alles so real angefühlt.

Ich habe Jack nicht erzählt, wie schlecht es um Jean steht. Ich kann mich nicht dazu überwinden, die Worte laut auszusprechen. Wenn ich sie in mir behalte, ist es vielleicht nicht wahr. Ich kann mich nicht damit abfinden, dass die Freundin, die meine Tochter und meinen Mann unterrichtet hat und die immer so fröhlich und stark wirkte, krank ist. Sie war immer wieder zu Terminen in der Onkologie auf dem Festland, hat uns aber nur wenig darüber erzählt. Ich habe das Gefühl, dass sie uns nicht die ganze Wahrheit sagt. Wir haben uns alle bemüht, positiv zu bleiben. An guten Tagen habe ich Hoffnung. Heute kann man so viel mehr dagegen tun als früher, und in unserem Freundeskreis scheint jeder eine Geschichte über jemanden zu kennen, der Krebs hatte und ihn besiegt hat. Aber an manchen Tagen ist es schwer, optimistisch zu sein.

Sie hat bis zum Schuljahresende unterrichtet, den Schulbeirat (zu dem ich gehöre, zusammen mit anderen Eltern jüngerer Kinder, die noch zur Schule gehen) jedoch gebeten, für das neue Schuljahr nach einem Nachfolger zu suchen. Wir haben online Anzeigen geschaltet und Freunde auf umliegenden Inseln gebeten, die Nachricht von der offenen Stelle zu streuen. Bislang hatten wir nicht eine einzige Bewerbung. Es gibt auf der Insel willige Eltern, die sich für eine Zwischenlösung zusammentun würden, aber bei aller Begeisterung, niemand hier ist dafür qualifiziert, den Unterricht auf Dauer zu übernehmen. Die Realität sieht so aus, dass die Schule schließen muss, wenn wir keinen neuen Lehrer oder eine Lehrerin finden.

Die jungen Familien wären die Ersten, die die Insel verlassen. Wir würden so lange bleiben, wie wir könnten, aber schließlich würde die Einwohnerzahl schrumpfen, genau wie auf Caora. Irgendwann könnte man den Laden und den Pub nicht mehr geöffnet halten, die Fähre würde ihren Betrieb einschränken, und eines Tages würde aus Kip eine Geisterinsel werden. Eine Schule ist das Herz einer Insel wie der unseren.

Und nun reist Lorna ab, und jede Hoffnung, die ich insgeheim gehegt habe, stirbt. Ich sehe zu meinem Mann hinüber, der leise neben mir schläft. Was haben er und Lorna im Haus ihrer Eltern zueinander gesagt, dass sie unbedingt gehen will? Ich ziehe die Knie an meine Brust und lausche den Geräuschen des Regens und des Ozeans draußen in der Dunkelheit.

Lorna

Gestern Abend konnte ich es kaum erwarten, die Insel zu verlassen. Doch heute Morgen macht mich der Anblick des gepackten Koffers überraschend traurig. Ich finde immer noch, es ist besser, wenn Ella und ich in unser Leben zurückkehren und meinen Bruder und seine Familie weiter ihres führen lassen. Aber ich werde die Menschen vermissen, die ich hier kennengelernt habe, und Sarah, der ich mich gerade wieder angenähert habe. Ich werde sogar das Meeresrauschen vermissen. Die Landschaft der Insel ist mir ebenfalls zunehmend wieder ans Herz gewachsen, es wird eigenartig sein, zwischen Beton und Backstein zurückzukehren.

Ich hole tief Luft und gehe über den Flur zu Mollys Zimmer. Ich klopfe leise, und als keine Antwort kommt, klopfe ich lauter und schiebe die Tür auf.

»Ella, mein Schatz?«

Mollys Bett und Ellas Klappbett sind leer und ordentlich gemacht. Wenigstens steht Ellas Koffer geschlossen in der Ecke. Vielleicht sind sie schon unten beim Frühstück.

»Ella? Molly?«, rufe ich auf dem Weg in die Küche. Doch dort ist niemand, die Vorhänge sind noch zugezogen, und die Becher vom Vorabend stehen auf der Arbeitsfläche. Der Himmel hat sich verdunkelt, finstere Wolken dräuen vom Meer her. Ich rufe im Wohnzimmer nach den Mädchen. Vielleicht sind sie draußen auf den Feldern und machen einen letzten Rundgang, bevor Ella abreist. Doch als ich aus dem Fenster spähe, sehe ich nur grasende Kühe und Schafe.

Das fühlt sich nicht richtig an. Wo sind sie? Auf dem Weg nach oben nehme ich immer zwei Stufen auf einmal, ohne mich darum zu kümmern, welche Geräusche ich damit auf den Dielen mache. Vor der Schlafzimmertür von Jack und Alice zögere ich kurz, dann klopfe ich. Drinnen höre ich ein Rascheln und Schritte, dann steht Alice im Bademantel in der Tür. Ich bin überrascht, Jack noch hinter ihr im Bett zu sehen, normalerweise ist er um diese Uhrzeit auf dem Hof beschäftigt.

»Ich kann die Mädchen nicht finden.«

Alice wendet sich zu Jack um. Er steht hastig aus dem Bett auf, zieht sich seine Jeans an und greift nach einem T-Shirt.

»Bestimmt sind sie hier irgendwo«, sagt Alice, aber Jack stürzt bereits zur Tür.

»Hast du dich in Mollys Zimmer umgesehen?«

»Ich habe bloß gesehen, dass sie nicht da sind. Ellas Koffer ist aber gepackt.«

Jack folgt mir den Flur hinunter, während Alice wieder ins Schlafzimmer geht, um sich anzuziehen. In Mollys Zimmer blickt Jack sich um, schlägt die Decken zurück und sieht unter den Betten nach. Er hebt Ellas Koffer an.

»Der ist leer.«

»Was?«

Jack öffnet den Reißverschluss. Es ist nichts im Koffer. Was ist hier los? Wo ist meine Tochter? Alles sieht aufgeräumt aus, kein Kleidungsstück von Ella liegt auf dem Bett, auf dem Stuhl oder hängt im Schrank.

Alice taucht auf, angezogen, und reibt sich die Augen. »Vielleicht sind sie an den Strand gegangen, um sich zu verabschieden?«

Schnell gehe ich zum Fenster, stoße es auf und lehne mich so weit hinaus, dass ich den Strand überblicken kann. Abgesehen von ein paar Vögeln und einer einsamen Hochlandkuh im Sand ist er leer. Wo bist du, Ella?

Jack durchsucht Mollys Schrank, zieht eine Sache nach der anderen heraus. »Das Zelt ist weg und ihr Rucksack auch.«

Zum ersten Mal sehe ich Sorge in Alice' Augen. »Was glaubst du, wo sie sind?«

Jack fängt meinen Blick auf, und zum ersten Mal seit meiner Ankunft auf der Insel weiß ich genau, was mein Bruder denkt. Das können sie nicht gemacht haben. Aber es ist die einzige Antwort darauf, warum sie und ihre Sachen verschwunden sind. Ich erwidere den Blick meines Bruders, stumme Gedanken gehen zwischen uns hin und her.

»Sie sind weg, oder?«

Jack nickt.

»Wohin?« Alice stößt ein schrilles Lachen aus. »Das hier ist eine Insel!«

Ich muss meine Tochter finden. Augenblicklich.

»Kommt, wir nehmen den Land Rover«, sagt Jack entschieden. »Vielleicht hat sie jemand gesehen.«

Jack fährt, ich sitze auf der Rückbank und suche die Umgebung mit einem Fernglas ab. Alice tätigt auf dem Beifahrersitz ein paar Telefonate, sie teilt Leuten mit, dass die Mädchen weg sind, und bittet sie, ins Lookout zu kommen, damit wir einen Suchtrupp bilden können. Die Panik scheint nun auch sie gepackt zu haben. Sie spricht mit angestrengter Stimme und holt zwischen den Anrufen immer wieder tief Luft.

Wir fahren eine Schleife rund um die Insel, finden aber keine Spur von Mollys Zelt oder den Mädchen. Der Wind draußen wird stärker. Die langen Gräser in der Heide biegen sich und schwanken, und an den Stränden, an denen wir vorüberfahren, donnern Wellen an den Strand. Ich stelle mir Zeltstäbe vor, die sich biegen, flatternde Spannleinen. Oh Gott. Das kann doch nicht wahr sein.

Nachdem wir die Straße zum zweiten Mal abgefahren sind, halten wir vor dem Lookout. Es parken schon einige Wagen davor, und als wir in den Pub kommen, hat es den Anschein, als hätte sich die gesamte Insel hineingezwängt. Die Unterhaltungen verstummen. Alice' Freundinnen aus dem Yogakurs kommen sofort auf uns zu und fragen, wann wir die Mädchen zuletzt gesehen haben. In einer Ecke steht Mallachy, Rex zu seinen Füßen. Unsere Blicke treffen sich quer durch den Raum, und in meinem Kopf blitzt ein Bild auf: ein Glas voller Erika neben meinem Bett, ein gefalteter Brief. Als Nächstes entdecke ich Sarah und Ben. Olive ist ebenfalls da, mit gesenktem Kopf und roten Augen. Zu meiner Überraschung erkenne ich neben Sarah ein Paar in den Siebzigern, beide in Regenbekleidung und mit Lederhüten.

»Oh Lorna!«, ertönt eine Stimme, und plötzlich schließt mich Sarahs Mutter Linda in eine heftige Umarmung. Mein Kopf füllt sich mit dem Geruch von buttrigen Pfannkuchen und Tee, und ich sitze wieder an ihrem Küchentisch. Eine Sekunde lang vergesse ich, warum wir beide hier sind. Dann trete ich zurück und wische mir über das Gesicht. Sarahs Eltern sehen immer noch aus wie Sarahs Eltern, aber es rührt mich, wie alt sie geworden sind.

»Sieh dich nur an«, sagt ihr Vater Doug, streckt den Arm aus und nimmt mein Kinn in die Hand. Es ist eine so liebevolle Geste, dass meine Augen zu brennen beginnen. Plötzlich bin ich nicht mehr vierzig, sondern zehn Jahre alt.

»Armer Schatz«, sagt Sarahs Mutter. »Wir finden sie, keine Sorge.« Und da beginnen die ersten Tränen zu rollen.

Alice

»Vielen Dank an alle, dass ihr gekommen seid«, sagt Jack mit fester Stimme. Es wird still im Raum. »Wie meine Frau mit ihrem gesunden Menschenverstand schon sagt, das hier ist eine kleine Insel, also können die Mädchen nicht weit sein.«

Habe ich das wirklich gesagt? Draußen ballen sich dunkle Wolken über dem aufgewühlten Meer. Joy drückt sanft meinen Arm, an ihrer Schulter schläft Harry. Sarah sieht zu mir herüber, ihr Lächeln wirkt angespannt und bemüht. Alle meine Freunde von der Insel hier zu sehen beruhigt mich und gibt mir ein wenig Bodenhaftung, ich habe weniger das Gefühl, gleich davonzuschweben.

»Wir machen uns trotzdem Sorgen um sie«, fährt Jack fort. »Zumal es sich zuzieht, es ist also wirklich gut, eure Hilfe zu haben. Ich denke, wir teilen uns am besten in Gruppen auf und nehmen uns verschiedene Teile der Insel vor.«

Ich sehe zu, wie er Anweisungen gibt und die Leute in kleinen Gruppen abziehen. Ich bin froh, dass er das Ruder übernimmt. Bis jetzt hat sich die Insel für mich immer so sicher angefühlt, dass ich Molly jede Freiheit gelassen habe. Doch nun blitzen all die Gefahren vor meinem inneren Auge auf: steile Klippen, glitschige Felsen, Stürme, wechselnde Gezeiten, wilde Wellen. Ich habe sie davor gewarnt, und bislang hatte sie immer großen Respekt vor der Macht der Natur hier auf der Insel. Ich bin davon ausgegangen, dass das so bleiben würde, dass sie ihre Grenzen kennt. Wie dumm, nicht in Betracht zu ziehen, dass sie eines Tages versuchen könnte, sie auszuloten.

Die meisten Suchtrupps sind aufgebrochen, jetzt sind nur noch wir, Lorna und Sarahs Familie im Raum.

Jack sinkt plötzlich auf einen Stuhl. Sein Gesicht ist bleich, seine Energie und Konzentration schwinden erst jetzt. Ich gehe neben ihm in die Hocke und nehme seine Hand. Er starrt mit betäubter Miene geradeaus. Es sieht so aus, als hätte ihn die Realität auf einmal kalt erwischt.

Da spüre ich, wie Lorna sich neben mir aufrichtet und sich über die Augen fährt.

»Okay«, sagt sie mit ruhiger Stimme. »Sarah, kannst du mit Ben, Linda und Doug im Wald suchen?«

Die vier nicken, und bevor sie gehen, umarmt Sarah sowohl mich als auch Lorna kurz. Olive folgt ihnen dicht auf dem Fuß, den Kopf noch immer tief gesenkt.

Inzwischen stützt Jack den Kopf in die Hände. Ich suche nach tröstenden Worten, aber woher soll ich sie nehmen, wo ich doch selbst solche Angst habe?

»Wollt ihr beiden nicht hierbleiben, falls jemand sie findet?«, schlägt Lorna sanft vor. Doch Jack steht hastig auf.

»Nein, ich komme mit dir. Ich werde nach meiner Tochter suchen.«

Lorna nickt. »Wollen wir es im Cottage am Leuchtturm probieren? Da wäre ich an ihrer Stelle hingegangen.«

»Gute Idee«, sage ich und ziehe mich hoch. »Immerhin ist es dort trocken. Hoffentlich finden wir sie, dann können wir ihnen die Meinung geigen, und es ist alles vorbei.«

Doch als wir endlich am Leuchtturm ankommen, durchnässt vom Regen, der nun eingesetzt hat, sind sie nicht dort. Abgesehen von ein paar Brettern und verlassenen Vogelnestern ist das Cottage leer.

»Vielleicht hat einer der anderen Trupps sie mittlerweile gefunden«, sage ich zögernd und sehe zu Jack hinüber, der blass ist und die Augenbrauen zusammenzieht.

»Ja, lasst uns zum Lookout zurückfahren«, sagt er.

Wir halten ein letztes Mal von der Klippe aus Ausschau, aber in der kahlen Landschaft hier könnten Ella und Molly sich unmöglich verstecken. Ich halte mich davon ab, über die Kliffkante zu spähen.

Als wir im Pub ankommen, warten schon Sarah, Olive, Mallachy und Rex auf uns.

»Was ist?«, fragt Jack. »Wo sind die anderen?«

»Wir haben Ben bei meinen Eltern im Wald gelassen«, sagt Sarah. »Aber Olive hat etwas erwähnt, das ihr wissen solltet.«

Sie legt Olive die Hand auf die Schulter und schiebt sie sanft nach vorn.

Mein Herz hämmert in meiner Brust. Olive hält den Kopf noch immer gesenkt, doch jetzt tropfen Tränen von ihren Wimpern auf ihre Gummistiefel.

»Ich dachte, es hat nichts zu bedeuten«, sagt sie tränenerstickt. Sie ringt nach Luft. »Sie waren beide ganz besessen davon, nach Caora Island zu fahren. Seit Tagen reden sie von nichts anderem. Molly wollte Ella die verlassenen Höfe zeigen und die Papageitaucher …«

Lorna und ich wechseln einen Blick, wir erinnern uns beide an das Gespräch dazu.

»Molly hat immer gesagt, sie glaube, dass sie dort überleben könnte, obwohl alles seit Jahren leer steht. Und das Boot …«

Jetzt bricht Olive in Schluchzen aus. Sarah legt den Arm um sie und küsst sie auf den Kopf.

»Welches Boot?«

Sarah blickt zu mir auf. Sie schluckt. »Als Olive uns erzählt hat, wie viel die Mädchen von der Insel gesprochen haben, sind wir zum Hafen hinuntergegangen. Bens Boot ist verschwunden.«

»Mein Gott.« Ich kenne Bens Boot. Es ist klein, und kein Insulaner würde damit jemals nach Caora fahren, erst recht nicht bei diesem Wetter. Unten im Hafen klatschen die Wellen an die Mole, der Himmel über uns ist von einem wilden Grau. Lorna legt sich eine Hand vor den Mund, und Jack steht zur Salzsäule erstarrt neben mir.

Mallachy tritt vor. Bevor er etwas sagen kann, wird mir plötzlich klar, warum er hier ist. Jack anscheinend auch, denn er sieht ihn an und fragt: »Dein Boot. Glaubst du, du kannst bei dem Wetter übersetzen?«

Wir sehen alle Mallachy an, der einen Augenblick zögert und mit zusammengekniffenen Augen aufs Meer schaut. Dann sieht er wieder uns an.

»Ja, ich glaube schon. Ich kenne die Gewässer hier gut. Damit wären wir jedenfalls deutlich schneller als die Küstenwache vom Festland aus.«

Etwas daran, wie er innegehalten hat, bevor er das sagte, veranlasst mich dazu, ihm zu glauben. Außerdem, haben wir eine Wahl?

»Okay, dann lasst uns losfahren«, sagt Lorna.

Ich setze mir die Kapuze meines Regenmantels auf. Einen Augenblick sehen Jack, Lorna und ich uns an und nicken einander grimmig zu. Egal, was gestern passiert ist, jetzt sind wir vereint.

»Wir warten hier«, sagt Sarah. »Vielleicht hat sich das Boot ja auch nur im Sturm losgerissen, und die Mädchen sind noch auf der Insel. Mallachy, ruf die Küstenwache, falls es zu stürmisch wird.«

Wir stapfen im Regen zu Mallachys Boot, gefolgt von Rex. Der Wind und die Wellen hören sich dumpf an, und ich kann nur einen Satz hören, der in meinem Kopf widerhallt. Bitte, lass es ihnen gut gehen. Bitte, lass es ihnen gut gehen.

Lorna

Meine Tochter ist verschwunden. Ich kann es nicht ganz begreifen. Ella ist verschwunden.

Mallachys Boot hebt sich auf den Kamm einer neuen Welle, und Regen peitscht mir ins Gesicht. Wir schlingern und fallen dann, der Bootsrumpf prallt auf die Meeresoberfläche, salzige Gischt spritzt in alle Richtungen. Mallachy steht mit gespreizten Beinen und zusammengekniffenen Augen da und hält das Steuerrad fest. Er starrt konzentriert in den Nebel hinaus, wo Caora Island am Horizont gerade eben zu erkennen ist. Rex steht pudelnass neben ihm und bellt in den Wind. Jack und Alice sitzen mir gegenüber und halten einander und die Reling fest. Alice hat ihr Gesicht an Jacks Schulter vergraben, ein Stück über der Rettungsweste, die wir auf Mallachys Geheiß alle tragen. Mit der einen Hand hält Jack Alice' Kopf, streicht ihr nasse Haarsträhnen aus dem Gesicht.

Ich spüre in meinem Magen, wie eine neue Welle unter uns anschwillt. Übelkeit und Angst steigen in mir auf, pulsieren durch meine Adern und machen meine Arme und Beine steif und schwer. Meine wind- und regengepeitschte

Haut schmerzt. Ich lecke mir über die aufgesprungenen Lippen und schmecke Salz.

Ich möchte die Augen schließen und den Kopf in meinen nassen Mantel einziehen. Doch ich muss sie offen halten. Ich darf mir nicht erlauben, den Blick von der Insel dort in der Ferne abzuwenden. Ich halte den Blick auf sie gerichtet, vielleicht bringt uns mein Verlangen allein dorthin, spült uns an den Strand. Ich darf mir nicht vorstellen, wie Ella und Molly diese Überfahrt in den frühen Morgenstunden gemacht haben, zusammengekauert in einem kleinen Boot und den Wellen ausgeliefert. Doch in meinem Kopf höre ich die Schreie meiner Tochter und das Geräusch der Wellen, die gegen einen winzigen Bootsrumpf schlagen.

Alice richtet sich auf, blickt sich um und stößt einen erstickten Schrei aus. »Warum sind wir noch so weit weg?«

Ihr Schluchzen geht unter, als das Boot sich neigt und durch eine weitere Welle pflügt. Dieses Mal gerät Mallachy beinahe aus dem Gleichgewicht, doch er fängt sich und lässt das Ruder nicht los.

Es ist meine Schuld. Sie haben wegen mir die Flucht ergriffen, weil ich sie auseinanderreißen wollte. Ich habe mich in meinem ganzen Leben noch nicht so sehr verabscheut.

»Die Flut arbeitet gegen uns«, ruft Mallachy in den Wind.

Ich blinzele in den Regen. Alice hat recht. Wir sind schon seit einer halben Stunde auf diesem Boot, und es sieht wirklich so aus, als wären wir Caora Island kein Stück näher gekommen.

Ich sehe zu Alice und Jack hinüber. Da sind Wassertropfen auf seinem Gesicht. Ist es nur der Regen? Aber dann erbebt sein Körper in stummem Schluchzen. Er sieht zu mir herüber. Alice hat sich wieder an seiner Schulter vergraben, weint in seine Weste und scheint seine Tränen nicht zu bemerken.

Es tut noch immer weh, dass er der Wahrheit meiner Eltern mehr Glauben schenkt als der meinen. Aber er ist mein Bruder und Mollys Vater. Und dieses eine Mal verstehe ich seine Gefühle, denn ich habe dieselben. Unsere Töchter sind verschwunden, und ich hatte noch nie solche Angst. Ich beuge mich vor und strecke die Hand aus.

Er sieht sie einen Augenblick an, wie sie im Raum zwischen uns schwebt. Und dann berühren wir uns zum ersten Mal seit über zwanzig Jahren, unsere Hände verschränken sich. Seine Finger sind kalt und nass. Aber das ist die Hand meines Bruders. Es schüttet, und das Boot schwankt, und ich halte Jacks Hand fest in meiner.

Dann verlagert er sein Gewicht zurück, zieht den Arm mit sich, und die Verbindung zwischen uns bricht ab. Wir sind wieder zwei Inseln, getrennt durch Zeit und Schweigen.

»Da vorne ist etwas im Wasser!«, schreit Mallachy.

Jack und ich springen auf. Alice ist ebenfalls auf den Beinen, umklammert die Reling des Bootes und späht hinaus. Sie beginnt zu schreien.

»Mein Gott! Oh mein Gott!«

Was hat sie gesehen? Ich starre aufs Wasser, sehe aber rund um das Boot nur dunkle Wellen.

»Lorna, übernimm mal eine Sekunde das Steuer«, sagt Mallachy. Bevor ich etwas dagegen einwenden kann, stürzt er an die Längsseite, wo Jack sich hinauslehnt und die Arme zum Wasser hinunter ausstreckt.

Ich will gar nicht sehen, wonach sie da greifen. Ich umklammere fest das Steuerrad und spüre die Macht der Wellen, die gegen das Boot schlagen. Da wird mir klar, welche Kraft Mallachy die ganze Zeit schon aufwendet, um das Boot davon abzuhalten, sich zu drehen und vom Kurs abzukommen. Rex bellt laut, als Jack und Mallachy nach etwas neben dem Boot hangeln. Aber ich sehe stur geradeaus. Wenn ich nach vorne sehe, wird alles gut werden.

Holz poltert jetzt auf Holz, und ich kann nicht anders, als hinzusehen. Sie ziehen ein einzelnes Ruder aus dem Meer ins Boot. Ich spüre etwas Warmes an meiner Schulter. Mallachy ist da und hat die Hand auf meinen Arm gelegt.

»Ich kann jetzt wieder übernehmen«, sagt er, und ich knie mich schnell zu Alice und Jack neben das verlorene Ruder.

»Es ist vielleicht gar nicht von ihnen«, sagt Jack schnell.

»Nein«, antworte ich. Aber ich bin nicht überzeugt. Alice bedeckt ihren Mund mit der Hand und sagt nichts.

»Mallachy, was meinst du?«

Er sieht mich nicht an. Und das versetzt mich in Angst und Schrecken.

»Ich meine, wir sollten auf die Insel. Sie kommt näher, schaut.«

Er hat recht. Die Insel wird allmählich größer, die grauen Umrisse der Cottages tauchen nun aus den Feldern auf. Ich strenge meine Augen an und suche nach Spuren der Mädchen. Aber da ist nichts. Bens Boot ist nicht zu sehen. Können sie es in dem kleinen Boot mit nur einem Ruder bis dorthin geschafft haben? Ich sehe in das schwarze, strudelnde Wasser hinab, und eine eisige Faust greift nach meinem Herzen.

Plötzlich macht das Boot einen heftigen Satz, als sich unter uns eine Welle erhebt. Ich werde nach vorn gegen die Reling geschmettert und bekomme keine Luft mehr. Mit beiden Händen auf dem Bauch ringe ich nach Atem.

»Ist alles okay?«, ruft Alice über den Wind hinweg. Doch schon trifft uns die nächste Welle, noch härter als die zuvor. Ich werde nach vorn geschleudert, aber dieses Mal hält die Reling mich nicht auf, ich hebe ab und fliege über sie hinweg. Ich versuche noch, mich von außen mit den Händen am Boot festzuhalten, greife jedoch nur in die Luft. Dann stürze ich ins Wasser, und alles wird dunkel. Es ist kalt, so kalt. Mein Mund steht noch offen, und ich schlucke würgend salziges

Meerwasser. Dunkelheit und die Wirbel schäumender Wellen. Und dann tut meine Rettungsweste ihre Arbeit, und ich komme nach oben an die Luft. Ich atme tief ein, doch eine neue Welle schwappt mir ins Gesicht und lässt mich einen weiteren Schwall Wasser schlucken.

»Lorna!«

Ich schlage mit den Armen um mich in dem Versuch, die Längsseite des Bootes zu erreichen. Doch die Wellen müssen mich mitgerissen haben, denn ich bin ihm weniger nah, als ich sein sollte. Meine Augen sind voller Salzwasser, ich kann das Boot kaum sehen, aber ich erkenne die Stimme, die nach mir ruft.

»Lorna, ich werfe dir einen Rettungsring raus«, schreit mein Bruder laut.

Ich höre Mallachys Stimme und auch die von Alice, aber ich kann ihre Worte nicht verstehen. Alles, was ich höre, ist mein Bruder, der meinen Namen ruft.

»Lorna, jetzt kommt er, pass auf.«

Doch gerade als ich das Platschen vernehme und etwas Oranges ein Stück vor mir aufblitzt, überspült mich eine weitere Welle und drückt mich einen Augenblick unter Wasser, hinunter in die Dunkelheit. Salzwasser drückt in meinen Mund, meine Nase, in meine Ohren, dann komme ich wieder an die Oberfläche. Ich sehe mich um, habe die Orientierung verloren. Meine Augen brennen so sehr, dass ich sie kaum öffnen kann.

»Hier rüber, Lorna, du bist fast dran!«

Da ist er. Orange im grauen Meer. Ich strample heftig darauf zu, nehme meine ganze Kraft zusammen, um gegen die Wellen anzukämpfen. Der Rettungsring ist glatt unter meinen Händen, und ich packe ihn fest.

»Ich habe ihn!«, schreie ich.

»Okay, wir ziehen dich rein. Halt dich gut fest.«

Ich bin erschöpft, klammere mich aber an das orange Plastik, mit dem ich durch die Wellen auf das Boot zu gezogen werde. Ich kann Jack und Alice sehen, die zusammen an der Leine ziehen, hinter ihnen Mallachy, der das Boot im Gleichgewicht hält.

»Habt ihr sie? Habt ihr sie?«, höre ich ihn rufen. Neben ihm steht Rex und bellt und bellt.

Jetzt bin ich neben dem Boot, und Jack und Alice strecken die Arme nach mir aus. Ich halte mich an ihnen fest, und sie ziehen mich ins Boot. Ich kann vor Erschöpfung kaum stehen, aber Alice hat beide Arme fest um mich gelegt. Dass sie dadurch noch nasser wird, scheint sie nicht zu stören.

»Dem Himmel sei Dank«, sagt sie. »Zum Glück bist du okay.«

Ich mache mich frei, huste und wische mir das Gesicht ab.

»Unter Deck sind Decken«, sagt Mallachy. »Ich muss uns hier durch den Sturm bringen, geht runter und bedient euch selbst. Es ist wichtig, dass Lorna sich warm hält.«

Rex springt mit hängender Zunge auf mich zu, und ich ziehe ihn an mich und halte seinen warmen Körper umschlungen, während Jack und Alice für einen Augenblick unter Deck verschwinden.

»Mann, du hast mir vielleicht einen Schrecken eingejagt«, sagt Mallachy. »Geht's dir gut?«

»Mir geht's gut.«

Aber das stimmt nicht. Ich habe eine Menge Wasser geschluckt, und die Wellen haben mich schmerzhaft in die Mangel genommen. Und von der Eiseskälte des Meeres zittere ich heftig. Doch damit kann ich umgehen. Nur jetzt, da ich die Wut des Sturmes leibhaftig zu spüren bekommen habe, frage ich mich, wie man diese Überfahrt in einem Ruderboot mit nur einem Ruder schaffen kann. Und ob eines der Mädchen über Bord gegangen ist.

»Gestern Nacht und heute Morgen war noch gutes Wetter«, spreche ich meine Gedanken laut aus. »Ich glaube, sie könnten es geschafft haben.«

Jack und Alice werfen Decken über meine Schultern und in meinen Schoß.

»Wie geht es dir?«, fragt Jack. Ich kann nur nicken. Wir sehen hinaus aufs Meer, wo sich das Wasser weiterhin hebt und senkt. Sie setzen sich neben mich und wärmen mich von beiden Seiten mit ihren Körpern. Niemand spricht. Ich sehe wieder auf das einzelne Ruderblatt, das wir aus dem Meer gezogen haben.

Nach einer Weile lässt der Seegang etwas nach, und das Boot schaukelt nun sanfter auf die Insel zu, ohne gewaltige Sätze zu machen wie zuvor. Es fällt weiter Regen, aber er ist nicht mehr ganz so stark, aus dem wütenden Guss ist ein regelmäßiges Prasseln geworden.

»Ich sehe das Boot!«

Mallachy umklammert das Steuerrad mit der einen Hand und zeigt mit der anderen zum Strand. Ich gerate beinahe wieder ins Straucheln, als eine neue Welle uns anhebt, aber Jack und Alice halten mich fest. Wir lehnen uns zusammen über die Reling. Inzwischen sind wir nur noch ungefähr hundert Meter von der Insel entfernt. Da ist die zerfallende Silhouette der alten Kirche, die weißen Rücken der Schafe, die trotz des Sturms grasen. Direkt vor uns erblicke ich eine kleine Bucht. Im Gegensatz zum Strand zu unserer Rechten, auf dem hohe Wellen anbranden, ist die Bucht durch eine schmale Landzunge geschützt, und das Wasser darin ist deutlich ruhiger. Und dort auf dem Kieselstrand liegt ein kleines Boot. Jedenfalls ein Großteil davon. Beim Näherkommen erkenne ich das klaffende Loch im Rumpf und die über den Strand verteilten Holzsplitter.

Ich habe mich so bemüht, positiv zu denken. Doch der

Anblick des kaputten kleinen Boots haut mich um. Heute könnte ich meine Tochter verlieren. Vielleicht habe ich sie bereits verloren.

Die anderen schweigen ebenfalls. Jack und Alice halten sich an den Händen und starren mit bleichen Gesichtern auf den Strand.

»Ich glaube, wir müssen rüberwaten«, sagt Mallachy. »Ich kann uns nicht näher ranbringen.«

Stumm setzt er den Anker. Ich klettere als Erste über den Rand ins Meer. Ich bin bereits durchnässt und bemerke die Kälte gar nicht, als ich, ohne anzuhalten, in Richtung Strand wate. Der Nächste ist Jack, der platschend ins Wasser springt und Alice hinunterhilft. Als ich den Strand erreicht habe, drehe ich mich um und sehe zu meiner Überraschung, dass Mallachy uns ebenfalls folgt und Rex hinter ihm ins Wasser gesprungen ist und an Land schwimmt.

Wir versammeln uns um das kleine Boot. Der Rumpf ist halb mit Wasser vollgelaufen und voller zersplitterter Holzstücke. Ich muss nicht fragen, ob es sich zweifelsfrei um Bens Boot handelt. Denn da steht in kursiver Schrift ein Wort vorne am Rumpf, neben dem Loch: »Sarah«.

Niemand rührt sich.

»Hey, da ist das andere Ruder«, sagt Mallachy plötzlich und zeigt auf ein Holzpaddel ein Stück weiter weg auf dem Strand. Es passt zu demjenigen, das wir vorhin aus dem Wasser gezogen haben. Ist das zweite Ruder ein gutes Zeichen oder nicht?

»Molly! Molly!« Alice geht mit großen Schritten den Strand hinauf und ruft mit aller Kraft. Jack folgt ihr und ruft ebenfalls den Namen seiner Tochter.

»Such, Rex«, sagt Mallachy und zaust dem Hund die Ohren. Der Hund läuft los, die Nase schnüffelnd am Boden, und in alle Richtungen sprengen Kaninchen davon.

Alle zusammen brechen wir auf, um die Insel abzusuchen.

Wir sehen in den Cottages am Meer nach. Gras sprießt zwischen den verfallenen Dielen empor, Efeu windet sich um scheibenlose Fensterrahmen, und an den kahlen Balken hängen Vogelnester, aber wir finden keine Spur von den Mädchen. In den Jahren, seit die Insel unbewohnt ist, hat sich die Wildnis sie zurückerobert. Wenn wir an Bäumen vorübergehen, flattern ängstlich Vögel aus ihnen auf, und die Schafe sehen uns verwundert an, bevor sie sich wieder dem Gras zuwenden. Vor uns liegt ein flaches, lang gezogenes Gebäude ohne Dach und Fensterscheiben. Wir halten darauf zu und rufen die Namen der Mädchen. Jack tritt durch die offene Tür ein, und wir folgen ihm.

Innen befindet sich ein großer Raum. Mein erstaunter Blick fällt auf einen Haufen klappriger Schulpulte. Zweige und Laub auf dem Boden. Da hängt eine kaputte, verrostete Uhr, die beinahe unter wucherndem Moos verschwindet.

»Die Schule«, sagt Alice leise.

Dieser Ort hat in seiner Verlassenheit etwas so Trauriges an sich. Ich versuche, mir die Kinder vorzustellen, die an den Pulten gesessen haben.

Alice hat Tränen in den Augen. »Das war einmal das Herz der Insel. All die Menschen, die hier ihr Zuhause hatten – und jetzt ist alles verloren.«

Ihre Stimme zittert. Ich erschauere, weil mir plötzlich die Möglichkeit in den Sinn kommt, dass ich ohne Ella in meine Wohnung in London zurückkehren könnte.

»Lasst es uns in der Kirche versuchen«, sagt Jack und wendet sich ab. Alice bleibt noch einen Augenblick länger in der Schule und kommt uns dann nach. Die Kirche steht mitten auf der Insel, ihr Turm erhebt sich über alle anderen Gebäude hier. Sie ist eines der wenigen Bauwerke, die noch ein Dach haben, jedenfalls in Teilen.

Als wir sie betreten, flattern schreiend Vögel auf und verschwinden durch ein Loch im Dach. Doch abgesehen von den Vögeln und staubigen Bankreihen ist die Kirche leer.

Wie eine Meereswelle trifft mich die Erkenntnis, und ich sinke auf einer Bank nieder. Wir wollten doch nach Hause fahren. Und ich sollte auf meine Tochter aufpassen. Es ist im Grunde die Einzige meiner Aufgaben, die wirklich wichtig ist. Ich senke den Kopf, mein Körper ist kalt und taub.

»Was machst du?«, höre ich Jacks Stimme.

»Beten.«

»Ich dachte, du glaubst nicht an Gott?«

»Tu ich nicht.«

Ich lege meine Stirn auf das abblätternde Holz der Reihe vor mir. Es ist etwas feucht und fühlt sich rau an auf meiner Haut, es riecht muffig und nach den Gottesdiensten meiner Kindheit. Die Kälte ist in meine Blutbahnen gesickert, meine Knochen, meine Fingerspitzen und Zehen. Sie macht mich steif, erschöpft. Ich habe keine Energie und keine Hoffnung mehr.

»Wir müssen weitersuchen«, sagt Jack. Ich weiß, dass er recht hat. Aber ich kann mich nicht bewegen. Ich kann nicht damit umgehen, was wir finden könnten oder dass wir nichts finden könnten. Ich will mich auf diese feuchte, staubige Bankreihe legen, über der in den Dachsparren Vögel rumoren. Und dann will ich für immer hierbleiben. Ich kann nicht ohne meine Tochter zurückfahren. Wenn sie verloren ist, bin ich es auch.

Mir ist bewusst, dass die anderen um mich herumstehen, vielleicht sind sie sich nicht schlüssig, ob sie warten oder mich hierlassen und die Suche fortsetzen sollen. Alice und Jack wechseln ein paar gedämpfte Worte, aber ich kann nicht verstehen, was sie sagen.

»Komm schon«, sagt Alice und legt den Arm um mich. »Du darfst nicht aufgeben.«

Ich kann ihr nicht sagen, dass ich es schon getan habe. Weil ihre Tochter ebenfalls verschwunden ist.

»Was ist das?«, fragt Mallachy plötzlich.

Ich hebe den Kopf ein Stück. Die anderen verharren ebenfalls in der stillen Kirche und lauschen. Und da höre ich es. Es ist Rex' scharfes Bellen, vom Wind herangetragen.

»Vielleicht hat er etwas entdeckt?«, sagt Jack.

Ich dachte, ich hätte keine Kraft mehr übrig. Doch mit Alice' Hilfe stemme ich mich von der Kirchenbank hoch und folge den anderen hinaus ins Freie, wo der Regen endlich aufhört und sich ein wenig Licht zwischen den Wolken hindurchzwängt. Plötzlich fällt es auf das nasse Gras, das tropfende Heidekraut, die Steinmauern der leeren Cottages. Rex bellt erneut.

»Da drüben.«

Wir vier folgen hastig der Richtung, aus der das Bellen kommt. Über einen zugewachsenen Weg stolpern wir auf eine weitere Gruppe von Cottages in einiger Entfernung zu. Jack hat einen Arm locker um Alice' Taille gelegt. Ich versuche mitzuhalten und zwinge meine tauben, erfrorenen Gliedmaßen dazu, sich zu bewegen. Als wir uns den Cottages nähern, wird das Bellen lauter.

Doch da ist noch etwas, ich bin mir sicher. Ich bleibe stehen und horche und höre den Klang im Wind. Es ist ein Klang, der mich mitten ins Herz trifft, denn ich kenne diese Stimme.

»Mum!«

Plötzlich renne ich. Ich zittere und bin müde, aber ich renne. Ich hole die anderen ein, die nun ebenfalls loslaufen. Alice und Jack rufen »Molly!« und halten auf die Cottages zu. Und dann überhole ich sie, springe über Felsen, breche durch Gebüsch. Ich renne schneller, als ich jemals zuvor gerannt bin, auf Beinen, die sich anfühlen wie Beton. Ich entdecke ein

Cottage ohne Dach, aus dem ein Baum wächst. Und dann sehe ich Rex, der aus dem Gebäude stiebt und bellt und bellt.

Ich komme an dem offenen Türrahmen an und sehe den Baum, der sich inmitten dessen erhebt, was einmal das Zuhause von jemandem war. Unter den Ästen steht ein Zelt. Und vor dem Zelt stehen zwei Mädchen, die sich aneinander festhalten.

»Mum!«

Ihre Stimme zittert, aber es ist ihre Stimme. Es ist die Stimme meiner Tochter. Molly steht mit roten Augen neben ihr. Ich mache einen Satz und schließe sie beide in die Arme. Sie sind hier. Sie leben. Es geht ihnen gut. Jack und Alice sind nun ebenfalls angekommen, und Molly macht sich los und läuft zu ihnen. Sie verschwindet in ihrer Umarmung, Alice und Jack wiegen sich mit ihrer Tochter hin und her. Ich bleibe mit Ella allein zurück, die mich fest gepackt hält, ihr Körper ist kalt und zittert.

»Mum, Mum«, sagt sie in mein Haar, und Tränen strömen ihr übers Gesicht, ihre um mich gelegten Arme beben. Ich halte sie mit meiner ganzen Kraft.

»Ich hab dich gefunden, mein Schatz. Ich hab dich.«

Alice

»Was habt ihr euch nur dabei gedacht?«

Während ich Molly noch an mich presse, erhebt sich Jacks Stimme, laut und scharf vor Wut. Molly zuckt zusammen und drückt sich noch enger an mich, und ich halte sie fester. Ich kann nicht anders. Es wird eine Zeit für Wut geben, aber im Augenblick verspüre ich nichts als Erleichterung.

»Ernsthaft? Wie konntet ihr so dumm sein?«

»Es tut mir leid«, wimmert Molly leise.

»Oh toll, es tut dir leid, dann ist ja alles wieder gut. Du hast dich beinahe umgebracht, und deine Cousine gleich mit. Weil ich nämlich weiß, dass das hier deine Idee war, Molly, du musst gar nicht erst versuchen, es abzustreiten.«

»Wir hatten die Idee zusammen«, sagt Ella nun und hebt den Kopf. Wie ich hält Lorna Ella umklammert, als wollte sie sie nie wieder loslassen. Mallachy und Rex sind nirgendwo zu sehen, sie haben sich aus dem Staub gemacht, um uns etwas Raum zu geben. Molly löst sich ein kleines bisschen von mir, und selbst das versetzt mir einen Schlag. Komm zurück.

»Du hast recht, Dad«, sagt sie. »Es war meine Idee. Ella möchte nur nett sein.«

»Aber ...«, setzt Ella an, doch Jack fällt ihr ins Wort.

»Du warst nicht nur dumm, sondern auch egoistisch. Ihr beide habt Bens Boot kaputt gemacht. Zu Hause ist die gesamte Insel auf der Suche nach euch. Und ihr habt uns alle in Gefahr gebracht.«

»Ich weiß. Ich weiß.« Molly weint jetzt und wischt sich mit ihren schmutzigen Handrücken über das Gesicht. Ihr Haar ist von Salzwasser verklebt, sie sieht jünger aus als vierzehn. Später werde ich unter vier Augen mit ihr sprechen und ihr erzählen, wie ihr Vater heute bei dem Gedanken, er könnte sie verlieren, geschluchzt hat.

»Was ist passiert?«, frage ich, umfasse das Gesicht meiner Tochter mit den Händen und sehe ihr in die Augen. Sie senkt den Kopf.

»Wir wollten uns nicht voneinander verabschieden. Da ist mir die Insel eingefallen. Dass wir uns hier verstecken könnten, damit Ella nicht nach Hause muss. Wir sind bei Tagesanbruch losgegangen. Ich wusste, wo Ben sein Boot festgemacht hat. Es war ganz leicht, es loszubinden und aus dem Hafen zu bekommen. Ich dachte, es würde alles gut gehen. Da waren ein paar Wolken und Wind, mehr nicht. Wir hatten es beinahe schon geschafft, als das Wetter umschlug.« Sie holt Luft, halb Einatmen, halb Schluchzen. »Wir hatten solche Angst. Wir waren schon so nah, aber plötzlich kamen diese riesigen Wellen. Wir haben ein Ruder verloren.«

Ich stelle mir die beiden Mädchen allein vor, draußen auf dem Meer.

»Wir mussten es nur noch ein kleines Stückchen schaffen. Wir haben uns so gut geschlagen, wie wir konnten mit unserem einen Ruder, und kamen immer näher an Land. Aber kurz vor dem Strand lief das Boot auf einen Felsen auf. Es füllte sich mit Wasser. Das war so schrecklich. Aber wir kamen immer näher, und dann sind wir ins seichte Wasser gesprungen und haben das Boot auf den Strand gezogen. Wir waren so froh, dass wir es geschafft hatten, aber ich hatte keine Ahnung, wie wir ohne Boot wieder zurückkommen sollten. Wir haben hier Schutz gesucht und wollten entscheiden, was wir als Nächstes tun. Und dann haben wir Rex gehört ...«

Ich schließe für einen Moment die Augen und durchlebe erneut den Moment, in dem wir Rex' Bellen hörten und über die Insel rannten. Doch Ellas panische Stimme holt mich in die Gegenwart zurück.

»Mum? Ist alles okay?«

Ich sehe zu ihnen hinüber und sehe, dass Lornas Augen geschlossen sind, ihr Körper ist gegen Ella gesackt.

»Mum?« Ella rüttelt an ihr, doch Lorna rührt sich nicht. Ihre Lippen sind blau, ihre Haut so weiß, dass sie beinahe durchsichtig aussieht.

»Scheiße«, sagt Jack, macht einen Schritt auf sie zu und nimmt ihr Lorna ab. Ella weicht mit entsetztem Gesichtsausdruck zurück. Ich öffne die Arme, und sie stürzt zu mir herüber und schmiegt sich an Molly und mich.

»Was ist?«

»Es liegt an dem Sturz ins Wasser. Sie ist zu kalt. Wir müssen sie zurück auf die Insel bringen. Augenblicklich.«

Mallachy und Jack tragen Lornas schlaffen Körper zusammen aus dem Cottage. Einen Augenblick flattern ihre Lider, dann schließen sie sich wieder.

»Kommt, Mädchen, wir müssen los. Lasst das Zelt stehen. Ella, mach dir keine Sorgen, es wird alles gut.«

Molly greift nach ihrem Rucksack, und halb im Laufschritt machen wir uns auf den Weg zurück zum Boot. Jack und Mallachy tragen Lorna vorneweg, Rex folgt Mallachy auf dem Fuß.

Am Strand arbeiten wir alle zusammen, um Lorna durch

das seichte Wasser zu tragen und sie an Bord zu heben. Ich helfe den Mädchen hinauf, während Mallachy und Jack Lorna hinunter in die Kabine bringen. Als ich ebenfalls an Bord bin, schnappe ich mir alle Decken und Handtücher, die ich finden kann, und lege sie über Lorna. Ihr Kopf rollt schlaff auf dem Kissen der Sitzbank herum, auf die wir sie gelegt haben. Ella kniet sich neben sie und nimmt ihre Hand. Jack ist auf der anderen Seite.

Es herrscht Schweigen, während Mallachy uns auf die Insel zurückbringt. Das Wetter hat wieder gewechselt, sodass es fast den Anschein hat, als hätte es nie einen Sturm gegeben. Das Meer liegt ruhig und glatt da, der Himmel wird von Minute zu Minute wolkenloser. Unsere Heimatinsel sieht angestrahlt von der Sonne in der Ferne wunderschön aus. Doch ich spüre die Wärme der Sonne kaum, als ich neben Molly an Deck stehe. Eine Angst wurde schnell von einer anderen abgelöst.

»Sie wird wieder, oder nicht?«, fragt Mallachy und dreht sich am Steuer nach mir um. Mir ist bewusst, wie sich auch Mollys von Tränen und Salzwasser gerötete Augen auf mich richten. Furcht fließt durch mich hindurch wie ein anschwellender Fluss.

»Sie wird wieder gesund«, sage ich und bemühe mich um eine feste Stimme. »Wir müssen sie nur nach Hause bekommen.« Ich lege die Arme um meine Tochter und frage mich, ob sie weiß, dass ich den Trost dieser Umarmung genauso brauche wie sie.

Lorna

Sonnenlicht strömt durch gelbe Vorhänge. Sie bewegen sich leicht im Luftzug. Ich rieche das Meer und noch etwas Süßeres. Etwas Buntes blitzt links von mir auf: eine Kanne voller Klatschmohn, Butterblumen und Erikazweigen. Ich atme den Duft tief ein und spüre, wie er in meinen Körper fährt wie Wind in ein Segel.

»Ella?«

Statt meiner Stimme kommt nur ein Krächzen heraus. Meine Kehle fühlt sich an wie Sandpapier. Von der anderen Seite des Zimmers höre ich ein Rascheln. Ich sehe hinüber und entdecke einen Sessel und darin meinen Bruder. Es sieht aus, als wäre er gerade aufgewacht, ein Buch liegt von seinem Schoß gerutscht aufgeschlagen auf dem Boden.

»Du bist aufgewacht.«

Ich versuche, etwas zu sagen, doch da fliegt die Zimmertür auf, und Ella stürzt herein, gefolgt von Molly und Alice, die ein Tablett trägt.

»Ich dachte doch, dass ich Stimmen gehört habe«, sagt Alice, während Ella auf mein Bett springt. Sie legt sich neben mich und windet ihre Arme um meinen Hals.

»Geht's dir gut, mein Schatz?«

Sie rückt ein Stück von mir ab und mustert mich. Ihre Wangen sind rosig, und ihre Augen leuchten.

»Mir geht's bestens.«

Ich befühle mit meiner Hand ihre Stirn. Ihre Temperatur scheint normal zu sein. Könnte es sich um eine Täuschung ihres Körpers handeln?

»Aber ich dachte, du wärst unterkühlt.«

Sie sieht mich wieder auf diese eigenartige Weise an, und mir fällt auf, dass mich die anderen ebenfalls so anstarren.

»Mum, *du* hattest eine Unterkühlung. Du liegst seit gestern im Bett.«

Wirklich? Wie ist das möglich? Die gestrigen Ereignisse sind ganz verschwommen.

»Molly und mir geht's gut. Sobald wir wieder hier waren und geduscht hatten, sogar bestens. Aber du … Du hast angefangen, wie verrückt zu zittern. Und dann wurdest du ganz schläfrig und schlaff. Es war wirklich beängstigend.«

Ein paar Erinnerungsfetzen kommen zurück. Jemand hat mich die Treppe hochgetragen, meine Füße sind gegen die Wand geprallt. Wer war das? Mallachy? Mein Bruder? Ich sehe wieder zu Jack in seinem Sessel in der Ecke hinüber. Wie lange sitzt er schon da? Plötzlich fällt mir wieder ein, dass ich in der Nacht aufgewacht bin und eine Gestalt in der Ecke gesehen habe, zusammengerollt im Sessel.

Alice setzt ihr Tablett auf dem Nachttisch ab. »Wie schön, dass du wach bist. Du hast lange nichts gegessen oder getrunken. Der Tee ist schön heiß.«

Sie schenkt mir aus der Kanne ein, fügt zwei Stück Zucker hinzu und reicht mir die dampfende Tasse. Ich umfasse sie mit beiden Händen, spüre, wie das Gefühl in meine Fingerspitzen zurückkehrt und Wärme sich in meinem Körper ausbreitet.

»Wir haben natürlich keinen Arzt auf der Insel«, sagt sie. »Aber Ben ist der Ersthelfer hier. Er ist gestern gekommen, um nach dir zu sehen, und heute Morgen war er wieder da. Deine Körpertemperatur wird immer besser, deswegen glaubt er nicht, dass du ins Krankenhaus musst. Du sollst nur ruhen und dich warm halten.«

»Ich hoffe, du fühlst dich halbwegs okay, Tante Lorna.« Molly sieht mich ein wenig nervös vom Bettende aus an. Sie sieht genau wie Ella erstaunlich wohl aus.

Jack wirft ihr einen strengen Blick zu. »Jetzt, wo du sie gesehen hast, kannst du wieder in dein Zimmer gehen.«

Molly senkt den Kopf und schleicht auf Zehenspitzen aus dem Zimmer, ohne einen Aufstand zu machen.

»Sie hat Hausarrest«, sagt Jack, der sich zu mir umwendet. »Und das wird vermutlich so bleiben, bis sie achtzehn ist. Ich kann immer noch nicht fassen, wie dumm sie waren.«

Ich spüre, wie Ella neben mir zusammenzuckt.

»Danke für den Tee, Alice. Und danke euch beiden, dass ihr euch um mich kümmert. Aber könnte ich einen Moment mit Ella allein sprechen?«

Alice legt mir die Hand auf die Stirn, dann nickt sie und geht aus dem Zimmer.

»Na gut«, sagt Jack. »Aber ich komme demnächst wieder und sehe nach dir.«

Er klingt mürrisch, aber seit dem Streit im Haus unserer Eltern hat sich viel verändert.

Als die anderen gegangen sind, setzt sich Ella neben mich und zieht die Knie an die Brust. Bevor ich etwas sagen kann, schluchzt sie auf. »Es tut mir leid, Mum. Ich weiß, dass das richtig dumm von uns war. Und es ist meine Schuld, dass es dir nicht gut geht. Das tut mir so leid.«

Ihre dunklen Augen hauen mich um. Es ist schwer zu glauben, dass Ella nach dieser schrecklichen Bootsfahrt durch den Sturm tatsächlich vor mir sitzt. Husten rasselt in meiner Brust, und ich kann für einen Moment nicht sprechen. Als der schmerzhafte Hustenanfall vorüber ist, drehe ich mich wieder zu meiner Tochter um. Sie beobachtet mich ängstlich.

»Ich hatte solche Angst.« Mein Hals schmerzt beim Sprechen. »Wie noch nie in meinem Leben.«

»Ich weiß.«

»Du musst mir versprechen, dass du so etwas nie wieder machst. Ich weiß nicht, was ich täte, wenn dir etwas zustößt, Ella. Du bedeutest mir alles, ich hoffe, das weißt du.«

Ella nickt und beißt sich auf die Unterlippe. »Ich weiß.«

Plötzlich bin ich erschöpft und lasse mich in die Kissen zurücksinken.

»Kann ich was für dich tun?«, fragt sie.

Ich schüttele den Kopf. Genug geredet. Ella legt die Decke zurecht und streicht mir das Haar aus dem Gesicht, so wie ich es immer bei ihr tue, wenn sie krank ist.

Die Tür öffnet sich, und Jack steckt den Kopf herein. »Deine Mum muss jetzt schlafen«, sagt er zu Ella. Seine Stimme ist sanfter als vorhin mit Molly. »Aber du kannst bald wieder nach ihr sehen, okay?«

Sie nickt, küsst mich auf die Wange und geht an Jack vorbei aus der Tür, der hereinkommt und seinen Platz im Sessel wieder einnimmt.

»Du musst nicht hierbleiben«, sage ich.

»Ich weiß.«

Er macht es sich bequem. Ich spüre, wie ich in den Schlaf sinke, wie Dunkelheit mich erfüllt.

»Lorna, es tut mir leid, dass …«

Aber ich schüttele leise den Kopf. »Mir tut es auch leid. Aber nicht jetzt. Später.«

Jack nickt und greift nach seinem Buch. Ich lasse den Schlaf über mich kommen wie eine zusätzliche Decke.

Alice

»Kommst du ins Bett?«

Ich spreche leise, um Lorna nicht zu stören, die lautlos im Bett schläft. Jack blickt gedankenverloren auf. Seit wir nach Hause gekommen sind, haben wir kaum miteinander gesprochen, er hat jeden Moment hier verbracht, in dem Sessel an Lornas Bett.

»Die Mädchen schlafen schon. Molly hat ihre Aufgaben nicht alle erledigt, aber ich konnte sehen, dass sie müde waren, also habe ich sie ins Bett geschickt.«

Die Aufgaben gehören zu Mollys Strafen, die ihr Vater verhängt hat. Ich wäre nachsichtiger mit ihr, ich kann nicht anders, aber es ist nicht zu bestreiten, dass ihr Hausarrest dem Haus wunderbar guttut. Jack sieht zu Lorna hinüber, deren Gesicht abgewandt ist und teils von ihren Haaren verdeckt wird. Warme Zuneigung überkommt mich, als ich meine Schwägerin ansehe. Wie eigenartig, dass wir uns vor einer Woche noch nie begegnet waren. Wir haben schon so viel zusammen durchgestanden.

»Dann erledigt sie sie aber besser morgen«, sagt Jack.

»Klar.«

Ich werde ihm noch ein paar Tage erlauben, Mollys Hausarrest aufrechtzuerhalten, aber ich bin sicher, seine Wut wird allmählich verrauchen. Ich habe Molly noch nie so viel Energie in Hausarbeit stecken sehen. Sie hat sich auch schon bei Ben entschuldigt und angeboten, ihm ihr Taschengeld zu geben, damit er das Boot reparieren kann. Er hat natürlich abgelehnt, weil er ein gütiger Mensch ist. Aber sie wird zur Werft kommen und ihm bei der Reparatur helfen.

Ich lege Jack die Hand auf die Schulter. »Liebling?«

Doch er rührt sich nicht.

»Sie hätte sterben können«, sagt er so leise, dass ich ihn kaum hören kann. Ich folge seinem Blick zu seiner Schwester hinüber. Die Farbe ist in ihr Gesicht zurückgekehrt, sie schläft friedlich und mit roten Wangen.

»Ich habe sie schon einmal verloren, und ich hätte sie wieder verlieren können.«

Jack legt die Hand neben Lornas Gesicht auf das Kissen. Sie dreht sich um, wacht aber nicht auf.

»Ich glaube, ich war kein besonders guter Bruder. Das ist möglicherweise mit ein Grund dafür, dass sie weggegangen ist.«

Er sieht zu mir auf, und zum ersten Mal seit Tagen habe ich das Gefühl, ihn wirklich zu sehen. Sein Gesicht ist weich. Vorsichtig ziehe ich den Stuhl vor dem kleinen Schreibtisch heraus und setze mich neben ihn.

»Was meinst du damit?«, frage ich leise. Ich werfe wieder einen Blick auf das Bett, aber Lorna schläft fest.

»Ich habe all die Jahre über ihr die Schuld daran gegeben, dass wir keinen Kontakt mehr hatten. Dabei hat sie mir geschrieben. Ich habe nur einfach nie geantwortet. Das hätte ich tun können, aber ich habe es nicht gemacht, ich glaube, weil ich wütend auf sie war oder weil es mir zu schwierig vorkam. Aber jetzt wird mir klar, dass es für sie auch schwierig war.«

Ich denke einen Augenblick darüber nach. »Ich vermute, es ist für jeden schwierig, wenn so viele Dinge ungesagt geblieben sind. Wenn man eine Zeit lang nicht kommuniziert hat. Es wird immer schwerer, die Worte laut auszusprechen.«

Er nickt. »Es gab mal eine Party im Wald, bei der alle Teenager auf der Insel gefeiert haben. Sie hat mich dazu eingeladen. Und ich wollte so gerne hin. Aber stattdessen habe ich unseren Eltern davon erzählt. Ich wollte nicht, aber irgendwie wusste ich nicht, wie man die Sorte Kind ist, das sich heimlich hinausschleicht und mit den anderen zusammen Spaß hat. Ich wollte gerne so sein, aber ich konnte nicht. Ich konnte nicht so sein wie sie, und das habe ich gehasst.«

Ich strecke den Arm aus und lege ihm die Hand aufs Knie, und er legt seine Hand auf meine.

»Du warst jung. Es war nicht deine Schuld.«

»Aber ihre vielleicht auch nicht. Jahrelang dachte ich, es wäre ihre Schuld. Doch sie war nur ein Kind. Als ich klein war, kam sie mir auf gewisse Weise wie eine Erwachsene vor, weil sie älter war als ich und so selbstbewusst. Aber sie war bloß ein Kind. Als Lorna vierzehn war, dachte ich, sie wüsste alles, was es zu wissen gibt, aber dann schaue ich mir Molly an ...«

Seine Stimme bricht, und ich weiß, dass er an diese schreckliche Überfahrt im Sturm denkt, daran, wie wir unsere Tochter wiederfanden.

»Molly braucht unseren Schutz«, fährt er fort. »Und Lorna hätte auch Schutz gebraucht.«

Wir sehen einen Augenblick zu ihr hinüber, sehen, wie sich die Bettdecke unter ihren regelmäßigen Atemzügen hebt und senkt.

»Lass uns ins Bett gehen«, sage ich sanft.

Er nickt, wir schalten die Lichter aus und gehen Hand in Hand zu unserem Schlafzimmer. An Mollys Tür halte ich kurz an und werfe einen Blick hinein auf die schlafenden Mädchen. Seit wir wieder zurück auf Kip sind, sehe ich jeden Abend nach Molly, um sicherzugehen, dass sie da und wohlbehalten ist.

»Sie sind sich so ähnlich, oder?«, sagt Jack. »Nicht nur äußerlich, auch ihre Persönlichkeiten. Sie könnten Schwestern sein, nicht nur Cousinen.«

Ich lege meinen Kopf auf seine Schulter, und er küsst mein Haar.

In unserem Schlafzimmer ziehen wir uns aus und schlüpfen nebeneinander unter die Decke, wie wir es schon tausendmal gemacht haben. Er reicht mir mein Wasserglas, das ich auf den Nachttisch stelle. Und dann sage ich die Worte, die ich schon vor Monaten hätte sagen sollen.

»Jack, da ist etwas, das ich dir erzählen muss.«

Wir setzen uns auf, halten uns über der Decke an der Hand, und ich erzähle ihm, wie schlecht es wirklich um Jean steht und was das für die Schule und die Insel bedeutet. Ich berichte von den Terminen im Krankenhaus, die Jean nach Kräften geheim gehalten hat, wie es ihr allmählich immer schlechter ging, sodass sie nicht mehr an meinen Kursen teilnehmen kann, dass wir sie jede Woche vermissen und dass auf die Stellenausschreibung im Netz keine Resonanz kam. Als alle Worte gesagt sind, bin ich erschöpft, und meine Wangen sind nass von Tränen. Aber da ist auch eine gewisse Leichtigkeit, das Gefühl, meine Bürde geteilt zu haben und sie nicht mehr allein tragen zu müssen.

»Wieso hast du mir nichts davon gesagt?«, fragt er und wischt mir mit seinem Daumen die Tränen ab.

Ich rutsche unbehaglich herum. »Du solltest dir keine Sorgen machen, du hast schon genug zu tun.«

Er schüttelt den Kopf, seine grauen Augen blitzen im Licht der Lampe auf. »Aber so sollte es nicht laufen. Alice, es ist nicht deine Aufgabe, alles zu schultern und den anderen zu versichern, dass alles wieder gut wird. Ich liebe dich dafür, dass du es tust, und Molly auch, aber wir können dir auch helfen. Ich möchte wissen, wenn du dir Sorgen machst und traurig bist.«

Er sieht mich mit solcher Besorgnis an, die Härte und die Distanziertheit der letzten Tage sind verschwunden. Trotzdem kann ich nicht ganz vergessen, dass es sie gab und sie uns oft voneinander trennen.

»Aber, Jack, ich habe so oft das Gefühl, dass du auch Dinge vor mir zurückhältst. Es wird schwerer, offen zu sein, schätze ich, wenn da Dinge sind, die du mir nicht sagst.«

Er seufzt tief und reibt sich über das Kinn. »Ich weiß. Ich weiß, und es tut mir leid.« Er legt den Arm um mich und zieht mich an seinen warmen, vertrauten Körper, diesen Ort, an dem ich mich immer sicher gefühlt habe.

»Manchmal fühle ich mich einsam deswegen«, sage ich leise.

»Ich mich auch«, antwortet er.

Dann holt er tief Luft. Er erzählt mir, was Lorna gestern im Haus seiner Eltern zu ihm gesagt hat. Ich höre ihm zu und verkrampfe mich dabei. Ich höre, wie er von den blauen Flecken erzählt, die in Lornas Kindheit ständig auftauchten und wieder verschwanden, von dem Feuer, das ihre Kunstwerke zerstörte. Übelkeit steigt in mir auf.

»Und woran erinnerst du dich?«

Er runzelt bekümmert die Stirn. »Es ist so schwer, als hätte ich Nebel im Kopf. Ich weiß nicht, welche Erinnerungen echt sind und welche übertüncht worden sind, damit sie ins Bild passen. Aber ich denke, ich glaube ihr.«

Ich nicke. »Ich glaube ihr auch.«

Wir schweigen und blicken in das Zimmer, das uns mit seinen Fotos und Büchern und Kleidern über den Stuhllehnen so vertraut ist. Ich frage mich, ob die neuen Erkenntnisse für Jack so sind, als hätte jemand in einem altbekannten Zimmer alle Möbel umgestellt und die Wände gestrichen. Das Zimmer, das ihm so vertraut war, wird damit zu einem völlig neuen Ort.

Da ich nicht weiß, was ich sonst sagen soll, drehe ich mich zu ihm um und stelle die Frage, die mir seit Lornas Ankunft im Kopf herumspukt.

»Meinst du, wir sollten ihr von der Stelle in der Schule erzählen? Vielleicht möchte sie dann hierbleiben? Ihr könntet euch noch einmal richtig kennenlernen und all die Jahre aufholen, in denen ihr getrennt wart. Molly und Ella könnten wirklich so etwas wie Schwestern werden. Und ehrlich gesagt möchte ich auch gerne, dass sie bleibt. Ich habe sie gerne hier.«

Doch Jack schüttelt traurig den Kopf. »Nein. Wenn sie hierbleibt, muss es ihre unabhängige Entscheidung sein. Weil sie es möchte, nicht weil sie das Gefühl hat, sie muss.«

»Du hast recht«, sage ich und weiß sofort, dass es so ist, auch wenn ich es gerne anders hätte. Nach allem, was sie durchgestanden hat, verdient sie wenigstens das: ihre Freiheit.

»Und was ist mit der Insel? Was ist mit unserem Zuhause, Jack?«

Er seufzt erneut. Er hat sein gesamtes Leben diesem Ort gewidmet, diesen Feldern, diesem Haus, unserer Familie.

»Wir bleiben, solange wir können. Und was auch immer passiert, wir haben immer noch uns, oder?«

Ich recke mich und küsse ihn auf den Mund, spüre seine rauen Bartstoppeln an meinem Kinn und seinen warmen Körper an meinem.

»Das haben wir.«

Lorna

Hat sich heißes Wasser jemals so gut angefühlt? Ich bin froh, aufgestanden zu sein und etwas so Normales getan zu haben, wie zu duschen. Jetzt, wo ich mich wieder fit fühle, muss ich ein paar Entscheidungen treffen. Aber zuerst muss ich mit meiner Tochter sprechen.

Molly beugt sich über den Küchenfußboden und ist dabei, ihn gründlich zu wischen. Ella schrubbt energisch alle Oberflächen in der Küche. Alice sitzt am Tischende und trinkt Tee. Mein Bruder ist jedoch nicht da.

»Oh, du bist aufgestanden!« Alice springt auf und zieht mich in eine herzliche Umarmung. Inzwischen habe ich mich an Alice' Umarmungen gewöhnt und erwidere sie.

»Wie geht's dir?«, fragt sie, als wir uns voneinander lösen.

»Viel besser, danke. Was hat es hiermit auf sich?«

Ich zeige auf die Mädchen, die vor Putzeifer ganz rote Wangen haben.

»Das gehört zu Mollys Hausarrest«, antwortet Alice. »Und Ella hat angeboten zu helfen.«

»Ist es okay, wenn ich meine Tochter kurz ausleihe?«

»Natürlich!«

»Komm, Ella, wir machen einen Spaziergang.«

Die Sonne wärmt uns die Schultern, als wir zum Strand hinuntergehen. Das Meer liegt still und sonnenbeschienen vor uns, der Sturm vor ein paar Tagen ist nur noch Erinnerung. Ich finde ein paar nebeneinanderliegende Felsen und setze mich. Ella setzt sich neben mich, und wir blicken zusammen hinaus aufs Meer.

»Wirst du mich jetzt gleich anbrüllen?«, fragt Ella leise.

Ich seufze und blicke zu dem dunklen Schatten auf, der über uns hinweggleitet. Diese elegante, kraftvolle Gestalt erkenne ich. Ein Adler. Er stößt einen Schrei aus, und ich spüre, wie der Klang tief in meine Brust hineinhallt, als umschlösse er mein Herz mit seinen Krallen. Das Meer erstreckt sich vor uns wie ein goldglänzender Spiegel im Morgenlicht.

»Ich will dich nicht anbrüllen, mein Schatz. Ich bin viel zu erleichtert darüber, dass du es heil überstanden hast. Wenn du mal erwachsen und auch Mutter bist, wirst du verstehen, wie es ist, wenn man sich solche Sorgen um sein Kind macht. Und du wirst auch die Erfahrung machen, dass Mutter zu sein nicht bedeutet, dass man immer das Richtige tut. Es tut mir leid, dass ich dich so traurig gemacht habe, dass du dachtest, wegzulaufen wäre deine einzige Möglichkeit.«

»Es tut mir leid, dass wir das gemacht haben, Mum. Ich weiß, dass es dumm war. Es tut mir so leid.«

Ich drücke ihre Schulter. »Ich weiß, mein Schatz.«

»Aber nicht nur das, was wir gemacht haben«, fährt sie fort, »auch das, was ich gesagt habe. Am Tag davor.« Jetzt sieht sie zu Boden. »Als ich gesagt habe, dass ich keine Familie hätte, habe ich das nicht so gemeint, Mum.«

Ich muss schlucken. All die Fotos, auf denen die heranwachsende Ella zu sehen ist und nur ich als Unterstützung.

»Ich habe eine Familie«, sagt sie. »Du bist eine Familie. Und du bist eine unglaublich tolle Familie.«

Ich kneife die Augen zusammen, um nicht loszuheulen. Genau das wollte ich immer für sie sein. Trotzdem denke ich, dass es vielleicht nicht ausreicht. Ich sehe meine Tochter an und bemerke, wie sehr sie sich in den letzten Jahren verändert hat. Ihr Gesicht erzählt die Geschichte ihrer Kindheit, aber es verrät auch schon etwas über die Frau, zu der sie werden wird. Sie wird immer mein Baby sein, aber sie ist kein Baby mehr. Es war schwer, das zu akzeptieren, aber jetzt kann ich es endlich sehen.

»Danke, Schätzchen. Aber vielleicht hattest du nicht ganz unrecht. Ich weiß, das hätte mir schon früher klar werden sollen, aber manchmal muss es sich für dich ganz schön einsam angefühlt haben.«

Sie sieht mich an und nickt. »Manchmal schon, schätze ich.«

»Natürlich wolltest du deine Cousine finden und so lange wie möglich hierbleiben. Natürlich wolltest du deine Familie kennenlernen. Für mich war immer klar, dass ich nicht hierherkommen wollte, um dich zu beschützen, aber ich glaube, ich wollte auch mich selbst beschützen. Nach Kip zu kommen war für mich schwerer, als ich dachte, und es tut mir leid, dass dich das beeinträchtigt.«

»Wieso bist du von der Insel weggegangen, Mum? Und warum bist du nie zurückgekommen?«

Das ist die Frage, der ich seit Jahren ausweiche. Die Sache, vor der ich meine Tochter schützen wollte. Aber vielleicht braucht sie weniger Schutz, als ich dachte, vielleicht braucht sie stattdessen Ehrlichkeit.

»Ich hatte hier keine glückliche Kindheit. Meine Eltern waren sehr streng…«

Ich mustere ihren Gesichtsausdruck, um zu sehen, wie viel ich preisgeben soll, wie viel sie vertragen kann.

»Mein Vater hat zu viel getrunken und wurde manchmal

wütend. Richtig wütend. Es war keine gute Umgebung für ein Kind. Ich habe mich nicht immer sicher gefühlt.«

Das Gesicht meiner Tochter umwölkt sich, aber sie nickt mir zu, damit ich weiterspreche.

»Zum Glück hatte ich meine Freundin Sarah und ihre Familie, sie waren immer sehr lieb zu mir. Aber ich wusste schon früh, dass ich die Insel eines Tages verlassen muss, um meinen Eltern zu entgehen. Ich habe versucht, Onkel Jack dazu zu überreden mitzukommen, aber wir sind mit der Situation nicht auf dieselbe Weise umgegangen. Wir waren sehr unterschiedlich.«

»Deswegen bist du also weggegangen, um von deinen Eltern wegzukommen?«

Ich nicke. »Ja, mein Schatz. Und ich wollte mein eigenes Leben haben. Das war hier nicht möglich.«

»Aber Onkel Jack ist hiergeblieben.«

»Ja. Im Grunde wusste ich immer, dass er nicht mit mir kommen würde. Ich glaube, das konnte er nicht. Also bin ich allein gegangen. Aber es war schwer, ihn zurückzulassen.«

Sie streicht sich eine Haarsträhne aus dem Gesicht. Auf einmal sieht sie so ernst, so erwachsen aus. »Deswegen war er wohl auch die ganze Zeit so komisch, oder? Niemand mag es, wenn er zurückgelassen wird.«

Ich muss schlucken, und sie redet schnell weiter.

»Entschuldigung, ich wollte dir keine Schuldgefühle machen. Ich denke das alles nur durch. Jetzt verstehe ich, warum du weggegangen bist. Das muss so schwer für dich gewesen sein. Aber ich kann auch verstehen, glaube ich, dass Onkel Jack deswegen traurig war.«

Ich lege den Arm um sie.

»Glaubst du, ihr könnt euch wieder vertragen?«

Ich blicke aufs Meer hinaus, auf die Sonne am Horizont und die Umrisse der Vögel, die über den Himmel ziehen.

»Ich weiß es nicht, mein Schatz. Ich hoffe es. Aber vielleicht ist zu viel passiert und zu viel Zeit vergangen.«

»Vielleicht findet ihr ja einen Weg, wenn ihr einfach miteinander redet?«

Ihr Vorschlag ist so einfach, und ich weiß augenblicklich, dass sie recht hat. Es ist Zeit, dass Jack und ich reden – wirklich reden. Über all das, wofür wir als Kinder keine Worte hatten, was wir seit Jahren verdrängen, über die Stille, die mit jedem Jahr mehr Gewicht bekam. Vielleicht wird sich dadurch nichts ändern, aber wir schulden es uns selbst genauso wie dem anderen, einmal die Wahrheit auszusprechen.

Ella und ich bleiben eine Weile schweigend sitzen und sehen aufs Meer. Kieselsteine und Muscheln liegen auf dem Strand verstreut, eine Gruppe Stelzvögel watet im flachen Wasser, und vor uns erstreckt sich endlos das Meer. Mein Gott, diese Insel. Ich dachte immer, ich würde sie nie wiedersehen. Und ganz bestimmt bin ich nicht davon ausgegangen, dass ich meine Tochter hierherbringen würde. Und doch sind wir da. Irgendwie bin ich froh darüber. Ich bin froh, dass ich mit meiner Tochter an diesem Strand sitze und den Anblick genieße, den ich so gut kenne, mir aber seit Jahren versagt habe.

»Da ist noch was anderes, worüber ich nachgedacht habe, Mum«, sagt Ella. »Du hast eben gesagt, dass ich mich manchmal einsam gefühlt haben muss. Aber tust du das nicht auch? Manchmal macht es mich traurig, dass du nur mich hast. Und Cheryl, aber sonst …«

Sie lässt den abgebrochenen Satz stehen. Ich bin daran gewöhnt, mir jeden Tag Gedanken um meine Tochter zu machen – aber welchen Teil ihres Lebens hat sie damit zugebracht, sich um mich zu sorgen? Bin ich einsam? Ich glaube, ich war es möglicherweise so lange, dass ich vergessen habe, wie es sich anfühlt, es nicht zu sein. Bis ich hierhergekommen bin. Seit ich auf der Insel bin, gab es ein paar kurze Momente, in denen diese Einsamkeit Risse bekam wie eine Eisdecke auf einem See.

Ich ziehe Ella an mich. »Wie könnte ich jemals jemand anderen brauchen als dich?«

Sie schmiegt sich einen Augenblick an mich, dann löst sie sich ein Stück.

»Ich weiß nicht, ob das wirklich normal ist, Mum. Ich frage mich, ob wir dafür geschaffen sind, nur einen Menschen zu haben, der unser Mensch ist. Selbst wenn der uns so sehr liebt, dass es für hundert Leute reichen würde.«

Ihre Worte machen mich betroffen. Gelegentlich kommt es mir so vor, als könnte meine Tochter mehr über diese Welt wissen, als ich es jemals getan habe.

»Du wirst allmählich so weise. Und so groß!« Ausgelassen stoße ich ihr einen Ellbogen in die Rippen, und sie lacht.

»Bald bin ich größer als du.«

»Dann muss ich mir eben angewöhnen, richtig hohe Absätze zu tragen.«

Sie kuschelt sich wieder an mich.

»Okay, dann erzähl mir von Ruby und Farah«, sage ich. »Was ist da los? Ihr drei wart so eng befreundet.«

Die Sonne scheint uns auf die Köpfe, während Ella erzählt, wie vor ein paar Monaten alles anders zu werden begann. Wie Jasmine Matthews Teil ihrer Clique wurde und die Dynamik zwischen ihnen aus dem Gleichgewicht brachte. Wie sie anfingen, Ella damit aufzuziehen, dass sie sich noch nicht die Beine rasierte und sportliche Bustiers statt »echter« BHs trug.

»Es ist vermutlich nicht leicht für dich, dir das vorzustellen«, sage ich nach kurzem Nachdenken. »Aber es klingt so, als wären Ruby und Farah gerade nicht sehr glücklich mit sich. Zufriedene Menschen müssen andere nicht runtermachen. Vielleicht sind sie im Augenblick nicht so selbstbewusst und lassen es an dir aus. Das ist natürlich nicht fair, aber es sagt alles über sie und nichts über dich aus.«

Ella legt den Kopf zur Seite und denkt darüber nach.

»Vermutlich.« Sie verstummt wieder und sieht den Strand hinunter. »Ich meine, ich mag Klamotten schon auch«, fährt sie fort. »Und wenn es an unserer Schule coole Jungs gäbe, hätte ich auch nichts gegen einen Freund. Aber ich interessiere mich auch noch für so viele andere Sachen, weißt du. Sie finden Wandern oder Segeln oder Abenteuertouren aber uncool. Deswegen fand ich es so toll, als Molly und ich angefangen haben, über Facebook zu chatten. Sie hat mich einfach verstanden und mir das Gefühl gegeben, dass es okay ist, anders zu sein.«

Die beiden sind unzertrennlich und haben wenigstens ein paar Tage mehr zusammen verdient. Ich stehe auf und wische mir den Sand von den Jeans.

»Komm, ich glaube, es wird Zeit zurückzugehen – und dass du deiner Cousine mit der ganzen Putzerei wieder hilfst!«

Ella steht hastig auf. »Also reisen wir nicht ab?«

»Nicht heute, nein. Und morgen ist die Beerdigung. Dafür können wir dann auch noch bleiben, und danach noch ein bisschen, wenn du möchtest. Immerhin haben wir eine lange Reise auf uns genommen.«

Denn das haben wir. Es fühlt sich an wie eine sehr, sehr lange Reise. Aber mir wird allmählich klar, dass sie vielleicht noch nicht zu Ende ist.

Ella wirft mir die Arme um den Hals, so wie sie es getan hat, als sie noch kleiner war. Dann gehen wir Arm in Arm zum Haus zurück.

Alice

Ich sehe Lorna und Ella vom Strand zurückkommen, von hier aus sind sie kaum auseinanderzuhalten. Es wird ein schöner Inselmorgen, die Sonne steht klar wie eine Münze am Himmel. Wenn die beiden hereinkommen, koche ich eine Kanne Tee und frage sie, ob sie mit Molly und mir ein Stück Kuchen essen wollen. Molly holt gerade Teller, und ich trage die Kuchenform und ein Messer zum Tisch, als das Handy in meiner Hosentasche summt. Ich ziehe es mit einer Hand heraus und halte mit der anderen noch das Messer.

Es ist eine Nachricht von Sarah.

Hast du Zeit? Jeans Mann hat aufgelöst bei mir angerufen. Ich bin auf dem Weg zu ihm – die anderen fahren auch los.

Das Messer fällt klirrend auf den Tisch. Was ist passiert? Mein Herz rast, mir wird heiß.

»Mum! Ist alles okay?«

Ich schnappe mir die Autoschlüssel vom Tischende. »Ich muss los, Mäuschen, tut mir leid. Sagst du den anderen Bescheid, wenn sie zurückkommen?«

Sie nickt, ihre Miene ist ängstlich.

»Tut mir leid. Bis später, Mäuschen.«

Mit schwitzigen Händen fahre ich über die Insel, ohne etwas zu sehen. Ich kann nur an Sarahs Nachricht denken und daran, was passiert sein könnte. Als ich den Wagen vor Jeans und Christophers Haus abstelle, einem Cottage in der Nähe der Schule, erkenne ich vor mir Sarahs Auto. Sie steigt aus, und wir umarmen uns zur Begrüßung.

»Was ist passiert?«, frage ich sie panisch.

»Das hat er nicht gesagt, nur dass wir kommen sollen.«

Christopher öffnet uns die Tür. Seine Augen sind rot, und er hat eine Schürze umgebunden. Die letzten Monate haben ihn altern lassen, zwischen seinen Augenbrauen haben sich tiefe Falten eingegraben.

»Danke, dass ihr gekommen seid«, sagt er mit zittriger Stimme. »Hoffentlich könnt ihr sie zur Vernunft bringen. Die anderen sind schon drin. Möchtet ihr einen Tee?«

Er führt uns den Flur hinunter, der von gerahmten Schulfotos gesäumt ist, auf denen Jean in unterschiedlichem Alter umringt von grinsenden Schulkindern zu sehen ist.

»Was ist passiert, Christopher, ist alles okay?«

Er schnieft und wischt sich die Hände an der Schürze ab.

»Das soll sie euch selbst erzählen. Kommt rein.«

In dem kleinen Wohnzimmer sitzt Jean auf dem Sofa. Brenda hat sich neben sie gesetzt, Tess, Joy und Harry teilen sich einen Sessel, Morag thront in einem anderen, und Kerstin und Emma sitzen auf dem Boden. Auf dem Couchtisch in der Mitte stapeln sich Teetassen. Christopher schlängelt sich zwischen den Frauen hindurch, schenkt aus einer großen Kanne Tee ein und reicht Sarah und mir jeweils einen Becher.

Wir bedanken uns, küssen Jean zur Begrüßung auf die Wange, und Kerstin und Emma machen für uns Platz auf dem Boden.

Ich sehe Jean an und versuche, ihren Blick aufzufangen, doch sie sieht zur Seite.

»Das ganze Theater tut mir leid«, sagt sie ein wenig steif. Ihr Gesicht ist blass, aber sie hat es wie üblich mit Make-up und hellem Lippenstift überschminkt, der an ihr heute ungewöhnlich grell aussieht.

Christopher sammelt eine Handvoll leerer Tassen ein und zieht sich in die Küche zurück.

»Ich habe ihm gesagt, dass es meine Entscheidung ist«, sagt Jean ungehalten. »Aber er hört mir einfach nicht zu.«

Sie reibt mit der Hand über die Sofalehne. Neben ihr steht ein kleines Tischchen mit einer Lampe und einem Stapel Bücher. Das ganze Zimmer ist voll mit Büchern. Jedes Jahr scheinen es mehr zu werden. Die Insel hat keine Bücherei, aber wir haben Jean.

»Welche Entscheidung, Jean?« Ich bemühe mich, nicht zu verzweifelt zu klingen, aber es gelingt mir nicht.

Jean seufzt und blickt in die Runde. Meine Freundinnen blicken alle zu ihr und warten, was sie zu sagen hat.

»Das Krankenhaus hat sich heute gemeldet«, sagt sie. »Ich soll zurückkommen und eine Chemotherapie anfangen. Aber ich habe entschieden, dass ich keine will.«

Es fühlt sich an, als würde der Boden unter mir einbrechen. Es entsteht ein kurzes Schweigen.

»Wieso nicht, zum Teufel?«, fragt Morag.

Jean seufzt und verlagert steif ihr Gewicht auf dem Sofa. »Das war auch Christophers Reaktion.«

Brenda nimmt ihre Hand. »Aber wirklich, Jean, warum nicht?«

Jean fährt sich mit der Hand durch ihr graues Haar und wirft einen Blick aus dem Fenster. Die beiden Liegestühle stehen in der Sonne. Vor ein paar Tagen habe ich dort noch mit ihr gesessen und die Schmetterlinge beobachtet.

»Ich habe gesehen, was es mit meiner Mutter gemacht hat. Es war grauenhaft, einfach grauenhaft. Und am Ende schien es auch keinen Unterschied zu machen.«

»Aber ist es in deinem Fall dasselbe wie in ihrem?«, fragt Kerstin. »Was sagen denn die Ärzte dazu?«

»Die Ärzte raten mir stark zu einer Chemotherapie. Anscheinend glauben sie, dass eine gute Chance besteht, dass sie erfolgreich sein wird. Aber ich halte das nicht aus. Und wir müssten dazu aufs Festland ziehen, wenigstens eine Zeit lang. Das hier ist mein Zuhause. Ich will nicht weg.«

»Aye, das kann ich verstehen«, sagt Morag. Ihre Kinder versuchen alle paar Monate wieder, Morag dazu zu überreden, aufs Festland zu ziehen, idealerweise in eine Pflegeeinrichtung.

»Du weißt, dass wir dir helfen würden, wann immer wir könnten«, sagt Sarah. »Wir würden mit dir zu den Behandlungsterminen gehen. Christopher und du müsstet nicht alles alleine durchstehen.«

»Ja«, wirft Emma ein. »Wir könnten abwechselnd aufs Festland kommen und bei euch bleiben.«

»Und wir würden deine Pflanzen gießen, solange ihr weg wärt«, sagt Joy. Tess neben ihr nickt.

»Und du, Alice?« Jean sieht jetzt mich an. »Was möchtest du mir sagen, damit ich meine Meinung ändere?«

Ich sehe meine alte Freundin an und bemerke, wie erschöpft ihr Gesicht ist, wie müde sie aussieht. Ich kann mir das Leben ohne sie nicht vorstellen. Sie ist genauso sehr ein Teil dieser Insel wie der Berg, die Hügel, das Meer. Sie hat mitgeholfen, Generationen von Inselkindern großzuziehen, und sie ist eine meiner engsten Freundinnen. Der Gedanke daran, sie zu verlieren, lässt eine Welle von Schmerz und Übelkeit in mir aufsteigen.

»Nichts«, sage ich schließlich.

Die anderen starren mich an.

»Was?«, sagt Brenda.

Ich schließe für einen Moment die Augen, ich will die nächsten Worte nicht aussprechen, aber ich weiß, ich muss es tun.

»Jean, wir alle lieben dich, und ich gebe zu, es ist schwer zuzusehen, wie du diese Entscheidung triffst. Aber wie du schon sagtest, es ist deine Entscheidung. Wenn es das ist, was du wirklich willst, müssen wir es respektieren.«

Ihre Schultern senken sich ein Stück, ihr Körper sinkt auf das Sofa zurück. »Danke, Alice.« Erleichterung macht ihr Gesicht jetzt weicher. »Es ist das, was ich will.«

Neben mir seufzt Sarah auf. »Du hast recht. Es tut mir leid. Natürlich unterstützen wir dich bei allem, was du tun willst.«

»Natürlich«, pflichten Tess und Joy ihr wie aus einem Munde bei.

»Immer«, setzt Brenda hinzu und wischt sich mit dem Ärmel über die Augen. Bevor wir uns versehen, schniefen wir alle ebenfalls vor uns hin und reiben uns die Augen.

»Oh, hört auf, ihr steckt mich an!« Jean wischt sich mit dem Handrücken übers Gesicht. Ich strecke den Arm aus, nehme ihre Hand und drücke sie. Es fühlt sich so unfair an, so ungerecht, so verzweifelt traurig. Wenn wir Jean verlieren, wird das in unsere Gruppe ein Loch reißen, es wird eine Lücke bleiben, die nichts je füllen kann.

»Was haltet ihr davon, wenn wir deinen Mann fragen, ob er mit etwas Stärkerem aufwarten kann als Tee?«, schlägt Morag nach einer Weile vor. Und zur Überraschung aller lacht Jean.

»Eine hervorragende Idee«, sagt sie und lächelt unter Tränen. Und wir lächeln alle zurück, nicht weil unsere Herzen nicht gebrochen wären, sondern weil sie unsere Freundin ist und sie in diesem Augenblick genau das braucht.

Lorna

Als Ella und ich zum Hof zurückgehen, hat sich zwischen uns etwas verändert. Ich werfe ihr einen Blick zu und sehe kein kleines Mädchen mehr, sondern meine Tochter, die zur Frau wird. Da entdecke ich auf den Feldern meinen Bruder. Er sieht auf, und zu meiner Überraschung begegnet er meinem Blick und kommt auf uns zu. Ella bemerkt ihn ebenfalls und zieht vorsichtig ihren Arm aus meinem.

»Viel Glück, Mum. Ich bin drinnen, falls du mich brauchst.«

Sie wendet sich zum Haus. Ich hole tief Luft und gehe über die Wiese Jack entgegen, der mit großen, entschlossenen Schritten auf mich zukommt. Ella hat recht, Jack und ich müssen reden. Ich weiß nicht, wie das Gespräch laufen wird, aber ich muss es zumindest versuchen.

Wir treffen uns an der Feldsteinmauer. Einen Augenblick bleiben wir voreinander stehen, er hat die Hände in die Taschen gesteckt, meine Arme hängen an meinen Seiten herunter. Die Sonne scheint warm auf meine Schultern. Dann dreht Jack sich um und setzt sich auf die Mauer, und ich lasse mich neben ihn sinken. Wir blicken beide über das Feld zum

Hof. Ich höre seinen regelmäßigen Atem neben mir und das Blöken eines Schafs ein Stück weit entfernt auf der Weide. All die Luft um uns herum fühlt sich für diesen Augenblick genau richtig an. Als er mich im Haus zur Rede gestellt hat, fühlte ich mich zwischen all den Kartons und Erinnerungen in die Enge getrieben. Hier, mit der Meeresbrise im Gesicht und dem Geruch von Salzwasser, Heide und Schafswolle in der Nase, bin ich freier. Jack erscheint mir ebenfalls weniger steif, er sitzt ganz ruhig neben mir.

Ich bemerke, dass der Land Rover fort ist, und frage mich kurz, wo Alice wohl ist. Ich glaube, sie würde uns gerne nebeneinander auf dem Feld sitzen sehen. Vor uns liegt der Hügel, der zum Meer hin abfällt. Eine Gestalt geht über den Sand, ein Hund springt vor ihr her. An der Wasserlinie ruhen sich Möwen aus und schaukeln wie Bojen auf dem Meer. Ich fahre mit der Hand über die Steine, auf denen wir sitzen. Sie sind von Flechten und Moos bedeckt, und zwischen den Ritzen ganz unten, wo Stein und Gras aufeinandertreffen, sprießen Wildblumen hervor.

»Wie baut man eine Feldsteinmauer?«

Jacks graue Augen blitzen in der Sonne auf. Ich begegne seinem Blick. Er neigt den Kopf zur Seite und mustert die Steine neben sich.

»Na ja, man fängt an, indem man die Steine sortiert.«

»Ja?«

Er sieht mich wieder an. »Man braucht alle möglichen Formen und Größen. Dann markiert man, wo die Mauer stehen soll, und baut eine Art Rahmen – für die Markierung kann man Holz, Metall oder Schnur benutzen.«

»Und dann?«

Er holt Luft. »Dann fängt man an zu bauen.«

»Es dauert doch bestimmt ewig. Es ist ein solches Puzzle.«

»Der Trick ist, sich nicht zu hetzen. Die Mauer soll glatt

werden, also kann es schon mal mehrere Versuche dauern, bis man die perfekten Steine ausgesucht hat. Es ist nicht die schnellste Art, eine Mauer zu bauen, aber wenn sie erst gebaut ist, steht sie praktisch für immer.«

»Echt? Ich habe nie begriffen, warum sie einfach stehen bleiben. Ich meine, sie fühlt sich so solide an, aber ich kann nicht fassen, dass kein Zement oder irgendwas sie zusammenhält.«

»Man braucht keinen Zement – die Wände stützen sich selbst. Die Mauer hält viel aus, wenn man sich die Zeit nimmt, sie ordentlich zu bauen. Kann schon mal sein, dass ein Teil bei einem Sturm einstürzt, aber dann baut man sie einfach mit denselben Steinen wieder auf.«

Ich blinzele schnell und stelle mir vor, wie mein Bruder diese Mauer mithilfe anderer Insulaner gebaut hat.

»Sie ist wunderschön.«

Ein leichtes Lächeln breitet sich über sein Gesicht aus.

»Das finde ich auch. Ich betrachte sie weniger als einzelne Mauer, eher als Teil der Landschaft. Das sind Steine von hier, sie sind seit Generationen auf der Farm. Sie gehören zu diesem Land.«

Ich sehe meinen Bruder an, der auf dieser Mauer sitzt, die er selbst gebaut hat, seine schlammverspritzte Bauernkleidung trägt, mit sonnengebräunten Armen und Augen im gleichen Grauton wie die Steine der Mauer. Er gehört ebenfalls zu diesem Land, das kann ich jetzt sehen. Als ich jung war, habe ich vielleicht davon geträumt, dass er mit mir nach London kommen könnte, doch wenn ich ihn jetzt ansehe, verstehe ich, warum er nicht wegwollte. Es lag nicht nur an unseren Eltern und seinem Pflichtbewusstsein, er ist einfach mit diesem Ort verwachsen.

»Du hast hier einen großartigen Job gemacht, Jack«, sage ich. »Was den Hof angeht, was Molly angeht …«

Er lacht leise, und das Geräusch wärmt mich wie die Flammen eines Holzfeuers.

»Aye, sie ist ein tolles Mädchen, wenn sie sich nicht gerade verrückte Pläne ausdenkt.«

»Wie lange wirst du ihren Hausarrest noch dauern lassen, was meinst du?«

»Keine Ahnung. Das Haus sieht ziemlich sauber aus, und mir fallen nicht mehr allzu viele Aufgaben für sie ein.«

Wir lächeln einander an, und mein Herz schlägt schneller, weil es etwas so Einfaches ist.

Es entsteht ein kurzes Schweigen. Wir sitzen weiterhin nebeneinander und blicken hinaus aufs Meer. Ich habe mir einen solchen Augenblick seit Jahren ausgemalt. Einfach neben meinem Bruder zu sitzen, nicht einmal etwas zu sagen, einfach Seite an Seite zu sein. Ich lege meine Hand auf die Mauer, nur wenige Zentimeter neben seine.

»Jack, ich möchte dir sagen, wie leid es mir tut. Alles. Dass ich gegangen bin, dass ich mich nicht verabschiedet habe, was ich alles verpasst habe. Es tut mir alles zutiefst leid.«

Die Worte gehen mir nur schwer über die Lippen, doch als sie ausgesprochen sind, überkommt mich eine Welle der Erleichterung. Ich glaube, ich habe seit Jahren darauf gewartet, sie zu sagen.

Ich lasse Jack nicht aus den Augen, mustere sein Gesicht und warte auf eine Reaktion. Er runzelt die Stirn und schüttelt leicht den Kopf.

»Mir tut es auch leid. Weißt du, ich war jahrelang nur damit beschäftigt, wütend auf dich zu sein.«

»Das überrascht mich nicht.«

»Ich war so wütend auf dich, weil du weggegangen und nicht in Kontakt geblieben bist. Aber du hast mir geschrieben. Ich hätte dir zurückschreiben können.«

Ich denke daran, wie es mich jedes Mal wie ein Schlag

durchfuhr, wenn ein handschriftlich adressierter Umschlag auf meiner Fußmatte landete, und an die Enttäuschung, wenn der Brief wieder nicht von ihm stammte. Ich habe es ihm nie übel genommen, mich aber an die Hoffnung geklammert, dass er eines Tages antworten würde.

»Und ich habe über das nachgedacht, was du vorgestern im Haus gesagt hast.« Er reibt sich die Wange. »Ich habe versucht, mich zu erinnern. Es ist schwer, alles fühlt sich ganz neblig an, und es kommt mir vor, als könnte ich meinen eigenen Erinnerungen nicht trauen.«

Ich nicke langsam. »Das verstehe ich. Mir ging es manchmal genauso.«

Wenn man ein Kind ist, haben die Menschen, die einen umgeben, die Macht darüber, wie die Geschichten erzählt werden. Lorna ist tollpatschig, sie ist so wild, sie muss lernen, wie man sich benimmt. Erst nachdem ich die Insel verlassen hatte und älter geworden war, gelang es mir, wirklich zu sehen, was geschehen war, es in meine eigenen Worte zu fassen. Jack hat diese Herauslösung nie erfahren. Und die Sache ist die: Je länger die anderen deine Geschichte für dich erzählen, desto echter fühlt sie sich an.

»Gestern Abend konnte ich nicht schlafen, und ein paar Sachen waren plötzlich wieder da«, sagt er. »Ich erinnerte mich an den Rauch und den Benzingestank, die von draußen durch mein Schlafzimmerfenster kamen.«

Meine Brust wird eng, als ich mich an dieselben Gerüche erinnere. Flammen unten im Garten. Meine Bilder und meine Hoffnungen für die Zukunft brannten auf einem rauchenden Scheiterhaufen. Jack wendet sich zu mir um und sieht mich an.

»Es ist mir wieder eingefallen, Lorna. Gestern Abend habe ich mich an das Feuer erinnert. Und plötzlich ergab die Geschichte, die sie mir immer erzählt hatten, überhaupt keinen

Sinn mehr. Wieso solltest du deine Sachen verbrennen, wieso solltest du so etwas tun? Natürlich hast du es nicht getan. Sie waren das.«

Ich bringe kein Wort heraus, und heiße Tränen steigen mir in die Augen. Ich schluchze auf, mein Herz rast vor Freude und Trauer und Erleichterung darüber, dass mir geglaubt wird. Jack nimmt meine Hand. Er hält sie, während ich weine und die Felder und das Meer sich in ihren Grün- und Blautönen um uns erstrecken.

»Es tut mir leid, Lorna«, sagt er leise und drückt meine Hand.

»Oh Jack, mir auch.«

Ich rutsche ein Stück näher und lege den Kopf an seine Schulter. Er hebt eine Hand und legt sie auf mein Haar. Ich weiß nicht, wie lange wir so dasitzen. Es könnten Sekunden sein, es könnten Jahre sein. Das Einzige, was ich wahrnehme, ist mein Bruder neben mir, so, wie wir einmal waren, wie wir immer hätten bleiben sollen.

Schließlich versiegen meine Tränen allmählich, und ich rücke etwas von ihm ab und wische mir mit dem Ärmel das Gesicht trocken.

»Ist es okay, wenn wir noch ein bisschen länger hier auf der Insel bleiben?«, frage ich ihn.

»Bleibt, solange ihr mögt«, antwortet er leise.

Ich denke an Jacks Beschreibung, wie man Feldsteinmauern baut. Manchmal gibt es Stürme, manchmal geraten festgefügte Dinge ins Rutschen und stürzen ein. Aber man kann sie wiederaufbauen, einen Stein nach dem anderen. Wie ich so neben meinem Bruder sitze und die Wellen unter uns an den Strand rollen sehe, habe ich das Gefühl, dass wir das endlich tun. Wir bauen unsere Mauer wieder auf, einen Stein nach dem anderen.

Alice

»Und was jetzt?«, fragt Sarah.

Wir stehen alle zusammen vor Jeans Haus. Tess wippt Harry auf ihrer Hüfte, Joy hat die Arme um die beiden gelegt und starrt benommen ins Nichts.

Es war nicht leicht, uns von Jean zu verabschieden. Nach den Tränen und ein paar Schlückchen Whisky wirkte sie ruhiger, ihre Anspannung löste sich.

»Wir sehen uns morgen bei der Beerdigung«, sagte sie, und ich konnte sehen, wie meine Freundinnen zusammenzuckten.

Christophers Blick vermochte ich kaum standzuhalten, als er uns mit hängenden Schultern zur Tür geleitete.

»Sollen wir zum Strand gehen?«, schlägt Emma vor. Kerstin jedoch schüttelt den Kopf.

»Zu öffentlich. Ich glaube, ich wäre im Moment nicht in der Lage, Small Talk mit den Leuten zu machen, die ihre Hunde Gassi führen.«

Ich verstehe, was sie meint. Wir möchten zusammen sein, unter uns, und begreifen, was eben geschehen ist, was mit unserer Freundin geschieht.

»Ich habe eine Idee.«

Schweigend gehe ich voran zum Gemeindezentrum. Wie üblich ist die Tür nicht abgeschlossen, und sie folgen mir hinein. Der Raum, in dem wir sonst unseren Kurs haben, ist warm, Sonnenlicht fällt durch die Fenster herein und malt weiße Rechtecke auf den Linoleumboden. Automatisch greifen meine Freundinnen nach den Matten in der Ecke und rollen sie aus, scharen sich um die Lichtflecke. Eine nach der anderen setzt oder legt sich hin. Morag braucht einen Augenblick, und ich strecke den Arm aus, um ihr zu helfen. Ausnahmsweise schiebt sie ihn nicht weg. Ich knie mich auf meine Matte, und wir schweigen einen Augenblick.

»Es ist so ungerecht.« Brendas Stimme ist laut vor Wut.

»Aye«, pflichtet ihr Morag bei. »Wieso Jean? Ich bin verdammt noch mal steinalt, wenn der da oben jemanden holen will, sollte er mich nehmen.«

»Sie war unsere Lehrerin«, sagt Emma. »Ich dachte immer, sie sei unbezwinglich, wisst ihr.«

»Ich auch«, stimmt Sarah ihr zu. »Wenn man mir als Kind gesagt hätte, dass Mrs Brown einmal zu meinen engsten Freundinnen gehören würde, hätte ich bloß gelacht.«

Ich sehe mich unter meinen Freundinnen um. Die Unterschiede zwischen uns sind nicht das, was wichtig ist. Wichtig sind die Momente, die wir zusammen erlebt haben, beim Yoga hier in der Halle oder am Strand, beim Trinken im Lookout, wenn wir unsere Geburtstage gefeiert haben oder gute Nachrichten, wenn wir miteinander unsere Verluste und Niederlagen betrauert haben. Jetzt haben wir das schwierigste Stück unserer gemeinsamen Reise vor uns, aber wir werden Jean nicht allein lassen.

»Alice«, sagt Tess. »Meinst du, du könntest uns unterrichten? Ich weiß ja nicht, wie es euch geht, aber ich könnte die Ablenkung gebrauchen.«

»Gute Idee. Wenn ich mich nicht bewege, könnte es sein, dass ich den ganzen Tag hier sitzen bleibe«, sagt Kerstin.

»Ich weiß nicht ... Ich bin mir nicht sicher, ob ich jetzt Yoga unterrichten kann.«

»Bitte. Ich glaube, es wird helfen«, sagt Sarah.

Ich beginne mit einem Sonnengruß. Die Bewegungen sind fließend und regelmäßig, sie absorbieren einen ganz, deswegen habe ich sie ausgewählt. Meine Freundinnen ahmen mich nach, fassen auf den Boden und heben die Arme in den Himmel, wechseln mit Energie und Zielstrebigkeit von einer Position zur nächsten. Während ich es ihnen vormache, denke ich darüber nach, wie alles zusammenhängt: Liebe mit Verlust, Leben mit dem Tod, es gibt das eine nicht ohne das andere.

»Holt tief Luft«, sage ich. »Und dann atmet aus und lasst alles aus euch hinausströmen.«

Hätten wir uns mehr bemühen sollen, Jean umzustimmen? Allem, was ich gesagt habe, zum Trotz habe ich das Gefühl, einen großen Fehler gemacht zu haben. Ich vermute, letztlich ist Loslassen das Schwerste überhaupt auf dieser Welt.

Lorna

Als ich wieder am Haus ankomme, fährt Alice gerade mit dem Land Rover vor. Ich falle ihr um den Hals.

»Wir haben es getan, Alice, wir haben geredet, Jack und ich haben wirklich geredet.«

»Das freut mich so«, antwortet sie. Als wir uns voneinander lösen, wischt sie sich schnell über die Augen, und ich bemerke, dass sie rot aussehen.

»Ist alles okay?«

Sie holt tief Luft und winkt ab. »Mir geht's gut. Ich bin froh, dass ihr geredet habt. Ich weiß, dass Jack das schon länger tun wollte, aber es fällt ihm schwer, sich zu öffnen.«

»Danke, Alice. Es hat mir auch sehr geholfen, mit dir zu reden.«

»Schön, dass du wieder auf den Beinen bist«, sagt sie mit einer gezwungen wirkenden Heiterkeit. »Fühlst du dich besser?«

»Viel besser, danke. Und danke, dass ihr euch um mich gekümmert habt, beide.«

Als ich das sage, fällt mir plötzlich der andere Mensch ein, der mit uns auf der Insel war, der uns durch den Sturm navigiert und uns geholfen hat, unsere Töchter zu finden. Meine Wangen werden warm. Wenn heute der Tag für Annäherungen und Gespräche ist, dann gibt es einen Menschen, den ich sehen möchte. Ich stelle mir Mallachys Studio vor, sehe ihn vor mir, wie er vor Caora Island durch das seichte Wasser watet, und ich denke an den Geruch seines Pullovers – nach Fichtennadeln und Ölfarben.

»Alice, macht es dir etwas aus, wenn ich eine Weile weg bin? Ich muss mich bei jemandem bedanken.«

Ihr Lächeln wird jetzt echter. »Mallachy hat heute seinen freien Tag. Er ist bestimmt zu Hause.«

Ich ziehe die Augenbrauen hoch, und sie hebt lächelnd die Hände. »Entschuldigung, ich wollte mich da nicht einmischen. Die Blumen an deinem Bett waren von ihm, das habe ich ganz vergessen, dir zu sagen.«

Ist mein Gesicht so rot, wie es sich anfühlt? »Wie nett von ihm.«

»Also, möchtest du mir vielleicht erzählen, was da los ist?«, fragt sie. »Und sag mir, falls ich zu neugierig bin.«

Ich seufze. »Nein, ist schon in Ordnung. Aber ehrlich, ich habe keine Ahnung. Mir fehlt wirklich die Übung.«

»Er mag dich jedenfalls, das ist eindeutig.«

»Klingt es verrückt, wenn ich sage, dass mir das Angst macht? Ich meine, ich bin vierzig, zum Teufel. Aber ich treffe mich nicht mit Männern, wenn es ernst werden könnte und wenn Ella sie kennt. Ich will ihr Leben nicht komplizierter machen.«

»Das ist sehr bewundernswert, aber sie ist jetzt ein Teenager. Sie versteht sicher, dass du ein eigenes Privatleben verdient hast.«

»Vermutlich.«

»Außerdem«, fügt sie hinzu, »ist es immer beängstigend, sich zu verlieben. Aber viele der besten Dinge im Leben sind beängstigend, oder nicht? Sich jemand anderem zu öffnen ist nicht leicht, weil immer die Möglichkeit besteht, dass es nicht funktionieren könnte oder dass man den anderen wieder verliert. Aber sich selbst für immer zu verschließen ... ist das leben?«

Ihre Worte erschüttern mich. Habe ich die letzten Jahre überhaupt wirklich gelebt?

»Worauf wartest du?«, fragt Alice. »Das Leben ist kurz, kürzer, als wir uns bewusst machen. Geh zu ihm. Nimm das Auto.«

Sie gibt mir die Schlüssel, und ich spüre, wie sich ein Grinsen über mein Gesicht ausbreitet. Aber ich zögere.

»Bist du wirklich sicher, dass mit dir alles in Ordnung ist?« Ich mustere sie und suche nach Anzeichen für die Mitgenommenheit von eben.

»Mir geht's gut. Fahr los«, antwortet sie.

»Okay. Danke. Bis später, Alice.«

»Viel Glück.«

Mein Magen macht einen kleinen Satz, als ich in den Land Rover steige und losfahre. Die ganze Insel sieht im Sonnenlicht golden aus. Einen Augenblick lang habe ich Lust zu singen. Und ich singe nie.

Mallachys Haustür steht offen, ein Paar Stiefel wartet auf der Veranda. Ich klopfe an die geöffnete Tür.

»Lorna!« Seine Stimme dringt aus dem Inneren des Hauses. »Ich bin im Studio, komm rein!«

Ich folge seiner Stimme in den lichterfüllten Raum ganz hinten im Haus. Er sitzt an einer auf das Meer ausgerichteten Staffelei. Als ich eintrete, steht er auf und dreht sich zu mir um. Seine grünen Augen glitzern in der Sonne.

»Woher wusstest du, dass ich es bin?«, frage ich und werfe einen kurzen Blick auf die Staffelei. Darauf steht eine beinahe leere Leinwand, nur ein paar Zeichenstriche sind auf der weißen Fläche zu sehen. Doch dann lächelt er mich an, und die Leinwand wird wieder zur Kulisse. Es ist ein Lächeln, das für einen Augenblick alles andere verschwinden lässt.

»Jeder Insulaner wäre einfach hereingekommen. Nur Leute vom Festland klopfen an.«

Mit »Leute vom Festland« will er mich provozieren. Ich nehme die Herausforderung an.

»Entschuldige bitte, aber ich bin auf der Insel geboren. Du bist hier der Zugezogene!«

»Aye, da hast du recht. Es geht dir also besser? Da bin ich froh.«

»Ja, mir geht es wieder gut. Danke für die Blumen. Und für deine Hilfe bei der Suche nach den Mädchen. Ich weiß ehrlich nicht, wie ich dir jemals für alles danken soll, was du getan hast.«

Er zuckt mit den Schultern. »Das hätte jeder getan. Ich bin nur einfach froh, dass sie es heil überstanden haben.«

»Sie schreiben beide gerade an sehr langen Entschuldigungsbriefen an dich.«

Er lacht. »Auf die freue ich mich schon.«

Ich zögere einen Moment, plötzlich weiß ich nicht mehr, was ich sagen soll. Der Tag heute war bislang ein Tag der Gespräche, des Versuchs, die richtigen Worte zu finden. Aber manchmal gibt es keine Worte. Stattdessen mache ich einen Schritt auf ihn zu. Etwas in der Atmosphäre um uns verändert sich plötzlich. Ich sehe ihn an und spüre sie erneut, diese elektrische Spannung, die bei meinem ersten Mal in seinem Studio zwischen uns hin und her geflossen ist. Aber dieses Mal ist es anders. Dieses Mal werde ich nicht weglaufen. Stattdessen neige ich das Gesicht nach oben und küsse ihn. Und – dem Himmel sei Dank – er küsst mich zurück.

Sein Mund ist warm, der Bart fühlt sich an meinem Gesicht rau an. Er fährt mit den Fingern durch meinen verknoteten Haarschopf. Wir lösen uns für einen Augenblick voneinander, und er lehnt seine Stirn an meine.

»Oh Gott, das wollte ich tun, seit ich dich zum ersten Mal gesehen habe«, sagt er leise.

Ich kann nicht anders, ich muss lachen. »Was, als ich laufen war und überall im Gesicht Mascara hatte?«

Er legt die Hand an meine Wange. »Ja. Du bist so schön.«

Ich weiß nicht, was ich darauf sagen soll. Wenn ich in den Spiegel schaue, sehe ich normalerweise die Tränensäcke unter meinen Augen und jedes neue Fältchen in meinem Gesicht. Aber so wie er mich ansieht, könnte es sein, dass da noch etwas anderes ist, was ich nicht bemerke. Ich küsse ihn erneut.

»Ernsthaft«, sagt er und löst sich wieder einen Moment. »Du hast ja keine Ahnung. Die Insel ist großartig und alles, aber es gibt hier niemanden wie dich.«

»Schsch«, mache ich und lege meine Lippen wieder auf seine.

Sein Grinsen lässt mein Herz schneller schlagen. Wir stolpern in sein Schlafzimmer und ziehen einander aufs Bett, und dabei habe ich das Gefühl, dass ein Gewicht nach dem anderen von mir abfällt. Heute habe ich so viele Lasten abgelegt, die ich schon ewig mit mir herumtrage. Ich habe mich seit Jahren nicht mehr so leicht gefühlt. Ich überlasse mich diesem Gefühl, Mallachys Berührung auf meiner Haut. Als wir uns zwischen zerwühlten Laken finden, fühle ich mich einen glückseligen Augenblick lang total und vollkommen frei.

* * *

Ein Flüstern an meinem Ohr.

»Lorna.«

Das Geräusch weckt mich; ich muss eingeschlafen sein. Ich strecke mich und schlage die Augen auf. Mallachy beobachtet mich auf seinen Ellbogen gestützt, die Laken um die Taille geschlungen. Seine Augen sind hell und leuchten, sein Haar steht wirr vom Kopf ab. Ich kann nicht anders, als mit den Augen seinen nackten Oberkörper entlangzufahren, der muskulös ist, aber nicht auf einschüchternde Weise. Mein Blick fällt auf die Hände, die mich sanft festgehalten haben.

»Keine Sorge, du hast nicht geschnarcht«, sagt er lächelnd.

»Ach, ich schnarche nie«, lüge ich. Er lacht.

Das Schlafzimmer badet in Licht, und als ich aus dem Fenster sehe, zucke ich kurz zusammen. In der Hast haben wir vergessen, die Vorhänge zuzuziehen. Aber dann entspanne ich mich. Auf dieser Seite der Insel sind wir abgeschieden, die Einzigen, die uns sehen könnten, sind die Möwen, die auf Mallachys kleinem Strandstück über den Sand hüpfen. Langsam ziehen wir uns wieder an, Mallachy reicht mir meine Kleidungsstücke vom Boden. Ohne darüber zu sprechen, gehen wir beide wieder hinüber ins Studio. Es ist von Sonnenlicht erfüllt, um uns herum erstreckt sich der Anblick der Insel und des Meeres.

Mallachy wischt einen Stapel Papier von seinem Schreibtisch.

»Was machst du da?«

»Ich räume deinen Platz frei«, sagt er lächelnd.

Er legt ein paar leere Seiten, Bleistifte, Pinsel und Wasserfarben aus. Ich reibe mir die Arme, plötzlich ist mir kalt.

»Ich weiß nicht, ob ich kann. Ich habe seit Jahren nicht gezeichnet oder gemalt.«

»Du musst nicht. Aber es ist alles da, für den Fall, dass du willst.«

Ich meide den Schreibtisch und streife stattdessen durch das Studio, sehe mir die Buchrücken an, nehme ein paar Sachen in die Hand und stelle sie wieder ab. Ein Stück Malkreide, ein Spachtel, ein Pinsel. Früher fühlten sich diese Dinge an wie Erweiterungen meines eigenen Körpers. Früher einmal konnte mich nichts glücklicher machen, als mich ins Malen und Zeichnen zu versenken. Wohin ist diese Leidenschaft verschwunden? Ist sie wirklich verschwunden oder hat sie sich nur versteckt?

Mallachy schaltet das Radio an, und Musik erfüllt den Raum.

»Willst du dich nicht wenigstens mal hinsetzen?«, sagt er sanft. Und dieses Mal tue ich es, setze mich auf einen Hocker an der Schmalseite des Schreibtisches. Die weißen Seiten auf der Tischplatte starren mich an. Ich nehme einen Bleistift und halte ihn ganz leicht in der Hand.

Neben mir hat sich Mallachy ebenfalls gesetzt, und ich lausche dem leisen Kratzgeräusch, mit dem er angefangen hat zu zeichnen. Er hält den Kopf gesenkt, seine Hand bewegt sich zügig. Ich halte meinen Bleistift wenige Millimeter über das Papier. Plötzlich möchte ich es wieder spüren – das, wonach ich mich früher so gesehnt habe, mich ganz an Papier und Bleistift zu verlieren. Um mir zu beweisen, dass es trotz der radikalen Veränderung, die mein Leben seit meiner Kindheit erfahren hat, immer noch Teile von mir gibt, die gleich geblieben sind. Ich atme ein und setze den ersten Strich.

Während wir nebeneinander arbeiten, unterhalten wir uns.

»Ich mache das nicht oft, weißt du«, sage ich leise, ohne den Blick von der Seite abzuwenden. »Mich Fremden aufzudrängen.«

»Glaub mir, Lorna, da gab es nichts zu drängen«, antwortet er. »Aber ich weiß, was du meinst, und ich auch nicht.« Er errötet und fährt sich mit der Hand durch den Bart. »Ehrlich gesagt war ich seit der Trennung von meiner Ex-Frau mit niemandem mehr zusammen.«

»Wow.«

»Tut mir leid, macht das die Sache für dich seltsam? Vielleicht hätte ich es dir nicht sagen sollen.«

»Entschuldige, ich wollte nicht so überrascht klingen, es ist nur, du wirkst so ...«

Jetzt grinst er. »Was?« Er hebt eine Augenbraue. »Gut aussehend, charmant?«

Ich erröte, als ich seinem neckischen Blick begegne. »Na ja, so selbstsicher, schätze ich.«

Er neigt den Kopf zur Seite. »Inzwischen bin ich vermutlich drüber weg. Aber ich kann dir sagen, lange Zeit war ich vollkommen im Eimer.«

Es fällt mir schwer, ihn mir nicht als ruhig und ausgeglichen vorzustellen. Aber natürlich hat jeder mit Schwierigkeiten zu kämpfen oder sie durchgestanden, man kann es nur nicht immer sehen.

»Das tut mir leid.«

Er zuckt mit den Schultern, das Lächeln kehrt auf sein Gesicht zurück. »Aye, es war hart, aber das Leben geht weiter, oder?«

Und ich stelle fest, dass ich zurücklächele. Das Leben geht weiter.

Als ich schließlich gehe, ist es schon später Nachmittag. Auf dem Hof finde ich die ganze Familie in der Küche versammelt, der Tisch biegt sich unter Hunderten von Sandwiches. Ella und Molly sind schwer damit beschäftigt, sie zu bestreichen und zu belegen, Jack schneidet säuberliche Scheiben von einem Brotlaib ab, und Alice huscht zwischen den beiden Stationen hin und her.

»Was wird das alles?«, frage ich.

»Wir bereiten alles für morgen vor«, antwortet Alice.

Natürlich. Die Realität trifft mich plötzlich mit voller Breitseite, und ein Schreck durchfährt mich. Morgen ist die Beerdigung. Nach allem, was heute passiert ist, habe ich das beinahe vergessen. Morgen werden Jack und ich unsere Eltern beerdigen. Ich sehe zu ihm hinüber, und ausnahmsweise weicht er meinem Blick nicht aus.

»Wie kann ich helfen?«, frage ich und greife nach einer freien Schürze, die über einer Stuhllehne hängt. Jack reicht mir einen weiteren Laib Brot und ein Messer.

In meiner Hosentasche summt mein Handy, und ich halte kurz inne, um die Nachricht zu lesen. Sie ist von Cheryl.

Viel Glück morgen, meine Liebe. Ich werde an Dich denken. Schicke Dir eine dicke Umarmung und alles Liebe.

Ich lächle schwach und bin gerührt, dass sie sich das Datum der Beerdigung gemerkt hat.

Danke, dass Du dran denkst, antworte ich. Und die Umarmung kann ich gebrauchen. Hoffe, Dir und den Jungs geht es gut. Kann es nicht erwarten, Dich wiederzusehen, sobald wir zurück sind.

Dann lasse ich mein Telefon wieder in die Tasche gleiten und widme mich dem Brot.

Wir fünf arbeiten schweigend zusammen, die Stille wird nur gelegentlich von einer Anweisung von Alice oder einem Austausch der Mädchen unterbrochen. Es fühlt sich anders an als das Schweigen, das für einen Großteil dieses Besuchs zwischen uns gehangen hat. Es ist eine zufriedene Ruhe. Wie ich die anderen so an dem wachsenden Berg von Sandwiches arbeiten sehe, kommt mir blitzartig ein Gedanke. Das hier ist meine Familie.

Alice

Jack und ich haben gestern Abend noch lange geredet. Ich habe ihm von Jean erzählt, und er hat mich im Arm gehalten, während ich weinte. Es war schwer, die Neuigkeit vor den anderen geheim zu halten, aber ich wollte Molly nicht aufregen, die ihre frühere Lehrerin sehr ins Herz geschlossen hat, und mein Versprechen Jean gegenüber hat mich davon abgehalten, es Lorna zu erzählen. Jetzt ist es früh am Morgen, und das Haus ist still. Ich schlüpfe aus dem Bett, wobei ich darauf achtgebe, Jack nicht zu stören, und schiebe den Vorhang ein kleines Stück zur Seite. Es ist grau, als wüsste der Himmel, dass heute die Beerdigung stattfindet. Es scheint auch ein ordentlicher Wind zu blasen, die grasbewachsenen Dünen am Strand neigen sich nach vorn, als wären sie erschöpft. Der Wecker am Bett sagt mir, dass es 5.45 Uhr ist. Aber ich weiß, dass ich nicht noch einmal einschlafen kann. Mein Magen fühlt sich an, als hätte ich einen Kater, obwohl ich gestern nichts getrunken habe. Es muss an all den Gefühlen liegen. Ich halte mich einen Augenblick am Fenstersims fest, bevor ich mich schnell und leise anziehe.

Als ich aus der Haustür trete, begrüßt mich eine kühle,

feuchte Brise. Sie dämpft meine Übelkeit etwas, und ich ziehe die klare Luft in meine Lunge. Die Wolken hängen tief über dem Horizont. Ich gehe in Richtung Strand. Später muss ich Gastgeberin bei einem Leichenschmaus sein und mich für Jack und Molly zusammenreißen. Ich werde in respektvollem Schweigen in der Kirche sitzen und danach lächeln und Sandwiches servieren, dabei will ich vor Ungerechtigkeit schreien. Die Ungerechtigkeit der schrecklichen Behandlung, die Jack und Lorna als Kinder von ihren Eltern erfahren haben, und die Ungerechtigkeit, dass meine Freundin so krank ist.

Ich erreiche die dunkle Linie auf dem Strand, an der der trockene Sand grau und nass wird. Das Meer vor mir ist von einem dunklen Graublau, durchsetzt mit dem weißen Schaum der kabbeligen Wellen. Ich setze die große Tragetasche, die ich mitgebracht habe, auf dem Sand ab. Langsam öffne ich den Reißverschluss meines Regenmantels und lasse ihn zu Boden gleiten. Dann ziehe ich meine Schuhe und Socken aus, öffne den Gürtel meiner Jeans und schlüpfe aus der Hose. Als die kalte Luft an meine Haut dringt, bekomme ich sofort eine Gänsehaut.

»Was machst du da?«

Ich drehe mich hastig um. Lorna steht ein paar Schritte von mir entfernt da und beobachtet mich mit fragendem Blick. Sie hat ihre Jacke eng um sich geschlungen. Ihre Haare stecken in einem unordentlichen Pferdeschwanz, und unter ihren Augen liegen müde Schatten. Irgendwie überrascht es mich kaum, sie hier zu sehen. Natürlich konnte sie auch nicht schlafen.

»Ich habe dich von meinem Fenster aus gesehen«, fügt sie hinzu. »Ich war wach.«

»Ich muss jetzt schwimmen«, antworte ich.

Sie blickt von mir zu den heranrollenden grauen Wellen.

»Du willst wirklich ins Wasser? Es sieht eiskalt aus.«

Das stimmt vielleicht, aber ich bin die Kälte gewohnt. Und ich weiß mit jeder Faser meines Körpers, dass sie das ist, was ich jetzt gerade brauche. Ich will alles fortwaschen, nichts spüren außer Wasser.

»Komm doch mit mir rein«, sage ich. »Glaub mir, es ist genau das, was du heute Morgen brauchst. Du wirst dich lebendig fühlen.«

Bevor sie antworten kann, ziehe ich mir mein T-Shirt über den Kopf, lasse es auf den Haufen auf dem Boden fallen und gehe in Unterwäsche auf das Wasser zu.

»Du bist verrückt!«, ruft Lorna mir lachend nach.

Ich persönlich fände es verrückt, so dicht am Meer zu leben und nie darin zu schwimmen. Der Wind zerrt an meinem Haar, und meine Füße sinken in den Sand ein und hinterlassen tiefe Abdrücke.

»Es ist alles in Ordnung, ich mache das auch im Winter. Heute wird das Wasser ganz mild sein.«

Meine Füße erreichen die ersten Wellen. Okay, vielleicht habe ich übertrieben. Meine Zehen rollen sich ein vor Kälte. Aber ich wate weiter, bis das Wasser an meine Schienbeine schwappt. Ich hole tief Luft und renne los. Wasser spritzt um mich auf. Ich presche durch die Wellen, und die Kälte ergreift mich wie ein Schraubstock. Das Wasser reicht mir bis zur Taille, dann bis zu den Schultern. Ich werfe mich nach vorn und tauche ein.

Alles ist still. Ich kneife meine Augen fest zu, damit kein Salzwasser eindringt. In meinen Ohren ist plötzlich ein Rauschen wie das Geräusch eines näher kommenden Zuges. Ein Druck baut sich in meiner Brust auf. Meine Haut prickelt, Wasser umspült jeden Zentimeter meines Körpers, hüllt mich vollkommen ein. Dann berühren meine Füße den festen Sand, und ich stoße mich ab nach oben.

Tropfen hängen an meinen Wimpern, und meine Augen tränen vom Salzwasser. Die Haut um Mund und Nase fühlt sich wund an und brennt von Wind und Salz. Mein ganzer Körper ist mir bis in die kleinste Sinnesempfindung hinein bewusst. Kaltes Wasser gleitet zwischen meinen Zehen hindurch, zerrt an meinem Haar, tropft die Rückseite meiner Ohren hinunter. Ein Kribbeln auf meinem Schlüsselbein, in meinem Nacken, unten an meiner Wirbelsäule. Die Kälte wandelt sich von einem plötzlichen Brennen zu einem anhaltenden Glühen, sodass ich mich beinahe warm fühle. Ich lasse mich auf dem Rücken treiben, mein Körper wird die Wellen hinaufgetragen, schaukelt über den Kamm und sinkt wieder hinunter. Ich drehe mich zum Strand um, wo Lorna zögert und mich beobachtet.

»Es ist herrlich!«, schreie ich. »Komm rein, du wirst es nicht bereuen!«

Sie zögert, dann blitzt ein Grinsen auf ihrem Gesicht auf. »Okay, ich komme!«

»Hurra!« Ich spritze um mich, während sie sich hastig auszieht und ins Meer läuft. Als sie den Wasserrand erreicht, schreit sie auf.

»Verdammte Axt, ist das eisig!«

»Man gewöhnt sich dran. Du schaffst das!«

Sie watet ein Stück weiter, atmet in kurzen, heftigen Zügen und umklammert mit den Armen ihren Brustkorb, ihr gesamter Körper zittert.

»Soll ich für dich runterzählen?«

Sie nickt.

»Okay. Drei, zwei, eins …«

Und mit einem Kreischen und einem Platschen wirft sie sich nach vorne. Sie schwimmt hektisch, ihr Kopf hüpft auf dem Wasser auf und ab. Doch nach ein paar Momenten wird sie langsamer.

»Oh, du hast recht«, ruft sie. »Es wird wirklich besser.«

Wir treiben nun nebeneinander auf dem Wasser und blicken zur Insel zurück. Der Berg erhebt sich wie die Flosse eines Meeresungeheuers in ihrer Mitte. Dahinter leuchtet es hell, ein Hinweis darauf, dass das hier eine vorübergehende Bö und besseres Wetter unterwegs ist. Ich kann von hier aus den gesamten Hof überblicken, unser Haus und die Felder darum herum, auf denen Schafe und Kühe grasen. Meine Kehle wird plötzlich eng.

»Schön, oder?«, sagt Lorna leise. Ich drehe mich überrascht zu ihr um.

»Ich glaube, das ist mir noch nie aufgefallen«, fährt sie fort. »Ich war so gefangen in meinen Erinnerungen, dass ich den Ort nie wirklich sehen konnte. Aber es ist schön hier. Es ist überwältigend.«

Ich wende mich wieder ab und versuche, meine Tränen zurückzuhalten. Die Sorge um das Schicksal der Inselschule rollt in einer neuen Angstwelle über mich hinweg. Wir hatten noch immer keine Bewerbung. Uns läuft die Zeit davon.

»Stimmt«, sage ich als Antwort und folge Lornas Blick zu der Insel hinüber, die ich mein Zuhause nenne.

Wir schwimmen noch ein bisschen parallel zum Strand nebeneinanderher. Schließlich stolpern wir wieder aus dem Wasser. Ich zerre ein gestreiftes großes Strandtuch aus meiner Tasche und gebe es Lorna.

»Du zuerst.«

Doch sie schüttelt den Kopf. »Nein, ich bin in deine Schwimmsession geplatzt, nimm du es.«

»Du bist nicht reingeplatzt«, antworte ich. »Es ist schön, dich dabeizuhaben.«

Sie lächelt mich an. »Es ist schön, dabei zu sein.«

Ich versuche erneut, ihr das Handtuch zu geben, aber sie weigert sich, also trockne ich mich rasch ab und gebe es ihr dann. Schnell ziehe ich mich an, meine Jeans klebt an meinen feuchten, sandigen Beinen. Mein Haar ist verknotet und wirr und tropft auf meinen Rücken, aber das ist mir egal. Als wir beide angezogen sind, lege ich das Strandtuch auf den Boden, und wir setzen uns darauf. Ich greife in meine Tasche und ziehe die Thermoskanne voll Tee heraus. Wir reichen uns den Becher hin und her, aus dem Dampfkringel in die Luft aufsteigen. Das warme Getränk sorgt dafür, dass ich wieder Gefühl in meine Arme und Beine bekomme, und allmählich breitet sich die Wärme in meinem gesamten Körper aus.

»Wie geht es dir?«, frage ich.

Sie seufzt und zieht ihre Knie an die Brust. »Ehrlich gesagt wünsche ich mir nur, dass es schon vorbei wäre.«

Ich nicke, mir geht es genauso. »Ich hoffe, es ist in Ordnung für dich, aber Jack hat mir erzählt, was du im Haus eurer Eltern zu ihm gesagt hast. Ich wollte dir nur sagen, wie leid mir alles tut, was du durchgestanden hast. Es ist einfach schrecklich.«

»Danke«, sagt sie leise.

»Du hast so viel hinter dir. Und du hast dich so vielem ganz allein gestellt. Mir ist nicht klar, wie du das geschafft hast.«

Sie gibt mir den Becher zurück. »Hier, trink du aus.« Sie sieht aufs Meer und dann wieder mich an. »Und ich bin nicht mehr allein.«

Wir lächeln uns an, dann stehen wir auf, schütteln den Sand aus dem Handtuch und brechen auf. Auf dem Weg zurück zum Haus erzählt sie mir von ihrem Nachmittag mit Mallachy, und ich gebe mein Bestes, mir meine Aufregung nicht anmerken zu lassen und es mir ganz entspannt anzuhören.

»Meinst du, ihr trefft euch noch mal, solange du hier bist?«, frage ich.

»Das hoffe ich«, antwortet sie leise.

Vor dem Haus bleiben wir beide stehen. Unsere Kleider riechen leicht nach Seetang und Salzwasser, und unsere Wangen sind von der Kälte gerötet. Ihr Haar ist genauso patschnass und wirr wie meins. Ein Teil von mir würde am liebsten zurück zum Strand rennen. Aber wenigstens muss ich mich diesem Tag nicht allein stellen. Ich werde meine Familie an meiner Seite haben. Und diese Familie schließt Lorna jetzt mit ein. Wir nicken uns verständnisinnig zu und treten ins Haus.

Lorna

Der Friedhof liegt – abgesehen vom Krächzen der Krähe auf dem Kirchendach – still da. Dunkle Bäume überwachen den Weg durch das Gräberfeld, ihre Stämme sehen so knotig aus wie Elefantenhaut. Der Kirchturm erhebt sich in den mittlerweile blauen Himmel, und dahinter steht düster und eindrucksvoll der Berg.

Ella zupft am Saum ihres schwarzen Kleides herum. Neben ihr zieht Molly an ihrem. Alice und Jack hinter den beiden halten sich an den Händen. Wir gehen zu fünft eng zusammen den Weg hinauf. Auf dem Friedhof bleiben wir stehen und sehen zu, wie schwarz gekleidete Gestalten an uns vorbei in die Kirche gehen. Ich fange Alice' Blick auf, und sie lächelt mich beruhigend an.

»Wie haltet ihr durch?«, fragt Sarahs Mutter Linda, als sie bei uns ankommt, und umarmt sowohl Molly als auch Ella. Doug schüttelt Jacks Hand und klopft ihm herzhaft, aber liebevoll auf die Schulter. Sie wechseln ein paar Worte, und Linda zieht mich in eine feste Umarmung. Bevor sie mich loslässt, sagt sie leise in mein Ohr: »Wir haben dich immer als eine der unseren betrachtet, weißt du.«

Ich blinzele die Tränen weg, sie legt mir noch kurz die Hand auf die Schulter und verschwindet mit Doug in der Kirche. Sarah und ihre Familie kommen als Nächste. Als Ella und Olive einander umarmen, kommt es mir vor, als beobachtete ich Sarah und mich als Kinder. Sarah ertappt mich dabei, wie ich den beiden zusehe, und lächelt mich weich an. Ich habe den Großteil meines Lebens damit zugebracht, meiner Vergangenheit zu entfliehen. Und doch würde ich, wenn ich könnte, für einen Augenblick zurückkehren, um die Freundschaft zu spüren, die Sarah und mich früher verbunden hat. Vielleicht ist es ja doch noch nicht zu spät für uns. Wir können nicht genau das zurückbekommen, was wir hatten, aber wir können etwas Neues aufbauen. Sie umarmt mich und verschwindet ebenfalls in der Kirche.

Da sagt eine Stimme: »Ich bin überrascht, dass sie die Frechheit besitzt, hier heute aufzutauchen.« Mein Gesicht beginnt vor Scham zu brennen, und ich sehe, wie sich Mr und Mrs Anderson umdrehen und mit ihrer Gruppe von Freunden ebenfalls durch die Kirchentür rauschen. Ihre Tochter Sophie jedoch bleibt stehen.

»Es tut mir so leid«, sagt sie, als ihre Eltern verschwunden sind. »Ich habe meine Mutter begleitet, weil sie mich darum gebeten hat, aber ich habe auch gehofft, dich zu treffen. Ich wollte mich für sie entschuldigen. Ich habe erfahren, was im Dorfladen los war.«

Ich würde gern im Boden versinken. »Du musst dich nicht entschuldigen.«

»Das möchte ich aber. Ich finde es furchtbar, dass sie und ihre Freundinnen sich so benehmen. Aber sie gehören zu den alteingesessenen Insulanern, und ich schätze, ihre Ansichten und Verhaltensweisen sitzen zu tief, als dass man sie ändern könnte.«

»Dann glaubst du das alles selbst also nicht?« Ich versuche, leicht und scherzhaft zu klingen. »Dass ich schrecklich war und Schande über meine Familie gebracht habe?«

»Natürlich nicht! Du hast wohl vergessen, dass wir zusammen zur Schule gegangen sind. Anders als meine Mutter habe ich dich wirklich gekannt. Okay, meine Eltern haben ihre Sicht der Dinge, aber es gibt auch genug andere, die es anders sehen. Wie auch immer, ich gehe besser mal rein. Es wäre schön, wenn wir reden könnten, bevor du nach London zurückfährst.«

Ob ich will oder nicht, das Gespräch wühlt mich auf. Ich greife nach Ellas Hand und drücke sie. Sie lässt mich nicht mehr los.

»Ist es okay, wenn ich trotzdem traurig bin?«, fragt sie mich leise. »Trotz der Dinge, die du mir über sie erzählt hast?«

»Natürlich, Schätzchen. Ich bin auch traurig.«

Denn kein Ausmaß an Zeit, Entfernung oder Schmerz kann die Tatsache ausradieren, dass sie meine Eltern waren.

Ich ziehe Ella fest an mich und blicke über ihre Schulter hinweg zu meinem Bruder hinüber. Sein Gesicht ist frisch rasiert, aber unter seinem rechten Ohr blitzt etwas rot auf – er muss sich beim Rasieren geschnitten haben. Auf seinem Hemdkragen ist noch so ein roter Punkt, ein leuchtender Fleck auf dem weißen Stoff. Die schwarze Krawatte und das Jackett sehen eigenartig an ihm aus. Ich habe mich daran gewöhnt, ihn in seiner Arbeitskleidung auf dem Hof zu sehen, draußen auf den Feldern, die er sich zu eigen gemacht hat.

»Ich denke, wir gehen wohl besser auch rein«, sagt Alice und geht mit Jack und Molly voran. Ella und ich folgen ihnen auf dem Fuß.

Die Kirche ist mir sofort und überwältigend wieder vertraut. Der Geruch, die glatten Steinplatten unter meinen Schuhen, die langen, gewölbten Fenster, durch die blasses Licht hereinfällt. Vorne am Altar stehen zwei mit weißen und gelben Blumen bedeckte Särge. Dort liegen meine Eltern. Ich bin froh, dass Ella meine Hand hält.

Die Bankreihen sind voll besetzt, es sieht so aus, als hätte sich die gesamte Insel in die winzige Kirche gedrängt. Als wir den Gang hinuntergehen, fällt mein Blick auf vertraute Gesichter. In einer der hinteren Reihen entdecke ich Mallachy. Sein Bart ist säuberlich gestutzt, und er trägt einen marineblauen Anzug mit Krawatte. Kurz begegnen sich unsere Blicke, und Wärme erfüllt meine Brust.

Jack, Alice und Molly setzen sich in die Kirchenbank ganz vorne. Aber ich zögere plötzlich. Einen Augenblick kommt es mir so vor, als gehörten wir hier nicht her, Ella und ich. Doch Alice dreht sich um und winkt uns zu sich, Jack und Molly rücken auf, um uns Platz zu machen.

Der junge Pastor steht vorne zwischen den beiden Särgen, den Umriss des hölzernen Kreuzes im Rücken. Ich umklammere mit einer Hand die Bank, mit der anderen halte ich Ellas Hand fest. Der Pastor redet etwas, aber ich kann nicht aufnehmen, was er sagt. Er bedeutet uns, für das erste Lied aufzustehen.

Obwohl ich es sofort erkenne, kommt kein Ton aus meinem Mund. Das Einzige, was jetzt kommt, sind die Tränen, die mir stumm über die Wangen laufen. Während die Musik anschwillt, weine ich um das kleine Mädchen, das sich so wenig liebenswert fühlte und das lernte, blaue Flecke unter den Ärmeln seines Schulpullis zu verbergen. Ich weine um Jack und all die Jahre, die wir getrennt verbracht haben. Ich weine um die junge Frau, die ich war, als ich vor meinem Neugeborenen auf dem Boden saß und mich mutterseelenallein fühlte. Ich weine um meine Eltern. Heute ist zwar ihre Beerdigung, aber ich trage schon mein ganzes Leben lang die Trauer um die Menschen mit mir herum, die sie hätten sein können, die Trauer um den Verlust einer Mutter und eines Vaters, nach denen ich mich verzweifelt sehnte, die aber niemals existierten. Unter der Trauer ist jedoch noch etwas anderes, und als ich zu meinem Bruder und seiner Familie hinübersehe, spüre ich, wie es sich in mir entfaltet. Das Aufblühen von Hoffnung.

Als das Kirchenlied endet und wir uns alle wieder setzen, beginnt der Pastor zu sprechen.

»Und nun möchte Maurice' und Catherines Sohn Jack ein paar Worte sagen.«

Langsam geht Jack nach vorne und stellt sich zwischen die beiden Särge. Hinten in der Kirche hustet jemand. Aus seiner Jacketttasche zieht Jack ein mehrfach gefaltetes Stück Papier. Er öffnet es, die Falzlinien verlaufen kreuz und quer über die Seite. Er blickt darauf, dann faltet er das Stück Papier wieder zusammen und steckt es zurück in seine Tasche.

»Ich hatte eine Rede vorbereitet«, sagt er, wobei seine Stimme von den Mauern der Kirche widerhallt. »Ihr wisst schon, was man typischerweise bei Trauerreden so sagt.«

Jack schüttelt leicht den Kopf.

»Aber letzte Woche ist meine Schwester Lorna zurück auf die Insel gekommen. Reverend Steward, Sie haben recht, ich bin Maurice' und Catherines Sohn. Aber sie haben auch eine Tochter. Lorna Irvine. Meine ältere Schwester.«

Die Leute bewegen sich raschelnd auf ihren Plätzen. Ella, Alice und Molly blicken zwischen Jack und mir hin und her. Doch meine ganze Aufmerksamkeit gilt meinem Bruder. Er sieht die Gemeinde an, aber ich weiß, dass er zu mir spricht.

»Lornas Rückkehr hat mich dazu gebracht, auf meine Vergangenheit zurückzublicken. Ich bin alte Erinnerungen noch einmal durchgegangen und habe infrage gestellt, was ich zu wissen glaubte. Und je mehr Erinnerungen hochkamen, desto mehr von ihnen erwiesen sich als das, was sie waren: Lügen.«

Ein leises Murmeln läuft durch die Gemeinde, verstummt jedoch wieder, als Jack weiterspricht.

»Es sind Lügen, die meine Eltern mir über unser Leben im Allgemeinen und meine Schwester im Besonderen erzählt haben. Sie haben sehr hart daran gearbeitet, Wahrheiten unter Verschluss zu halten. Und über die Jahre können Lügen beinahe zur Wahrheit werden, wenn man sie oft genug erzählt.«

Ich denke an all die Dinge, die sich zu bestimmten Zeitpunkten meines Lebens wie die Wahrheit anfühlten. Ich habe mein ganzes Leben dafür gebraucht, mit meinen Erinnerungen aufzuräumen.

»Die Menschen hier«, Jack zeigt auf die Särge hinter ihm, »waren meine Eltern und Mollys und Ellas Großeltern. Aber sie waren keine guten Eltern. Vielleicht wollten sie das einmal werden, vielleicht hat sich das Leben einfach nicht so entwickelt, wie sie es sich erhofft hatten. Vielleicht hat es einen Punkt gegeben, an dem sie ihren Kurs noch hätten ändern können, um wieder bessere, freundlichere, stärkere Menschen zu werden. Das werden wir wohl niemals wissen. Aber ich kann mich hier nicht hinstellen und so tun, als wären sie perfekt gewesen. Es wäre nicht richtig. Was ich sagen kann, ist, wofür ich ihnen dankbar bin. Meine Eltern haben mir diese Insel geschenkt. Dank ihnen lebe ich hier und habe meine Frau gefunden, und wir haben Molly. Dafür werde ich ihnen immer dankbar sein. Und sie haben mir auch meine Schwester geschenkt.«

Jetzt sieht er mich direkt an. Ich höre, wie hinter mir jemand scharf die Luft einzieht, das muss Mrs Anderson sein. Doch als die ganze Gemeinde sich flüsternd zu unterhalten beginnt, schnappe ich auch andere Gesprächsfetzen auf.

»Ich dachte mir schon immer, dass mit dieser Familie irgendetwas nicht ganz stimmt.«

»Man weiß einfach nie, was hinter verschlossenen Türen vor sich geht, oder?«

»Ich persönlich konnte sie noch nie leiden.«

»Aber die Kirche ist doch voller Leute«, flüstere ich Alice durch meine Tränen hindurch zu.

Überraschung huscht über ihr Gesicht. »Glaubst du, irgendjemand ist ihretwegen gekommen?« Sie deutet mit dem Kinn auf die Särge. »Ein paar der regelmäßigen Gottesdienstbesucher waren sicher mit euren Eltern befreundet«, fährt sie fort. »Aber das ist nicht der Grund dafür, dass die Kirche voller Leute ist.«

Wenn sie nicht wegen meiner Eltern hier sind, warum sind sie dann überhaupt gekommen? Alice beantwortet meine Frage.

»Sie sind wegen ihm hier«, sagt sie.

Und plötzlich sehe ich, was sie meint. Jack ist nicht mehr allein dort vorne. Ben und Mallachy sind bei ihm, umarmen ihn und klopfen ihm auf den Rücken, während Jack sich grob die Tränen abwischt. Brenda ist ebenfalls auf den Beinen, genauso wie Sarah und Sarahs Eltern …

»Und sie sind auch deinetwegen hier.« In dem Moment, in dem Alice es ausspricht, spüre ich, wie sich aus allen Richtungen Arme um mich schlingen, und um Ella genauso. Die Insulaner umringen uns, und Ella wird gegen mich gedrückt. Gegenüber hat sich eine ähnliche Traube um Alice und Molly geschart. Wir sind umringt von den Menschen, mit denen ich aufgewachsen bin, und anderen, denen ich seither begegnet bin, die mich hier wieder willkommen geheißen haben, wie ich es nie für möglich gehalten hätte. Ich schließe die Augen, mein ganzer Körper beginnt plötzlich zu glühen. Weil ich meine Tochter in den Armen halte und die Kraft und die Wärme einer ganzen Insel um mich spüre.

Alice

Das Haus summt von Menschen. Immer mehr Insulaner treffen aus der Kirche ein, einige versammeln sich im Wohnzimmer, andere stehen draußen im Garten. Durch das Fenster kann ich Ella, Molly und Olive im Gras sitzen und aufs Meer blicken sehen. Kleine Kinder in schicken Kleidern rennen zwischen den Erwachsenen herum und sind sich des ernsten Anlasses nicht bewusst. Als ich ein weiteres Tablett mit Getränken ins Wohnzimmer trage, entdecke ich Tess und Joy, die sich mit Natalia und Kamil unterhalten. Harry und Lena sitzen auf dem Boden und starren sich mit großen Augen an.

Die ganze Insel scheint hier zu sein, abgesehen von Mr und Mrs Anderson und ihren Freunden, die gleich nach der Beerdigung gegangen sind. Es scheint sie jedoch niemand zu vermissen, nicht einmal ihre Tochter Sophie, die sich gerade auf der anderen Seite des Raumes mit Emma unterhält.

»Wo soll ich die abstellen?«, fragt Lorna, die hinter mir zwei Teller mit Sandwiches balanciert.

»Da drüben. Danke, Lorna«, antworte ich und zeige auf den Tisch in der Ecke. Auf dem Tisch drängen sich neben den Sandwiches selbst gebackene Kuchen, die verschiedene Inselbewohner mitgebracht haben. Ich bin mir nicht sicher, ob es angemessen ist, bei einem Leichenschmaus so viel Kuchen anzubieten, aber alle scheinen zuzulangen, und außerdem ist mir egal, was normal ist. Die Beerdigung war wegen Jacks unorthodoxer Trauerrede bestimmt nicht normal, aber ich für meinen Teil war stolz, ihn diese Worte laut aussprechen zu hören. Endlich schien sich der Bann, mit dem seine Eltern ihn sein ganzes Leben lang belegt hatten, gelöst zu haben. Der Pastor wirkte erstaunt, als sich die gesamte Gemeinde erhob, um Jack und Lorna zu trösten, doch er richtete sich nach der Stimmung in der Kirche und beendete den Gottesdienst kurz nach Jacks Rede.

Wir versammelten uns alle draußen, um zuzusehen, wie die Särge in die Erde gelassen wurden. Jack und Lorna standen nebeneinander am Grab ihrer Eltern und warfen eine Handvoll Erde hinab. Doch wir hielten uns nicht lange auf dem Friedhof auf. Bevor wir wieder ins Auto stiegen, sanken Jack und Lorna noch in eine stumme Umarmung und hielten einander fest. Als ich sie so sah, musste ich mit den Tränen kämpfen.

Ich sehe mich unruhig nach Jack um und bin erleichtert zu sehen, dass er sich mit Ben, Mallachy und Duncan unterhält. Er macht einen ungezwungenen Eindruck, entspannter, als er seit Wochen war. Ich weiß, es liegt nicht daran, dass er keinen Schmerz empfände – heute Morgen hat er lange dafür gebraucht, sich anzuziehen, mit leeren Augen immer wieder ins Nichts gestarrt –, aber vielleicht verspürt er jetzt, wo die Beerdigung vorbei ist, auch eine gewisse Erleichterung darüber, losgelassen zu haben.

Ich blicke von Jack zu Jean, die neben Christopher auf einem der Sofas sitzt. Brenda sitzt halb auf einer Armlehne, Kerstin auf einem Kissen auf dem Boden gegenüber. Der arme Christopher sieht erschöpft aus. Ich sehe, wie Jean nach seiner Hand greift, ohne dabei ihr Geplauder mit den anderen zu unterbrechen. Ich wende mich ab und ziehe mich wieder in die Küche zurück.

Dort herrscht ein Durcheinander aus Gläsern, Bierflaschen und Tellern, und ich mache mich daran, ein wenig aufzuräumen.

»Das scheint ja ganz gut zu laufen, oder nicht?«

Auf einmal steht Lorna mit einem Arm voller leerer Gläser am Ende des Tisches. Ich frage mich, ob sie wie ich dem Lärm und dem Gewusel im Wohnzimmer entkommen wollte.

»Stimmt«, antworte ich. »Ich hoffe, es gibt für alle genug zu essen.«

Sie lacht leichthin. »Ich glaube, keiner muss hungern, Alice. Danke, dass du alles organisiert hast, es tut mir leid, dass ich keine größere Hilfe war. Aber ich weiß es sehr zu schätzen, und Jack ganz sicher auch.«

Ihre Miene bewölkt sich etwas, als sie sich abwendet und blicklos aus dem Fenster starrt, was mich an Jack heute Morgen erinnert.

»Ich wollte dich etwas fragen«, sage ich jetzt und lenke damit ihre Aufmerksamkeit zurück in den Raum. »Molly hat uns erzählt, dass Ella nächste Woche Geburtstag hat. Also, mir ist bewusst, dass ihr vielleicht Pläne in London habt und vermutlich nach Hause wollt, aber falls dem nicht so ist, dachte ich, wir könnten vielleicht hier eine Party für sie veranstalten?«

Die Idee kam mir gestern Nacht. Wir brauchen etwas, auf das wir uns freuen, das wir feiern können.

Lorna legt den Kopf zur Seite. »Als ich Ella gefragt habe, was sie dieses Jahr unternehmen möchte, sagte sie, sie wolle etwas mit mir alleine machen. Aber das lag natürlich daran, dass sie sich mit ihren besten Freundinnen Ruby und Farah zerstritten hat.«

Ich erinnere mich noch gut an das, was Ella ihrer Mutter an dem Abend entgegengeschleudert hat, bevor die Mädchen weggelaufen sind. Es kann so schmerzhaft sein, als Teenager mit gescheiterten Freundschaften umzugehen. Die innigsten Freundschaften schließen wir wohl, solange wir jung sind, und sie sind einer ersten Liebe sehr ähnlich.

»Na ja, wir würden unser Bestes geben, sie von alledem abzulenken. Es ist hier ein wenig zur Tradition geworden, für die Kinder Strandpartys zu machen.«

Lorna sieht mich an, und dieses Mal lächelt sie. »Weißt du was, ich glaube, das fände sie großartig.«

»Oh, gut! Wir können grillen. Und es muss Kuchen geben ...«

Wir werden alle einladen, genau wie heute, nur dass es ein freudiger Anlass sein wird. Für einen Tag möchte ich alles andere vergessen. Und ich bin mir sicher, da bin ich nicht allein. Diese Party wird zuerst und vor allem Ella gelten, aber sie wird auch Jean und Christopher gelten. Und es wird auch eine Party für Jack und Lorna werden, vielleicht eine Möglichkeit, neue, glücklichere gemeinsame Erinnerungen zu schaffen.

»Danke, Alice«, sagt Lorna. »Das wird ein wunderschöner Abschluss für unseren Besuch sein.«

Mein Herz sinkt ein wenig. Denn es ist natürlich unvermeidlich. Ich wusste, dieser Moment würde irgendwann kommen, aber es ist nach allem, was passiert ist, trotzdem hart, das zu akzeptieren. Wenigstens möchte ich ihnen den bestmöglichen Abschied bereiten.

»Dann ist es abgemacht«, sage ich lächelnd.

Lorna geht mit einem neu mit Getränken beladenen Tablett wieder hinaus, ich mache noch ein bisschen in der Küche sauber. Dann fallen mir die Gäste ein, die im Garten sind, und ich gehe mit einem beladenen Tablett um die Hausecke nach hinten, wo ich Gelächter und Gespräche höre. Doch hinter der Ecke laufe ich direkt in sie hinein: Lorna und Mallachy. Außer Sichtweite der anderen Gäste hat Lorna die Arme um Mallachys Hals geschlungen, sein Kopf ist geneigt, er küsst sie, und seine Hände umschließen fest ihre Taille. Zu ihren Füßen steht verlassen ein Tablett im Gras. Als sie mich bemerken, springen sie mit roten Gesichtern auseinander.

»Oh, das bist nur du«, sagt Lorna erleichtert. »Ich hatte schon Angst, es sei Ella …«

Mallachy fährt sich mit der Hand durch den Bart und sieht Lorna an.

»Lasst euch nicht stören!«, sage ich lächelnd, mache einen Bogen um die beiden und gehe weiter in den Garten hinter dem Haus. Während ich die Getränke serviere, tue ich mein Bestes, zu lächeln und zu nicken und die richtigen Antworten zu geben, aber mit den Gedanken bin ich anderswo. Ich kann nur an die Kraft denken, mit der Mallachy Lorna an sich gedrückt hat. Wenn wir Lorna nicht dazu überreden können, auf der Insel zu bleiben, vielleicht kann Mallachy es tun?

Lorna

Die Gäste gehen einer nach dem anderen, und endlich sind wir fünf wieder allein im Haus. Wir verschwinden alle nach oben, um unsere Beerdigungsklamotten auszuziehen. Alle tauchen wieder auf, Ella und Molly in ihren Schlafanzügen, Jack in Jogginghose und grauem T-Shirt und Alice in einer schlabbrigen Latzhose, und wir sind so froh, uns kein Lächeln abringen und Konversation machen zu müssen, dass wir uns alle einfach auf das Sofa im Wohnzimmer fallen lassen. Niemand sagt etwas, aber es fühlt sich auch nicht so an, als wäre das nötig.

Alice schmiegt sich an Jack, und ich sitze mit den Mädchen dicht nebeneinander. Ich genieße die Wärme der beiden und die Nähe, die dadurch entsteht.

Die Stille wird vom Läuten des Telefons unterbrochen. Ich brauche einen Augenblick, um zu begreifen, dass das Geräusch aus der Gesäßtasche meiner Jeans kommt. Ich bin unwillig, meinen kuscheligen Platz auf dem Sofa zu verlassen, doch als ich Cheryls Namen auf dem Bildschirm aufleuchten sehe, entschuldige ich mich bei den anderen und verlasse den Raum. Oben in meinem Zimmer gehe ich ran.

»Lorna?«

»Cheryl! Es ist so schön, deine Stimme zu hören!«

»Wie war die Beerdigung? Wir haben heute an dich gedacht.«

Ich setze mich auf die Bettkante und sehe zum Fenster. »Letztendlich war es okay. Es war schwer und seltsam, aber nicht so schlimm, wie ich dachte. Und weißt du, was, Cheryl? Ich glaube, mit meinem Bruder wird tatsächlich alles wieder gut werden.«

Mein Herz rast, als ich meine Hoffnungen erstmals laut ausspreche. Ich kann mir endlich vorstellen, dass Jack und ich wieder Rollen im Leben des anderen spielen. Vielleicht können er, Alice und Molly uns in London besuchen kommen. Vielleicht können wir sie regelmäßig im Sommer auf der Insel besuchen. Bange steigt ein Bild in mir auf: der große Küchentisch, auf dem sich ein Weihnachtsessen stapelt, und Jack, Alice, Molly, Ella und ich sitzen um ihn herum.

»Das sind ja großartige Neuigkeiten. Dann habt ihr euch also ausgesprochen?«

»Ja, das haben wir. Ich meine, es gibt immer noch viel zu sagen, und natürlich wird es nie leicht sein, aber ein Anfang ist gemacht. Cheryl, es gibt so viel, was ich dir erzählen muss ...«

Und ich sitze in dem gelben Zimmer, blicke den Hügel hinunter auf den Strand und das im Abendlicht glänzende Meer und erzähle meiner Freundin alles, was passiert ist, seit wir das letzte Mal miteinander geredet haben. Ganz am Ende komme ich auf Mallachy zu sprechen.

»Mir ist schon klar, dass es nur ein Urlaubsflirt ist«, füge ich hinzu. »Aber es war schön. Ganz wunderbar, genau genommen.«

»Ich freue mich so für dich, Lorna! Es wurde langsam Zeit, dass du mit einem netten Kerl ein bisschen Spaß hast. Also war es kein Fehler, dass ich dich zu dieser Reise überredet habe?« Ich kann das Lächeln in ihrer Stimme hören.

»Dafür wollte ich mich bei dir bedanken, Cheryl. Ich bin mir nicht sicher, ob ich den Mut aufgebracht hätte, hierherzukommen, wenn wir dieses Gespräch im Lehrerzimmer nicht geführt hätten. Du bist eine tolle Freundin.«

Es entsteht ein Schweigen.

»Ich bin froh, dass es bei dir so gut läuft, Lorna, es gibt da nämlich etwas, was ich dir sagen muss. Ich wollte es schon seit Tagen ansprechen, aber mit der Beerdigung und allem … Gott, ich hasse es, das am Telefon tun zu müssen, aber …«

Ich höre, wie sich ihr Tonfall ändert, und bekomme Panik. Wie kann sie mich plaudern lassen, wenn das, was sie mir sagen will, offenbar so schwer auszusprechen ist?

»Ist alles okay? Geht's Frankie gut? Und Mike?«

»Nein, das ist es nicht. Es geht allen gut.«

Ich stoße einen Seufzer der Erleichterung aus.

»Ich habe bloß Neuigkeiten. Ich weiß nicht, wie ich es am besten sagen soll, also sage ich es einfach, okay?«

»Okay.«

Ich umklammere den Bettrand mit einer Hand und stütze mich ab.

»Mike hat einen neuen Job angeboten bekommen. Eine Beförderung.«

Ich atme glücklich aus. »Aber das ist ja toll, Cheryl! Gratuliere ihm von mir. Ich weiß, dass er sich schon eine Weile umsieht.«

»Danke. Es sind wirklich gute Neuigkeiten. Aber der Job ist in Manchester.«

Meine Erleichterung verpufft schnell und wird von Panik verdrängt. Mir fallen keine Worte ein, aber zum Glück spricht Cheryl hastig weiter.

»Ich habe Dave, den Widerling, schon angerufen. Ich

dachte, er sei sauer, weil ich so kurzfristig Bescheid sage, aber anscheinend kommen Kürzungen des Budgets für Lehrassistenten auf die Schulen zu, und ich habe ihm erspart, mir kündigen zu müssen. Er lässt mich ab sofort gehen. Mikes neuer Chef möchte, dass er so schnell wie möglich anfängt. Wir ziehen nächste Woche um.«

Seit meiner Ankunft auf der Insel habe ich in dem Gefühl gelebt, das Leben jenseits dieser Gestade hätte angehalten. Ich bin davon ausgegangen, dass es noch exakt dasselbe sein würde, wenn Ella und ich in Euston wieder aus dem Zug steigen. Wenn ich ehrlich bin, habe ich auch von Cheryl angenommen, dass sie in London auf uns wartet. Mir kam gar nicht der Gedanke, dass ihr Leben sich ohne mich weiterentwickeln könnte.

»Nächste Woche, wow.«

Die Erkenntnis, dass ich im September allein, ohne meine Freundin, in die Schule zurückkehren werde, trifft mich wie ein Faustschlag. Wie soll ich ohne sie die Tage durchstehen, ohne ihr Lachen und ihr Mitgefühl im Lehrerzimmer, ohne ihr lächelndes Gesicht auf der anderen Seite des Spielplatzes? Es kommt mir unerträglich vor.

»Ich weiß, es kam alles so plötzlich.«

»Aber es ist etwas Gutes, oder?«, zwinge ich mich zu sagen. »Du bist näher bei deinen Eltern, und es ist ein super Schritt für Mike. Ich freue mich wirklich für euch alle.«

Ich höre ein leises Klicken und frage mich, ob Cheryl an ihren Kreolen herumspielt, wie immer, wenn sie nervös ist oder gedankenverloren. Plötzlich wünsche ich mir mehr als alles andere, bei ihr zu sein und diese Unterhaltung von Angesicht zu Angesicht führen zu können. Ich vermisse sie so sehr, dass es mir die Luft nimmt.

»Es ist gut, ja. Wir sind glücklich. Ich habe schon ein paar Bewerbungsgespräche vereinbart, und wir haben auch schon eine Wohnung gefunden. Es ist verrückt, wie viel man dort für sein Geld bekommt, sie hat sogar einen Garten! Endlich kann ich Frankie eine Schaukel kaufen. Aber ich hatte solche Angst, es dir zu sagen. Ich werde dich und Ella so vermissen! Versprichst du mir, dass ihr uns besuchen kommt?«

Ich schlucke. »Natürlich. Ich werde dich auch vermissen, wir beide werden euch vermissen. Aber es ist eine gute Sache für dich und deine Familie.«

»Glaubst du?«

Ich höre die Mischung aus Zögern und Aufregung in ihrer Stimme.

»Ich weiß es. Es wird großartig.«

Im Hintergrund höre ich gedämpfte Stimmen und ein Weinen.

»Oh, entschuldige, meine Liebe, das ist Frankie, ich muss aufhören. Aber wir sehen uns, bevor wir umziehen, ja?«

»Ja, natürlich. Bis bald.«

Nachdem wir aufgelegt haben, bleibe ich starr in dem stillen Zimmer sitzen. Ich bemühe mich mit ganzer Kraft, mich für meine Freundin zu freuen. Und das tue ich wirklich. Wenn Frankie älter ist, wird es wunderbar für ihn sein, mehr Platz zu haben. Ich weiß, dass es eine große Hilfe sein wird, Cheryls Eltern in der Nähe zu haben. Aber ich kann mir mein Leben in London ohne Cheryl nicht vorstellen. Wenn ich bei der Arbeit keine Freundin habe, mit der ich lachen kann, mit der ich Geburtstage und Weihnachten feiern kann, was wartet dann zu Hause überhaupt noch auf Ella und mich? Unsere kleine Wohnung, in der wir nicht mal unsere Nachbarn kennen. Der Job, in dem ich seit einem Jahrzehnt arbeite und der mir anstelle von Spaß zunehmend Frust bereitet.

Ich bleibe noch eine Weile auf dem Bett sitzen und starre aus dem Fenster. Schließlich stemme ich mich hoch und gehe wieder nach unten. Die anderen sind inzwischen aufgestanden und räumen auf, sammeln im Wohnzimmer herumstehende Gläser ein und schieben die Möbel wieder an ihren Platz. Ich helfe Jack und Alice mit dem Sofa.

»Hast du es Ella schon erzählt?«, flüstert Alice mir zu.

»Noch nicht«, antworte ich. »Das wollte ich machen, wenn wir alle zusammen sind.«

Die Mädchen stopfen Pappteller in einen Müllbeutel und halten den Beutel gemeinsam auf.

»Ella, Molly, stellt das mal einen Moment ab, ich möchte euch etwas sagen.«

Ellas Augenbrauen wandern fragend nach oben. Jack und Alice halten ebenfalls inne, wir stehen zu fünft mitten im Zimmer.

»Ella, was hältst du davon, wenn wir noch bis zu deinem Geburtstag hierbleiben?«

Sie quietscht vor Freude. »Echt?«

Ich nicke. »Alice und ich haben darüber gesprochen, und wir dachten, du würdest dich freuen.«

»Natürlich freue ich mich!«, ruft sie. »Das ist super, Mum!«

Molly grinst ebenfalls, und hinter ihr sehe ich Jack lächeln.

»Prima. Dann bleiben wir bis zu deinem Geburtstag und fahren danach nach Hause, okay?«

Ellas Lächeln wird ein bisschen schief, aber sie nickt. Die Party wird ein perfekter Abschied von der Insel und allen sein, die wir hier kennengelernt haben. Je länger wir bleiben, desto schwerer wird es Ella fallen, sich vor dem neuen Schuljahr wieder einzuleben. So klein unser Londoner Leben auch ist, es ist unser Leben. Vielleicht machen wir uns nach unserer Rückkehr die Mühe, uns den Nachbarn vorzustellen, und vielleicht finde ich in der Schule andere Kolleginnen oder Kollegen, mit denen ich mich anfreunden kann. Es wird bedeuten, dass ich meinen Schutzwall abbauen und riskieren muss, dass sie etwas über meine Vergangenheit erfahren, aber vielleicht ist es das wert. Doch als ich Molly, Ella, Jack und Alice ansehe, kann ich das Gefühl nicht ignorieren, das von mir Besitz ergreift. Dass ich hier wirklich, wirklich nicht wegwill.

Alice

In den nächsten Tagen entwickeln wir auf der Hilly Farm eine Art von Rhythmus. Morgens hilft Lorna Jack draußen in den Folientunneln beim Gießen. Ich bin mir nicht sicher, ob sie dabei reden oder ob ihnen das Zusammensein ausreicht. Jack macht jedenfalls einen ruhigeren und offeneren Eindruck. Nachts halten wir einander in den Armen, manchmal reden wir, manchmal sind wir einfach zusammen und genießen die Nähe, die mein Herz mit Glück erfüllt.

Die Sonne scheint tagelang ununterbrochen. Ella, Molly und Olive verbringen beinahe die gesamte Zeit mit den anderen Kindern am Strand. Lorna und ich gehen noch einmal zusammen schwimmen, diesmal in Badeanzügen und gemeinsam mit unseren Töchtern. Nebenbei kümmern Lorna und ich uns um die Vorbereitungen zu Ellas Geburtstagsparty. Ich habe die gesamte Insel eingeladen und möchte, dass es ein perfekter Tag wird. Wir bestellen bei Pat im Dorfladen Essen, binden Brenda für den Blumenschmuck ein und organisieren bei meinen anderen Freundinnen Tische und Stühle, die aus dem Gemeindezentrum und Privathäusern an den Strand gebracht werden. Auf meiner alten Nähmaschine nähen Lorna und ich zusammen eine Wimpelkette und plaudern dabei. So oft verplappere ich mich beinahe und erzähle, was mich beschäftigt – Jean und das Schicksal der Schule und der Insel –, aber mein Versprechen Jean und Jack gegenüber zwingt mich zur Selbstbeherrschung. Wir haben einen bunt gewürfelten Haufen zusammengestellt, der die Schule nach den Ferien im September zunächst einmal am Laufen halten kann: Sarah und Kerstin werden unterrichten, und ich werde mit den Verwaltungsaufgaben helfen, aber alle wissen, dass es keine längerfristige Lösung ist. Diese Woche hat uns eine Nachricht des Gemeinderats erreicht. Sie kommen in einer Woche zu Besuch, um die weiteren Schritte zu besprechen, aber sie haben deutlich gemacht, dass sie, falls für Jean nicht bald ein Ersatz gefunden wird, keine andere Wahl haben werden, als die Schließung der Schule einzuleiten. Nachdem ich die Mail gelesen hatte, stürzte ich ins Bad, weil mich eine Welle der Übelkeit übermannte, wie schon öfter in der vergangenen Woche. Ich schätze, jetzt weiß ich, was »mir ist übel vor Angst« bedeutet. Sarah und die anderen Eltern der Grundschulkinder beginnen ebenfalls panisch zu werden, und gestern Abend hat Jack mir erzählt, dass die Kaufinteressenten für das Haus seiner Eltern, eine junge Familie vom Festland, nun zögern, den Kauf abzuschließen. Sie haben von der Situation der Schule erfahren und wollen verständlicherweise kein Haus kaufen, bevor sie wissen, wie es damit weitergeht.

Ich konzentriere mich auf die Partyvorbereitungen und versuche, alles andere zu vergessen. Ich weiß, dass ich damit den Kopf in den Sand stecke, aber mir fällt nichts ein, was ich sonst tun könnte. Ich will für Ella und die gesamte Insel eine Party schmeißen, die sie niemals vergessen werden.

Nachmittags zieht Lorna allein los. Nur ich weiß, dass sie zu Mallachy geht. Sie hat mir erzählt, dass sie viel in seinem

Studio sind – dass er sie überredet hat, wieder zu zeichnen und zu malen. Wenn sie dann nach Hause kommt, wirkt sie wie ein anderer Mensch. Solange Lorna bei Mallachy ist, besuche ich Jean. An manchen Tagen machen wir einfach Strandspaziergänge, an anderen sitzen wir vor ihrem Cottage und beobachten Schmetterlinge. Sie macht einen einigermaßen guten Eindruck, abgesehen davon, dass sie etwas schwach ist, aber mir ist schmerzlich bewusst, dass diese gemeinsamen Augenblicke vermutlich gezählt sind. Ich bemühe mich jedoch, den Gedanken zu verdrängen und es einfach zu genießen, mit ihr Tee zu trinken und Kohlweißlinge zu zählen.

Und bevor ich michs versehe, ist es der Tag vor Ellas Party. Ich stehe mit Lorna in der Küche und gehe mit ihr die lange Liste auf meinem Klemmbrett durch.

»Ich will nichts beschreien, aber es könnte sein, dass wir schon mit allem fertig sind. Vielleicht habe ich ja was vergessen…« Ein Schwindel erfasst mich. Vielleicht ist mir etwas entgangen? Lorna nimmt mir das Klemmbrett sanft aus der Hand und legt es auf den Tisch.

»Es wird unglaublich, und du hast an alles gedacht. Ella hat großes Glück. Aber jetzt ist es an der Zeit aufzuhören. Ich habe vorhin Sarah angerufen, und wir treffen uns mit ihr auf einen Drink im Lookout. Komm, lass uns losfahren.«

Ich sehe zum Klemmbrett auf dem Tisch. Doch sie fasst mich bei den Schultern und schiebt mich zur Tür. An der Haustür begegnen wir Jack, der gerade hereinkommt.

»Jack, ich kidnappe deine Frau und nehme sie mit in den Pub«, sagt Lorna übermütig. Er lächelt, seine Augen glitzern.

»Ein hervorragender Plan. Viel Spaß.«

Im Pub ist es voll, ich entdecke Morag mit dem Inhaber plaudernd auf einem Barhocker und grüße mehrere andere Insulaner. Sarah hat uns einen Tisch in der Ecke gesichert und winkt uns freudig zu sich. Ich entdecke Ben und Mallachy an der Bar und bemerke, wie Lorna und Mallachy Blicke wechseln und lächeln.

Sarah zeigt auf die Bar und zuckt mit den Schultern. »Tut mir leid. Als ich Ben gesagt habe, dass ich in den Pub gehe, wurde er neidisch. Aber keine Sorge, er wird uns nicht stören.« Sie wendet sich zu den Männern um und wirft Ben eine Kusshand zu, und er und Mallachy heben ihre Gläser in unsere Richtung.

»Okay, was wollt ihr trinken?« Lorna steht wieder auf.

»Einen Gin Tonic bitte!«, sagt Sarah.

Bei dem Gedanken an Gin dreht sich mir der Magen um. Ich stelle mir ein schönes großes Glas Wein vor, aber meine Reaktion ist dieselbe. Vielleicht bin ich einfach übermüdet und halte mich besser an etwas Alkoholfreies. Ich bestelle Mineralwasser, Lorna zieht eine Augenbraue hoch, nickt dann aber und macht sich auf den Weg zur Bar. Sie gibt die Bestellung auf, und Sarah und ich sehen zu, wie sie mit Ben und Mallachy plaudert. Sie lacht auf, wirft den Kopf in den Nacken. Als sie mit unseren Getränken zurückkommt, ist sie ganz rot im Gesicht.

»Und, wie läuft es da drüben?«, fragt Sarah und deutet mit dem Kinn zur Bar. Lorna beißt sich auf die Lippe. »Entschuldige, aber Ben sagt, dass Mallachy nicht mehr aufhört, von dir zu reden«, fügt Sarah hinzu. »Es nervt wohl allmählich.«

Wir lachen, und Lorna wirft mir einen Blick zu, bevor sie antwortet. »Es ist gut. Ich meine, wir haben Spaß. Aber ich reise in ein paar Tagen ab. Es konnte nie etwas anderes daraus werden als eine Liebelei.«

Sie zuckt mit den Schultern, und Sarah und ich wechseln einen Blick. Ich weiß, sie hat genauso wie ich darauf gehofft, dass Lorna hierbleibt. Bestimmt wird es ihr nicht leichtfallen, sich von ihrer alten Freundin zu verabschieden, aber wenigstens werden sie diesmal wohl in Kontakt bleiben. Das werden wir hoffentlich auch. Ich werde jedenfalls alles dafür tun.

Die Pubtür öffnet sich, und das junge Pärchen, das zusammen mit Lorna und Ella auf die Insel gekommen ist, tritt ein. Sie gehen Arm in Arm zur Bar.

»Die sehen aber glücklich aus!«, sagt Sarah.

Der junge Mann beugt sich vor und sagt etwas zu Ted, auf dessen Gesicht sich ein breites Grinsen ausbreitet. Er läutet die Glocke an der Bar.

»Hey, Leute!«, ruft er. »Die beiden hier haben sich gerade verlobt. Lasst uns alle auf sie anstoßen!«

Der gesamte Raum steht auf und klatscht, Ted schenkt dem Pärchen zwei Gläser Whisky ein. Die beiden kippen ihren Whisky und küssen sich, und es brandet wieder Applaus auf. Alle im Pub sehen in ihre Richtung. Nur Mallachy blickt zu uns herüber, er sieht Lorna an. Ich weiß nicht, ob Lorna es überhaupt bemerkt, aber ich kann seinem Gesichtsausdruck entnehmen, dass ihre Affäre für ihn keine Liebelei ist, sondern mehr. Ich muss den Blick abwenden, ich kann die Zuneigung und Hoffnung in seinen Augen kaum ertragen in dem Wissen, dass Lorna in zwei Tagen abreist. Mallachy war in wirklich schlechter Verfassung, als er auf die Insel gezogen ist. Er hat Jahre gebraucht, um über seine Ex-Frau hinwegzukommen. Und in ein paar Tagen ist er wieder mit Rex allein.

Die Jubelrufe und der Applaus verebben allmählich, und die Gespräche werden wieder aufgenommen. Sarah und Lorna tauschen Kindheitserinnerungen aus, wir sprechen darüber, wie es ist, Mutter zu sein, und über die besondere Herausforderung, Teenager zu erziehen. Lorna erkundigt sich nach meinen Nichten und Neffen und lässt sich auf dem Handy Fotos von ihnen zeigen. Ich erzähle ihnen ein paar der lustigsten Geschichten aus Shonas und Caitlins Berufsleben.

»Sie sind beide unglaublich«, sage ich und vermisse sie plötzlich fürchterlich. »Sie sind beide so viel schlauer als ich.«

»Hey, das stimmt nicht«, protestiert Sarah.

»Doch, das sind sie«, sage ich. »Immer schon gewesen. Und ich glaube, sie wissen es auch. Jedenfalls war ihnen immer klar, dass sie anders sind als ich. Als ich hierhergezogen bin und so jung Molly bekommen habe, haben sie mich für verrückt erklärt. Ich hatte nie einen richtigen Beruf. Ich meine, es war meine Entscheidung, und ich liebe das, was ich mache, aber ich glaube nicht, dass sie es wirklich ernst nehmen.«

Ich bewundere meine Schwestern. Ich war immer so stolz auf sie, und manchmal wünsche ich mir, dass sie auch ein kleines bisschen stolz auf mich wären.

»Alice«, sagt Lorna und legt mir die Hand auf den Arm. »Ich kenne dich noch nicht lange, aber ich finde dich unglaublich. Mit Molly hast du alles richtig gemacht, sie ist so selbstbewusst und verantwortungsvoll. Und du bist eine hervorragende Lehrerin – ich hätte nie gedacht, dass mir Yoga gefällt, aber mit dir war es so einfach. Du bist total organisiert. Ich weiß, Jack erledigt die Feldarbeit, aber ohne dich würde auf dem Hof alles zusammenbrechen.«

Sarah nickt. »Lorna hat recht. Hast du deinen Schwestern jemals gesagt, dass du das so empfindest? Das solltest du machen. Lade sie doch mal zu einem deiner Yoga-Retreats ein.«

»Ja!«, sagt Lorna. »Dann könnten sie dich in Action erleben. Und ihr drei hättet außerdem die Gelegenheit zu sprechen.«

»Ach, ich glaube nicht, dass sie das wollen.«

Wir wenden uns neuen Themen zu, aber ich kann mich des Gedankens nicht erwehren, wie es wohl sein würde, wenn meine Schwestern auf die Insel kämen und bei einem meiner Kurse mitmachten. Würde das etwas verändern?

Plötzlich steht Ted an unserem Tisch. »Tut mir leid, Ladys, aber wir müssen schließen. Meine Frau wartet«, sagt er. Ich blicke auf und bemerke, dass wir die letzten Gäste sind. Wir bedanken uns bei Ted und treten nach draußen in die kühle Luft. Die Sonne beginnt bereits zu sinken.

»Das war so schön«, sagt Lorna. »Vielen Dank, ihr beiden.«

Wir verabschieden uns mit Umarmungen von Sarah. Ben wartet schon bei laufendem Radio auf sie im Auto. Wie sich herausstellt, hat er den ganzen Abend Limonade bestellt, damit Sarah etwas trinken konnte. Als wir nach Hause fahren, wird der Himmel über uns gerade dunkel.

Lorna seufzt glücklich auf. »Ich kann kaum glauben, dass ich mit Sarah eine zweite Chance bekomme. Und auch mit Jack. Ich hätte das wirklich nie für möglich gehalten.«

Wir lächeln einander an.

Lorna

Und plötzlich ist Ellas Geburtstag da. Vierzehn. Ich kann es nicht ganz glauben. Die Sonne scheint, es ist ein perfekter Tag für einen Geburtstag. Die Küche ist mit der selbst genähten Wimpelkette geschmückt, und ein paar Luftballons sind an einen Stuhl gebunden. Alice und ich haben das gestern Abend vorbereitet.

Alice brät schon Speck und Eier an, als Ella und Molly in die Küche kommen, gefolgt von Jack.

»Happy birthday, mein Schatz!« Ich küsse Ella auf die Stirn.

Ihre Wangen werden ganz rot, als sie das geschmückte Zimmer sieht, und sie setzt sich ein wenig nervös auf den Stuhl. Die Ballons schaukeln über ihrem Kopf. Doch wenig später stürzt sie sich schon auf ihr Frühstück und plaudert mit Molly über die Party. Als Jack aufgegessen hat, bricht er auf zu den Feldern, um vor der Party am Nachmittag noch etwas zu schaffen, doch zuvor zieht er Ella in eine kurze, aber feste Umarmung.

»Alles Gute zum Geburtstag. Ich wünschte, ich müsste nicht arbeiten, aber so bekomme ich wenigstens ordentlich

Appetit auf den Kuchen.« Er zwinkert ihr zu, und sie lächelt strahlend.

Kurz nachdem er gegangen ist, klopft es an der Haustür.

»Kannst du bitte gehen, Lorna?«, fragt Alice, die mit dem Arm voller Teller vor dem Geschirrspüler steht.

Ich bin überrascht, Mallachy zu sehen, der mit einem wirren, aber wunderschönen Strauß Wildblumen in der Hand vor der Tür steht.

»Für das Geburtstagskind«, sagt er mit leuchtend roten Ohren.

Ella nimmt die Blumen ganz vorsichtig entgegen, hebt sie an ihr Gesicht und atmet den süßen Duft tief ein. »Oh danke! Mir hat noch nie jemand Blumen geschenkt.«

Ich widerstehe dem Drang, Mallachys Gesicht in beide Hände zu nehmen und ihn fest auf den Mund zu küssen. Diese Woche haben wir jeden Nachmittag zusammen verbracht. Ich habe mich daran gewöhnt, neben ihm in seinem Studio zu sitzen, und das Gefühl, einen Bleistift oder Pinsel in der Hand zu halten, fühlt sich ebenfalls wieder vertraut an. Genau genommen habe ich fieberhaft gearbeitet, der Stapel mit Skizzen und Aquarellen neben mir ist stetig gewachsen. Ich war zu nervös, um sie mir nach ihrer Fertigstellung noch einmal anzusehen, aus Angst, dass ich nach all der Zeit den Bogen nicht mehr raushabe. Trotzdem fühlt es sich so herrlich an, wieder zu arbeiten, beinahe so, als drängten jahrelang zurückgehaltene Zeichnungen und Gemälde nun endlich aufs Papier. Gestern haben wir im Studio eine Pause gemacht und Essen mit zu Mallachys abgeschiedenem Strandstück hinuntergenommen. Wir haben in den Dünen frischen Makrelensalat gegessen und einander dann langsam ausgezogen. Die Sonne half mit, unsere nackte Haut zu küssen. Als ich ihn jetzt ansehe, lässt die Erinnerung daran mein Gesicht warm werden.

»Hi, Mallachy«, ertönt Alice' Stimme hinter uns. »Alles bereit?«

Mallachy nickt.

»Was soll das heißen?«, frage ich.

»Kleine Planänderung«, antwortet Alice. »Molly und ich bleiben hier und kümmern uns um die letzten Vorbereitungen, aber Mallachy hat eine Geburtstagsüberraschung für dich und Ella.«

Da geht mein Blick an Mallachy vorbei und folgt dem Pfad hinunter zum Strand. Und dort liegt auf den Sand gezogen ein Ruderboot. Ella entdeckt es im selben Moment wie ich und stößt einen freudigen Schrei aus.

»Fahren wir mit dem Boot raus?«

»Wenn du möchtest«, sagt Mallachy leise, aber sein Lächeln wird breiter, als wäre Ellas Aufregung ansteckend.

»Bist du sicher, dass das in Ordnung geht, Alice?«, frage ich. »Ich habe ein schlechtes Gewissen, dich ganz allein zu lassen mit den Vor–«

Doch sie schüttelt lächelnd den Kopf. »Wir haben alles unter Kontrolle, stimmt's, Molly?«

Also holen wir unsere Sachen und gehen hinunter zum Strand. Es ist eigenartig, Ella und Jack auf dem Weg zu dem kleinen Ruderboot miteinander plaudern zu sehen. Sie scheinen sich gut zu verstehen, und ich kämpfe gegen die Furcht an, die in mir aufsteigt. Mein Urlaubsflirt, meine Tochter und ich zusammen in einem Boot? Ein Grund, nervös zu werden. Aber die Sonne scheint, und Ella ist so glücklich. Ich beschließe, ebenfalls glücklich zu sein.

Mallachy rudert uns hinaus zu seinem Boot, das ein Stück vor dem Strand ankert, und hilft uns an Bord. Seine Hand fühlt sich in meiner warm an.

»Na gut, dann zeige ich euch mal alles!«

Ella folgt ihm eifrig, aber ich bleibe an Deck. Es fühlt sich so an, als wäre ich das erste Mal an Bord – das letzte Mal war so hektisch und traumatisch, dass es nicht wirklich zählt. Ich bin dankbar, dass der Himmel heute blau und das Lüftchen lau ist. Plaudernd hissen die beiden die Segel. Mein Bauch hebt sich, als das Boot ablegt und vom Wind aufs offene Meer gezogen wird.

Während Mallachy und Ella damit beschäftigt sind, das Boot zu segeln, sitze ich hinten und sehe den Strand und den Hof kleiner werden. Ich entdecke die Gestalt meines Bruders auf der Schafweide.

Das Boot gleitet über sanfte Wellen, gelegentlich spritzt seitlich salzige Gischt auf und befeuchtet meine Arme und Haare. Die Sonne ist warm auf meinem Gesicht, und ich gestatte mir einen Moment, die Augen zu schließen. Meine Tochter ist vierzehn. Ist sie zufrieden mit ihrem bisherigen Leben? Habe ich es gut gemacht? Im Augenblick jedenfalls klingt ihre Stimme fröhlich. Als ich die Augen öffne und zu Mallachy hinübersehe, hält er meinen Blick fest. Ich versuche, ihm einen stummen Dank für diesen Ausflug für meine Tochter zu schicken. Er lächelt zurück, und ich hoffe, er hat verstanden.

Mallachy umsegelt mit uns die Insel. Wir sind inzwischen vor dem Leuchtturm angekommen und sehen zu den Klippen auf. Er reicht Ella ein Fernglas.

»Schau dir die Klippen an. Und sieh genau hin!«

Eine Weile blickt Ella durch das Glas, dann stößt sie einen Schrei aus. »Mum, schau doch!« Sie gibt mir das Fernglas. »Ich dachte, ich würde sie nie in echt sehen!«

Sie nimmt den Fotoapparat ab, den sie sich um den Hals gehängt hat, und richtet ihn auf die Oberkante der Klippen. Mit konzentriertem Gesicht beginnt sie zu fotografieren, dann hält sie die Kamera ein Stück von ihrem Gesicht weg, das in reiner Begeisterung strahlt.

Ich hebe das Fernglas und richte es ebenfalls auf die Klippen. Grasbüschel und Blumen, die sich an die Felsen klammern. Und plötzlich entdecke ich sie. Ein Aufblitzen von Weiß und Schwarz, das typische Orange und Grau der geschwungenen Schnäbel.

»Papageitaucher!«, ruft Ella, und ich gebe ihr lächelnd das Fernglas zurück.

»Ich habe gehört, dass sie deine Lieblingsvögel sind«, sagt Mallachy. Bevor er sich versieht, hat Ella einen Satz nach vorn gemacht und ist ihm um den Hals gefallen. Einen Augenblick steht er überrumpelt da, dann erwidert er ihre Umarmung. Ich grinse ihn an, und er grinst zurück. Oh, er macht das nicht schlecht.

Ella beobachtet noch eine Weile die Papageitaucher, und ich blicke zum Leuchtturm auf. Als Kind habe ich so viel Zeit in diesem weißen Turm und dem abblätternden, etwas verfallenen Cottage daneben verbracht. Es war mein Rückzugsort. Ich spüre einen gewissen besitzergreifenden Sog, als ich es so betrachte.

Nachdem Ella Hunderte von Fotos gemacht hat, bringt Mallachy das Boot näher ans Ufer, und wir folgen eine Weile der Küstenlinie. Wenn er mich im Vorübergehen berührt, läuft jedes Mal eine mittlerweile vertraute Hitzewelle durch meinen Körper. Es ist so schwer, in seiner Nähe zu sein und ihn nicht berühren zu dürfen.

Die ganze Woche über haben wir vermieden anzusprechen, was geschehen soll, wenn Ella und ich morgen abreisen. Der Gedanke saß mit uns im Studio und befindet sich auch jetzt mit uns an Bord, aber ich tue mein Möglichstes, ihn zu verdrängen. Ich möchte nicht alles zerstören, indem ich Wolken vor die Sonne ziehe.

Als wir durch den Eingang der ersten Höhle fahren, hat Ella den Kopf in den Nacken gelegt und blickt so fasziniert zu der tropfenden Decke auf, dass ich es wage, mit meinen Lippen Mallachys Wange zu streifen.

»Ist das nicht unglaublich?«, fragt Ella.

Eine Robbe reckt die Schnauze zwischen den sanften Wellen aus dem Wasser, bevor sie wieder untertaucht. In der nächsten Höhle ist das Wasser gelb von Quallen. Mallachy und Ella steuern das Boot weiter hinaus, weg von den Quallen, und setzen den Anker.

»Lust zu schwimmen?«, frage ich Ella.

»Unbedingt!«

Mallachy dreht sich um, und wir ziehen schnell unsere Badeanzüge an. Ella klettert vorsichtig die Leiter hinunter, aber ich springe kurz entschlossen vom Boot.

»Toller Kopfsprung, Mum!«

Mallachy beobachtet mich mit einem Lächeln. Ich trete neben meiner grinsenden Tochter Wasser. Wir schwimmen ein paar Züge weg vom Boot und klettern dann zitternd zurück an Bord. Mallachy wartet schon mit den Handtüchern. Als Ella uns den Rücken zuwendet, schlingt er mit dem Handtuch seine Arme um mich und zieht mich an sich. Und ich kann nicht anders. Ich schließe einen Moment die Augen und lasse mich gegen ihn sinken. Als ich sie wieder öffne, sehe ich Ellas Blick. Schnell mache ich einen Schritt nach vorn, und Mallachy hüstelt und macht sich am Boot zu schaffen. Zu meiner Überraschung lacht Ella hell auf.

»Ihr macht das nicht gerade subtil.«

Doch sie grinst bei ihren Worten. Es scheint ihr offenbar nichts auszumachen. Es hat den Anschein, als hätte sie deutlich mehr Interesse an der Robbe unter uns im Wasser als an uns. Das ruft mir wieder in Erinnerung, dass sie vierzehn ist. Vielleicht ist mein Mädchen unverwüstlicher, als ich dachte.

»Zeit zurückzusegeln, denke ich«, sagt Mallachy. »Du willst doch nicht deine Party verpassen, Ella.«

Plötzlich sind wir beinahe wieder am Ufer, und Ella streckt die Hand aus. »Mum, schau!«

Es sieht aus, als wäre die ganze Insel an den Strand gekommen. Eine lange Reihe von Tischen ist dort aufgestellt worden, flankiert von zusammengewürfelten Küchenstühlen, Hockern und Klappstühlen. Die Tische sind mit bunten Tischdecken und Krügen voller Wildblumen bedeckt, die Wimpelkette flattert im Wind. Ich rieche ein Feuer und entdecke einen Grill, um den Jack, Ben und ein paar andere Männer von der Insel mit Bierflaschen in der Hand herumstehen. Kinder rennen durch die Dünen, ihr Gelächter wird zu uns herübergetragen. Die Menschen aus meiner Vergangenheit und Menschen, die schnell zu Freunden geworden sind, haben sich alle für meine Tochter am Strand versammelt. Ich blinzele heftig. Als Mallachy den Anker setzt, brandet am Strand Applaus auf.

»Sie ist da!«

Wir klettern in das Ruderboot, Mallachy rudert uns an Land, und die gesamte Insel beginnt zu singen.

»Happy birthday to you, happy birthday to you …«

Ich lege Ella den Arm um die Schultern. Sie sieht nach vorn, und ihre Augen glänzen. Ich drücke sie fest an mich.

Vor vierzehn Jahren lag ich allein mit meiner neugeborenen Tochter auf der Brust in einem Krankenhausbett. Die Betten der anderen Frauen auf der Geburtsstation waren ständig umringt von Besuchern. Ich beobachtete sie voller Furcht, und die Einsamkeit schnürte mir die Brust ab. Ich glaubte nicht daran, dass ich es allein schaffen würde, mich um meine Tochter zu kümmern. Und doch habe ich es getan. Und seht sie euch jetzt nur an. Sie grinst beim Anblick der Szene übers ganze Gesicht, und ich habe das Gefühl, als könnten mir jeden Moment Flügel wachsen.

Mit den letzten Takten von »Happy Birthday« läuft das

Boot auf Sand. Mallachy hilft uns beim Aussteigen, und die Insulaner klatschen, umringen Ella und umarmen sie. Ich sehe ganz benommen und mit feuchten Augen zu. Jemand taucht neben mir auf, und Mallachy nimmt meine Hand. Er drückt sie, und ich erwidere den Druck. Dann lassen wir einander wieder los, aber ich kann die Wärme seiner Finger auf meiner Hand noch spüren.

Bald flitzt Ella zusammen mit Molly und Olive und den anderen Kindern davon. Ich suche Alice und Sarah und falle beiden um den Hals.

»Danke für all das, Alice, es ist so wunderbar.«

»Ich habe nicht allein dafür gesorgt.«

Ich sehe mich noch einmal um – beinahe die gesamte Insel hat sich hier am Strand versammelt.

»Lorna, willst du beim Grillen helfen?«, ruft Jack, umkräuselt von Rauch. Ich wechsele ein Lächeln mit Alice, dann gehe ich zu meinem Bruder hinüber. Die von den Kohlen abstrahlende Hitze erwärmt meinen Körper, und ich stehe in zufriedenem Schweigen neben meinem Bruder und wende gelegentlich das Grillgut. Wir haben noch viel zu reden, aber für den Augenblick genügt das hier. Einfach zusammen sein.

Nach einer Weile verkündet Jack lauthals, dass das Essen fertig sei, und alle setzen sich. Ich trage mit ihm zusammen einen Teller nach dem anderen über den Sand und verteile sie über die Tische: Bratwürste, Grillspieße, Burger und buttrige Maiskolben. Lachs mit Kräuterkruste in Alufolienpäckchen, knusprige Halloumistücke und gegrillte Pilze mit tropfender Knoblauchbutter. Alice hat verschiedene Freundinnen und Freunde gebeten, Salate mitzubringen, und sie stehen nun in einer kunterbunten Mischung aus Tupper- und Keramikschüsseln ebenfalls auf den Tischen.

»Halt! Lasst mich erst ein Foto machen!«, ruft Alice. Ich

bin froh, dass sie daran gedacht hat, den Moment festzuhalten, ich bin dazu viel zu überwältigt.

Nach dem Essen heben Alice und Molly etwas auf den Tisch und stellen es vor Ella ab. Es ist ein selbst gebackener Kuchen, der mit Buttercreme, Streublümchen und vierzehn flackernden Kerzen verziert ist.

»Wünsch dir was, mein Schatz«, flüstere ich ihr ins Ohr. Ella beugt sich vor, holt tief Luft und pustet. Ich versuche, das Bild tief in mich aufzunehmen: Ella mit vierzehn, vom Wind zerzauste und vom Salzwasser gelockte Mähne, das Gesicht von Sommersprossen übersät, ein breites Grinsen im Gesicht, umringt von ihrer Familie und der gesamten Insel. Ich denke an all die Geburtstage, an denen wir beide allein waren und vielleicht am Nachmittag ein paar Freundinnen vorbeigekommen sind. An all die Male, die ich nach ihrem Geburtstag aufgeräumt und mir gewünscht habe, dass ich ihr mehr hätte schenken können als das. Ich gebe mir Mühe, nicht zu weinen.

»Zeit für die Geschenke!«, sagt Alice, und jetzt erst bemerke ich den riesigen Geschenkeberg auf dem Tischchen hinter Ellas Stuhl. Ganz unten entdecke ich mein eigenes Geschenk: Ich habe es heute Morgen, bevor wir aufgebrochen sind, Alice gegeben.

Ella fängt ganz oben an, wickelt ein Päckchen nach dem anderen sorgsam aus, und jedes Geschenk lässt ihr Gesicht aufleuchten. »Oh danke!«, sagt sie zu jedem. Ihre Ernsthaftigkeit lässt mein Herz fast zerspringen vor Stolz und Freude. Auch die Geschenke selbst treiben mir die Tränen in die Augen. Ein Buch mit Landschaftsfotografien von Alice und Jack, ein »Save the sea«-Shirt von Molly, das Ella sich sofort überzieht, eine Kollektion selbst gekochter Marmeladen und Chutneys von Sarah. Tess schenkt ihr ein handgeflochtenes Lederarmband, Brenda einen Bilderrahmen mit gepressten

Blumen aus ihrem Garten. Und von Morag kommt ein winziges Glasfläschchen mit Schleife und einem Schluck Whisky darin. Alle haben etwas mitgebracht.

Schließlich kommt Ella bei meinem Geschenk an, ein flaches Päckchen mit leuchtend gelbem Geschenkpapier und einer Butterblume in der orangen Schleife.

»Happy birthday, mein Schatz. Dein Hauptgeschenk ist in London, aber ich wollte, dass du eine Kleinigkeit heute auspacken kannst.«

Mein Herz klopft in meinem Brustkorb, als Ella das Papier auseinanderfaltet.

»Oh Mum«, sagt sie leise.

»Gefällt es dir?«

»Ich liebe es. Hast du … hast du das selber gemalt?«

Ich nicke, und Ella zieht ein Aquarell der Hilly Farm mit dem Strand und dem Meer dahinter heraus. Auf dem Strand sind die Gestalten zweier Teenagermädchen zu sehen, die über den Sand gehen. Mallachy hat mir dabei geholfen, es auszusuchen und aus Treibholz einen Rahmen zu bauen.

»Schaut mal her! Ist das nicht unglaublich? Meine Mum hat das gemalt!«

Ella reicht das Gemälde herum. Ich fange Sarahs Blick auf, und wir lächeln einander zu. Ich denke an die Staffelei, die sie mir zu meinem zwölften Geburtstag geschenkt hat, und ihr Nicken bedeutet mehr, als jeder andere am Tisch begreifen kann.

Nachdem sich Ella noch einmal bedankt hat, zerstreuen sich die Kinder, und die Erwachsenen stehen schließlich ebenfalls vom Tisch auf. Manche Kinder und Familien planschen im Meer, andere setzen sich in Liegestühle oder auf den Sand und bilden wechselnde kleine Grüppchen. Die Inselkinder versammeln sich um Jean Brown und ihren Mann, die zusammen mit Morag und Brenda in Liegestühlen sitzen. Ein paar der jüngeren Kinder umarmen Jean. Ich kann mir ein Lächeln nicht verkneifen. Mrs Brown wird von ihren Schülerinnen und Schülern noch genauso verehrt wie damals, als ich ein Kind war.

Ich gehe herum und danke allen für ihre lieben Geschenke an Ella. Dann sitze ich eine Weile mit Mallachy zusammen, wir sitzen dicht nebeneinander, aber ohne dass wir uns berühren.

Der Nachmittag dehnt sich, wie es nur perfekte Sommernachmittage tun. Ein kurzer Schauer geht hernieder – schließlich befinden wir uns auf den Hebriden –, aber gleich danach kommt die Sonne wieder heraus und trocknet Kleider und Tischdecken. Als die Sonne zu sinken beginnt, entzündet jemand den gesamten Strand entlang eine Reihe von Lagerfeuern, die im orangen Licht der untergehenden Sonne glühen.

Ich finde mich neben Sarah und Alice in einem Liegestuhl wieder, eine bereits recht leere Kiste Bier zwischen uns im Sand. Die Sonne verwandelt Himmel und Wasser in ein bernstein- und pfirsichfarbenes Aquarell. Wir sitzen in ungezwungenem Schweigen zusammen und beobachten Molly, Olive und Ella, die auf dem Sand Räder schlagen.

»Ich glaube, ich habe wegen der Erfahrungen mit meinen Eltern die guten Seiten dieser Insel völlig vergessen.«

Beide drehen sich zu mir um. Nach dem Tag in der Sonne sind ihre Wangen gerötet, und ich frage mich, ob meine ebenfalls so aussehen.

»Das ist verständlich«, sagt Alice, und Sarah nickt.

»Ich habe das Gemeinschaftsgefühl vergessen«, füge ich hinzu. »Und ich habe vergessen, wie schön es hier sein kann.«

Die Sonne versinkt in einem endlosen Meer, Feuer flackern auf dem Sand, und die Insel mit ihrem Gras, den Wildblumen, den Fichten und einem aufragenden Berg erstreckt sich hinter uns, und ich spüre ihre Schönheit wie einen Schmerz tief in meinen Knochen.

»Ich habe nie gedacht, dass ich einmal an einem solchen Ort leben würde«, sagt Alice. »Aber ich habe mich verliebt. Nicht nur in Jack, sondern in diese ganze Insel. Sie geht einem unter die Haut.«

Sarah nickt. »Als ich auf der Uni war, habe ich immer von der Insel geträumt«, erzählt sie. »Es ist ein Ort, der einen niemals loslässt.«

»Ich habe immer gehofft, dass er mich loslässt«, sage ich leise.

»Aber vielleicht war es gar nicht die Insel, der du entfliehen wolltest«, gibt Sarah zu bedenken. »Eine lange Zeit waren deine Eltern für dich diese Insel. Es war vermutlich unmöglich, an die einen zu denken, ohne das andere miteinzubeziehen. Aber jetzt sind sie nicht mehr da. Und die Insel ist wieder einfach die Insel. Eine regnerische, hinterwäldlerische, manchmal langweilige und manchmal wunderbare Insel. Und es ist deine Insel.«

Doch ich schüttele den Kopf. »Ich glaube nicht.«

Heute war ein herrlicher Tag. Doch während meines Aufenthalts hier habe ich ständig zwischen den Gefühlen der Vertrautheit und der Fremdheit geschwankt. Überwiegen die Dinge, die für mich mein Zuhause sind, oder diejenigen, die mich zu einem Eindringling, einer Schwindlerin machen? Ich bin mir noch immer unsicher.

»Du wirst hier immer einen Platz haben, Lorna«, sagt Sarah entschieden, als könnte sie meine Gedanken lesen. »Obwohl du weggegangen bist, obwohl du Hunderte von Meilen entfernt wohnst, obwohl es nicht immer einfach ist. Der Ort, von dem wir stammen, bleibt uns immer erhalten. Du wirst immer eine Insulanerin sein.«

Alice

Ella, Molly und Olive liegen nebeneinander im Sand. Tess, Joy, Natalia und Kamil helfen Harry und Lena dabei, eine Sandburg zu bauen. Jean und Christopher sitzen Brenda und Morag in Liegestühlen gegenüber. Sarah ist aufgestanden und hilft Alfie dabei, einen Turm aus Treibholz aufzuschichten, und Ben lässt sich von ein paar jüngeren Kindern über den Strand jagen. Alle um mich herum lächeln und lachen, trinken und holen sich ein zweites Stück Geburtstagskuchen.

Es war schön, aber jetzt übermannt mich die Erschöpfung. Ich hatte gedacht, ich würde erleichtert sein, wenn sich all das Planen und Organisieren gelohnt hätte und Ella einen guten Tag hatte. Aber ich kann nicht anders, als an die Zukunft der Insel zu denken, wenn ich meine Freunde so beobachte. Wie lange werden wir hier noch bleiben können? Das Bild der verfallenen Schule auf Caora Island kommt mir in den Sinn, und ein Kloß setzt sich in meiner Kehle fest.

Aus einem tragbaren Lautsprecher kommt plötzlich Musik. Einige der Kinder beginnen zu tanzen und wirbeln Sand auf, als sie wie die Derwische herumspringen. Emma und Duncan gesellen sich zu ihnen, genauso wie Tess und Joy mit

Harry vor der Brust. Als Nächstes sind Kamil und Natalia auf den Beinen.

»Tanzt du mit mir?«, fragt Jack, der plötzlich vor mir steht und mir die Hand hinstreckt. Ich sehe Lorna an.

»Geh!«, sagt sie lächelnd. Ich stehe auf, mein Mann schlingt die Arme um meine Taille, und wir wiegen uns im Rhythmus der Musik hin und her. Ich sehe in seine grauen Augen und denke an alles, was wir in diesen letzten Wochen zusammen durchgestanden haben. Er hat seine Eltern verloren, aber eine Schwester gewonnen. Unsere Ehe wurde auf die Probe gestellt, wir haben uns beide schwer damit getan, offen zueinander zu sein, und wir sind gestärkt daraus hervorgegangen. Es liegt noch viel Unsicherheit vor uns, aber wenigstens weiß ich, dass wir, was immer auch geschieht, einander haben werden.

Über Jacks Schulter sehe ich, wie Christopher Jean aus dem Liegestuhl hochzieht und die beiden langsam und anmutig zu tanzen beginnen. Ich begegne Jeans Blick, und wir lächeln einander an, was meine ganze Kraft erfordert, denn mir ist eher zum Weinen zumute. Sie sieht müde aus, aber Christopher hält sie fest an sich gedrückt, als wollte er niemals loslassen. Ich frage mich, ob er dazu in der Lage sein wird oder ob er sie bis zum Ende mit aller Kraft festhalten wird. Vielleicht heißt Lieben genau das. Er wird niemals aufhören, sie zu halten oder sich zu wünschen, mehr Zeit zu haben.

Allmählich werden es immer mehr Tänzer. Jack schwingt mich angeberisch herum, und ich entdecke Sarah und Ben, Lorna und Mallachy. Die Mädchen halten einander an den Händen und wirbeln im Kreis. Wir wechseln die Partner, und als mir schwindlig wird, lasse ich mich in einen Liegestuhl sinken, um den anderen zuzusehen. Ein Schwall von Grillgerüchen erreicht mich, und mein Magen hebt sich.

Ich konnte heute kaum etwas essen, obwohl alles so köstlich aussah. Es muss am Stress liegen. Doch als ich Joy mit dem glucksenden Harry vor der Brust tanzen sehe, beginnt mein Herz plötzlich zu rasen. Mir fällt ein, was Jack gestern Nacht zu mir gesagt hat: »Du leuchtest regelrecht.« Die Schwindel, die Übelkeit, die Müdigkeit ... Was, wenn es nicht am Stress liegt?

Ich sehe zu Jack hinüber, der mit Molly tanzt. Das kann doch nicht sein, nachdem wir so viele Jahre gehofft und gewartet haben? Ich schließe die Augen, spüre den Meereswind im Gesicht und versuche, meinen Herzschlag und meine Gefühle unter Kontrolle zu bekommen. Ich atme die salzige Luft und den Kohlenrauch ein, horche den Stimmen und den an den Strand plätschernden Wellen. Langsam hebe ich eine Hand und lege sie mir auf den Bauch. Ich atme in langsamen, tiefen Zügen und spüre, wie sich meine Hand hebt und senkt.

Lorna

Das Fest ist noch in vollem Gange, nun haben sich Grüppchen um die Feuer versammelt, um Marshmallows in die Flammen zu halten. Doch nach dem Gefühlsüberschwang dieses Tages brauche ich einen Moment für mich. Ich gehe über den Sand hinauf in Richtung Hilly Farm. Als ich den Pfad erreiche, setze ich mich auf die grasbewachsene Böschung über dem Strand. Es ist nun fast dunkel, Sterne glitzern am Himmel.

Mein Kopf schmerzt ein wenig von zu viel Bier und dauerndem Lächeln. Es war eine perfekte Party, aber ich spüre, wie meine Freude abfällt und sich nach dem wunderbaren Hoch das unvermeidliche Tief nähert. Ich habe Ella gesagt, dass wir nach ihrem Geburtstag nach London zurückfahren werden. Wieso also fühle ich mich nicht bereit abzureisen?

»Darf ich mich zu dir setzen?« Jean Brown steht auf einmal neben mir, leicht außer Atem. Ich habe nicht einmal bemerkt, dass sie näher gekommen ist. Bilde ich mir das ein, oder sieht sie irgendwie ängstlich aus?

»Ja, natürlich.«

Sie setzt sich sehr langsam neben mich. Es ist ein kleiner Schock zu begreifen, dass meine ehemalige Lehrerin gebrechlich geworden ist. Ich weiß noch genau, wie wir mit ihr über die Insel marschiert sind und sie uns Wildblumen und Insekten gezeigt hat. Manchmal durfte ich dabei an ihrer Hand gehen.

Wir sitzen Seite an Seite und blicken zum Strand hinab. Ich habe geglaubt, allein sein zu wollen, aber es ist tatsächlich tröstlich, neben ihr zu sitzen.

»Es war eine tolle Party, nicht?«

Doch Jean ignoriert meine Frage und wendet sich zu mir um. Sie sieht gequält aus. »Lorna, ich möchte schon seit der Beerdigung mit dir reden. Es gibt da etwas, was ich dir sagen muss.«

Sorge flattert in meinem Magen auf. »Was ist?«

Sie atmet schwer ein. »Ich muss dir sagen, wie leid es mir tut«, sagt sie mit zitternder Stimme. »Was dein Bruder auf der Beerdigung gesagt hat, das hat mir alles in Erinnerung gerufen, und ich kann seither nicht mehr aufhören, daran zu denken.«

Mein Körper versteift sich, und Kälte schießt durch meine Adern. Ich bleibe bewegungslos sitzen und höre zu.

»Ich wurde an das unglücklichste kleine Mädchen erinnert, das ich jemals unterrichtet habe, ein Mädchen, an das ich seitdem jeden Tag gedacht habe. Natürlich war es auch für Jack schwer. Aber ich konnte sehen, dass er sich irgendwie durchgewurstelt hat. Du hingegen …«

Jean wendet sich ab und sieht zum Strand hinunter, ihre Augen sind feucht. Ich sehe die Frau an, die mir Lesen und Schreiben beigebracht hat, bei der ich den Feueralarm in der Schule selbst auslösen durfte, weil mich laute Geräusche immer so erschreckten.

»Ich weiß noch, wie du mir das erste Mal erzählt hast,

du seist vom Fahrrad gefallen. Ich habe beschlossen, dir zu glauben. Ich wollte dir glauben. Als es wieder passierte, sagte ich mir, es müsse ein weiterer Unfall gewesen sein. Aber ein Teil von mir wusste, dass irgendetwas nicht stimmte.«

Sie holt zitternd Luft und dreht sich ganz zu mir. Ihre Augen schwimmen in Tränen. Ich möchte nicht hören, was sie als Nächstes sagt.

»Lorna, ich wusste Bescheid. Ich habe so getan, als wüsste ich es nicht, aber ich wusste, was los war. Ich wusste, dass das keine Unfälle waren.« Sie schüttelt aufgewühlt den Kopf. »Ich habe darüber nachgedacht, ob ich etwas unternehmen soll, aber das hier ist so eine kleine Insel. Die Menschen, die hier leben, sind die Menschen, die ich jeden Tag sehen muss. Jemanden einer solchen Sache zu beschuldigen ... Es ist überall eine vernichtende Anschuldigung, aber an einem Ort wie diesem ... Ich habe mir gesagt, ich müsste absolut sicher sein, bevor ich etwas sagen kann. Denn ich wusste, dass es auf alle Auswirkungen haben würde. Die Leute hätten Partei ergriffen, und die Insel wäre gespalten gewesen. Ich habe mir gesagt, dass ich Gespenster sehe.«

Sie ringt wieder nach Luft. Wie hätte ich als verängstigtes Kind, als wütender, unglücklicher Teenager reagiert, wenn man mir gesagt hätte, dass meine geliebte Lehrerin Bescheid weiß? Sie wusste Bescheid.

»Als du dann die Insel verlassen hast, da dachte ich, dass ich vielleicht doch recht gehabt hatte. Vielleicht hätte ich da etwas sagen sollen, aber du warst bereits weg. Ich habe gehofft, dass es für dich das Beste sein würde, dass du dort, wo du gelandet wärst, glücklicher sein würdest. Wenn ich zu dem Zeitpunkt etwas gesagt hätte, dann hätte ich dir damit nicht helfen können. Ich hatte jedoch ein Auge auf Jack. Aber abgesehen davon, dass er still und in sich gekehrt wirkte, habe ich nie etwas Besorgniserregendes bemerkt. Es gab keine ›Stürze‹, keine blauen Flecke. Eine Weile hat mir diese Situation das Gefühl vermittelt, dass ich vielleicht auch bei dir falschgelegen hatte, dass ich überreagiert hatte. Aber je länger du fortgeblieben bist, desto mehr wuchs das Gefühl, dass für dich alles anders gewesen sein musste als für Jack.« Sie atmet tief durch. »Ich habe, seit du weggegangen bist, jeden Tag an dich und meinen Fehler gedacht. Du bist im Stich gelassen worden, Lorna. Deine Eltern haben dich im Stich gelassen, aber ich habe dich auch im Stich gelassen. Und seitdem habe ich es an jedem Tag meines Lebens bereut.«

Mein Körper zittert wieder. Ich wünschte, ich könnte damit aufhören, aber ich kann nicht. Ich blicke in das Gesicht der Frau, der ich einmal vertraut habe, einer Frau, die alt geworden ist. Ich weiß, es sollte keine Rolle spielen. Es ist so viel Zeit vergangen, und es lässt sich nichts mehr ändern. Also warum bin ich so aufgewühlt und wütend?

»Ich habe mich in der Schule so sicher gefühlt.«

Jean nickt, und Tränen laufen ihr über das Gesicht. Vielleicht sollte ich Mitleid mit ihr haben, aber im Augenblick gelingt mir das nicht. Stattdessen verspüre ich heißen, pulsierenden Zorn. Jahrelang hat mich das, was in meiner Kindheit passiert ist, unermesslich traurig gemacht, manchmal auch verwirrt, schuldbewusst, beschämt. Kaum jemals aber wütend. Nun erfasst mich die Wut wie eine eiserne Faust. Ich war ein Kind, und sie haben mich alle im Stich gelassen.

»Sie haben allen erzählt, ich sei ein Tollpatsch. Manchmal habe ich es sogar selbst geglaubt. Ich hatte das Gefühl, verrückt zu werden.«

Und die ganze Zeit gab es jemanden, der das sah, der die Wahrheit vermutete.

»Es tut mir so leid«, flüstert Jean. »Ich war schwach.«

Abrupt stehe ich auf, was sie zusammenfahren lässt. »Ich muss gehen.«

Ich wende mich von meiner ehemaligen Lehrerin ab, lasse sie im Gras zwischen den Wildblumen sitzen. Ich kann einfach nicht mehr hierbleiben. Auch an den Strand und auf die Party zurückzukehren erscheint mir nun undenkbar. Ich will die letzten Augenblicke von Ellas Geburtstagsfeier nicht zerstören, und so gehe ich schnell zurück zum Haus. Ich setze mich in die stille, leere Küche, mein Körper ist verkrampft, und ich zittere. Ich brauche lange, bis ich mich beruhigt habe. Als ich die Haustür aufgehen höre, weiß ich, was ich zu tun habe.

Alice

Plötzlich sehne ich mich nach einem Moment Alleinsein, sammle in einer Spülschüssel schmutziges Geschirr ein und gehe langsam zurück zum Haus. Unterwegs entdecke ich Jean, die mit schnellen Schritten den Pfad hinuntergeht, fort vom Strand und vom Haus.

»Jean!«, rufe ich ihr nach, aber sie dreht sich nicht um. Vielleicht bin ich nicht die Einzige, die gerade einen Moment für sich braucht.

Mit vollen Händen gehe ich im Dunkeln durch die Küche zur Spüle, setze meine Spülschüssel ab und stütze mich einen Augenblick am Rand des Waschbeckens ab. Doch ein Geräusch erschreckt mich und lässt mich herumfahren.

»Lorna! Du hast mir einen Schrecken eingejagt!«

Sie sitzt im Dunkeln am Tisch und starrt vor sich hin. Sie sieht mich an, als wäre sie aus einem Traum aufgewacht. »Sorry. Das wollte ich nicht.«

Ich schalte das Licht ein, und der Raum füllt sich mit warmem Glanz.

»Danke noch mal für die wunderbare Feier. Es war perfekt. Ella hat es sehr genossen.«

»Sie genießt es immer noch, nach dem zu urteilen, was ich gesehen habe, bevor ich gegangen bin. Ich schätze, sie werden heute Nacht gut schlafen.«

Sie dreht sich wieder um und starrt aus dem Fenster.

»Ist alles in Ordnung, Lorna?«

»Nur Kopfschmerzen. Ich glaube, ich habe zu viel getrunken.«

»Du und jeder andere Erwachsene auf der Party auch. Ich glaube, morgen wird es viele Kater geben. Soll ich uns einen Tee machen?«

Ich trete an den Rayburn, aber sie fasst über den Tisch und legt mir die Hand auf den Arm, um mich davon abzuhalten.

»Alice, ich glaube, Jean sollte nicht mehr an der Schule unterrichten.«

»Was meinst du?«

Hat Jean endlich mit Lorna gesprochen? Bedeutet das, dass Lorna beschlossen hat hierzubleiben? Doch sie tritt meinen Hoffnungsfunken sofort wieder aus.

»Sie hat mir heute Abend gesagt, dass sie über meine Misshandlung Bescheid wusste und dass sie nie mit jemandem darüber gesprochen hat. Sie wusste, dass ich nicht einfach ungeschickt war, aber sie hat nichts unternommen. Mir ist bewusst, dass das lange her ist, aber wenn ich ein Kind auf dieser Schule hätte, würde ich das wissen wollen.«

Ich brauche einen Augenblick, um zu begreifen, was sie da sagt. Ich weiß nicht, wie ich das gerade Gehörte mit der Frau in Einklang bringen soll, die ich zu kennen glaube. Ich lasse mich neben Lorna auf einen Stuhl sinken, vergesse den Wasserkocher und den Tee.

»Jean unterrichtet nicht mehr an der Schule«, bringe ich schließlich heraus.

»Was?«

»Sie stirbt.«

Bei diesen Worten durchfährt ein Schmerz meine Brust. Meine Freundin stirbt, und sie ist nicht die Frau, für die ich sie gehalten habe.

Ich beobachte, wie Lornas Gesichtsausdruck sich verändert, milder wird, wie sich Verwirrung und Sorge darauf abzeichnen. Als sie nichts sagt, zwinge ich mich dazu, ihr den Rest zu erzählen.

»Sie hat Brustkrebs. Letzte Woche hatte sie einen Krankenhaustermin auf dem Festland. Die Ärzte sagen, dass sie eine Chemotherapie braucht. Aber sie weigert sich. Sie möchte die Insel nicht verlassen.« Ich reibe mir mit der Hand über die Stirn. »Ich will sie nicht in Schutz nehmen. Ich meine, was du da gerade gesagt hast ... Es ist schwer, das hören zu müssen. Es tut mir so leid, Lorna.«

Ich stelle mir Lorna als Kind vor, und plötzlich wird mir ganz heiß vor Wut auf Jean, die sie so schrecklich im Stich gelassen hat. Hätte für Jack und Lorna alles anders sein können, wenn sie eingeschritten wäre? Vielleicht wären den beiden Jahrzehnte der Trennung, des Schmerzes erspart geblieben. Andererseits habe ich auch die Jean vor Augen, die so geduldig und freundlich zu Molly war und mit der ich erst diese Woche vor dem Haus saß und Schmetterlinge beobachtet habe. Vielleicht hat Jean ihre Schuld zum Anlass genommen, ein besserer Mensch zu werden. Vielleicht ist die Wahrheit aber auch, dass wir alle aus dem Besten und dem Schlimmsten bestehen, was wir je getan haben.

»Sie hätte jemandem Bescheid sagen müssen. Und es tut mir leid für dich, dass sie es nicht getan hat. Aber was ich wohl sagen will, ist, dass all das keine Rolle mehr spielt, schätze ich.«

Neben mir schüttelt Lorna den Kopf. »Ich weiß nicht, was ich sagen soll. Ich habe sie angeschrien ...«

»Und du hattest jedes Recht dazu.«

»Was ist mit der Schule? Habt ihr eine neue Lehrerin gefunden?«

Ich seufze, mein Körper lastet schwer auf dem Stuhl. »Nein. Wir suchen seit Monaten. Aber es ist nicht einfach, diese Stelle zu besetzen.«

»Was passiert, wenn ihr niemanden findet?«

Ich mache für einen Moment die Augen zu. »Dann muss die Schule schließen.«

Ich muss ihr nicht erklären, was das für die Insel bedeuten würde, sie ist hier aufgewachsen. Sie hat das verlassene Klassenzimmer auf Caora Island gesehen.

»Wieso hat mir das niemand erzählt?«

»Sobald Jean erfahren hat, dass du Lehrerin bist, hat sie uns gebeten, dir nichts zu sagen.«

»Aber das verstehe ich nicht.«

Ich werfe ihr einen vorsichtigen Blick zu. Da es nun ohnehin heraus ist, macht es wenig Sinn, ihr die ganze Wahrheit vorzuenthalten. »Ich glaube, sie dachte, wenn du davon wüsstest, könntest du dich verantwortlich fühlen. Du könntest das Gefühl bekommen, es sei deine Pflicht zurückzukehren. Also hat sie darauf bestanden, dass wir kein Wort sagen, weder über ihre Krankheit noch über die freie Stelle.«

»Aber jetzt weiß ich es.«

»Jetzt weißt du es.«

Sie stößt einen langen Seufzer aus und streicht sich das Haar aus dem Gesicht. Das Schweigen zwischen uns ist aufgeladen.

»Es tut mir leid, dass du dich um all das kümmern musst«, sagt sie schließlich leise. »Aber du weißt, dass ich trotzdem morgen abreisen muss, oder?«

Ich nicke langsam, denn tief in mir wusste ich natürlich immer, dass es so enden muss.

»Ich habe so hart darum gekämpft, diese Insel hinter mir zu lassen.« Sie reibt sich die Oberarme. »Ich bin froh, dass wir zurückgekommen sind und ich Jack wiedergesehen und dich und Molly kennengelernt habe. Aber mein Leben ist in London. Es wird Zeit, dass Ella und ich es wieder aufnehmen. Dort gehören wir hin.«

»Das verstehe ich. Aber ihr seid hier immer willkommen, das weißt du doch?«

»Danke. Das bedeutet mir viel.«

Die Stille wird plötzlich von der aufschwingenden Haustür durchbrochen, und Ellas und Mollys Stimmen dringen vom Flur herein. Die Mädchen stolpern in die Küche, und Ella fällt ihrer Mutter um den Hals und drückt sie fest. Lorna vergräbt ihr Gesicht in ihrem Haar. Instinktiv zuckt meine Hand wieder zu meinem Bauch, und mein Herz flattert.

»Mum, das war der beste Tag überhaupt. Danke, und danke dir, Tante Alice.«

Sie umarmt mich ebenfalls, und ich atme den Geruch von Grillrauch und Meeresluft ein.

Jack folgt den Mädchen auf dem Fuß, er trägt eine Holzkiste voll mit Ellas Geschenken. »Die anderen haben das meiste aufgeräumt, den Rest können wir morgen einsammeln«, sagt er und setzt die Kiste auf dem Tisch ab.

»Danke, Onkel Jack«, sagt Ella und wirft ihm ebenfalls die Arme um den Hals. Einen Moment lang sieht er erschrocken aus, doch dann beugt er sich zu ihr hinunter und umarmt sie ebenfalls. Lorna beobachtet die beiden mit glänzenden Augen.

Dann dreht sich Ella zu ihrer Mutter um. »Ich schätze, ich sollte jetzt wohl besser packen?«

Sie klingt zögernd, als hoffte sie, ihre Mutter könnte sich noch eines Besseren besinnen. Jack macht sich an der Spüle zu schaffen.

»Gute Idee, mein Schatz«, sagt Lorna. Ella sieht enttäuscht aus, nickt aber. Molly und sie verschwinden nach oben.

»Du solltest auch anfangen«, sage ich zu Lorna. »Es ist schon spät. Wir kümmern uns hier unten um alles.«

»Seid ihr euch sicher?«

»Ja, es gibt sowieso nicht viel zu tun.«

»Okay, danke.«

Lorna sieht zu Jack hinüber, doch als er sich nicht umdreht, geht sie aus dem Raum. Erst als sie weg ist, sacken seine Schultern nach unten, und er lässt den Kopf hängen. Ich würde ihm gern von Jean und dem schrecklichen Geheimnis erzählen, das ich heute erfahren habe. Ich möchte mit ihm den herrlichen Tag in der Sonne Revue passieren lassen und an seiner Schulter vor Zukunftsangst schluchzen. Aber es gibt etwas anderes, was ich nicht länger für mich behalten kann.

»Jack, ich glaube, ich bin schwanger.«

Jetzt sieht er auf und begegnet meinem Blick. Und als seine Augen feucht werden, beginnen meine Tränen ebenfalls zu fließen.

Lorna

Die Insel liegt still und dunkel da, aber ich kann nicht schlafen. Ich liege im Bett, und die Decke fühlt sich auf meiner kribbelnden Haut heiß und schwer an, der Umriss meines gepackten Koffers steht neben der Tür. Der Tag geht mir durch den Kopf. Unser Ausflug auf Mallachys Boot, wie Ella uns bei unserer Umarmung ertappt hat und wie glücklich sie war, als sie die Papageitaucher beobachtete und im Meer schwamm. Die Party, bei der sich die gesamte Insel für meine Tochter auf dem Strand versammelt hat. Und der Streit mit Jean, als schon die Sterne aufgingen. Ich denke auch über das nach, was Alice mir offenbart hat. Ich habe meine alte Schule vor Augen, das Klassenzimmer voller Schaukästen, den Geruch nach Schulessen und Bleistiften in der Luft. Wenn sie nicht bald eine neue Lehrerin finden, wird die Schule schließen. Und die Insel ebenfalls. Es ist eine allzu vertraute Geschichte. Als Alice mir davon erzählte, konnte ich die Angst und den Druck in ihrem Gesicht sehen, und fragte mich, wie mir das zuvor entgehen konnte.

Die Insel braucht eine Lehrerin. Könnte ich das machen? Einen Augenblick lang habe ich das Gefühl, dass ich es vielleicht könnte. Es wäre ein Tempowechsel, eine Chance, meine Freude am Unterrichten wiederzuentdecken und eine ganze Schule gestalten zu können, anstatt irgendjemandes Stellvertreterin zu sein. Doch dann fällt mir wieder ein, wie viel ich aufgegeben habe, um dieser Insel zu entfliehen. Ich habe so hart für meine Freiheit gekämpft, und es hat mich viel gekostet. Könnte ich nach all der Zeit wirklich wieder herkommen, obwohl der Ort so viele Erinnerungen für mich bereithält? Diese Reise war eigenartig und schmerzhaft mit einem überraschenden Schwall Süße hier und da. Nichts davon habe ich erwartet, als ich an dieser nebelverhangenen Küste gelandet bin. Einen Teil von mir schmerzt es, meinen Bruder, Alice, Sarah, Mallachy und die anderen Freunde, die ich hier gewonnen habe, zurückzulassen. Aber mein Leben spielt sich in London ab, nicht hier. Alles andere wäre ein reines Fantasiegespinst. Es ist an der Zeit, wieder in die Realität zurückzukehren. So schwer es mir auch fallen mag, es ist an der Zeit, mich zu verabschieden.

Ich schlüpfe aus dem Bett, ziehe mich leise an und nehme die Schlüssel des Land Rovers vom Haken an der Tür. Als ich vor Mallachys Haus ankomme, leuchten seine Fenster wie Laternen, das gesamte Cottage ist ein einziges flackerndes Licht vor dem schwarzen Meer und dem dunklen Himmel. Als ich eintrete, sitzt er auf dem Sofa. Er blickt von seinem Buch auf, als hätte er auf mich gewartet und als wüsste er, warum ich hier bin. Dieses Mal reden wir nicht, wir lachen nicht und flüstern uns nichts ins Ohr. Schweigend gehen wir in sein Schlafzimmer, wo die Vorhänge noch immer geöffnet sind und die Sterne zu uns hereinschauen und uns zufunkeln.

Erst später, als wir eingewickelt in den zerwühlten Laken nebeneinanderliegen, beginnt er zu sprechen.

»Du fährst also.«

Ich nicke und sehe an die Decke. »Ja. Mein Leben ist in London. Es wird Zeit zurückzukehren.«

»Gibt es irgendetwas, das ich sagen kann, um einen Sinneswandel zu bewirken?«

Unausgesprochenes schwebt über uns. Wenn ich die Hand danach ausstreckte und es einfinge, würde es die Situation ändern?

»Ich würde es nämlich sagen, weißt du«, fügt er leise hinzu.

Ein Teil von mir wünscht sich, dass er diese Worte ausspricht, aber vielleicht ist es besser, er tut es nicht.

»Es tut mir leid«, sage ich. »Wünschst du dir, ich wäre nie hergekommen?«

Er hält inne. »Das würde es vielleicht leichter machen. Aber nein, ich bin froh, dir begegnet zu sein.«

»Ich bin auch froh, dir begegnet zu sein.«

Ich kneife meine Augen fest zusammen. Als ich sie wieder öffne, ist er da, sein Gesicht dicht vor meinem. Er küsst mich sanft.

»Ich fahre jetzt besser nach Hause.«

Doch er streckt die Hand aus und berührt mein Handgelenk. »Bleib. Nur dieses eine Mal.«

Ich lasse mich in die Laken zurücksinken, lege meinen Kopf auf seine Brust und horche dem dumpfen Schlagen seines Herzens. So bleibe ich liegen, bis die Sonne über dem Meer aufgeht und ich hinausschleiche, ohne mich zu verabschieden. Wir haben uns verabschiedet – was gäbe es noch zu sagen? Bevor ich gehe, werfe ich einen letzten Blick in sein Studio und auf den Schreibtisch, an dem ich zu der Sache zurückgefunden habe, die mich einmal so glücklich gemacht hat. Manchmal verliert man etwas für immer, und manchmal findet man es wieder. Wenn ich in London bin, werde ich mir neue Farben und Pinsel kaufen. Ich werde eine neue Garnitur von Bleistiften anspitzen und ein leeres

Skizzenbuch aufschlagen. Mallachy hat mir in den vergangenen Wochen so viel unerwartet wundervolle Augenblicke geschenkt, in denen ich alles andere vergessen habe und in Glückseligkeit versunken bin. Aber vor allem anderen vielleicht hat er mir das zurückgegeben.

Ich komme auf der Hilly Farm an, bevor die anderen wach sind, und kehre in das gelbe Zimmer mit Blick aufs Meer zurück. Dort ist das Bett nun ordentlich gemacht, der geliehene Regenmantel liegt gefaltet auf dem Stuhl, der Koffer steht fertig gepackt neben der Tür.

* * *

Niemand scheint zu wissen, was er sagen soll. Jack fährt uns zum Hafen, Alice sitzt vorne und ich mit Molly und Ella hinten. Ausnahmsweise sind auch die Mädchen still.

Ich habe in meinem Zimmer drei Geschenke zurückgelassen, die an Jack, Alice und Molly adressiert sind. Ich frage mich, wann sie sie finden werden. Ich könnte nicht ertragen, dabei zu sein, wenn sie sie öffnen. Es wäre mir peinlich. Stattdessen stelle ich mir vor, wie Alice ihres aufmacht, das Papier zerreißt und eine mittelgroße Leinwand auspackt. Wird sie sich selbst in der Gestalt erkennen, die bis zur Taille mit ausgetreckten Armen im Wasser steht, über das Wolken dahinziehen? Ich hoffe es. Dann Mollys Leinwand, von ähnlicher Größe, aber in kräftigen, lebhaften Farben, die die Worte »Save the sea« bilden. Und schließlich Jacks Päckchen, das schwerste der drei. Ich stelle mir vor, dass er sich mit seinem mehr Zeit lässt, das Gewicht in den Händen wiegt und dann vorsichtig das Papier löst. Darunter wird er eine Kiste vorfinden, die aus zerkleinerten, am Strand gesammelten Treibholzteilen gebaut ist. Mallachy hat mir beim Bau geholfen und mich das Material aus seinem Studio benutzen lassen.

Aber entworfen habe ich sie, ich habe die Holzstücke aus dem Sand aufgehoben. Die Kiste ist ganz mit Muscheln und Kieselsteinen gefüllt. Zwischen diesen Schätzen befindet sich ein Brief. Ich weiß noch jedes Wort, das ich ihm heute Morgen geschrieben habe.

Jack,
jedes Mal, wenn ich am Strand bin, sammle ich unwillkürlich irgendwelche Sachen. Ich weiß noch, wie gerne Du Muscheln und Steine gesucht hast, als wir klein waren, und wie glücklich Du ausgesehen hast, wenn ich Dir einen neuen »Schatz« geschenkt habe. Es war so ein schönes Gefühl, Dich zum Lächeln zu bringen. Molly hat mir erzählt, dass Du immer noch Dinge sammelst. Ich weiß nicht, warum, aber es hat mich so froh gemacht, das zu wissen. Vermutlich habe ich dadurch das Gefühl, Dir näher zu sein – wenn ich an einem Strand auf der Isle of Dogs stehen geblieben bin und etwas aufgehoben habe, hast Du vielleicht hier auf Kip gerade dasselbe getan. Ich weiß, das ist natürlich albern, und nichts kann ändern, was passiert ist, nichts kann ändern, dass wir so viele Jahre getrennt voneinander verbracht haben. Aber ich denke gerne so darüber.
Jedes Mal, wenn ich in diesen Jahren einen Stein oder ein Stück Glas von einem Strand aufgehoben habe, habe ich an Dich gedacht. Ich habe mich gefragt, was Du wohl machst, und gehofft, dass es Dir gut geht, dass Du glücklich bist. Hier konnte ich diese Gewohnheit nicht abschütteln. Diese Kiste ist das Ergebnis meiner zweiwöchigen Schatzsuche auf Kip. Sie enthält all die Male, die ich an Dich gedacht habe, aber nicht recht wusste, was ich sagen sollte. Ich schätze, jeder gesammelte Gegenstand ist ein Wort. Wenn ich könnte,

würde ich Dir den gesamten Strand schenken. Es gibt noch immer so vieles, das ich nicht zu sagen vermag, Jack. Aber ich bin froh, Dich als Bruder zu haben. Du wirst immer mein Bruder sein. Und ich bin froh, dass ich hergekommen bin. Ich bin froh, dass ich Alice begegnen durfte, und Molly, und dass ich Dich als Erwachsenen kennengelernt habe. Es tut mir leid, dass es so lange gedauert hat.

Ich habe eilig unterschrieben, weil es mir schwerfiel, den Stift festzuhalten. Vielleicht wird er es für ein seltsames Geschenk halten. Vielleicht wird er es nicht verstehen. Vielleicht aber schon. Letztlich fühlte es sich wie das Einzige an, was ich ihm schenken konnte, die einzige Möglichkeit, ihm zu sagen, wie viel ich in all den Jahren an ihn gedacht habe.

Draußen vor dem Fenster fliegt die Insel vorbei. Der Berg, der Wald, das Meer. Es sind Bilder, die ich mich zu vergessen bemüht habe. Aber jetzt … ich glaube, jetzt werde ich mich gerne an sie erinnern.

Als wir uns dem Dorf nähern, entdecke ich die Autos. Sie stehen an der Straße aufgereiht, und als wir in den Hafen einbiegen, parken dort noch mehr.

»Was ist denn hier los?«

Alice dreht sich auf ihrem Sitz um. »Was, hast du nicht damit gerechnet, dass sie sich verabschieden wollen?«

Als der Land Rover gegenüber dem Lookout parkt, öffnet sich die Tür des Pubs und ein ganzer Strom von Menschen ergießt sich auf die Straße. Alle sind gekommen.

Jack, Ben und Duncan tragen uns die Koffer zum Anleger hinunter, wo die Fähre gerade einläuft. Wir gehen als langsame Prozession auf das Schiff zu.

»Gute Reise, ihr Lieben«, sagt Brenda und umarmt Ella und mich. Puff winselt an Ellas Bein, und sie beugt sich hinunter und vergräbt das Gesicht in seinem weichen Fell. Als sie sich wieder aufrichtet, ist ihr Gesicht ganz verquollen von Tränen. Tess, Joy und die anderen Frauen vom Yoga geben mir einen Zettel mit ihren Telefonnummern und nehmen mir das Versprechen ab, mich zu melden.

Nacheinander werden wir von allen umarmt. Die meisten dieser Menschen kenne ich erst seit Kurzem. Aber es fühlt sich an, als wären sie mir schon viel länger vertraut. Diese Menschen haben mich weinen sehen, sie waren auf der Beerdigung meiner Eltern, haben zu Ehren meiner Tochter eine Geburtstagsparty gefeiert, an die wir uns immer erinnern werden. Und uns verbindet noch anderes. Wir teilen unser Wissen über diesen Ort. Die vertrauten Gerüche und Geräusche des Meeres, das Wissen darum, was es heißt, auf einer kleinen Insel abseits des Festlands zu leben.

In der Menge entdecke ich Jean und ihren Mann. Er hält ihre Hand und sieht sie immer wieder an, als könnte sie sich jeden Augenblick in Luft auflösen. Jean schaut auf und begegnet meinem Blick. Ich könnte mich abwenden, aber ich tue es nicht – ich gehe auf sie zu, bis wir voreinander stehen.

»Es tut mir leid, dass du krank bist, Jean.«

Ihre Schultern sacken ein Stück nach unten. Ihr Ehemann küsst sie auf die Wange und tritt taktvoll beiseite.

»Wer hat es dir gesagt?«

»Alice. Ich wusste nichts davon.«

Wäre ich gestern Abend davongestürmt, wenn ich es gewusst hätte? Wäre ich genauso wütend gewesen?

»Ich wollte nicht, dass du es erfährst. Und es gibt nichts, was dir leidtun muss.« Sie bemüht sich um ein Lächeln, aber ihre Stimme zittert. »Irgendwann läuft unsere Zeit aus. Aber ich bin so froh, dass ich dich noch einmal sehen durfte, Lorna, und auch deine Tochter. Mit ihr hast du alles richtig gemacht. Und es tut mir wirklich leid.« Sie greift nach meiner Hand. »Ich wünschte, ich wäre damals ein besserer, mutigerer Mensch gewesen.«

»Ich danke dir. Und ich bin auch froh, dass wir uns wiedergesehen haben.«

Jean stößt die Luft aus und entspannt sich ein wenig. Als sie von mir zurücktritt, frage ich mich, ob ich sie wohl wiedersehen werde. Ihr Mann legt seinen Arm um ihre Taille und zieht sie zur Seite.

Sarahs Mutter überreicht mir ein eingepacktes Stück Kuchen für die Reise und küsst mich auf die Wange. Als Doug mich zum Abschied umarmt, glänzen seine Augen feucht.

»Allergie«, schnüffelt er. »Gute Reise und komm bald mal wieder, Liebes.«

»Danke«, sage ich und ziehe sie beide noch einmal an mich, »für alles.«

Sarah ist die Letzte, die sich von mir verabschiedet.

»Bleiben wir in Verbindung?«, fragt sie an meiner Schulter.

»Das verspreche ich. Und ich möchte noch mal sagen, wie leid es mir tut, dass ich keinen Kontakt gehalten habe. Ich hatte solches Glück, eine Freundin wie dich zu haben.«

Wir machen beide einen Schritt zurück, und sie beißt sich auf die Lippe und schiebt ihre Brille ein Stück weiter die Nase hinauf.

»Schon in Ordnung.« Und ich glaube, das wird es sein, in Ordnung. Dieses Mal werde ich mein Versprechen halten. Ich werde meine Freundin kein zweites Mal enttäuschen.

Schließlich ziehen sich die Insulaner ein wenig zurück und geben uns Raum. Nur eine Person fehlt, aber es ist besser so. Wir haben uns gestern Nacht verabschiedet. Inzwischen haben ein paar Autos und Passagiere die Fähre verlassen, und andere sind an Bord gegangen. Die Fähre ist abfahrbereit, der Hafenmeister steht an der Rampe und wartet nur noch auf Ella und mich.

»Tja, dann also gute Reise«, sagt Alice und drückt uns mit glänzenden Augen fest an sich. »Es war so gut, euch endlich kennenzulernen.« Sie legt Ella die Hand an die Wange. »Du bist eine wunderbare junge Dame.«

Ella errötet tief und lächelt.

»Danke, Tante Alice.«

»Danke für alles«, sage ich. »Ich habe bei diesem Besuch nicht nur eine Schwägerin, sondern auch eine Freundin gewonnen.«

Ella und Molly klammern sich so heftig aneinander, dass ich den Blick abwenden muss.

»Ich schreibe dir«, sagt Molly.

»Jeden Tag«, schnieft Ella. »Tschüss, Onkel Jack.« Sie schlingt ihm die Arme um die Taille, und er drückt sie an sich, fest dieses Mal.

Dann zerrt Ella ihren Koffer in Richtung Fähre. Ich kann sehen, dass sie weint, aber versucht, sich zu beherrschen.

»Also, dann auf Wiedersehen«, sagt Jack.

»Auf Wiedersehen, Jack.«

Ich sehe zu meinem Bruder auf und will ihm nur eines sagen: dass ich ihn liebe. Denn trotz allem habe ich damit nie aufgehört.

Seine kräftigen Arme schlingen sich um meine Schultern. Für einen Augenblick schrumpfen die Jahre zu einem Nichts zusammen, und wir gehören wieder zur selben Familie, eng umschlungen. Wir sind geteilte Geschichte, ein für alle Zeiten verbundenes Duo, zwei Seiten derselben Münze. Ich kann die Worte nicht sagen, aber ich halte ihn ganz fest.

Und dann ist es an der Zeit zu gehen. Ella steht bereits auf dem Oberdeck und winkt. Ich verstaue meinen Koffer und versuche, das Geräusch der sich hebenden Rampe auszublenden. Die Fähre löst sich vom Anleger, und Abschiedsrufe fliegen übers Wasser zu mir herüber. Ich habe mich hierfür entschieden. Ich habe entschieden, nach Hause zu fahren. Das Brennen in meinen Augen liegt am Wind. Mein Zittern liegt nur an der kalten Luft.

»Lorna!«

Als ich die Stimme höre, nehme ich auf der Treppe zum Oberdeck immer zwei Stufen auf einmal. Ich renne zur Rückseite der Fähre, wo Ella steht und mit beiden Armen winkt. Eine Gestalt drängt sich durch die Menge auf dem Anleger. Rex bricht aus der Ansammlung hervor, bellt und springt auf und ab. Und dann ist da Mallachy, er sprintet so schnell zum Ende des Anlegers, dass es aussieht, als wollte er nie wieder aufhören zu laufen, als liefe er vielleicht direkt ins Meer. Doch ganz am Ende kommt er zum Stehen.

»Lorna!«

Sein Ruf trifft mich direkt ins Herz. Ich umklammere mit weißen Knöcheln die Reling.

»Lorna!«

Ich öffne den Mund, aber es kommt nichts heraus. Doch ich wende auch nicht den Blick ab, solange ich ihn und den Hafen und das Dorf noch sehen kann. Schließlich ist die Insel nur noch eine schwarze Linie am Horizont. Ella und ich fahren nach Hause, kehren in das Leben zurück, das ich mit so viel Mühe für uns beide aufgebaut habe. Warum also fühlt es sich an, als würde ich gerade einen riesigen Fehler machen?

Alice

Das leere Gästezimmer fühlt sich eigenartig an. Die Fähre müsste das Festland längst erreicht haben, wahrscheinlich sitzen sie jetzt schon im Zug. Der nächste Sommer ist noch so lange hin.

Auf dem Rückweg vom Hafen habe ich am Dorfladen gehalten und Molly und Jack gebeten, im Wagen zu warten. Es gab versteckt in den Regalen mit Apothekenprodukten einen einzelnen Schwangerschaftstest. Als ich ihn Pat gab, zog sie überrascht die Augenbrauen in die Höhe.

»Bitte sag niemandem etwas davon«, sagte ich schnell.

»Natürlich nicht, Liebes«, antwortete sie, aber sie griff über die Theke hinweg nach meiner Hand und drückte sie.

Zu Hause schloss ich mich mit Jack zusammen im Bad ein, Molly war noch im Garten. Ich kann noch immer nicht ganz glauben, dass diese zwei roten Linien sichtbar wurden. Sie sind so klein und simpel und doch so unendlich bedeutsam. Wir weinten beide und lagen uns in den Armen. Jack übernahm schnell die Verantwortung, rief im Krankenhaus auf dem Festland an und machte einen Termin für mich. Dann sorgte er dafür, dass Sarah sich in der Nacht, wenn wir zur Untersuchung weg sein werden, um Molly kümmert. Ich fühle mich jedoch noch nicht bereit, aktiv zu werden. Nach allem, was in der Vergangenheit passiert ist, werde ich mich wohl erst wieder beruhigen, wenn ich einen Arzt gesehen habe. Wie wird Molly auf ein Geschwisterchen reagieren? Und ist es eine gute Zeit für ein weiteres Kind, wo unsere Zukunft hier auf der Insel so unsicher ist? Doch trotz der Sorgen kann ich die Freude nicht unterdrücken, die unaufhaltsam in mir aufsteigt und mich beinahe vom Boden abheben lässt. Die Sorgen sind berechtigt, aber ich entscheide mich für die Hoffnung, denn was wären wir ohne sie?

Ich blicke mich um und stelle mir das Gästezimmer als Babyzimmer vor. Ich glaube, es soll gelb bleiben, aber ich stelle mir ein Mobile über einem Holzbettchen vor und einen Schaukelstuhl in der Ecke. Als ich mir genau das ausmale, was ich mir jahrelang erträumt habe, steigen mir Tränen in die Augen.

Mein Blick fällt wieder auf das Bett, und da bemerke ich, dass das Zimmer doch nicht ganz leer ist. Da liegen drei braune Päckchen mit unseren Namen darauf.

Ich nehme meines auf den Schoß und schlage das Papier zurück. Darin befindet sich eines der schönsten Gemälde, die ich je gesehen habe. Ich erkenne den Bildausschnitt sofort, es ist der Blick, den ich jeden Tag aus meinem Fenster sehe – der Strand unterhalb des Hofes, unser Strand. Zwei Gestalten laufen ins Wasser, und als ich sie erkenne, verzieht sich mein Mund zu einem Lächeln. Das sind Lorna und ich. Die Version von mir, die sie da eingefangen hat, ähnelt jedoch kaum der Person, die ich sehe, wenn ich in den Spiegel blicke. Diese Frau sieht trotzig, entschlossen und stark aus. Ich sehe die Version von mir auf dem Gemälde an und spüre, wie mein Selbstvertrauen wächst. Was auch immer für meine Familie und für diese Insel vor uns liegt, ich werde es bewältigen. Ich sehe das Bild an und weiß plötzlich, dass ich die richtige Entscheidung getroffen habe. Vielleicht hatte ich kein ausschweifendes Leben voller Reisen und Abenteuer, mit einer tollen Karriere. Aber das heißt nicht, dass mein Leben mickrig ist. Ich habe meine Familie, meine Inselgemeinschaft, mein Zuhause und den Job, den ich liebe. Nachher werde ich meine Schwestern anrufen und sie auf eines meiner Wochenend-Retreats einladen, wie Sarah es vorgeschlagen hat. Ich werde ihnen meine Neuigkeit persönlich sagen. Und vielleicht sage ich ihnen dann auch, was ich in Bezug auf unsere Beziehung zueinander empfinde, vielleicht aber auch nicht. Letzten Endes spielt es keine Rolle, ob ich für sie immer Pimpf bleibe, ihre kleine Schwester, oder nicht. Denn wenn ich die starke, selbstbewusste Frau auf Lornas Bild anschaue, weiß ich, dass ich mehr bin als das.

Ich stelle das Gemälde neben dem Bett an die Wand und nehme die beiden anderen Päckchen.

»Molly, mein Schatz?«, sage ich und schiebe ihre Zimmertür auf. Sie tippt eifrig auf ihrem Telefon herum, vermutlich schreibt sie Ella. Ich sehe sie an, und es fällt mir schwer, ihr mein Geheimnis nicht sofort zu sagen. Aber ich will sicher sein, dass alles in Ordnung ist, bevor ich ihr Leben auf den Kopf stelle.

»Lorna hat etwas für dich dagelassen.«

Ich gebe ihr das Päckchen und setze mich neben sie auf das Bett, während sie es öffnet.

»Schau mal, wie schön!«, ruft sie und hält eine Leinwand in die Höhe, auf der in fetten bunten Buchstaben »Save the sea« steht. »Ich glaube, das hänge ich hier auf.«

Ich küsse sie auf die Stirn. »Ich helfe dir später dabei, Schätzchen, erst muss ich das hier deinem Dad geben.«

Sein Päckchen ist das schwerste, und es klappert ein wenig, als ich es die Treppe hinuntertrage. Er sitzt im Wohnzimmer auf dem Sofa und liest ein Buch. Es ist dasselbe *Mumins*-Buch, mit dem ich ihn auch vor zwei Wochen erwischt habe, das, in dem ein Foto von Lorna und ihm steckt.

Er blickt auf, sein Gesicht sieht müde aus, verzieht sich aber zu einem Lächeln, als er meiner ansichtig wird.

»Ich kann es kaum abwarten, unserem Kleinen das hier vorzulesen. Es fehlt mir, Molly vorzulesen, dir auch?«

Ich setze mich neben ihn und lehne den Kopf an seine Schulter. Er legt den Arm um mich, wir lächeln uns an. Nachdem wir einige Zeit in einvernehmlichem Schweigen so dagesessen haben, fällt mir das Päckchen auf meinem Schoß ein.

»Lorna hat uns Geschenke hinterlassen. Molly und ich haben unsere schon aufgemacht, das hier ist für dich.«

Einen Augenblick starrt er das rechteckige Päckchen nur an.

»Na komm«, sage ich sanft. Er zieht den Arm hinter mir heraus und beginnt auszupacken. Es kommt eine Holzkiste zum Vorschein. Sie sieht aus, als wäre sie aus Treibholz gemacht. Er öffnet den Deckel, und sie ist mit Kieselsteinen gefüllt. Es ist auch ein Brief darin, den er still liest. Ich widerstehe dem Drang, ihm über die Schulter zu linsen. Als er zu Ende gelesen hat, faltet er den Brief wieder, greift in die Kiste und befühlt jeden einzelnen Kiesel. Es sind auch Muscheln darin und glatt geschliffenes Glas.

»Manche Leute könnten eine Kiste voller Steine für ein eigenartiges Geschenk halten«, sage ich und lache leise.

»Aber es ist perfekt«, antwortet er. Seine Augen werden feucht, und ich greife nach seiner Hand.

»Als wir einander endlich wiedergefunden hatten, ist sie abgereist. Aber wenigstens habe ich diesmal das Gefühl, dass es kein Abschied für immer ist. Außerdem haben wir so vieles, über das wir glücklich sein können, oder?«

Mich plagen so viele Ängste um das Baby, um mich, um diese Insel und ihre Bewohner. Trotzdem hat Jack recht. Es ist keine lautstarke, ausgelassene Sorte Glück, die wir haben, unser Glück breitet sich über uns wie eine Decke oder eine schnurrende Katze. Einen Augenblick lang sitzen wir nebeneinander und lassen uns davon wärmen. Die Sorgen und Ängste werden auch morgen noch da sein. Für den Augenblick haben wir das hier.

Lorna

Wir waren weniger als drei Wochen fort, doch die Wohnung riecht abgestanden und leer, als wir endlich zu Hause ankommen. Ich bin ganz benommen von der langen Reise und der Fahrt mit der U-Bahn, die sich nach der Ruhe auf der Insel anfühlte wie ein Anschlag auf die Sinne. War es in der Tube schon immer so heiß und überfüllt? Hat die Docklands Light Railway schon immer gerumpelt wie eine durchgegangene Kutsche?

Es ist später Vormittag, aber ich will nichts als schlafen. Gestern Nacht im Schlafwagen lag ich in dem schmalen Bett wach. Am Anfang unserer Reise habe ich die Tage gezählt, bis ich endlich wieder nach London zurückdurfte, doch gestern musste ich unaufhörlich an alles denken, was ich auf der Insel zurückgelassen hatte. Ich dachte, Ella schliefe, doch irgendwann hörte ich aus dem oberen Stockbett ein Geräusch, das ein Husten oder ein Schluchzen hätte sein können. Ich sagte ihren Namen leise in die Dunkelheit, erhielt aber keine Antwort.

»Ich gehe ins Bett«, sagt Ella jetzt und trägt ihren Koffer den schmalen Flur entlang in ihr Zimmer.

Erschöpfung zerrt an meinen Gliedern, doch anstatt auf direktem Weg in mein Schlafzimmer zu gehen, lasse ich mich in die Küche treiben. Die Teller unseres letzten Abendessens vor der Abreise stehen säuberlich aufgereiht im Abtropfgestell. Es fühlt sich so an, als wäre dieses Abendessen lange her, und ich stelle fest, dass ich mich nicht einmal mehr daran erinnere, was wir gegessen haben. Ich weiß jedoch noch, wie ich mich dabei fühlte, Angst und Nervosität surrten durch meinen Blutkreislauf wie Koffein. Wie eigenartig, sich vor Augen zu halten, dass ich vor wenigen Wochen weder Alice noch Molly kannte und meinen Bruder seit zweiundzwanzig Jahren nicht mehr gesehen hatte. Seit meiner Jugend hatte ich auch Sarah nicht mehr gesehen, und ich war Tess und Joy, Brenda, Morag oder Kerstin nie begegnet. Ich war Mallachy nie begegnet.

In einer der Wohnungen über uns bellt ein Hund, und durch die Dielenbretter hindurch dringt ein erstickter Schrei zu mir herauf. Draußen höre ich das Klappern von Autos und Bussen auf der Hauptstraße, die sich am Ufer entlang um die Isle of Dogs windet. Ich hebe die Post von der Fußmatte auf (Lieferservice-Flyer und Rechnungen), dann gehe ich in mein Zimmer und lasse mich schwer auf mein Bett fallen. Normalerweise ist mir dieses Zimmer so vertraut, dass ich es gar nicht richtig wahrnehme. Es ist einfach da. Doch jetzt kommt es mir vor, als sähe ich meine Umgebung mit neuen Augen und so, wie sie wirklich ist. Eine Sekunde lang ist das hier einfach ein Haus, kein Zuhause. Eine Wohnung in einem Wohnblock voller anderer Wohnungen, in denen Leute leben, über die ich nichts weiß, Fremde, die über- und untereinander wohnen. Mein Zimmer ist nur ein Raum voll mit den Trümmern eines Lebens. Und dann schlafe ich ein. Ich träume vom Meer. Dieses Mal jedoch blicke ich nicht hinaus und wünsche mich aufs Festland. Stattdessen schwimme ich darin, das kalte Wasser umgibt mich und lässt meine Haut kribbeln.

An unserem zweiten Abend zu Hause kommt Cheryl zum Abendessen vorbei. Noch in der Tür umarme ich sie fest. Ich war noch nie so froh, meine Freundin wiederzusehen. Oder so traurig. Ich schenke ihr die Dose mit Shortbread, die ich in Fort William für sie gekauft habe, und wir setzen uns an den Küchentisch, wie wir es schon unzählige Male getan haben. Doch dieses Mal ist es etwas anderes. Alles hat sich geändert.

»Ich kann immer noch nicht glauben, dass ihr wegzieht.«
»Ich auch nicht. Es wird so seltsam sein.«

Sie hat noch mehr Schwung als ohnehin schon, eine Leichtigkeit, als perle jeder Stress einfach an ihr ab.

Beim Essen (etwas Zusammengewürfeltes, das mich das frische Gemüse und die perfekt gekochten Essen auf der Hilly Farm vermissen lässt) berichtet Ella Cheryl lebhaft von unserer Zeit auf der Insel. Sie erzählt von Molly und Olive, von den Papageitauchern und dem Bootsausflug mit Mallachy und von ihrer Geburtstagsparty. Es ist ein zensierter Reisebericht, der den Streit, das Weglaufen und die Anspannung auslässt, aber ich lächle dennoch, während ich ihr zuhöre.

»Das klingt so, als hättet ihr eine herrliche Zeit verbracht.«
»Habe ich auch«, antwortet Ella.

Als Ella ins Bett gegangen ist, machen Cheryl und ich eine Flasche Wein auf und ziehen ins Wohnzimmer um, wo wir die Füße auf den Couchtisch vor dem Sofa legen.

»Also, wie war es wirklich?«

Wie soll ich nur alles, was in den letzten zwei Wochen passiert ist, in ein paar Sätzen zusammenfassen? »Es war wunderbar. Aber auch schrecklich. Und schmerzhaft. Und verwirrend. Und schwierig, wirklich schwierig. Aber ja, zeitweise war es auch wunderbar.« Ich erzähle ihr einiges, so viel ich eben in Worte fassen kann. Die Kälte meines Bruders, den großen Streit in unserem Elternhaus, die Beerdigung und wie Ella und Molly nach Caora Island geflüchtet sind und ich fürchtete, meine Tochter für immer verloren zu haben.

»Das muss so verdammt beängstigend gewesen sein.«

»Das war es.«

Ich erzähle ihr auch von Alice, von ihrem Optimismus und ihrer lebensprühenden Energie. »Du würdest sie mögen, Cheryl.«

Und dann erzähle ich ihr von Mallachy. Meine Wangen werden heiß, als ich ein wenig eingehender von unseren Nachmittagen berichte, von den Stunden, die wir in seinem Studio verbracht haben.

»Du magst ihn wirklich, oder?«, fragt sie.

Ich fahre mir mit der Hand durchs Haar. »Spielt es eine Rolle? Er ist dort, ich bin hier.«

»Natürlich spielt es eine Rolle! Es spielt immer eine Rolle, wenn man sich verliebt.«

Das Wort durchfährt mich wie eine Schockwelle, und ich trinke schnell einen großen Schluck Wein.

»Ich glaube, ich habe mich nicht nur in Mallachy verliebt.«

Wir sehen einander an, und ich weiß, dass sie in diesem Moment genau weiß, was ich fühle. »Also, was wirst du tun?«, fragt sie.

Ich stoße die Luft aus und blicke mich in dem kleinen Wohnzimmer der Wohnung um, die ich seit über zehn Jahren mein Zuhause nenne. »Ich habe nicht die geringste Ahnung.«

Alice

»Also, was machen wir?«

Brenda ist die Erste, die diese Frage ausspricht, die seit unserer Besprechung mit den Gemeinderäten vom Festland in meinem Kopf herumschwirrt. Wir haben sie zum B&B gebracht, wo sie die Nacht verbringen, bevor sie morgen früh die Fähre nehmen. Alle Schulbeiräte und die Eltern der Insel sind wieder zurück im Gemeindezentrum, auf einem Tisch in der Mitte stehen benutzte Teetassen. Alle lungern deprimiert auf ihren Stühlen, sehen zu Boden oder aus dem Fenster, scheinen unwillig, einander in die Augen zu sehen. Abgesehen von Harrys Glucksen herrscht Stille. Ich blicke in die Runde und warte darauf, dass jemand etwas sagt. Tja, wenn niemand es aussprechen will, werde ich es eben tun.

»Ihr habt gehört, was sie gesagt haben, wir können nichts tun. Ohne eine Schulleiterin ist die Schule am Ende.«

Ich weiß nicht, was ich dachte, wie der Termin verlaufen würde. Ich vermute, ich ging davon aus, dass sie eine Lösung haben würden. Ich glaube, ich habe auf ein Wunder gehofft. Vor der Besprechung war die Möglichkeit, dass die Schule schließen könnte, eine Bedrohung, die über uns schwebte, aber sie fühlte sich weit entfernt an. Nun ist sie zur Gewissheit geworden. Die Gemeinderäte machten einen verständnisvollen Eindruck, aber sie ließen auch keinen Zweifel daran, dass sie wenig tun konnten.

»Das sind die Herausforderungen einer solchen Lebensweise«, sagte einer von ihnen. »Eine Inselgemeinschaft ist etwas Fragiles. Entweder man hat eine alternde Einwohnerschaft und nicht genügend junge Leute, die zuziehen, oder man trifft auf ein Problem wie dieses hier, dass man keine Leute für die Schlüsselpositionen rekrutieren kann, die eine Insel zum Überleben besetzen muss.«

»Also geben wir einfach auf?«, fragt Brenda.

Ich sehe mich im Raum um. Alle Gesichter sind ernst. Sarah sieht jetzt auf.

»Ich habe das Gefühl, ich sollte euch etwas sagen.« Ihre Stimme klingt angestrengt. »Ben und ich haben beschlossen, den Hof zu verkaufen. Wir suchen etwas in der Nähe seiner Eltern auf dem Festland. Diese Unsicherheit für Alfie ist zu viel für uns. Wenn er schon auf der weiterführenden Schule wäre wie Olive, wäre es etwas anderes, aber ich hätte das Gefühl, als Elternteil nicht meiner Verantwortung gerecht zu werden, wenn ich hierbliebe, ohne zu wissen, ob es für ihn in ein paar Monaten noch eine Schule gibt.«

»Aber du solltest doch im nächsten Schuljahr beim Unterrichten helfen!« Die Worte schlüpfen mir über die Lippen, schrill vor Panik. Sarah sieht zu Boden, meidet meinen Blick.

»Ich weiß. Es tut mir so leid. Aber als Eltern habt ihr hoffentlich alle Verständnis.«

Ben greift nach ihrer Hand. Ich weiß, dass sie nur das Beste für ihre Familie will, und ich bin mir sicher, sie haben sich die Entscheidung nicht leicht gemacht, aber es fällt mir plötzlich schwer, sie anzusehen. Alles zerfällt so schnell. Wie sollen Kerstin und ich allein das nächste Schulhalbjahr bewältigen?

Am anderen Ende des Raumes wird ein Stuhl gerückt. »Ich wusste nicht, wann ich es euch sagen soll, aber ich glaube, jetzt ist ein guter Zeitpunkt«, sagt Emma. »Duncan und ich haben ehrlich gesagt dieselben Gedanken. Es ist ein zu hohes Risiko hierzubleiben, wenn die Schule nicht weiterbesteht.«

»Aber was wird aus der Brauerei?«, fragt Pat Taylor. »Ihr führt sie seit Jahren, und sie ist der Stolz der ganzen Insel.«

Duncan schüttelt traurig den Kopf. »George sagt, er möchte damit weitermachen, aber wenn ich ganz ehrlich bin, ich glaube nicht, dass er es alleine schafft.«

Schweigen senkt sich wieder über den Raum. Ich sehe Sarah und Emma an und versuche, mir die Insel ohne sie vorzustellen. Wir sehen uns mehrmals die Woche. Ohne sie werden in meinem Yogakurs zwei Matten leer bleiben. Plötzlich wird mir klar, dass Molly, wenn Sarah umzieht, ihre beste Freundin verlieren wird. Olive wird die Schule wechseln müssen. Innerhalb einer Woche hat Molly sowohl Ella als auch Olive verloren.

Eine Person fehlt im Raum. Ich habe Jean seit der Party und Lornas Enthüllung über die Vergangenheit nicht mehr gesehen. Heute Morgen wollte ich sie besuchen, aber Christopher sagte, sie schlafe. Ich frage mich, ob sie mich nicht sehen wollte, falls sie annahm, dass Lorna mir alles erzählt hatte. Ich weiß noch immer nicht, was ich davon halten soll. Aber sie ist immer noch meine Freundin. Was für Fehler sie in der Vergangenheit auch gemacht hat, wir haben so viele Jahre der Freundschaft hinter uns. Und ich mache mir Sorgen um sie. Sie braucht ihre Freundinnen und Freunde jetzt mehr denn je, und ich fürchte, dass sie nun anfängt, sich von uns zurückzuziehen, und versucht, diese Sache allein durchzustehen.

»Gibt es wirklich nichts, was wir tun können?«, fragt Tess. Alle im Raum wenden sich erwartungsvoll zu mir um. Ich glaube, ich bin die Optimistische, diejenige mit einem Plan oder einer Lösung oder zumindest Hoffnung. Doch ich sehe erst Sarah, dann Emma an, und dann blicke ich aus dem Fenster auf die Schule und spüre, dass mich jeder Mut verlässt. Ich verschränke die Hände vor meinem Bauch. Dieses Kind wird nicht auf dieselbe Schule gehen wie seine Schwester und sein Vater. Vielleicht wird es aufwachsen und sich gar nicht mehr an diese Insel erinnern.

Wie eigenartig, dass wir es gerade in dem Moment, in dem wir einen unerwarteten Neuanfang erleben, auch mit dieser Endzeitstimmung zu tun bekommen. Im Augenblick sind wir vielleicht alle noch da, aber ich weiß, dass Sarahs und Emmas Wegzug nur den Anfang markieren wird. Jetzt, wo die Schließung der Schule unabwendbar ist, wird diese Insel sich für immer verändern. Für manche ist es einfach irgendein Ort, und es gibt unendlich viele andere Orte, an denen man ebenfalls leben kann. Aber die Sache ist die: Die Insel ist nicht nur ein Ort. Hier habe ich Liebe und Freundschaft gefunden und meine Tochter großgezogen, hier hat sie auf dem Strand ihre ersten Schritte gemacht, hier habe ich ihr an ihrem ersten Schultag am Schultor zugewunken. Hier finden meine Yogakurse vor einem zusammengewürfelten Haufen von Frauen statt, die ich liebe wie Schwestern, hier feiern wir Geburtstagspartys am Strand, hier gehen Freunde in den Häusern der anderen ein und aus und geben aufeinander acht. Der Geruch und die Geräusche des Meeres sind überall, hier herrscht ein Wetter, das so schnell umschlägt wie die Launen eines hormongeplagten Teenagers, die Landschaft geht einem ins Blut. Neben meinem Mann und meiner Tochter ist diese windige, abgelegene, winzige Insel die Liebe meines Lebens.

Meine Freunde und Nachbarn wenden mir ihre niedergeschlagenen Gesichter zu. Ich weiß, ich sollte sie irgendwie beruhigen. Stattdessen schüttele ich traurig den Kopf.

»Ihr habt gehört, was die Gemeinderäte gesagt haben. Wir können niemanden zwingen, herzuziehen und hier zu arbeiten. Ich glaube, es ist vorbei.«

Im Augenblick kann ich keinen Optimismus aufbringen. Mein Herz ist gebrochen.

Lorna

Seit wir zurück sind, ist Ella sehr still und hält sich hauptsächlich in ihrem Zimmer auf. Abends telefoniert sie mit ihrer Cousine, und die langen Gespräche bilden einen harten Kontrast zu ihrem Schweigen tagsüber. Ich hoffe immer noch, dass Ruby und Farah auftauchen und sie besuchen. Aber sie tun es nicht. Meine Tochter ist einsam, das weiß ich. Und es schmerzt mich. Wenn ich ehrlich bin, ist sie nicht die Einzige, die sich allein fühlt.

Eines Nachmittags überrede ich Ella, mit mir aus dem Haus zu gehen. Wir sehen uns das Victoria and Albert Museum an und ziehen dann zu einer Bäckerei weiter, in die Ella schon das ganze Jahr über wollte. Doch ich kann mich angesichts der Menschenmassen im Museum und der staubigen Luft in der U-Bahn einer gewissen Gereiztheit nicht erwehren, die Hitze der Stadt strengt uns nach unserer Zeit auf der windigen Insel an. Wie soll sich Ella hier wieder eingewöhnen, wenn es mir selbst nicht zu gelingen scheint?

Ich kaufe uns in der Bäckerei einen überteuerten Cupcake.

»Danke, Mum.«

Sie lächelt und bemüht sich, begeistert auszusehen. Aber

ich kann sehen, dass sie nicht mit ganzem Herzen bei der Sache ist. Auf dem Heimweg sitzen wir nebeneinander in der rumpelnden U-Bahn. Schweiß läuft meinen Rücken hinunter, und meine Beine bleiben am Plastiksitz kleben. Ich schließe die Augen und stelle mir vor, wie ich ins kalte Meer springe. Ich schicke Alice eine Textnachricht und sage ihr, dass ich an unser gemeinsames Schwimmen denke. Seit wir zurück sind, haben wir nicht miteinander gesprochen, ich habe mir aber mit ihr und Sarah oft hin und her geschrieben. Trotzdem kann ich mich des Eindrucks nicht erwehren, dass Alice sich irgendwie von mir zurückzieht. An manchen Tagen dauert es lange, bis sie antwortet, und ihre Nachrichten sind oft kurz.

Plötzlich ist schon der nächste Abschied gekommen, dieses Mal von Cheryl, Mike und Frankie. Ella und ich gehen zu Fuß zu ihrer Wohnung, um dem Lieferwagen hinterherzuwinken, den sie gemietet haben. Der Großteil ihrer Besitztümer ist bereits in einem Laster unterwegs nach Norden.

»Ich werde dich so vermissen«, sage ich zu Cheryl, als wir uns umarmen und eine ihrer Kreolen sich in meinem Haar verfängt. Sie riecht nach Kaugummi und Kaffee und Vertrautheit. »Aber ich rufe dich an, okay? Ich hoffe, ihr habt eine gute Fahrt.«

Sie gibt mir einen festen Kuss auf die Wange, und ich stelle mir den roten Fleck vor, den sie dort hinterlassen haben muss.

»Und kommt uns bald besuchen!«, ruft sie noch, als sie in den Wagen steigt. Frankie winkt uns aus seinem Kindersitz zu.

Ella und ich sehen den Wagen um die Ecke verschwinden, und dann stehen wir allein vor dem ehemaligen Haus meiner Freundin. Ohne Cheryl darin ist es ein Gebäude wie jedes andere hier in der Straße, und alles fühlt sich augenblicklich trübseliger an. Was bleibt mir hier denn noch, jetzt, wo meine Freundin fort ist, wenn ich ehrlich bin? Ein Job, den ich nicht mag, und eine winzige Wohnung, in der ich tags wie nachts durch die dünnen Wände hindurch die Nachbarn höre. Aber was ist da sonst, was meinem Leben Farbe geben könnte?

Schließlich wende ich mich ab und hake Ella unter. »Komm, gehen wir nach Hause.«

Doch schon als ich es ausspreche, fühlt es sich falsch an. Ich sage es und werde mutlos.

Die Woche vergeht ereignislos. Am Freitag werde ich von einem Klopfen an der Tür geweckt. Mit verquollenen Augen mache ich auf, und da steht der Paketbote mit zwei Päckchen, einem großen und einem kleinen. Benommen unterschreibe ich die Quittung. Als der Paketbote sich abwendet, bemerke ich, dass seine Jacke nass glänzt. Die Hitzewelle ist endlich vorbei, dem Himmel sei Dank. Ich atme tief die kühle Luft ein, schließe die Tür und nehme die Päckchen mit in mein Schlafzimmer.

Dort öffne ich die Vorhänge und begrüße den regennassen Ausblick. Regentropfen rinnen die Scheiben herunter, und der Asphalt ist schwarz. Ich schiebe das Fenster ein Stück weit auf, um den Duft des Sommerregens einzuatmen. Dann lehne ich mich in meine Kissen zurück und nehme die Päckchen auf den Schoß. Das kleinere werde ich als Erstes öffnen. Darin befinden sich ein gefalteter Brief und ein dicker Umschlag.

Liebe Lorna,
es war so schön, Dich in den letzten Wochen kennenzulernen. Es tut mir leid, dass Dein Besuch in Teilen das Gegenteil von unbeschwert war. Es kann nicht leicht für Dich gewesen sein zurückzukommen, und ich

bewundere Deinen Mut, auch wenn ich weiß, dass Du Dir Vorwürfe machst, weil Du nicht schon früher gekommen bist. Du warst stets willkommen und wirst es immer sein. Aber ich verstehe, dass Du in Deinem eigenen Tempo kommen musstest, zu Deinen eigenen Bedingungen. Danke für unsere Gemälde – das von Molly hängt bereits in ihrem Zimmer, und ich habe eine Ecke in der Küche für meines ausersehen. Es ist sehr schön, ich danke Dir. Jack hat sich ebenfalls sehr über sein Geschenk gefreut (es hat ihn zu Tränen gerührt, aber verrate ihm nicht, dass ich Dir das gesagt habe!).
Ich hoffe, ihr hattet eine gute Rückreise und die Sonne scheint bei euch da unten in London. Das hier soll Dich an die glücklicheren Momente eures Aufenthalts bei uns erinnern – es war auf alle Fälle ein Tag, der uns Insulanern in Erinnerung bleiben wird.
Alles Liebe von Deiner Freundin
Alice

Ich reiße den Umschlag auf, und ein Stapel glänzender Fotografien rutscht heraus. Ganz oben auf dem Stapel liegt ein Foto von Ella, wie sie am Strand die Kerzen ihres Geburtstagskuchens auspustet. Ihre Backen sind aufgeblasen, in ihren Augen spiegelt sich der Schein der Kerzen. Ich sitze neben ihr und betrachte sie mit breitem Lächeln. Meine geliebte Tochter. Mit dem Daumen streichle ich ihr auf dem Foto die Wangen.

Die anderen Fotos zeigen andere Momente jenes Tages. Molly und Ella schlagen zeitgleich ein perfektes Rad im Sand. Auf dem nächsten, ein paar Sekunden später gemacht, sind die Beine der Mädchen wieder auf dem Boden, und sie brechen in Gelächter aus. Das Gesicht meiner Tochter ist offen und unbefangen, es spiegelt sich die reine Freude darauf. Ein weiteres Bild zeigt all die am Strand aufgereihten Tische mit der im Wind flatternden Wimpelkette, dann entdecke ich Ben und Sarah, Jean und Christopher, Molly, Ella und Olive und in einer Ecke des Fotos Mallachy und mich. Und schließlich kommt das Foto, von dem ich noch weiß, wie Alice es geschossen hat: alle um die Tische versammelt, bereit, mit dem Essen zu beginnen, einige heben ihre Gläser, andere die Gabeln. Rex sitzt im Sand und blickt neidisch zu dem Essen auf. Neben Morag entdecke ich eine Flasche Whisky, und in der Mitte des Fotos sind Ella und ich zu sehen: zwei Festlandbewohnerinnen die in die Inselgemeinschaft aufgenommen werden. Es ist das Foto einer Insel und ihrer Insulaner, eines Sommernachmittags voller Glück, ein Foto mitten aus dem turbulenten, lautstarken, chaotischen Leben. Ich weiß nicht, ob ich jemals zuvor so ein hübsches Foto gesehen habe.

Und dann blicke ich auf. Ich bin allein in meinem Schlafzimmer, draußen fällt Regen auf die Stadt herab, eine Stadt, in der Millionen von Menschen leben, die sich im Augenblick jedoch vollkommen leer anfühlt. Es ist die Stadt, in der ich seit Jahren lebe, in der es mir jedoch nicht gelungen ist, ein Netzwerk von Freunden aufzubauen oder mich wirklich zugehörig zu fühlen. Jetzt kann ich sehen, dass es an mir lag – ich habe Mauern um mich errichtet, weil ich dachte, ich müsse mich und meine Tochter beschützen. Vielleicht haben diese Mauern Schmerz abgehalten, aber sie haben auch Freude ausgeschlossen.

Ich lege die Bilder und Alice' Brief beiseite, um das größere Päckchen zu öffnen. Sein Inhalt ergießt sich über meinen Schoß. Es sind Zeichnungen. Meine Zeichnungen. Die grobe Skizze eines frisch geschorenen Schafs in einem Feld voller Butterblumen. Der Leuchtturm, mit Wasserfarben gemalt, weiß vor einem leuchtend blauen Himmel. Eine detaillierte

Zeichnung des Berges. Eine weitere vom Wald im Regen, die Tannennadeln und Regentropfen sind in akribisch feinen Bleistiftstrichen wiedergegeben. Die alte Schule, die Kirche, der Pub. Bild um Bild, alle aus dem Gedächtnis gemalt. Ich fing die gesamte Insel auf Papier ein.

Zwischen den Bildern liegt ein Zettel. Und meine Hände zittern, als ich diesen zweiten Brief lese.

> Lorna,
> Du hast mir gesagt, dass Du das alles nicht haben willst und ich es wegwerfen soll, aber ich habe es nicht über mich gebracht. Ein paar Rex-Bilder habe ich behalten (ich hoffe, das ist okay für Dich), aber diese hier, dachte ich, möchtest Du bestimmt doch haben. Jetzt, wo Du wieder in London bist, fühlst Du Dich vielleicht bereit, sie Dir anzuschauen und zu sehen, wie schön sie sind. Du hast echtes Talent, Lorna. Es wäre schade, wenn Du es nicht wieder nutzen würdest.
> Danke für die Zeit, die wir zusammen hatten. In den letzten Wochen war ich glücklicher, als ich es lange Zeit gewesen bin. Im Studio ist es ohne Dich nicht dasselbe. Rex vermisst Dich schrecklich.
> Und ich auch. Gott, wie ich Dich vermisse.
> Mallachy

Ich schnappe nach Luft und halte den Zettel umklammert. Tränen strömen über mein Gesicht und tropfen auf das Papier. Denn ich vermisse ihn auch. Doch noch mehr vermisse ich Alice, Molly und meinen Bruder. Ich vermisse Sarah, Brenda, Emma und die anderen. Ich vermisse den Geruch des Meeres und das Geräusch der Wellen mit einer Heftigkeit, die meinen ganzen Körper schmerzen lässt. Ich vermisse das alles so sehr, dass ich mich völlig fehl am Platz fühle, wie eine Fremde in der Stadt und der Wohnung, in der ich seit Jahren lebe.

Ich weine und denke an alles, was ich in meinem Leben verloren habe. Aber vielleicht ist es nie zu spät, diese Dinge wiederzufinden. Vielleicht ist es niemals zu spät, noch einmal neu anzufangen.

Ein Klopfen ertönt an meiner Tür. »Mum?«

Ella kommt ins Zimmer. Sie trägt noch ihren Schlafanzug, und ihr Gesicht sieht so weich und rosa aus, dass sie mich an das Baby erinnert, das sie war. Und daran, dass ich ihr geschworen habe, auf sie aufzupassen. Ich habe mein Bestes gegeben. Aber irgendwann unterwegs, glaube ich, habe ich etwas falsch verstanden. Dass in Sicherheit zu sein nicht dasselbe bedeutet wie leben.

Ella sieht meine Tränen und macht einen Schritt auf mich zu. Noch bevor sie bei mir angekommen ist, entfahren mir die Worte, sie steigen tief aus mir auf: »Ich will nach Hause.«

Sofort breitet sich ein strahlendes, hoffnungsvolles Lächeln auf Ellas Gesicht aus. Es gibt mir die Gewissheit, dass ich gerade die richtige Entscheidung treffe, eine Entscheidung, die unser Leben in ein Davor und ein Danach unterteilen wird. Unser Zuhause ist nicht mehr hier. Zu Hause ist Hunderte von Meilen weiter nördlich auf einer windgepeitschten Insel namens Kip. Ein Ort, der nach Salzwasser und Kiefernnadeln riecht, an dem es oft regnet, an dem die Fähre nur einmal am Tag anlegt. Doch mehr noch besteht unser Zuhause aus den Menschen, die dort leben.

Ich weiß noch, was meine Tochter an dem Tag am Strand zu mir sagte, als ein Adler über uns kreiste. »Ich frage mich, ob wir dafür geschaffen sind, nur einen Menschen zu haben, der unser Mensch ist. Selbst wenn der uns so sehr liebt, dass es für hundert Leute reichen würde.« Meine Tochter hat recht. Ella wird immer meine Nummer eins sein, mein Herz, das außerhalb meines Körpers in Form eines Mädchens mit wilden Locken und kastanienbraunen Augen lebt. Doch um wirklich aufzublühen, brauchen wir mehr als bloß einander. Sie verdient mehr. Wir beide verdienen mehr. Wir waren lange genug allein.

Ella macht einen weiteren Schritt auf mich zu, und dieses Mal breite ich die Arme aus. Und ich weiß, dass meine Tochter und ich nicht länger Inseln sind, abgeschnitten vom Ufer. Wir sind Insulanerinnen.

Alice

Ich bin seit dem Treffen mit den Gemeinderäten wie benommen. Auch nach meinem Yogakurs haben sich diese Woche alle schnell wieder zerstreut. Ich vermute, es ist alles zu schmerzhaft, als dass wir schon darüber sprechen könnten, doch wo immer ich auch hingehe, hängt das Schicksal der Insel über allem wie ein Damoklesschwert. Es hängt dort, als ich auf eine Tasse Tee bei Sarah bin und mich nach Kräften bemühe, ihre Entscheidung wegzuziehen zu unterstützen. Es hängt dort, als ich meinen wöchentlichen Einkauf mache, und es hängt jeden Abend über unserem Esstisch.

Molly weiß noch nicht, dass Olive und ihre Familie bald wegziehen werden. Und Jack und ich haben ihr auch noch nichts von dem Baby erzählt. Anfang der Woche hatte ich meinen Termin im Krankenhaus, und zu meiner Überraschung und Erleichterung sagte uns der Arzt, dass so weit alles gut aussehe. Ich bin trotzdem nervös und möchte noch ein wenig länger warten, bevor wir es Molly oder irgendjemandem sonst sagen. Allen Sorgen zum Trotz hält mich dieses freudige Geheimnis in meinem Körper aufrecht.

Ich bin gerade bei der Hausarbeit, als es an der Tür klopft.

Ich bin erstaunt – jeder Insulaner würde einfach hereinkommen. Als ich die Tür öffne, stoße ich vor Überraschung ein »Oh!« aus. Ich habe Jean seit Ellas Party nicht mehr gesehen. Meine Freundinnen und ich haben versucht, sie zu besuchen, aber jedes Mal treffen wir auf Christopher, der uns mitteilt, sie sei beschäftigt oder schlafe oder sei nicht in der Lage, Besuch zu empfangen. Sie sieht müde aus, ihr Gesicht ist ungeschminkt. Aber da ist auch etwas Röte auf ihren Wangen.

»Jean.«

»Kann ich reinkommen?«

»Natürlich.«

Ich öffne die Tür, und sie schiebt sich unbeholfen an mir vorbei in den Flur. In der Küche mache ich mich am Wasserkocher zu schaffen, da ich nicht weiß, was ich sagen soll. Ich stelle Teebecher zwischen uns auf den Tisch und bin dankbar für das Ritual, als ich das Wasser in der Kanne kreisen lasse und warte, bis der Tee aufgebrüht ist.

»Schön zu sehen, dass du auf den Beinen bist«, sage ich. »Wir haben versucht, dich zu besuchen.«

»Ich weiß, Christopher hat es mir ausgerichtet.« Jean starrt auf ihre Hände, bevor sie fortfährt: »Es tut mir leid, dass ich euch nicht sehen wollte. Ich habe mich einfach so geniert. Na ja, geniert ist nicht das richtige Wort im Grunde. Offen gestanden schäme ich mich.« Jetzt sieht sie auf und begegnet meinem Blick. »Lorna hat dir sicherlich erzählt, was passiert ist?«, fragt sie.

Ich nicke.

»Das habe ich mir gedacht. Deswegen konnte ich es nicht ertragen, jemandem zu begegnen. Aber ich musste Lorna einfach die Wahrheit sagen, musste mich bei ihr entschuldigen. Ich schäme mich seit Jahren dafür.«

Jetzt kann ich es deutlich sehen, das Gewicht, das sie schon einen Großteil ihres Lebens mit sich herumträgt. Vielleicht sind Fehler manchmal für diejenigen, die sie begehen, eine genauso schwere Bürde wie für diejenigen, die davon verletzt werden. Jean sieht erschöpft aus, und gegen meinen Willen kann ich nicht anders, als Mitleid mit ihr zu haben.

»Ich kann meinen Fehler nicht wiedergutmachen, sosehr ich mir das auch wünschen würde, aber du sollst wissen, dass ich mich wirklich bemüht habe, daraus zu lernen. Ich habe mich angestrengt, ein besserer Mensch und eine bessere Lehrerin zu werden. Mit offenen Augen durch die Welt zu gehen und nach Kräften für diese Kinder zu sorgen. Ich möchte nicht, dass du denkst, sie seien mir egal gewesen – Molly, Olive und all die anderen. Sie waren mir sehr wichtig. Sind es noch.«

»Ich weiß.« Ich habe die Wände in Jeans Cottage vor Augen, die mit Schulfotos gepflastert sind, denke daran, wie die Kinder am Strand bei Ellas Party auf sie zugestürmt sind und die Arme um sie geschlungen haben, um ihre Lehrerin, die sie vermissen.

»Möchtest du ein Stück Kuchen?«, frage ich.

»Oh ja, bitte. Danke, Alice.« Sie klingt erleichtert, und ich hole Teller und zwei Gabeln. Sie beginnt zu essen, doch dann legt sie ihre Gabel auf den Tisch.

»Da ist noch etwas anderes, was ich dir erzählen wollte. Ich habe meine Meinung geändert.«

»Was meinst du?«

Mein Herz pocht.

»Ich habe mich doch zu einer Chemotherapie entschlossen. Christopher und ich fahren nächste Woche aufs Festland. Wir haben ein Cottage in der Nähe des Krankenhauses gefunden, das zu mieten ist, und dort werden wir für eine Weile unterkommen.«

Heiße Tränen brennen in meinen Augen, und ich lege mir

die Hand auf den Mund. »Wirklich? Oh Jean, das sind ja großartige Neuigkeiten.«

»Findest du?«, fragt sie zögernd.

»Natürlich!« Und dann stehe ich auf, schiebe meinen Stuhl zurück, gehe schnell zu ihr und umarme sie. Was für Fehler Jean auch gemacht hat, sie ist trotzdem meine Freundin. Einen Menschen zu lieben bedeutet, seine besten und seine schlechtesten Eigenschaften zu sehen und ihn trotzdem zu lieben.

»Ich wollte dir dafür danken, dass du mich nicht unter Druck gesetzt hast, etwas zu tun, was ich nicht tun wollte«, sagt sie mit zittriger Stimme. »Deine Unterstützung war wichtig für mich.«

»Freunde unterstützen einander«, sage ich, und wir lächeln uns an. Als wir uns gerade wieder setzen, klingelt das Festnetztelefon.

»Entschuldige, Jean, ich bin gleich wieder da.«

Im Flur nehme ich den Hörer von der Gabel. »Hallo?«

»Alice, ich bin's, Lorna.«

»Lorna, wie schön, von dir zu hören. Wie geht es …«

Doch sie fällt mir ins Wort. »Alice, mir ist gerade klar geworden, dass London uns nichts mehr bedeutet. Ich vermisse die Insel, ich vermisse Jack, ich vermisse Molly, ich vermisse dich.«

»Oh Lorna, wir vermissen dich auch.«

Die Haustür öffnet sich. Es ist Jack im schlammigen Arbeitsoverall, sein Gesicht ist gerötet von der frischen Luft. Während er mich ansieht und fragend eine Augenbraue hebt, spricht Lorna weiter.

»Ich hätte gar nicht erst abreisen sollen. Aber jetzt habe ich mich entschieden. Wir kommen zurück. Und ich will mich auf die Stelle in der Schule bewerben, ich hoffe, es ist noch nicht zu spät dafür.«

Mir steigen heiße Tränen in die Augen. »Warte mal, Lorna, hier steht jemand, von dem ich sicher bin, dass er wahnsinnig gerne hören würde, wie du das wiederholst.«

Ich gebe Jack den Hörer und beobachte, wie sein Gesichtsausdruck sich von Verwirrung zu Überraschung zu Freude wandelt. Und jetzt erlaube ich mir, wirklich ernsthaft in Tränen auszubrechen. Ich weine wegen Jack und Lorna, die seit Jahren entzweit waren und jetzt wiedervereint sind, wegen Jean und Christopher, wegen Molly, Ella und Olive und ihrer starken Verbindung zueinander, wegen der Schule, die von einer Sekunde zur anderen gerettet worden ist, und wegen der Insel, die ich so sehr liebe. Irgendwie wird alles wieder gut werden. Die Anspannung fließt aus mir heraus, Erleichterung nimmt ihren Platz ein. Während Jack und Lorna über die nächsten Schritte sprechen, blicke ich an mir hinunter und denke an den winzigen Menschen, der unerwartet und wunderbar in mir wächst. Plötzlich blicke ich hoffnungsfroher in seine Zukunft. Ich lege die Hand auf die Stelle, die bald wachsen wird wie damals bei Molly. Wachse behütet und wachse, bis du stark genug bist, Kleines. Eine ganze Insel wartet auf dich.

Lorna

Der Leuchtturm erstrahlt in der Nachmittagssonne mit frisch gestrichenem Turm und geputzten Fenstern. Von meinem Platz an der Kliffkante aus sehe ich eine Wand von Wolken über das Meer hinweg heranziehen. Doch im Augenblick ist der Himmel über der Insel noch blau, die Spätsommersonne wärmt meine Schultern. Nachher wird es regnen, das ist in Ordnung. Ich habe mir einen Regenmantel um die Taille gebunden und trage Gummistiefel. Regen kann schön sein, wenn er Wasserpfeile auf die Meeresoberfläche abfeuert und sie mit einem gekräuselten Muster überzieht.

Hinter mir bellt ein Hund, und ich drehe mich um. Mallachys Stimme dringt aus dem Inneren des Cottage.

»Kannst du mir die Bohrmaschine geben?«

»Da hast du sie«, antwortet Jacks Stimme.

Ich reibe meine Hände über die Vorderseite meines Overalls. Bevor ich wieder hineingehe, werfe ich noch einmal einen Blick über die Schulter auf das Meer und lächle. Gut, zurück an die Arbeit. Ich trete durch die geöffnete Haustür des Leuchtturmwärter-Cottage. Die Tür ist neu eingehängt und in leuchtendem Dottergelb frisch gestrichen.

»Schau mal, Mum, wir sind mit dieser Wand hier fast fertig!«, ertönt Ellas Stimme. Sie trägt eine Latzhose, ihre Locken schwingen offen um ihr Gesicht und sind mit mehreren blauen Farbtupfern verziert. Molly steht mit einem Pinsel in der Hand und einem Lächeln im Gesicht neben ihr. Alice ist ebenfalls da, das Haar mit einem getupften Kopftuch zurückgebunden, und irgendwie gelingt es ihr, in einem zu großen Maleroverall elegant auszusehen. In der Ecke des beinahe fertig gestrichenen Zimmers steht Mallachy auf einer Leiter und schraubt ein Regal an der Wand fest. Jack hält die Leiter und reicht ihm Werkzeug aus seiner Kiste. Rex sitzt neben den beiden Männern, und sein Schwanz schlägt schwer auf die erst vor Kurzem geschrubbten Dielen.

Nachher werden noch weitere Insulaner vorbeikommen und uns zur Hand gehen. Sarah hat versprochen, für die fleißigen Handwerker Kuchen und Tee mitzubringen, und ich gehe stark davon aus, dass Morag ihre eigene Verpflegung dabeihaben wird, die aus etwas Hochprozentigerem besteht. Im Augenblick jedoch sind nur wir hier.

In kurzer Zeit haben wir das einst heruntergekommene Cottage völlig verwandelt. Sonnenlicht strömt durch die nun sauberen Fenster herein, und das vordere Zimmer riecht nach Farbe und Bohnerwachs. In wenigen Wochen wird das Cottage für Ella und mich bezugsfertig sein. Der Leuchtturm selbst ist ebenfalls renoviert worden. Wenn das Zimmer oben erst fertig ist, wird daraus mein neues Studio werden. Ich habe schon Malutensilien vom Festland bestellt. Der Gedanke macht mich vor Aufregung ganz schwindelig.

Zwischenzeitlich sind wir wieder bei Jack und Alice untergekommen. Ich wohne wieder in dem gelben Zimmer, das sich schnell angefühlt hat wie mein eigenes, und Ella ist bei ihrer Cousine eingezogen. Ich sehe zu Jack hinüber, der Mallachy gerade eine Wasserwaage und einen Schraubenschlüssel hinaufreicht. Trotz der großen Sprünge, die wir aufeinander zu gemacht haben, besteht noch immer eine gewisse Distanziertheit zwischen uns. Ich muss meinen Bruder erst richtig kennenlernen, all die verpassten Jahre nachholen. Aber wenigstens habe ich jetzt jede Menge Zeit dafür. Und vielleicht ist es ja in Ordnung. Vielleicht ist auch etwas, das nicht perfekt ist, das sogar kompliziert und vertrackt sein kann, es wert, in seiner unvollkommenen Form beibehalten zu werden. Wenn ich sehe, wie er bei der Renovierung des Cottage mithilft, überkommt mich die Hoffnung, dass wir uns wieder gut verstehen werden.

Alice hat mir erzählt, dass er eine Therapie begonnen hat. Sie findet telefonisch statt, da es auf der Insel keinen Therapeuten gibt, aber das ist für meinen schüchternen Bruder vielleicht sogar ein Vorteil. Wenn er dem anderen nicht ins Gesicht blicken muss, fällt es ihm vielleicht leichter, sich zu öffnen. Endlich konfrontiert er sich mit dem, was in unserer Kindheit passiert ist. Ich habe das Gefühl, dass ich diesen Sommer ebenfalls damit angefangen habe.

Ella lacht, und mein Blick wird wieder von meiner Tochter angezogen, die sich nun einen Farbkampf mit ihrer Cousine liefert, bei dem sie einander mit ihren Pinseln bespritzen, bis beide Gesichter blau gesprenkelt sind. Ich verspüre dieses vertraute Ziehen in meinem Herzen. Nächste Woche wird Ella in ihrer neuen Schule anfangen und mit Molly und Olive zu der weiterführenden Schule auf dem Festland fahren. Ich bin mir immer noch nicht ganz sicher, wie ich es schaffen soll, ihr auf der Fähre nachzuwinken, in dem Wissen, dass ich sie erst am Wochenende wiedersehe. Darüber haben Alice, Sarah und ich in den vergangenen Wochen oft gesprochen.

London zu verlassen war mit viel Aufwand verbunden, und es gab Momente, in denen ich mich gefragt habe, ob ich für meine Tochter die richtige Entscheidung getroffen habe.

Aber wenn ich sie jetzt anschaue, scheint mir, dass ich die positiven Auswirkungen des Sommers bereits sehen kann. Sie steht sehr aufrecht. Sie hat aufgehört, sich mit dem Glätten ihrer Haare zu beschäftigen, und trägt nur selten Makeup, genauso wenig wie Molly oder Olive. Sie hat ein leidenschaftliches Interesse an der Umwelt entwickelt. Und sie lacht mehr. Genau genommen fühlt es sich so an, als würde sie nun praktisch die ganze Zeit lachen. Das steht ihr gut. Ich sehe zu, wie sie mit ihrer Cousine herumalbert, und meine Sorgen verfliegen für einen Moment. Ich werde vermutlich niemals wissen, ob ich für meine Tochter die richtigen Entscheidungen getroffen habe. Aber vielleicht ist es einfach unmöglich, eine perfekte Mutter zu sein. Und vielleicht, nur vielleicht, mache ich es ganz okay.

Mir wird es sicherlich schwererfallen als ihr, wenn sie zu ihrer neuen Schule aufbricht. Sie loszulassen ist schwer, aber es ist ein Teil des Versprechens, das ich ihr bei ihrer Geburt gegeben habe – ihr die Freiheit zuzugestehen, die ich selbst als Kind niemals hatte.

Nächste Woche beginnt auch für mich ein neues Kapitel. Ich werde meine neue Stelle als Lehrerin und Schulleiterin der Inselgrundschule antreten. Ich habe bereits viele Ideen für kleine Veränderungen, die ich vornehmen will, und für Kunstprojekte mit den Kindern. Zum ersten Mal seit Jahren bringe ich Begeisterung für meinen Beruf auf. Letzten Endes war es nicht Pflichtgefühl, das mich auf die Insel und zur Schule zurückkehren ließ. Ich bin zurückgekommen, weil ich es wollte. Manchmal frage ich mich, ob es nicht leichter gewesen wäre, nach unserem Urlaub hier gar nicht erst abzureisen. Aber ich glaube, ich musste die Insel ein zweites Mal hinter mir lassen. Ich musste die Erfahrung machen, dass ich es konnte, dass mich nichts und niemand hier einsperrte. Ich war völlig frei. Das bin ich noch immer.

Ich hatte befürchtet, dass man mir wegen meiner Kündigung in London Probleme machen würde, aber als ich Dave Phillips sagte, dass ich erwöge, Klage wegen sexueller Belästigung am Arbeitsplatz einzureichen, ließ er mich stillschweigend vor Ablauf meiner Kündigungsfrist gehen. Unsere Wohnung in London steht zum Verkauf, und die Maklerin geht davon aus, dass sie schnell jemanden finden wird. Obwohl wir dort zehn Jahre lang gewohnt haben, war ich erstaunlich unsentimental, als wir ausgezogen sind. Letztlich ist es bloß eine Wohnung, eine Anzahl nun leer stehender Räume, die auf neue Besitzer warten, um wieder mit Leben gefüllt zu werden.

Vielleicht bilde ich mir das nur ein, aber ich habe das Gefühl, dass der Optimismus auf der Insel explodiert ist, seit ich die Stelle an der Schule angenommen habe. Jack konnte einen Käufer für das Haus unserer Eltern finden, eine junge Familie, Freunde von Emma und Duncan, die schon eine Weile überlegt haben, auf die Insel zu ziehen, aber zögerten, solange die Stelle an der Schule nicht besetzt war. Sie haben drei kleine Kinder, was die Anzahl der Schüler deutlich erhöhen wird. Jack und ich teilen uns den Erlös aus dem Hausverkauf zu gleichen Teilen. Dem Testament zufolge sollte alles Jack gehören, aber er hat darauf bestanden zu teilen. Es liegen noch andere Veränderungen in der Luft: Alice' Schwestern kommen nächste Woche und nehmen an einem Yoga-Retreat teil. Das Gemeindezentrum soll aufpoliert werden, und es gibt Gerüchte über eine anstehende Ausstellung von ortsansässigen Künstlern (Mallachy und mir). Jean hat mit ihrer Chemotherapie begonnen, und laut ihrem Mann sind die Ärzte zuversichtlich, dass sie anschlagen wird.

»Ich liebe diese Farbe«, ertönt Alice' Stimme von der anderen Seite des Zimmers. »Ich bin versucht, unser ganzes Haus neu zu streichen.«

Bewundernd taucht sie ihren Pinsel in die taubenblaue Farbe, die ich für unser Wohnzimmer ausgesucht habe. Ich sehe diese Frau, die so schnell zu einer guten Freundin geworden ist, lächelnd an. Wir haben den Tag mit unserem Morgenritual begonnen, dem gemeinsamen Schwimmen im Meer, und ich habe versprochen, dass wir das fortführen, auch wenn ich nicht mehr auf der Hilly Farm wohne. Ich gehe noch immer laufen und entdecke dabei die Insel wieder neu. Ich nehme mir Zeit, Wildblumen genau zu betrachten oder dem Gesang der Vögel in den Bäumen zu lauschen. Ich habe mir ein Fernglas gekauft und mehrere Bücher über die Natur. Irgendwie gibt mir dieses Wiederentdecken der Insel das Gefühl, als sei sie ein ganz neuer Ort. Nicht der Schauplatz des Unglücks meiner Kindheit, sondern ein Ort voller Möglichkeiten und Schönheit, ein Ort, an dem ich mich zugehörig fühlen kann.

»Alles klar, ein Regal steht, jetzt noch zwei.«

Mallachys Stimme lässt meinen Blick zu ihm schwenken. Er balanciert auf der Leiter, mit aufgekrempelten Hemdsärmeln, die die muskulösen Unterarme freilegen, die ich so gerne mit meinem Finger nachzeichne, wenn wir allein sind. Sein Gesicht ist von der Arbeit leicht erhitzt, und plötzlich fällt ein Sonnenstrahl durchs Fenster und beleuchtet die roten und grauen Sprenkel in seinem Bart und lässt seine Augen aufleuchten. Wenn ich ihn ansehe, breitet sich von den Fingerspitzen bis zu den Zehen Wärme in mir aus. Wir haben einander nichts versprochen. Wir sind uns einig, dass wir es vorsichtig angehen lassen, hauptsächlich wegen Ella und weil wir nun beide auf derselben kleinen Insel leben. Aber ich kann mich einer gewissen freudigen Erregung nicht erwehren, wenn ich ihn ansehe. Später, wenn die Arbeit am Cottage für den Tag hinter uns liegt, werde ich auf meinem neuen Fahrrad zu seinem Haus hinüberradeln. Dort wird ein Glas Wein für mich bereitstehen, und wenn ich Glück habe, wird er gerade seinen morgendlichen Fang zubereiten und in der Pfanne einen Fisch brutzeln. Wir werden Zeit in seinem Studio verbringen und Seite an Seite etwas zeichnen, gelegentlich sprechen, aber vor allem in zwanglosem Schweigen nebeneinander arbeiten. Irgendwann am Abend werde ich den Pinsel fallen lassen, stattdessen nach Mallachys Hand greifen und ihn ins Schlafzimmer ziehen. Und mit Blick auf das Meer werden wir einander finden, werden unsere Herzschläge sich angleichen, werden wir die Stimme des anderen in unseren Ohren flüstern hören. Und ich werde ein Glück empfinden, das ich seit Jahren nicht empfunden habe, eine süße, bebende Freude, die sich manchmal anfühlt wie Furcht, aber oft auch wie Hoffnung.

Mallachy sieht auf und fängt meinen Blick auf. Er hebt eine Augenbraue und lächelt breit, ein Lächeln, das mir sagt, dass er an dasselbe denkt wie ich. Ich spüre, wie mir das Blut in die Wangen steigt, aber ich wende den Blick nicht ab. Stattdessen lächle ich zurück.

Trotz des unerwarteten Glücks, das ich mit Mallachy gefunden habe, lag es nicht an ihm, dass ich zurückgekommen bin. Ich hoffe, dass es mit uns beiden klappt, aber letzten Endes war es der Gedanke an die Freundschaften, die ich hier geknüpft habe, und an die Familie, die Ella und ich so lange entbehrt haben, der mich zu meiner Entscheidung bewogen hat. Das Gefühl, Teil von etwas zu sein, nachdem das Leben so lange an mir vorbeigezogen ist. Ich will nicht mehr so leben, wie Ella und ich gelebt haben, ausgeschlossen und hinter hochgezogenen Mauern. Ich will unser Leben öffnen und Lachen hereinlassen und den süßen, salzigen Kuss der Meeresluft.

Ich wende mich wieder zu meiner Tochter und meiner Nichte um, die ihre Schlacht beendet haben und nun wieder dabei sind, die Wand zu streichen. Ich greife nach meinem eigenen Pinsel, der auf dem Boden liegt.

»Also los. Was meint ihr, Mädels, werden wir mit diesem Zimmer heute fertig?«

Die Mädchen nicken eifrig und widmen sich dann wieder konzentriert ihrer Arbeit. Ich tauche meinen Pinsel in die Farbe und ziehe einen langen geraden blauen Strich über die Wand. Und nicht irgendeine Wand. Meine Wand. Dies wird bald mein Cottage sein. Beziehungsweise unseres. Ellas und meins, unser Cottage oben auf der Klippe. Ich atme den Geruch der Farbe und den omnipräsenten Duft des Meeres ein, der zur Haustür hereinweht. Mein Magen knurrt leise, und ich frage mich fröhlich, wann wohl Sarah und die anderen mit Tee und Kuchen auftauchen werden. Ich ziehe einen weiteren Strich, sehe, wie das Blau größeren Raum einnimmt, und habe das Gefühl, als würde ich mit jedem Pinselstrich ein Stück mehr Besitz von diesem Ort ergreifen. Und obwohl das Cottage noch lange nicht fertig ist, obwohl ich in vielen Aspekten noch nicht weiß, wie meine Zukunft aussehen wird, und obwohl ich immer die Narben dessen tragen werde, was mich an diesen Punkt geführt hat, bin ich endlich zu Hause.

Alle lieben Rosemary

Rosemary hat ihr ganzes Leben in Brixton verbracht. Jetzt ändert sich alles, was ihr vertraut ist. Die Bücherei schließt, aus dem Gemüseladen wird eine hippe Bar. Und das Freibad, in dem sie schon ihr Leben lang jeden Morgen schwimmt, soll einem Luxusbau weichen. Kate ist neu in London und einsam. Obwohl sie sich nicht gerne im Badeanzug zeigt, geht sie in das Freibad. Kate und Rosemary werden Freundinnen und beschließen, die Stilllegung des Pools zu verhindern. Denn das Freibad ist mehr als ein Ort zum Schwimmen – es ist das Herz der Nachbarschaft.

Libby Page
Schwimmen mit Rosemary
Roman

Aus dem Englischen von Silke Jellinghaus
Taschenbuch
Auch als E-Book erhältlich
www.ullstein.de